Le mystère de Tumbleweed

*

Collaboration à risques

RITA HERRON

Le mystère de Tumbleweed

Traduction française de
CAROLE PAUWELS

BLACK ROSE

HARLEQUIN

Collection : BLACK ROSE

Titre original :
REDEMPTION AT HAWK'S LANDING

Ce roman a déjà été publié en 2018

HARPERCOLLINS FRANCE
83-85, boulevard Vincent-Auriol, 75646 PARIS CEDEX 13
Service Clients — www.harlequin.fr
ISBN 978-2-2805-0325-9 — ISSN 1950-2753

Composé et édité par HarperCollins France.
Imprimé en janvier 2024 par CPI Black Print (Barcelone)
en utilisant 100% d'électricité renouvelable.
Dépôt légal : février 2024.

FSC
www.fsc.org
MIXTE
Papier issu de sources responsables
FSC® C159065

Pour limiter l'empreinte environnementale de ses livres, HarperCollins France s'engage à n'utiliser que du papier fabriqué à partir de bois provenant de forêts gérées durablement et de manière responsable.

1

Le mort gisait face contre terre au bas de la falaise, au lieu-dit Dead Man's Bluff.

Ajustant ses jumelles, le shérif Harrison Hawk laissa échapper un juron.

Il n'avait pas besoin de voir son visage pour savoir qui il était.

Waylon Granger.

Il s'agissait de l'homme que sa mère tenait pour responsable de la disparition de sa sœur, dix-huit ans plus tôt. Cependant, ils n'avaient jamais réussi à prouver sa culpabilité.

À présent, il n'était plus de ce monde, et ils ne connaîtraient probablement jamais la vérité.

Au-delà de ce drame personnel, Harrison était curieux de savoir ce qui s'était passé. Granger était un alcoolique notoire, et un triste personnage. Même sa fille, Honey, avait quitté la maison après son diplôme de fin d'études secondaires pour échapper à ce salaud.

Qu'est-ce que Granger fichait ici, à Dead Man's Bluff ?

C'était le repaire préféré des adolescents. Lui-même et ses amis avaient été attirés par la falaise, le plan d'eau, les galeries obscures qui l'entouraient et les mystérieuses histoires de fantômes attachées à ces lieux. Aujourd'hui, les lycéens du coin continuaient à les fréquenter.

Les deux garçons de treize ans qui avaient appelé

pour signaler leur découverte étaient appuyés contre le pick-up rouillé de Granger, leurs jeunes visages défigurés par l'horreur.

Accentuée par la chaleur estivale, l'odeur de mort qui flottait dans l'air était irrespirable.

Les souvenirs de la nuit où sa petite sœur, Chrissy, avait disparu, assaillirent Harrison.

Les années écoulées n'avaient pas atténué la peine ou le traumatisme. C'était comme si le drame s'était produit la veille.

Il avait dix-sept ans au moment des faits et devait garder ses frères et sœurs cette nuit-là, tandis que ses parents assistaient à une réception. Au lieu de quoi, il s'était éclipsé pour rejoindre ses copains à cet endroit même.

Rongé de culpabilité et de frustration, Harrison prit une profonde inspiration.

À l'époque, il pensait que Lucas, quinze ans, surveillerait Dexter, treize ans, Brayden, onze ans, et Chrissy, dix ans. Mais un ami de Lucas était passé le voir, et il n'avait pas remarqué que Chrissy et Brayden s'étaient faufilés dehors. Dexter avait dit que Chrissy et lui s'étaient disputés parce qu'il jouait à un jeu vidéo et qu'elle n'arrêtait pas de le déranger. Du coup, Chrissy et Brayden avaient pris leur vélo pour aller à *Dead Man's Bluff* voir ce que Harrison mijotait.

Tandis qu'ils menaient leur exploration, Brayden était tombé et s'était tordu la cheville. Chrissy était alors partie chercher de l'aide. Selon Brayden, elle se serait rendue chez son amie Honey Granger, mais cette dernière avait affirmé ne pas l'avoir vue cette nuit-là.

Le shérif avait organisé une battue, et ils avaient exploré les galeries de l'ancienne mine, dragué le plan d'eau et fouillé la ville. Mais ils ne l'avaient pas retrouvée.

Quelqu'un avait affirmé avoir vu le passer le pick-up de Granger, attirant les soupçons sur lui. Granger avait nié avoir fait monter Chrissy à bord de son véhicule, ou avoir été en contact avec elle.

N'ayant pas de grande sœur, Chrissy s'était entichée de la fille de Granger, Honey. Mais la mère de Harrison n'appréciait pas Honey, et avait interdit à sa fille de traîner avec l'adolescente.

De son côté, Honey n'avait pas le droit de recevoir des amis chez elle. C'est pourquoi la mère de Harrison avait suggéré que l'homme avait surpris Chrissy sur sa propriété, s'était mis en colère, et s'en était pris à elle.

Les voix des adolescents ramenèrent Harrison à la réalité. Le plus grand des deux se redressa et s'avança vers lui, les yeux écarquillés de peur.

— On peut rentrer chez nous maintenant, shérif ?

Harrison était désolé pour le gamin. Son ami et lui étaient à peine sortis de l'enfance, et ils n'auraient pas dû se trouver là livrés à eux-mêmes. Les galeries et la falaise étaient des endroits dangereux.

Avec un peu de chance, ça leur servirait de leçon.

Malheureusement, ni l'un ni l'autre n'avait vu personne sur la falaise. Ils traînaient dans les parages, jetant des pierres par-dessus bord, quand ils avaient remarqué des vautours, avant de distinguer le cadavre de Granger en contrebas.

— Oui, mais soyez prudents. Et si vous pensez à quoi que ce soit d'autre, appelez-moi.

Le garçon hocha la tête et partit en petite foulée vers son vélo. Son ami le rejoignit, et ils se mirent à pédaler aussi vite que possible pour s'éloigner de là. Ce soir, ils seraient probablement ravis de retrouver leurs parents.

Empruntant l'étroit sentier taillé dans la roche, Harrison descendit jusqu'à la plage, et prit des photos avec son téléphone portable.

Du sang avait coagulé dans les cheveux gris de Granger, et ses bras semblaient tordus d'étrange façon. Sans doute s'étaient-ils brisés au cours de sa chute...

Une sirène retentit au loin, indiquant que les équipes de secours et d'enquête criminelle approchaient. Une fois qu'ils auraient récupéré le cadavre de Granger, ils le transporteraient à la morgue pour une autopsie.

Bien qu'il fût fort probable que Granger ait été ivre, et qu'il ait tout simplement perdu l'équilibre, Harrison avait un travail à effectuer.

Le fait qu'il apprécie ou non l'homme ne devait pas entrer en ligne de compte.

Il se devait de vérifier si sa mort était ou non accidentelle.

Son estomac se noua à l'idée qu'il devait appeler Honey pour lui apprendre le décès de son père. C'était le genre de conversation qu'il redoutait.

Incommodée par la chaleur estivale qui s'était abattue sur Austin, Honey Granger essuya d'un revers de main la transpiration sur son front, tandis qu'elle étudiait son dernier projet — un ranch en briques construit dans les années soixante, qu'elle était en train de rénover.

Une odeur de poussière et de vieux bois détérioré par les intempéries, se mêlait à celle des planches de pin neuves qu'elle avait achetées pour remplacer le plancher de la cuisine.

La rénovation de maisons quasiment en ruine, dont plus personne ne voulait, était un défi de taille, mais cet exercice avait quelque chose de stimulant. Elle adorait cela, et pouvait s'enorgueillir d'avoir fait de sa passion une activité professionnelle particulièrement rentable.

Elle avait essayé de faire la même chose pour elle-même depuis des années : transformer la fille complètement détériorée qui avait fui Tumbleweed en une personne qui pouvait être fière d'elle-même. Parfois, il lui arrivait de penser qu'elle avait réussi.

À d'autres moments, elle avait l'impression d'être encore cette adolescente minable, avec ses vêtements achetés aux puces et sa famille en déshérence, qui s'était enfuie quand les ragots étaient devenus insupportables.

Son associé, Jared North, s'avança vers elle à grandes enjambées dynamiques, tenant à la main son marteau burineur.

La journée serait consacrée à son activité préférée : la démolition.

Il repoussa en arrière son casque de chantier.

— Tu veux vraiment abattre le mur entre la cuisine et la salle à manger ?

Honey hocha la tête.

— Tout le monde veut des espaces décloisonnés de nos jours, de façon à profiter des amis et de la famille pendant qu'ils cuisinent.

— Compris. Mais c'est un mur porteur. Il va falloir installer une poutre de soutènement.

— Ça en vaut la peine.

Honey fit un pas en arrière et s'imagina la cuisine rénovée.

— Je vais installer des placards en hauteur, et construire un vaste îlot central, sans doute en bois de récupération, qui offrira une surface de préparation supplémentaire, et un espace de rangement complémentaire.

Elle se déplaça et inspecta la cheminée.

— Il faut retirer la brique de parement. D'après moi, il doit y avoir de la vraie pierre en dessous. Ça donnera plus de cachet à la pièce si on la met au jour.

— Bien, m'dame !

Honey rit du salut moqueur que lui adressait Jared. Si la partie design lui revenait, son associé se chargeait des travaux, et il excellait dans ce domaine.

— Et les salles de bains ? demanda-t-il.

— On les refait entièrement.

Il faudrait même retirer le carrelage démodé et en mauvais état. Elle espérait toutefois qu'ils ne découvriraient pas des infiltrations ou de la moisissure.

Son téléphone, accroché à sa ceinture, vibra et elle vérifia le numéro. Le code de zone n'était pas celui d'Austin, mais il lui semblait familier. Il lui fallut toutefois un moment pour reconnaître la localisation.

Tumbleweed.

Elle sentit son estomac se nouer.

Le bureau du shérif.

La peur et la colère refirent immédiatement surface. Elle savait très bien ce que cela signifiait.

Qu'est-ce que son père avait encore fait ?

Lorsqu'elle vivait encore chez lui, il avait été arrêté pour ivresse sur la voie publique, outrage à agent, et conduite sous l'influence de stupéfiants. Et, chaque fois, elle avait dû trouver une solution pour payer sa caution.

Mais elle avait rompu tout contact quand elle avait quitté la ville, et elle avait dit au shérif Dunar de ne pas l'appeler s'il mettait à nouveau son père en cellule.

Son téléphone vibra à nouveau, et Jared eut une petite grimace étonnée.

— Tu ne réponds pas ?

Honey secoua la tête. Elle se moquait bien que son père ait des ennuis. Il lui avait fait suffisamment honte quand elle était au lycée. Et c'était pour éviter d'être stigmatisée davantage qu'elle avait fini par s'enfuir.

Il n'était pas question qu'il gâche la nouvelle vie qu'elle s'était bâtie à Austin.

Le téléphone se tut, et elle finit de faire le tour de la maison avec Jared, en lui faisant part de ses suggestions : suppression des dalles de polystyrène collées sur tous les plafonds, ici une nouvelle fenêtre, là une porte-fenêtre à petits carreaux pour accéder à la terrasse, qui serait dotée d'une pergola...

Son téléphone vibra à nouveau, juste au moment où ils venaient de terminer.

Elle étouffa un juron.

— Que se passe-t-il, Honey ? demanda Jared.

Elle se mordit l'intérieur de la joue.

— Rien.

D'un geste brusque, elle détacha le téléphone de sa ceinture.

— Je crois qu'il vaut mieux que je réponde.

Elle avait bien l'intention d'envoyer promener le shérif Dunar, et de lui dire d'oublier son numéro.

Oppressée, elle se précipita vers le jardin. Elle avait besoin d'air. Le simple fait de penser à son père lui donnait l'impression d'être souillée.

Prête à en terminer une bonne fois pour toutes avec cet appel téléphonique, elle pressa la touche de connexion.

— Allô ? dit-elle d'un ton prudent.

Il y eut un temps d'hésitation à l'autre bout de la ligne.

— Vous êtes bien Honey Granger ? demanda une voix masculine

Honey sentit son pouls s'accélérer. Elle n'avait pas reconnu le shérif Dunar.

— Oui. Qui êtes-vous ?

— Harrison Hawk... Je suis le nouveau shérif.

Honey reprit son souffle. Harrison Hawk était shérif de Tumbleweed ?

Mince alors ! Elle avait un tel béguin pour lui quand elle était plus jeune. Et puis, la petite sœur de Harrison avait disparu et sa propre vie était devenue un enfer quand son père était devenu le suspect principal.

— Harrison ?

Honey passa le revers de sa main sur son front moite de transpiration.

— Comment as-tu eu mon numéro de téléphone ? Pourquoi...

— Écoute-moi, Honey. C'est important.

Elle prit appui contre un arbre et attendit, les yeux tournés vers la véranda délabrée de la maison qu'elle projetait de rénover.

— J'ai de mauvaises nouvelles, dit-il d'un ton embarrassé. C'est à propos de ton père.

Les nouvelles pouvaient-elles être autres que mauvaises quand il s'agissait de son père ?

— Qu'a-t-il encore fait ?

Un autre silence gêné s'écoula, puis Harrison s'éclaircit la voix.

— Je suis désolé, Honey. Ça me coûte de te dire ça, mais il est mort.

Honey sentit que ses jambes se dérobaient sous elle, et qu'elle glissait jusqu'à terre.

Quelques secondes passèrent, lourdes de tension, tandis que Harrison donnait à Honey le temps d'assimiler la nouvelle.

Une équipe de secours et le médecin légiste abordaient la route en lacet menant au sommet du promontoire rocheux. Ils s'arrêtèrent dans un crissement de pneus.

— Honey, tu es toujours là ?

Les secouristes descendirent de leur véhicule, suivis du légiste. Harrison leur fit signe de s'approcher du bord et désigna le corps.

— Honey ? répéta-t-il.

— Je suis là, répondit-elle d'une voix tendue.

— Je suis désolé, dit-il à nouveau. Je me suis dit que tu aurais envie de le savoir.

Mais peut-être avait-il fait une erreur de jugement. Cela faisait des années qu'elle n'était pas revenue à Tumbleweed. Il ne savait pas si elle avait parlé récemment à son père, ou si elle était restée en contact avec lui depuis qu'elle avait quitté sa ville natale.

— De quelle manière ? À cause de son alcoolisme ?

Du coin de l'œil, Harrison observait l'équipe de secours qui préparait un harnais afin de pouvoir remonter le corps le long de la falaise, tandis que le légiste commençait à s'aventurer sur le chemin.

— Il faut attendre l'autopsie pour en savoir plus.

Il y eut à nouveau un silence. À l'évidence, elle était sous le choc.

— Je fais transférer le corps à la morgue, dit-il.

Sans doute devait-il paraître froid et insensible. Mais comme il ne savait ni quoi dire ni comment se comporter, mieux valait qu'il s'en tienne à une attitude strictement professionnelle.

— Je me demandais si tu avais envie de revenir et de t'occuper des formalités...

Il entendit un long soupir.

— Je te préviendrai dès que je serai arrivée.

— Très bien.

— Si je peux faire quelque chose, n'hésite pas.

— D'accord, murmura Honey.

Une seconde après, la communication fut coupée, et il se fit la réflexion qu'il aurait dû, avant de livrer une information aussi bouleversante, lui demander si elle était seule ou avec quelqu'un.

Mais Honey et lui n'étaient pas précisément amis quand elle avait quitté Tumbleweed. Pis encore, la disparition de sa sœur avait créé de graves dissensions entre leurs deux familles.

Des voix l'arrachèrent à ses pensées, lui rappelant qu'il devait se concentrer sur son travail.

Tandis que l'un des secouristes s'accroupissait à côté du cadavre de Granger, le Dr Weinberger se rapprocha de Harrison.

— Que s'est-il passé ? demanda le légiste.

Harrison haussa les épaules.

— Je ne sais pas. On dirait qu'il est tombé. Des gamins m'ont appelé. J'ai pris leur déposition, et je les ai laissés rentrer chez eux. Ils étaient pas mal secoués.

Le légiste observa les alentours.

— Ils ont vu quelqu'un là-haut ?

Harrison secoua la tête.

— Non. Ils s'amusaient à jeter des pierres en contrebas quand ils ont vu des vautours voler en cercle. Ils ont tout de suite compris qu'il y avait un cadavre.

— Vous voyez le sang à l'arrière de sa tête ? demanda le Dr Weinberger.

— Mouais. Qu'est-ce que vous en pensez ? On dirait qu'il s'est cassé les bras en essayant d'amortir sa chute.

— Effectivement. Il est tombé la tête la première. Dans ce cas, comment a-t-il pu se blesser à la nuque ?

Une brise souffla, charriant une odeur de pluie imminente, et un curieux murmure. Les gens du coin disaient que c'étaient les fantômes des mineurs, ensevelis dans les galeries lors de l'effondrement de la mine, qui se manifestaient. Harrison préférait penser que c'était le bruit du vent qui dévalait la falaise.

Les mots prononcés par le Dr Weinberger prirent soudain tout leur sens.

Il échangea avec le légiste un regard inquiet.

— Bon sang. Il n'est pas seulement tombé, n'est-ce pas ? Il a été assassiné.

2

Honey s'efforça d'ignorer la douleur qui la tarauda tout le reste de la journée, tandis qu'elle finalisait les plans de rénovation de la maison.

Elle finit par laisser le projet entre les mains de son associé, lui faisant confiance pour appliquer ses idées, et regagna la fermette qu'elle avait achetée deux ans auparavant.

C'était son petit paradis. La maison du bonheur.

Là, elle était à l'abri de son passé. Des rumeurs et des méchancetés qui lui avaient longtemps gâché la vie.

Elle ne savait pas encore combien de jours elle resterait à Tumbleweed. Sans doute juste le temps qu'il faudrait pour organiser la mise en terre de son père, et prendre connaissance de son testament. Il n'était pas question qu'elle lui offre de grandioses funérailles.

De toute façon, personne n'y assisterait.

Son père n'était pas un homme aimé lorsqu'elle vivait à Tumbleweed, et elle doutait qu'il se soit fait des amis depuis.

Elle prit une profonde inspiration tandis qu'elle entrait chez elle, appréciant le douillet intérieur qu'elle s'était créé. Elle affectionnait particulièrement le style *shabby-chic*, mais elle avait évité tout ce qui aurait pu lui rappeler sa maison d'enfance.

Les souvenirs l'assaillirent. Les nuits dans une chambre

sans chauffage, avec de vieilles couvertures râpées empilées les unes sur les autres. Le poêle à bois de la pièce à vivre qui fournissait à peine assez de chaleur. Les étés étouffants, rendant irrespirable l'atmosphère saturée d'odeurs de tabac, d'alcool, et de bois pourri.

Les larmes aux yeux, elle se dirigea vers sa chambre et tira une valise de sous son lit.

D'ordinaire, les tons sable de la pièce, rehaussés de touches de bleu doux l'apaisaient après une longue journée. Mais, tandis qu'elle rassemblait quelques vêtements, privilégiant les jeans et les T-shirts, le souvenir du vent faisant trembler les persiennes délabrées de la maison de son père revint la narguer.

Se pinçant l'arête du nez entre le pouce et l'index pour tenter de bloquer ses larmes, elle prit sur elle.

Elle ne se laisserait déstabiliser ni par la mort de son père ni par cette vieille bicoque.

Plus jamais.

Pour elle, cela faisait bien longtemps qu'il était mort. Cette visite n'était qu'une formalité. Ensuite, elle pourrait l'effacer définitivement de sa vie, ainsi que Tumbleweed et ses habitants.

L'anxiété nouait les épaules de Harrison lorsqu'il se gara devant la morgue le lendemain matin. Il y avait donné rendez-vous à Honey Granger.

La perspective de son retour en ville l'avait tenu éveillé presque toute la nuit. Il ne savait pas exactement pourquoi ça l'énervait, mais c'était pourtant le cas.

Sa première réaction avait été de vouloir prévenir sa famille, mais les seuls à être au courant étaient son adjoint, Mitchell Bronson, et le médecin légiste.

En parler à sa mère et ses frères ne ferait que raviver leur chagrin.

Il voulait également vérifier la cause de la mort.

Tout le monde en ville savait que sa mère détestait Granger, ce qui ne manquerait pas d'attirer les soupçons sur elle.

Il se pourrait même que toute sa famille soit suspectée.

Or, il n'était pas prêt à faire face à ces soupçons, ni à placer sous le feu des projecteurs sa mère et ses frères.

Il n'était pas encore midi, mais la chaleur était déjà éprouvante, et son front était couvert de sueur quand il descendit de son SUV et se dirigea vers l'hôpital. La morgue et le bureau du légiste se trouvaient au sous-sol.

Son téléphone vibra. L'appel provenait du Dr Weinberger. Il appuya sur la touche de connexion.

— Shérif Hawk.

— Harrison, Honey Granger est là.

— J'arrive. Je viens juste de me garer.

Il mit fin à la communication et prit une profonde inspiration avant d'entrer dans le bâtiment.

Le souvenir de Honey à seize ans lui revint. Avec ses cheveux blond doré, ses grands yeux bruns et ses longues jambes, elle était assez mignonne. Mais ses vêtements achetés à la friperie lui attiraient les moqueries des filles les plus populaires. Les garçons, quant à eux, n'étaient pas en manque de plaisanteries grivoises. Deux joueurs de l'équipe de football, en particulier, avaient pris des paris pour savoir lequel d'entre eux réussirait le premier à coucher avec elle. La pauvre n'avait vraiment pas eu la vie facile.

Cette évocation laissa un goût amer dans la bouche de Harrison. Étrangement, c'était sa petite sœur qui prenait la défense de Honey, et pas lui. Rétrospectivement, il n'en était pas fier.

Chrissy adorait les couleurs criardes des tenues de Honey, ses bijoux, son maquillage... Mais leur mère lui avait interdit de la côtoyer, en disant que Honey était trop âgée pour être amie avec Chrissy, et qu'elle avait l'air d'une traînée.

Lorsque Honey avait quitté précipitamment la ville, des rumeurs avaient couru, prétendant qu'elle était enceinte, et qu'elle était partie pour accoucher discrètement ailleurs.

Il avait préféré croire que ce n'était pas vrai, et qu'elle avait trouvé une vie meilleure.

La fraîcheur qui régnait à l'intérieur du bâtiment, grâce à l'air conditionné, lui parut excessive en comparaison de l'éprouvante chaleur extérieure, et il ne put retenir un frisson.

Il se dirigea vers l'ascenseur et descendit où sous-sol, où l'odeur de détergent était encore plus forte.

Plongé dans ses pensées, il salua distraitement la réceptionniste. Quand il avait appelé Honey, elle avait paru choquée par la mort de son père, et n'avait pas dit grand-chose.

Il ne savait pas à quoi s'attendre aujourd'hui. Granger était la seule famille qu'il lui restait, et il était surpris qu'elle n'ait pas demandé plus de détails. Mais chacun réagissait différemment aux mauvaises nouvelles. Elle allait probablement lui poser des questions maintenant.

Et il avait besoin de trouver les réponses.

Il frappa et entrebâilla la porte du bureau de Weinberger. Le légiste se leva et lui fit signe d'entrer. Le regard de Harrison se posa alors sur Honey.

L'adolescente aux tenues trop colorées avait disparu.

La femme qu'il avait devant lui portait un jean, un haut à fines bretelles bleu nuit, à l'aspect soyeux, et des sandales à hauts talons qui faisaient paraître ses jambes d'une longueur interminable.

Ses cheveux étaient un peu plus blonds, et il se dégageait de ses yeux bruns une sensualité troublante.

Il sentit son estomac se nouer. Bon sang ! Elle était… magnifique. Mais d'une façon saine et presque innocente. Sans aucune provocation.

— Honey ? dit-il, en tendant la main.

Il sentit ses doigts fins trembler tandis qu'elle les plaçait dans sa paume. Ce contact furtif le fit tressaillir, renforçant son trouble, tandis qu'une vive chaleur se propageait dans ses veines.

Une étrange lueur traversa le regard de Honey, et elle frotta sa paume sur son jean, comme si elle avait ressenti la même chose. Puis ses lèvres s'étirèrent en une ligne étroite, et un pli soucieux barra son front.

— Nous vous attendions, dit le Dr Weinberger. J'ai expliqué à Honey qu'elle n'était pas obligée d'identifier son père, puisque l'ADN a déjà confirmé qu'il s'agit bien de Waylon Granger. Mais, si elle tient à le voir, c'est tout à fait possible.

Harrison leva un sourcil, attendant la réponse de Honey. Il avait besoin de temps pour contrôler la réaction qu'elle lui avait inspirée.

Compte tenu de leur passé, il était impossible qu'il puisse aujourd'hui être attiré par elle.

Honey s'empressa de détourner les yeux de Harrison.

Adolescent, il était déjà séduisant. Maintenant qu'il avait mûri, son charme avait pris de l'ampleur, de l'assurance, et il devait probablement avoir toutes les femmes à ses pieds.

Sa haute stature semblait rapetisser la pièce, ses larges épaules obstruant tout angle de vision. Son teint hâlé et ses cheveux sombres faisaient ressortir ses pommettes hautes, sa bouche ferme et bien dessinée, et ses yeux d'ambre.

Autrefois, il avait des fossettes quand il souriait, bien que ce sourire se fût définitivement effacé après la mystérieuse disparition de sa sœur.

À présent, il affichait une moue où elle ne voyait que mépris à son égard.

Les paroles haineuses de la mère de Harrison étaient à jamais imprimées dans sa mémoire.

« Tu n'es qu'une moins que rien, Honey Granger. Tu n'es

pas la bienvenue à Hawk's Landing. Il n'est pas question que ma fille fréquente les gens de ton espèce. »

La voix de Harrison l'arracha à ces douloureux souvenirs.

— Tu as pris des arrangements pour les obsèques ? demanda-t-il.

Honey haussa les épaules.

— D'après Truitt Bennings, le notaire de mon père, il voulait être incinéré.

Elle était surprise que son père ait rédigé un testament, mais lui en était reconnaissante. Il lui avait laissé la maison, et le fait d'en être maintenant légalement propriétaire en faciliterait la vente.

Elle n'avait pas l'intention de rester dans cette ville plus longtemps qu'il n'était nécessaire.

— Si vous le souhaitez, je peux appeler le crématorium pour vous, proposa le Dr Weinberger.

— Oui, merci. C'est très gentil à vous.

Le légiste lui adressa un sourire de sympathie.

— Souhaitez-vous le voir maintenant ?

Le voulait-elle ?

Non. Quand elle avait quitté la ville, elle avait juré de ne plus jamais le voir ou lui parler.

Mais une petite voix intérieure lui enjoignait de lui dire au moins au revoir. Après tout, c'était quand même son père. Et il n'avait pas déserté la maison comme sa mère l'avait fait. Encore que certains auraient pu dire que s'enivrer jusqu'à frôler le coma était sa façon de l'abandonner.

Elle redressa le menton, affichant un air de brave petit soldat.

— Oui. Finissons-en avec ça.

Harrison et le légiste échangèrent un regard, mais ni l'un ni l'autre ne fit de commentaire.

Elle faillit demander s'il y avait un problème, mais se dit qu'ils avaient sûrement parlé d'elle avant qu'elle arrive. Les ragots dans les petites villes étaient difficiles à faire taire. À n'en pas douter, tout le monde à Tumbleweed était déjà au courant de son arrivée.

Honey releva fièrement la tête. Elle se moquait bien désormais de ce que les gens pouvaient penser à son sujet. Elle s'était inventé une nouvelle vie, et elle était fière de la femme qu'elle était devenue.

Il n'empêche que leurs regards en biais la mettaient mal à l'aise, et lui rappelaient tout ce qui faisait qu'elle détestait Tumbleweed.

Le légiste la mena à travers une série de doubles portes, longeant une pièce marquée « autopsie » et la fit entrer dans une petite pièce. Harrison suivait à quelques pas.

Honey s'arma de courage avant de le suivre jusqu'à une table en acier. La pièce était si froide qu'elle ne pouvait s'empêcher de frissonner.

Son père gisait sous un drap. Le légiste contourna la table.

— Vous êtes prête, mademoiselle Granger ?

Elle hocha la tête.

Il écarta la partie du drap qui masquait le visage de son père, mais elle ne réagit pas.

C'était comme si elle regardait un inconnu, quelqu'un qu'elle aurait rencontré des années auparavant, mais qui ne signifiait rien pour elle.

L'âge avait grisé ses cheveux, creusé de larges sillons dans son visage buriné, et il avait perdu du poids.

Sous le violent éclairage, la pâleur jaune grisâtre de sa peau marquée d'hématomes semblait plus frappante encore.

— Que s'est-il passé ? demanda-t-elle.

Elle pensait que son décès était dû à son alcoolisme, mais il avait l'air de s'être battu.

— Je l'ai découvert à Dead Man's Bluff, dit Harrison.

Surprise, elle tourna la tête vers lui.

— Que faisait-il là-bas ?

— Je n'en sais rien.

— Comment est-il mort ?

— Traumatisme crânien, dit le légiste.

— Donc, il avait bu, et il est tombé, supposa Honey, en affichant un air écœuré.

Après une brève hésitation, Harrison s'éclaircit la voix.

— Il n'est pas simplement tombé, Honey. On dirait qu'il a été frappé à l'aide d'une pierre, et poussé par-dessus bord.

Honey ouvrit de grands yeux.

— Tu veux dire qu'il a été assassiné ?

— Je suis désolé mais, oui, ça en a tout l'air.

Elle comprenait à présent l'étrange regard que les deux hommes avaient échangé.

Les pensées se bousculèrent dans sa tête. Son père n'avait aucun ami en ville. Beaucoup de gens ne l'aimaient pas, mais personne ne le haïssait suffisamment pour le tuer.

Sauf…

Son regard croisa celui de Harrison.

Sauf sa famille.

Harrison eut l'impression de voir tourner les rouages de l'esprit de Honey. Pour elle, la conclusion était évidente : le responsable était forcément un membre de sa famille. Et il ne se faisait aucune illusion. Tout le monde penserait la même chose.

— Tu sais qui l'a poussé ? demanda-t-elle.

Il n'avait pas la réponse à cette question.

— Pas encore.

Il découvrirait la vérité, cependant. C'était son fichu travail.

— Voulez-vous rester seule quelques minutes ? proposa le Dr Weinberger.

Honey se tordit les mains, paraissant fragilisée, puis elle hocha lentement la tête.

— N'hésitez pas à nous appeler si vous avez besoin de quelque chose, dit le légiste.

Étrangement, Harrison rechignait à la laisser seule.

Elle avait grandi dans une famille dysfonctionnelle. Elle était partie depuis près de vingt ans, et aujourd'hui elle revenait faire ses adieux à celui qui n'avait jamais su être un père pour elle.

La compassion qu'il éprouvait pour Honey incita Harrison à lui presser gentiment le bras.

— Ça va aller ?

Un triste sourire incurva sa bouche.

— Bien sûr. Ça ne me prendra qu'une minute.

Harrison hocha la tête et suivit le légiste dans le couloir. Inquiet pour Honey, il se retourna et l'observa à travers la partie vitrée de la porte.

— Elle a l'air de tenir le coup, dit à voix basse le Dr Weinberger.

Ou alors, elle donnait bien le change, songea Harrison. Quelque chose lui disait que Honey avait souvent fait cela au fil des années, notamment en prétendant que les ragots ne l'atteignaient pas. Mais une profonde tristesse altérait son regard.

Soudain, il éprouva le besoin d'arranger les choses pour elle. De la libérer de l'angoisse qu'elle éprouvait.

Mais il ne savait pas comment s'y prendre.

De toute façon, elle quitterait probablement la ville dès qu'elle se serait occupée des formalités liées à la mort de son père, la crémation et probablement la vente de la maison.

À moins qu'elle ne décide de revenir vivre ici. Ça lui semblait toutefois peu probable.

— Vous avez trouvé des éléments scientifiques ? demanda Harrison.

Weinberger croisa les bras.

— Il y avait des éclats de pierre et de la poussière dans la blessure de Granger. Je pense qu'il a été frappé avec une pierre de la falaise.

— Ce qui voudrait dire que le meurtre n'était pas

prémédité. Quelque chose s'est passé là-haut, qui a poussé l'autre partie à attaquer.

Il allait devoir retourner sur les lieux du crime, chercher cette pierre, vérifier s'il y avait des empreintes dessus...

— Autre chose ? demanda-t-il au légiste.

— De la terre sous les ongles de la victime, et un cheveu brun.

Harrison hocha la tête.

— Il faut l'envoyer au labo. Ce cheveu pourrait appartenir à notre tueur.

3

Son père avait été assassiné.

Ces mots résonnaient dans la tête de Honey, comme si quelqu'un les lui enfonçait dans le crâne à coups de marteau.

Qui avait tué son père ? Et pourquoi ?

Un curieux mélange d'émotions la traversa tandis qu'elle observait son cadavre.

Les dix-huit années passées l'avaient évidemment marqué, mais l'alcool avait intensifié le processus, le faisant paraître dix ans plus vieux.

Elle n'avait jamais compris pourquoi il buvait autant, pourquoi il changeait d'humeur pour un oui, pour un non. Alors, elle se l'était reproché. Il n'avait jamais voulu d'enfant... Il ne savait pas comment élever une fille... Elle était une mauvaise enfant...

Aujourd'hui qu'elle était adulte, elle comprenait qu'il luttait contre des démons intérieurs dont personne n'avait la moindre idée, que l'alcoolisme était une maladie... Mais cela ne changeait rien au fait que le comportement de son père, son manque d'amour, la façon dont il la rejetait, lui avait fait beaucoup de mal.

Les larmes lui montèrent aux yeux, et elle éprouva soudain l'envie lancinante de remonter le temps.

Ils avaient eu de bons moments, quand même. Comme ce jour où il l'avait emmenée pêcher à l'étang...

Il lui avait fait la surprise de préparer un pique-nique et de l'emmener en canoë et, pendant quelques heures, elle avait eu l'impression qu'ils formaient une vraie famille. Il avait ri quand elle avait poussé des cris de dégoût à l'idée d'accrocher un ver de terre sur son hameçon, mais il avait su faire preuve d'une infinie patience au moment de lui expliquer comment lancer sa ligne.

Et cependant, ce précieux moment de complicité avait été gâché quand il avait sorti de sa besace une bouteille de whisky, l'avait bue en totalité, et s'était évanoui au soleil.

Elle avait continué à pêcher toute seule et à jouer au bord de l'eau, en faisant comme si tout allait bien. Elle était très douée pour faire semblant.

Puis la nuit était arrivée, et les environs lui avaient semblé immenses, désertiques et... effrayants.

Elle avait eu affreusement peur quand l'obscurité l'avait enveloppée, et que les hurlements des coyotes avaient commencé à résonner autour d'elle. Elle avait alors secoué son père pour le réveiller, mais il l'avait disputée, et l'avait giflée quand elle s'était mise à pleurer.

Il était si ivre qu'il avait zigzagué tout le long de la route, et avait failli heurter une voiture. Il était alors entré dans une rage folle, rejetant la faute sur elle.

Quand ils étaient finalement rentrés, elle avait couru s'enfermer dans sa chambre et y était restée terrée toute la nuit et une partie de la journée du lendemain, tant elle avait peur de se retrouver face à lui.

Revenant au présent, Honey remisa ce souvenir dans un coin de sa mémoire.

Cela faisait bien longtemps qu'elle avait accepté son père tel qu'il était, mais elle n'en avait pas moins conservé l'espoir qu'il changerait un jour, et qu'elle aurait alors le père aimant et attentionné dont elle avait toujours rêvé.

À présent, il n'y avait plus aucune chance que cela se produise.

Résignée, elle ravala ses larmes et posa une main sur

la joue de son père. La peau glacée avait le toucher d'un vieux cuir tanné.

Elle ressentit l'envie absurde de déposer un baiser sur cette joue, mais ne le fit pas.

Au lieu de quoi, elle murmura : « Au revoir, papa », et quitta la pièce, tirant un trait sur cette image et sur sa douleur, tandis que la porte se refermait derrière elle.

Harrison réfléchissait à sa conversation avec le légiste. S'ils identifiaient le meurtrier de Granger, il pourrait résoudre cette affaire rapidement. Ainsi, plus rien ne retiendrait Honey à Tumbleweed. Elle pourrait s'en aller, et il serait délivré de la tentation qu'elle représentait.

Il appela l'unité d'investigation scientifique, et s'entretint avec le chef d'équipe, Roger Watkins.

— Vous avez trouvé des indices dans l'affaire Waylon Granger ?

— Rien sur la falaise. Pas d'empreintes de pas. Nous avons juste trouvé un bouton. Il semble provenir d'une chemise en flanelle. Il n'appartenait pas à Granger, et il n'y a pas d'empreinte dessus.

— Il pouvait se trouver là depuis des années.

Mais il allait retourner inspecter à nouveau les lieux du crime. Le meurtrier pouvait très bien avoir jeté la pierre assez loin pour que les experts ne la trouvent pas. Or, il s'agissait probablement de leur indice principal.

La porte s'ouvrit et Honey apparut. Le cœur de Harrison se serra en découvrant l'expression décomposée sur son visage

— Je devrais en avoir terminé avec l'autopsie d'ici demain, dit le Dr Weinberger. J'appellerai ensuite le crématorium.

— Merci.

Honey croisa les bras autour de sa taille, dans un besoin évident de réconfort, provoquant aussitôt chez Harrison l'envie de la prendre dans ses bras.

— Je vais m'installer chez mon père pendant quelques jours. Il faut que je voie ce qu'il y a à faire avant de mettre la maison en vente.

Elle posa brièvement les yeux sur Harrison, et il crut voir passer dans son regard le souvenir d'anciennes souffrances. Puis elle s'adressa au légiste.

— Harrison... Je veux dire, le shérif Hawk, a mon numéro, si vous avez besoin de reprendre contact avec moi.

Weinberger eut un bref signe de tête.

— Très bien.

— Je te raccompagne, annonça Harrison, tandis qu'elle se tournait vers la porte.

Elle se crispa tandis qu'il lui emboîtait le pas, et ce fut en silence qu'ils traversèrent le couloir jusqu'à l'ascenseur.

Même si la chaleur était oppressante à l'extérieur, Harrison fut soulagé de se retrouver à l'air libre. Il vit les épaules de Honey se détendre également.

Il la suivit jusqu'à une camionnette blanche, affichant le dessin stylisé d'une maison et le nom d'une société Honey's Home Makeovers.

— Tu as ta propre entreprise ? demanda-t-il.

Le visage de Honey s'éclaira.

— Oui. Et ne sois pas aussi surpris.

Son intonation vexée le fit se sentir penaud.

— Je n'avais pas l'intention de paraître dubitatif.

Il se dandina d'un pied sur l'autre, en espérant qu'elle lui donnerait plus de détails, mais elle n'en fit rien.

Une expression méfiante, qui commençait à être familière à Harrison, réapparut sur son visage.

— Tu as dit que mon père avait été poussé du haut de la falaise. As-tu une idée de qui peut avoir fait ça ?

Il la regarda, conscient que le passé créait entre eux une barrière infranchissable.

— J'enquête.

Ne sachant quelle attitude adopter, il fourra les mains dans ses poches.

Elle l'observa un moment, les lèvres pincées.

Il avait envie de la voir sourire et, par association d'idées, il se demanda si elle avait quelqu'un dans sa vie, un homme à qui elle accordait en permanence son sourire.

Si c'était le cas, le type pouvait se considérer comme un homme heureux.

— Désolé, murmura-t-il.

Elle haussa les épaules, comme si elle réalisait qu'elle avait réagi avec excès. Puis elle se glissa au volant.

Il retint la portière avant qu'elle ait eu le temps de la claquer.

— Étais-tu restée en contact avec ton père ?

Elle laissa échapper un soupir empli de résignation, et secoua la tête.

— Non, je ne lui avais pas parlé depuis des années. Pourquoi ? Tu ne penses quand même pas que j'ai quelque chose à voir avec sa mort ?

Peut-être aurait-il dû envisager cette hypothèse, mais non, cela ne lui était pas venu à l'esprit.

— Non, eut-il l'honnêteté de répondre.

— Bien, dit-elle d'un ton sec. Parce que j'ai une vie à Austin, figure-toi. J'ai ma propre entreprise, et j'adore ce que je fais. Quand je suis partie d'ici, j'ai tout abandonné derrière moi. Y compris mon père.

Elle serra si fort le volant que ses articulations blanchirent.

— Même si j'avais beaucoup de raisons de lui en vouloir, jamais je n'aurais mis ma carrière en danger pour me venger. Surtout maintenant.

Une expression affligée assombrit son visage, tandis qu'elle tournait la clé de contact.

— Il n'en valait pas la peine.

Pressant l'accélérateur, elle quitta le parking à vive allure.

Harrison resta un moment sur place, à essayer d'assimiler son commentaire. Il était quelque peu attristé qu'elle ne soit pas davantage chagrinée par la mort du vieil homme. Mais il est vrai que Granger ne le méritait pas.

Tournant les yeux vers la falaise qui se dressait au loin, il se souvint que l'arme du crime était probablement une pierre, et décida d'aller faire un tour à Dead Man's Bluff.

Arrivé à destination, il se gara et balaya des yeux les environs, tourmenté par le souvenir de cette nuit fatidique où Chrissy avait disparu. Le fait que son corps n'ait jamais été retrouvé aurait dû lui laisser de l'espoir, mais il connaissait hélas ! les statistiques.

Le meurtre de Waylon Granger était-il lié à cette disparition ?

Il n'y croyait pas trop, mais il devait en avoir le cœur net.

Il enfila des gants en latex, et sortit de son SUV. Sous un soleil cuisant, il inspecta le parking et les hautes herbes qui le bordaient. Puis il s'attaqua à la végétation redevenue sauvage qui flanquait l'ancienne mine, et à la rive du plan d'eau.

Rien.

Bien sûr, le meurtrier pouvait avoir jeté la pierre, et elle se trouvait peut-être maintenant sous l'eau.

Le vent souffla depuis l'entrée de la mine, produisant ce son sinistre qui entretenait la légende de fantômes hantant les lieux.

Déterminé à explorer les différentes galeries encore accessibles, avant de faire draguer le plan d'eau, il décrocha sa lampe torche de la ceinture de son uniforme, et se faufila dans l'entrée de la mine.

Il y faisait sombre et froid, et une puissante odeur d'urine se mêlait à des relents d'humidité et de poussière, suggérant que les adolescents du coin ne venaient pas seulement explorer les lieux par curiosité, mais en profitaient pour s'y soulager.

Ignorant la puanteur, il promena le faisceau lumineux de sa torche le long des parois et à terre. Mégots de cigarettes, bouteilles de bière et autres débris jonchaient le sol.

À coups de pied, il dégagea un passage pour atteindre un renfoncement, où il trouva un sac de couchage, des boîtes de conserve vides ayant contenu des flageolets, et un mug en métal. Quelqu'un avait-il vécu là ?

Éclairant les alentours, il découvrit un amoncellement circulaire de pierres, avec au centre quelques bouts de bois calcinés sur un tas de cendres.

En se rapprochant, il distingua une pierre au milieu des débris. Il s'accroupit et dégagea les cendres avec un bâton.

Il s'agissait bien d'un fragment de roches aux contours aiguisés. Une tache rouge marquait l'un des côtés.

Il prit la pierre et l'examina. Elle était presque aussi large que sa main.

Il renifla la substance rouge. Elle semblait poisseuse et dégageait une odeur métallique. C'était bel et bien du sang.

Celui de Granger ? Pour le savoir, il allait devoir le faire tester.

Le cœur battant un peu plus vite, il emporta la pierre à sa voiture, et la déposa dans un sachet en plastique transparent, qu'il mit dans son coffre. S'il y avait des empreintes dessus, il pourrait peut-être coincer le tueur.

Il n'avait pas encore prévenu sa famille de la mort de Granger. Il était temps maintenant de le faire. Mais il ne pouvait s'empêcher de redouter qu'on trouve les empreintes de l'un d'eux sur cette pierre.

Honey passa devant le poste de police tandis qu'elle traversait Tumbleweed. Elle ne parvenait pas à croire que Harrison Hawk soit devenu shérif. Elle s'attendait à ce qu'il quitte cette petite ville pour quelque chose de plus grand et de mieux. Harrison était intelligent, il était très populaire au lycée, et toutes les filles tournaient autour de lui.

Son côté un peu bad-boy, sexy et dragueur était très attirant. Mais, après la disparition de sa sœur, il s'était replié sur lui-même, devenant triste et ombrageux.

Et sa famille tellement soudée avait volé en éclats.

Des mères et leurs enfants jouaient dans le parc, où on avait installé des pataugeoires pour les enfants, afin de contrecarrer les effets de la canicule.

Le cœur de Honey se serra lorsqu'elle vit une petite fille avec des couettes nouées à l'aide de rubans roses, qui rejoignait sa mère en courant et nouait les bras autour d'elle.

Chrissy adorait les rubans et en possédait de toutes les couleurs. Fière de sa collection, elle les gardait précieusement dans une boîte.

Honey tourna dans une petite rue qui menait à Lower Tumbleweed, l'endroit où vivait son père.

Techniquement, on appelait cette zone ainsi parce qu'elle se situait dans la vallée basse. Mais ce nom avait une autre connotation, impliquant que les familles qui vivaient là étaient de basse extraction. Il est vrai que les gens y étaient pauvres et bénéficiaient de l'aide sociale.

Elle entendait encore les moqueries des autres enfants sur ceux qui vivaient à Lower Tumbleweed.

Seigneur ! Comme elle avait souffert de leur cruauté, détestant que les gamins de l'école en sachent autant sur elle ! Pis, que les ragots prétendant que sa mère était une dévergondée et son père un ivrogne soient vrais.

Au moins, sa meilleure amie de l'époque, Cora Zimmerman, avait une mère qui travaillait dur. Ça n'empêchait pas que Cora soit également victime de moqueries, mais au moins le travail de sa mère au salon de coiffure était respectable.

Cela faisait longtemps qu'elle n'avait pas pensé à Cora, et elle se demanda ce qu'elle était devenue.

Le panneau indicateur de rue avait été renversé et gisait à terre. Des traces de pneus marquaient le métal d'un vert délavé.

Elle savait toutefois où tourner, et parvint sans peine à destination, non sans éprouver du dégoût à la vue des jardins et des habitations à l'abandon.

Dix-huit ans auparavant, les maisons étaient déjà en

mauvais état, mais les intempéries et le manque d'entretien les avaient transformées en ruines. Les vérandas s'effondraient, les balcons en bois pourrissaient, la peinture s'écaillait, les volets étaient dégondés. Des mauvaises herbes envahissaient les jardins, où pullulaient des arbustes morts, les allées goudronnées se fissuraient, et les débris d'une récente tempête jonchaient ce qui avait été, en des temps plus cléments, de la pelouse.

La plupart des maisons étaient vacantes à présent, et les accès de quelques-unes étaient barrés de planches comme si elles étaient condamnées.

Celle de son père se dressait comme une verrue au bout de la rue. La façade autrefois blanche avait jauni, et les marches en bois de la terrasse couverte avaient été remplacées par de simples parpaings empilés les uns sur les autres.

Honey se gara en soupirant, et se passa la main dans les cheveux.

Elle achetait ce genre de maisons et les rénovait entièrement. Pendant une brève seconde, l'image de ravissants bungalows lui apparut.

Elle pourrait redonner vie à ce quartier...

Sa nuque se couvrit de sueur tandis qu'elle descendait de la camionnette et troquait ses sandales contre des ballerines, plus pratiques pour se déplacer dans cette zone quasi sinistrée.

Non, elle n'allait pas se mettre à songer à la rénovation du quartier. Elle n'avait pas l'intention de rester ici une minute de plus qu'il n'était nécessaire.

Et elle se moquait pas mal que toutes les maisons du coin soient rasées d'un coup de bulldozer.

Demain, elle rencontrerait l'agent immobilier du coin, et verrait si sa maison pouvait intéresser un investisseur.

Mais cette nuit, elle allait devoir rester ici.

Cette pensée la paniqua. Comment allait-elle pouvoir dormir dans cet endroit si répugnant ? C'était déjà assez pénible quand elle était enfant, alors qu'elle ne connaissait pourtant rien d'autre.

Elle aurait mieux fait de réserver une chambre dans un motel local. Mais elle n'avait pas envie d'annoncer son arrivée, ni de se trouver face à face avec quelqu'un de son passé.

Redressant les épaules, elle décida de vérifier d'abord l'intérieur. Si c'était vraiment inhabitable, elle se rabattrait sur le motel.

Les ronces s'accrochaient aux jambes de son jean alors qu'elle s'avançait jusqu'au perron, tandis que les mauvaises herbes lui chatouillaient les pieds dans l'échancrure de ses ballerines. Elle monta les marches de fortune, faites de parpaings empilés, et sentit les lames de la terrasse en bois s'enfoncer sous ses pas tandis qu'elle s'approchait de la porte. La serrure n'était pas verrouillée, mais le bois avait gonflé, et elle dut la secouer et donner un coup de pied dedans pour qu'elle s'ouvre.

La nausée la submergea tandis que son enfance lui revenait en pleine face. Ses parents qui se disputaient sans arrêt. L'odeur de l'alcool et du tabac. Le manque d'argent…

Ce serait un travail de titan de tout remettre à neuf.

Le canapé au velours râpé et souillé s'effondrait. Les fauteuils dépareillés étaient bancals. Le plateau de la table de salle à manger était tout éraflé. Des cendriers pleins et des bouteilles vides abandonnés un peu partout témoignaient que son père n'avait pas changé de mode de vie.

Les portes des placards de la cuisine pendaient sur leurs gonds. La bande de chant de la table en formica se décollait. Les plans de travail étaient gras et couverts de taches de nourriture.

Elle en voulut à son père d'avoir laissé la maison se dégrader ainsi. Elle avait vu pire sur ses chantiers de rénovation, mais il s'agissait là de la maison de son enfance. Même si à l'époque elle n'était ni confortable ni fonctionnelle, au moins elle était propre. Parce qu'elle se chargeait d'y faire le ménage.

Traversant le couloir, elle s'arrêta devant la chambre de son père, dont la porte était ouverte. Le couvre-lit en chenille jaune était toujours là, décoloré par le soleil, couvert de taches et de brûlures de cigarette. Le lit en métal était rouillé, les tringles à rideaux à demi décrochées.

Les vêtements de son père étaient entassés n'importe comment sur une chaise dans un coin. Et ses chaussures étaient glissées en dessous.

Elle s'obligea à entrer dans son ancienne chambre. Il n'avait pas changé les rideaux et le couvre-lit en vichy rose et blanc. Son ours en peluche et ses poupées étaient toujours sur l'étagère murale.

Elle repéra sur la commode en pin, dont les tiroirs ne fermaient pas complètement, la boîte à bijoux qu'elle avait eue pour son dernier Noël, avant que sa mère ne s'en aille.

Elle s'en saisit et se laissa tomber sur le lit.

Les ressorts grincèrent sous son poids. Sa mère adorait les bijoux fantaisie et lui avait donné ceux dont elle s'était lassée. Honey les appelait « ses trésors », et en portait tous les jours, en croyant être glamour.

Un rire amer monta du tréfonds de sa poitrine.

Elle n'avait jamais été glamour. Au contraire, ses efforts pour donner du chic à ses vêtements d'occasion, quand elle était adolescente, et son maquillage chargé, ne réussissaient qu'à la faire paraître vulgaire et trahissaient ses origines modestes.

Il n'était pas étonnant que la mère de Harrison se soit opposée à ce que Chrissy la côtoie.

Incapable de résister, elle ouvrit la boîte à bijoux pour voir ce qu'il restait de sa bimbeloterie.

Son cœur fit un bond dans sa poitrine.

Au-dessus des colliers en perles de verre et des broches

clinquantes en métal doré et strass se trouvait un ruban jaune.

La nausée lui monta aux lèvres.

Chrissy portait des rubans jaunes la nuit où elle avait disparu.

4

Tandis que Honey drapait sur sa main le soyeux ruban de satin jaune, une image de Chrissy avec ses couettes lui apparut.

L'adorable petite Chrissy, qui chantait, « tu es mon soleil », tout en sautillant à travers le jardin.

Un jour, elle portait des rubans jaunes, un autre jour, des violets, des rouges ou des bleus. Parfois, elle arborait des rubans de plusieurs couleurs, et appelait cela ses cheveux arc-en-ciel.

C'était une enfant tellement heureuse, toujours en train de sourire et de chanter, et débordante de curiosité. Un matin, dans la cour de l'école, elle s'était approchée tout doucement de Honey, et lui avait demandé si elle pouvait lui montrer comment se maquiller.

Honey avait trouvé cela adorable. Comme la fillette n'avait que des frères, elle avait pensé que Chrissy avait besoin d'une figure féminine dans sa vie pour lui apprendre des trucs de filles.

Malgré l'insistance de Chrissy pour qu'elle lui fasse un maquillage aussi chargé que le sien, Honey s'était contentée de déposer un peu de blush abricot sur ses pommettes, un gloss rose pâle sur ses lèvres, et une très légère touche de fard blanc pailleté sur ses paupières.

Chrissy s'était trouvée très belle. Mais la mère de la fillette s'était ruée sur Honey le soir même, et lui avait ordonné de rester à l'écart de sa fille. Mme Hawk avait conclu en disant qu'elle ne voulait pas que sa fille devienne une traînée comme elle.

Ce souvenir fit monter les larmes aux yeux de Honey.

Tout à coup, elle avait pris conscience que les ragots sur ses parents s'étendaient aussi à elle, et qu'elle n'aurait jamais sa place dans le même cercle social que des gens comme Harrison Hawk et sa famille.

C'était à ce moment-là qu'elle avait décidé qu'elle quitterait la ville dès qu'elle serait en âge de travailler.

Et elle l'avait fait.

Elle cilla pour éclaircir sa vision et balayer ce souvenir.

Et cependant, le ruban jaune semblait la narguer.

Comment s'était-il retrouvé dans sa boîte à bijoux ?

Si Chrissy portait ce ruban la nuit où elle avait disparu, cela voulait dire que celui qui l'avait tuée l'avait emporté. Ce qui renforçait ses interrogations sur la façon dont il était arrivé là.

On avait prétendu que Chrissy était venue voir Honey cette nuit-là, et que son père s'en était pris à elle. Même si elle détestait son père, Honey n'avait jamais cru à cette hypothèse.

Mais ce ruban… Et si son père avait réellement fait quelque chose à Chrissy ?

Si c'était le cas, aurait-il gardé le ruban ?

Elle ne l'avait jamais vu avant, et elle avait utilisé sa boîte à bijoux de nombreuses fois après la disparition de Chrissy.

Son père pouvait très bien l'avoir caché puis, après son départ, l'avoir remis dans la boîte en pensant que, si quelqu'un fouillait les lieux, il penserait que le ruban appartenait à Honey.

Sa main trembla, faisant danser le ruban entre ses doigts.

Si son père, ou le ravisseur de Chrissy, avait pris ce ruban, il devait y avoir des empreintes dessus.

Et elle venait juste de les contaminer avec les siennes.

Que devait-elle faire ?

Puisqu'elle avait passé son enfance à dissimuler les vilains petits secrets de sa famille, elle n'avait qu'à remettre le ruban où elle l'avait trouvé, et personne n'en saurait jamais rien.

Si elle le montrait à Harrison, il supposerait, et même croirait, que son père était coupable d'assassinat.

Son estomac se révulsa.

Mais pouvait-elle garder le silence ?

La famille Hawk se rongeait les sangs depuis des années, à se demander ce qui était arrivé à leur petite fille. Ils avaient probablement imaginé des dizaines de scénarios plus atroces les uns que les autres.

Même si Mme Hawk ne l'aimait pas, Honey éprouvait quand même de la compassion pour cette femme et sa famille.

Ce ruban pouvait peut-être les aider à trouver la vérité.

Ils méritaient d'avoir enfin une réponse, n'est-ce pas ?

Harrison redoutait la conversation avec sa famille.

Le but de leurs dîners était de resserrer les liens entre eux mais, depuis la disparition de Chrissy, rien ne semblait pouvoir atténuer l'étrange tension entre les frères et leur mère.

Et pourtant, il devait informer sa famille de la mort de Granger. Leur dire que même s'il ne posait pas de questions, d'autres le feraient. Leur faire comprendre aussi que, même s'ils n'aimaient pas l'homme, il était tenu d'enquêter sur sa mort.

Son téléphone vibra au moment même où il montait dans son SUV. Il vérifia le numéro. C'était celui de Honey Granger.

Que voulait-elle ? Des réponses sur la mort de son père ?

Le téléphone vibra à nouveau. Il pressa la touche de connexion.

— Shérif Hawk.

Il entendit quelqu'un reprendre son souffle.

— Allô ? dit-il.

— Harrison, c'est moi. Honey.

Son intonation était mal assurée.

— Oui ?

— J'ai quelque chose à te montrer. Je ne sais pas ce que ça veut dire mais, enfin..., pourrais-tu venir chez moi ? Je veux dire, chez mon père.

Harrison grinça des dents. Dans le cadre de l'enquête, il était bien obligé de rester en contact avec Honey, mais la voir était difficile. Ça réveillait des souvenirs qu'il s'était efforcé d'oublier. Et aussi une certaine forme de culpabilité pour n'avoir pas pris la défense de Honey quand sa mère l'avait mal jugée.

— Peux-tu venir ? demanda-t-elle à nouveau.

— J'arrive.

Le pouls de Harrison s'emballa alors qu'il tournait la clé de contact. Tandis qu'il se dirigeait vers la maison de Granger, il appela son adjoint pour lui demander de faire des rondes en ville, tâche qui aurait normalement dû lui incomber.

Harrison était attendu chez sa mère pour le dîner, et il devait absolument apprendre la nouvelle à sa famille avant que la rumeur leur vienne aux oreilles.

Dans une petite ville comme Tumbleweed, il n'était pas facile de garder un secret.

Des ombres s'étiraient le long des rues, tandis qu'il roulait sous un ciel gris vers Lower Tumbleweed.

Le quartier n'était pas accueillant pour les visiteurs, et il était fort probable que l'endroit soit chargé de mauvais souvenirs pour Honey.

Tandis qu'il se garait derrière sa camionnette, il grimaça en découvrant la véranda effondrée et les parpaings en guise de marches.

Il l'admirait d'avoir réussi en dépit des obstacles que

sa famille avait dressés devant elle. Elle s'était forgé toute seule une autre vie que celle à laquelle sa naissance l'avait prédestinée, et il trouvait cela admirable.

Observant le jardin en friche, et la façade délabrée de la maison, il se demanda ce que Honey avait prévu de faire de cet héritage. Allait-elle vendre la maison en l'état, ou la restaurer d'abord ? Compte tenu du peu d'attrait de ce quartier, et de l'état déplorable des habitations environnantes, les offres ne seraient sans doute pas nombreuses.

S'interrogeant sur la raison de son appel, il se dirigea vers la porte et frappa. Elle ouvrit presque aussitôt, et son expression angoissée l'alarma.

— Honey, est-ce que tout va bien ?

— Je ne sais pas, Harrison.

Elle secoua la tête.

— Honnêtement, je ne sais pas.

Il s'obligea à conserver une attitude professionnelle.

— Laisse-moi d'abord entrer, et ensuite tu m'expliqueras.

Elle se mordilla la lèvre inférieure, puis recula de quelques pas et lui fit signe de passer.

Il balaya du regard la pièce à vivre.

Un capharnaüm.

Granger avait tout laissé partir à vau-l'eau. Et, à en juger par la quantité de bouteilles vides, il n'avait pas renoncé à la boisson.

S'approchant de la table basse, Honey y prit ce qui ressemblait à une boîte à bijoux d'enfant, et passa les doigts sur les roses en relief qui ornaient le couvercle.

— Qu'y a-t-il ? demanda-t-il posément.

Elle prit une profonde inspiration.

— Eh bien… Je faisais un peu le tri dans les affaires de mon père, en essayant de décider ce que j'allais en faire…

Voyant qu'elle gardait le silence, Harrison l'encouragea à poursuivre.

— Et ?

Un mélange de tristesse et d'inquiétude assombrissait son regard.

— J'ai trouvé ceci.

Elle lui mit la boîte à bijoux dans les mains.

Il hésita.

— Ouvre-la, dit-elle d'une voix tendue.

Un sentiment de malaise s'empara de Harrison. À l'évidence, ce que Honey avait découvert l'avait déstabilisée.

— Vas-y, dit-elle. Je ne sais pas ce que cela signifie, mais je devais te le montrer.

Le front plissé, il souleva lentement le couvercle de la boîte. Un éclair jaune vif lui sauta aux yeux.

Un ruban jaune.

Exactement comme celui que sa sœur portait la nuit de sa disparition.

— C'est bien le sien, n'est-ce pas ? demanda Honey, d'une voix étranglée.

Harrison leva la tête et croisa son regard, où se reflétait la confusion que lui-même éprouvait à cet instant.

— Ça ressemble en effet aux rubans que portait Chrissy. Mon frère a dit qu'elle en avait des jaunes dans les cheveux la nuit où elle a disparu.

— Je sais.

Honey se mordilla la lèvre inférieure.

— Est-elle venue chez toi cette nuit-là ? demanda Harrison.

Les doigts de Honey tremblaient quand elle se passa la main sur la tempe.

— Si c'est le cas, je ne l'ai pas vue, murmura-t-elle.

— Ne me mens pas, Honey. Je sais bien que tu n'aurais pas fait de mal à Chrissy, mais si tu es au courant de quelque chose à propos de ton père...

La tension grandit entre eux.

— Pas du tout ! Et si j'étais au courant, je te le dirais. Moi aussi, je veux savoir ce qui est arrivé à Chrissy.

Le tourment qui altérait son intonation serra le cœur de

Harrison. Naturellement, les interrogations sur la disparition de sa sœur avaient totalement saccagé sa vie aussi.

— Tu veux vraiment connaître la vérité ? demanda-t-il d'un ton brusque.

Elle hocha la tête.

— Nous méritons tous de parvenir à une conclusion, dit-elle doucement.

Sur ce point-là, au moins, ils étaient d'accord.

— Je suis désolée, mais il y a mes empreintes sur le ruban. Je n'y ai pas pensé tout de suite. Mais je suis sûre que tu voudras le faire analyser. Si celles de mon père s'y trouvent aussi...

Alors, cela voudrait dire que Granger avait touché le ruban.

Mais il pouvait aussi tout simplement l'avoir trouvé. Rien ne prouvait, à ce stade, qu'il l'avait pris après avoir tué Chrissy.

Il allait envoyer le ruban au labo sans tarder.

Deux scénarios lui vinrent à l'esprit.

Hypothèse numéro un : Granger avait tué Chrissy et dissimulé son corps, et il était retourné sur les lieux du crime. Mais, où aurait-il pu la cacher ? Et pourquoi y retourner si longtemps après ? D'autre part, qui avait bien pu tuer Granger ? Quelqu'un qui aurait découvert ce qu'il avait fait ?

Hypothèse numéro deux : Granger se trouvait à Dead Man's Bluff, et il était tombé par hasard sur le cadavre de Chrissy, ou sur le tueur, et ce dernier l'avait assassiné pour le faire taire.

— Merci de m'avoir appelé, Honey, dit-il. J'apprécie ton honnêteté.

Son honnêteté ?

Honey était ravagée par la culpabilité.

Elle n'avait pas mentionné qu'elle se trouvait elle aussi à Dead Man's Bluff cette nuit-là, et que si elle avait été chez elle, elle aurait su si Chrissy était passée la voir. Elle aurait su si son père s'en était pris à la fillette, ou s'il avait cuvé son vin toute la soirée.

— Et si je découvrais, grâce à ce ruban, que ton père a tué Chrissy ? demanda Harrison, les mâchoires serrées.

Honey chercha à reprendre son souffle. Même si son père et elle n'étaient pas proches, la honte la submergeait.

— Au moins, nous serons fixés, répondit-elle.

Le regard assombri de Harrison, où se mêlaient colère et douleur, lui rappelait que sa famille et lui la croyaient responsable de la disparition de Chrissy.

Contre toute attente, Harrison haussa les épaules.

— Les battues n'ont jamais permis de trouver quoi que ce soit appartenant à ma sœur. Ni son sac à dos ni la veste rose qu'elle portait.

Honey songea à ce qui s'était dit en ville dans les jours qui avaient suivi la disparition de Chrissy.

— Certaines personnes ont pensé que c'était bon signe. Elles disaient qu'elle avait fugué...

— Certainement pas ! C'est vrai qu'elle s'est disputée avec mes frères, mais elle avait peur de l'obscurité, et elle ne serait pas sortie cette nuit-là si Brayden n'avait pas insisté pour qu'elle l'accompagne.

Il reprit son souffle avec difficulté.

— Elle était aussi très attachée à une poupée de chiffon, qu'elle avait gagnée à un rodéo où elle était allée avec nos parents. Elle ne pouvait pas dormir sans elle.

Il marqua une pause, la douleur déformant son visage.

— Si elle avait décidé de fuguer, elle aurait emporté sa poupée.

Maintenant qu'il la mentionnait, Honey se souvenait de la poupée de chiffon, avec ses grands yeux bleus peints, et ses cheveux en laine rouge nattés.

Elle avait envié à Chrissy cette innocence qui lui permettait de jouer à la poupée, comme une petite fille normale, ce qu'elle-même n'avait jamais connu.

— Ça t'ennuierait que je perquisitionne la maison ? demanda Harrison.

Honey se crispa.

— Vas-y. Je n'ai rien à cacher.

Au même moment, son téléphone vibra. Il s'agissait de son associé, Jared.

— Je dois prendre cet appel, dit-elle, en voyant Harrison commencer à ouvrir les tiroirs d'un petit bureau.

Elle ne pouvait pas supporter de le voir fouiller dans les affaires de son père et dans ses propres souvenirs d'enfance, aussi sortit-elle pour répondre, tout en faisant une prière muette pour qu'il ne trouve rien d'autre ayant appartenu à Chrissy.

— Comment ça se passe ? demanda Jared.

— Pas très bien.

— Qu'y a-t-il ?

Elle n'avait jamais parlé de son passé à Jared, et n'avait pas l'intention de le faire aujourd'hui.

— Rien de spécial, répondit-elle, mais je n'aime pas me trouver dans la maison de mon père.

— Je comprends. Quand rentres-tu ?

Il sembla à Honey qu'un poids énorme pesait sur ses épaules. Elle s'était sentie piégée ici quand elle était adolescente, et elle éprouvait à nouveau la même impression.

Elle ne pouvait pas partir avant de savoir qui avait assassiné son père.

Avant de savoir s'il était lui-même un meurtrier.

5

Une heure plus tard, Harrison retrouvait Honey sur la terrasse.

— J'aimerais revenir de jour, et faire le tour du jardin.

Elle blêmit.

— Tu crois que mon père a tué Chrissy et l'a enterrée ici ?

Harrison eut un haussement d'épaules trahissant son incertitude.

— Je ne sais pas quoi penser, Honey. Mais la présence du ruban tend à indiquer que c'est possible.

Honey serra ses mains l'une contre l'autre. Elle ne pouvait contester ce point.

— Très bien. Dis-moi seulement à quelle heure.

— D'accord.

Il l'observa quelques instants de plus. Il aurait voulu la réconforter, mais il devait faire son travail, et cela impliquait qu'il enquête sur son père. Telle était la réalité.

Mais, avant cela, il devait s'entretenir avec sa famille.

Aussi bien pour Honey que pour lui, il espérait que Granger n'avait pas enterré Chrissy dans son jardin.

Il se mit au volant de son SUV, et augmenta la climatisation tandis qu'il prenait la direction du laboratoire scientifique du comté. Il y déposa le ruban et le fragment de roche ensanglanté qu'il avait découvert dans l'ancienne mine, et réclama qu'on lui envoie les résultats à son bureau le plus vite possible.

La nuit commençait à tomber lorsqu'il franchit l'entrée de Hawk's Landing, au-dessus de laquelle était accroché un panneau en bois sculpté à l'effigie d'un faucon.

Alors qu'il cherchait un terrain pour y bâtir un ranch, son père avait été attiré par cet endroit à cause des oiseaux de proie qui y nichaient en grand nombre. Son nom de famille signifiant « faucon » en anglais, il avait décrété que c'était le signe que cette terre lui était destinée, et avait décidé de préserver l'habitat naturel de ces oiseaux.

Lorsqu'il était enfant et avait besoin de passer du temps seul, Harrison partait à cheval observer les rapaces. Après la disparition de Chrissy, il y était allé plus souvent qu'à son tour.

Harrison vérifia l'heure tandis qu'il se garait dans l'allée menant à la bâtisse de style Georgien, imposante avec ses deux étages, sa façade en brique rouge, percée de fenêtres à petits carreaux, et sa porte d'entrée surmontée d'un fronton à pilastres.

Il avait une demi-heure de retard. Sa mère ne serait pas contente.

Il n'était pas ravi non plus.

Des souvenirs de jeux sur la propriété l'assaillirent : les parties de pêche dans la crique à l'arrière avec ses frères ; la construction d'une cabane dans un arbre avec son père ; les heures passées à jouer au fer à cheval, un jeu d'adresse consistant à lancer un fer autour d'un piquet planté dans le sol.

Il y avait si longtemps...

Tous ces moments de joie avaient brutalement pris fin quand Chrissy avait disparu. La maison n'était plus un foyer mais un tombeau. Le silence était chargé de crainte et de chagrin. Sa mère était devenue un zombie. Son père était perpétuellement en colère. Il s'était replié sur lui-même, tandis que ses frères, inquiets et solitaires, s'étaient retranchés dans leurs chambres respectives.

Leurs véhicules étaient là aujourd'hui. Lorsque leur père

était parti, ils avaient spontanément fait cercle, sachant qu'il leur incombait de prendre soin de leur mère. Ça n'avait pas été facile, mais ils avaient survécu.

Les parterres devant la maison débordaient de fleurs, et les treillis sur les côtés de la façade croulaient sous les roses, soulignant la passion de leur mère pour le jardinage. C'était devenu sa thérapie, et ça occupait tout son temps.

Il suivit le chemin pavé jusqu'à la porte et sonna. Toutefois, il n'attendit pas que sa mère vienne ouvrir. Il poussa la porte, entra et ôta son Stetson.

Des voix résonnaient au loin. Traversant le vaste hall, il dépassa le salon et entra dans la salle à manger.

Lucas, Dexter et Brayden se tenaient près de la porte-fenêtre ouvrant sur un patio, chacun avec un verre à la main.

Lucas avait intégré le FBI, Dexter avait ouvert sa propre agence de détectives, et Brayden était avocat.

Songeant qu'il pourrait avoir besoin de leur aide pour son enquête, Harrison se demanda s'il ne devait pas d'abord leur expliquer la situation avant d'en parler à leur mère.

Au même moment, elle entra précipitamment, avec un plateau chargé de nourriture.

— Ce n'est pas trop tôt ! s'exclama-t-elle.

Harrison afficha une mine penaude.

— Je suis désolé. J'ai eu beaucoup de travail.

Elle déposa sur la table un rôti, des pommes de terre vapeur, des haricots verts et de la sauce.

— J'imagine, rétorqua-t-elle d'un ton pincé. J'ai entendu dire que tu avais trouvé le cadavre de Waylon Granger à Dead Man's Bluff.

Médusé, Harrison jeta un coup d'œil à ses frères, mais ils lui opposèrent un regard stoïque.

— Où as-tu entendu ça ?

— C'est sans importance, répondit sa mère, en balayant sa question d'un geste agacé de la main. Quoi qu'il en soit, je suis ravie que cet homme soit mort.

Rongée d'inquiétude et de nervosité, Honey ne tenait pas en place. Impossible de dormir dans ces conditions.

Fouillant dans le placard sous l'évier, elle trouva un rouleau de sacs-poubelles et entreprit de faire du vide dans sa chambre.

Elle divisa ses maigres possessions en deux piles, une à jeter, et une à donner aux bonnes œuvres de l'église.

Il y avait peu de jouets, à l'exception de quelques animaux en peluche, et deux poupées. Elle les épousseta et les déposa dans le sac « à donner. » Les vêtements qu'elle portait quand elle était adolescente étaient ordinaires, mais quelqu'un pourrait peut-être trouver l'usage des jeans et des chemises de flanelle. Tout le reste était soit démodé, soit terriblement usé, et elle le jeta sans état d'âme.

Elle retira le couvre-lit et les rideaux et les mit dans le sac « à donner. » Une fois lavés, ils pourraient resservir. Mais si elle décidait de faire quelque chose de cette maison, elle la modifierait de fond en comble pour la rendre plus attrayante.

Quand sa chambre fut vide, elle passa à celle de son père. Ses vêtements étaient vieux, usés, et empestaient le tabac. Le couvre-lit et les draps étaient tachés et couverts de brûlures de cigarette.

Jugeant qu'il n'y avait rien à récupérer, Honey fourra tout au fur et à mesure dans des sacs-poubelles, sans vraiment regarder. Elle rassembla ensuite toutes les cannettes et les bouteilles en verre dans un carton, qu'elle viderait plus tard dans les conteneurs de tri.

Le réfrigérateur débordait de nourriture périmée. Elle jeta tout son contenu. Elle fit également le vide dans les placards. Par chance, elle trouva du détergent et des éponges, ainsi que différents produits d'entretien entamés, et nettoya la cuisine à fond.

Elle s'attaqua pour finir à la salle de bains. Crème à raser, savon usé, et autres objets de toilette partirent à la poubelle, avec l'horrible rideau de douche.

Si elle vendait la maison, il faudrait refaire entièrement la salle de bains. En attendant, un brin de ménage ne serait pas du luxe.

Les muscles douloureux, Honey chargea dans sa camionnette les sacs destinés à la paroisse, et le carton contenant les bouteilles et les cannettes. Puis elle tira la grande poubelle à roulettes au bord du trottoir, pour le passage des éboueurs, et empila à côté tous les sacs excédentaires.

Épuisée, mais ressentant le besoin de se débarrasser des effets à donner et du reste, elle prit son sac à main et se mit au volant.

Une fois cette corvée accomplie, elle s'arrêta à la supérette locale et acheta de nouveaux produits d'entretien, un rideau de douche, des draps et un oreiller pour son lit... Elle ajouta des bougies parfumées, pour tenter d'alléger l'atmosphère enfumée, prit un pack de bouteilles d'eau, du café, des céréales et du lait pour son petit déjeuner, puis se dirigea vers le bar-restaurant pour y dîner.

Un couple de personnes âgées le tenait quand elle habitait ici, mais il s'appelait maintenant le Cora's Café. Se pourrait-il que son ancienne amie Cora en soit la propriétaire ?

Elle fut surprise de voir que l'endroit avait été rénové, abandonnant l'ambiance western pour un esprit plus contemporain.

Une femme de son âge, aux cheveux roux coupés court s'avança vers elle.

— Honey, quel plaisir de te revoir ! C'est donc bien vrai que tu es revenue. Je suis désolée pour ton père.

Honey embrassa son amie, navrée de ne pas l'avoir reconnue immédiatement.

— Bonjour, Cora. Je pensais justement à toi, il y a peu. Alors, comme ça, tu possèdes le café, maintenant ?

— Cela fait deux ans que je l'ai acheté, et j'ai tout refait.

— C'est très réussi.

— Merci, dit Cora, en rougissant légèrement.

Tandis qu'elle se dirigeait vers une petite table au fond à droite de la salle, Honey réalisa que le silence se faisait autour d'elle.

Tournant la tête, elle vit que tous les yeux étaient rivés sur elle.

Elle avait oublié ce que c'était de vivre dans une petite ville. Tout le monde connaissait tout le monde. Quand un étranger était en visite, ça se savait immédiatement.

Elle s'obligea à sourire, mais il lui suffit de se souvenir qu'elle avait été autrefois la cible des ragots pour avoir envie de s'enfuir.

Harrison serra les dents devant les regards interrogateurs de ses frères et de sa mère.

— Ça ne t'est pas venu à l'idée de nous prévenir, avant que tout le monde en ville soit au courant ? demanda Dexter, d'un ton de reproche.

Harrison prit une profonde inspiration avant de répondre.

— Je suis venu ici aussi vite que j'ai pu. Je ne sais pas comment l'information a pu filtrer. Ça n'aurait pas dû se produire.

— Eh bien c'est le cas, dit sa mère, en repoussant sa frange d'un geste vif.

Le fait que le cheveu trouvé sur la scène de crime soit court et brun comme l'étaient ceux de sa mère, n'échappa pas à Harrison.

Lucas leva son verre en signe d'invite.

— Sers-toi quelque chose à boire, et on pourra trinquer.

— À quoi ? demanda Harrison, d'un ton morose.

— À la mort de Waylon Granger, bien sûr, répondit sa mère, avec un grand sourire. La ville se portera bien mieux de ne plus le compter parmi les siens.

Harrison sentit qu'il commençait à perdre patience. La journée avait été longue et épuisante.

— Comment peux-tu dire ça, maman ? Granger était un père déplorable, mais nous n'avons aucune preuve qu'il ait fait quoi que ce soit d'autre.

Sa mère lui tapota l'épaule.

— Tu as toujours été diplomate, Harrison. Mais nous savons bien, ou en tout cas moi je le sais, qu'il a fait du mal à notre petite Chrissy.

Harrison regarda ses frères pour vérifier s'ils pensaient la même chose.

Lucas sirotait son verre avec une expression neutre. Dexter passa un bras autour des épaules de leur mère, comme pour témoigner de son soutien. Brayden se servit un autre verre, et en prépara un pour Harrison.

Harrison accepta le verre tendu, tout en réfléchissant à une façon de désamorcer la situation.

Existait-il une manière subtile de demander à sa famille quand ils avaient vu Waylon Granger pour la dernière fois ?

Il but une gorgée de whisky, accueillant avec soulagement la chaleur de l'alcool qui glissait dans sa gorge.

— L'un d'entre vous possède-t-il des preuves contre Granger ?

— Pas encore, dit Lucas.

Dexter s'éclaircit la voix.

— J'ai parlé aux voisins de Granger, mais personne ne se rappelait avoir vu Chrissy cette nuit-là. Ils n'ont même pas pu me dire s'il était chez lui.

— Quand leur as-tu parlé ? demanda Harrison.

— Dès que j'ai eu ma licence de détective privé. Mais trois des familles qui vivaient dans le quartier avaient déjà déménagé.

Le regard de Brayden s'assombrit tandis qu'il s'adressait à Harrison.

— As-tu trouvé quelque chose pour l'incriminer ?

Harrison hésita. Il ne voulait pas révéler ce qu'il avait découvert ou appris.

Pas encore.

Les gens condamneraient Granger sans autre forme de procès, et il avait besoin de connaître la vérité.

Mais sa famille méritait d'obtenir des réponses.

Ce fut sa mère qui lui fournit un moment de répit en les houspillant.

— Mettons-nous à table et dînons avant que ce soit froid.

Pendant quelques minutes, tandis que tout le monde se servait, la conversation fut mise entre parenthèses.

— Comment Granger est-il mort ? demanda Dexter.

Harrison étudia les visages de ses proches, cherchant à deviner s'ils connaissaient déjà la vérité.

Leurs traits étaient crispés, comme si le fait de prononcer le nom de Granger leur faisait soudain revivre la nuit où Chrissy avait disparu.

Sa mère était devenue quasiment hystérique quand elle était rentrée avec leur père de leur soirée, et avait découvert que Brayden et Chrissy n'étaient pas à la maison.

Harrison avait eu mal au ventre. C'était sa faute s'ils étaient sortis pour aller à Dead Man's Bluff.

Brayden avait débarqué, furieux que Chrissy ne soit pas allée chercher de l'aide, et se plaignant d'avoir mal à la cheville. Puis il avait réalisé que sa petite sœur n'était pas rentrée.

La peur avait attisé la mauvaise humeur, et il y avait eu beaucoup de cris et de reproches.

Leurs parents avaient frénétiquement appelé les meilleures amies de Chrissy, mais elles étaient toutes les deux chez elles et au lit, et n'avaient pas vu Chrissy.

Sa mère posa bruyamment sa fourchette, arrachant Harrison à ces douloureux souvenirs.

— Que nous caches-tu, mon garçon ?

Ses frères cessèrent de mastiquer et le fixèrent, comme s'ils réalisaient, eux aussi, que l'histoire ne s'arrêtait pas là.

La barbe !

Harrison prit le temps de boire une gorgée de vin avant de répondre.

— Granger n'est pas mort de causes naturelles.

— Quoi ? s'exclama sa mère.

— Comment cela ? demanda Dexter.

— Il a été assassiné.

Sa mère se mordit un bref instant la lèvre inférieure, puis leva son verre de vin.

— Eh bien, il a eu ce qu'il méritait.

Harrison n'était pas loin de penser la même chose, mais il devait quand même découvrir qui avait tué Granger.

La seule chose qu'il espérait, c'était que sa famille n'avait rien à voir avec ce meurtre.

Honey s'installa à la table, en espérant que l'intérêt à son égard ne tarderait pas à retomber.

Une adolescente vêtue d'un jean qui avait connu des jours meilleurs, et d'un T-shirt trop large pour sa frêle silhouette s'approcha pour prendre la commande. Des lunettes à grosses montures rectangulaires, en plastique noir, encadraient un petit visage maigre et pâle. Une profonde tristesse émanait de la jeune fille, comme si elle était confrontée à des problèmes bien trop lourds pour son âge.

Honey eut l'impression de se retrouver en elle. À quinze ans, elle travaillait à la laiterie afin d'avoir de l'argent pour quitter la ville.

La jeune fille était-elle dans la même situation ? Avait-elle de la famille pour prendre soin d'elle ? Cora l'avait-elle engagée pour l'aider ?

— Avez-vous choisi ? demanda l'adolescente, d'une voix mal assurée.

Sur son badge était écrit « Sonya. »

— Un sandwich à la dinde, et un bol de soupe de légumes.

— Bien. Et comme boisson ?

— De l'eau. Oh ! et un café ! Décaféiné, s'il vous plaît. Je peux l'avoir tout de suite ?

Elle n'avait pas besoin de caféine pour la garder éveillée toute la nuit. Ce serait déjà assez difficile comme ça de dormir dans la maison de son père.

La jeune fille hocha la tête, et se dirigea vers le comptoir, où elle déposa la commande. Elle revint une minute plus tard avec le café et l'eau.

Honey mit du sucre dans sa tasse, et fit lentement tourner sa cuillère dans le liquide brûlant, tout en observant les clients autour d'elle.

Près de la porte, deux couples âgés s'étaient fait servir des cafés et de la tarte, tandis qu'un peu plus loin un groupe d'adolescents dévoraient des hamburgers et des frites.

Non loin d'elle trois femmes aux cheveux grisonnants sirotaient du thé.

— Vous saviez que Waylon Granger a été retrouvé mort à Dead Man's Bluff ? demanda celle avec des cheveux bouclés et des lunettes à fine monture métallique.

Les deux autres affichèrent des mines surprises.

La petite maigre en tailleur-pantalon de jersey bleu ciel se pencha au-dessus de la table, les yeux écarquillés.

— C'est vrai ?

La cliente aux cheveux bouclés déposa sa cuillère sur sa soucoupe, en faisant tinter la porcelaine.

— C'est mon petit-fils qui l'a trouvé. Granger a basculé par-dessus la falaise.

La troisième cliente, les cheveux tirés en chignon et vêtue d'une robe à grosses fleurs bariolées, fit entendre un claquement de langue.

— Je me demande ce qu'il faisait par là.

— Il avait probablement trop bu, dit la maigrichonne.

— Il était toujours ivre, dit celle aux cheveux bouclés.

La troisième repoussa son assiette, laissant la moitié de sa part de tarte.

— Vous savez que les Hawk ont toujours pensé qu'il avait tué leur fille, Chrissy ?

Honey tourna la tête, ne supportant plus de les regarder, mais leurs voix lui parvinrent malgré tout. Elle reconnut celle de la cliente aux cheveux bouclés, qui reprenait la parole.

— J'ai entendu dire qu'il était très colérique.

— Oh ! c'est bien vrai ! J'ai toujours eu de la peine pour sa fille. Ce n'est pas étonnant qu'elle ait fini par quitter la ville.

— Je croyais que c'était parce qu'elle était enceinte.

— C'est bien possible, après tout.

Honey se recroquevilla sur sa chaise, en espérant qu'aucune d'entre elles ne la reconnaîtrait.

— Je m'imaginais que les Hawk l'avaient chassée. J'ai entendu Ava dire que la gamine de Granger était une traînée.

— Si tu veux mon avis, Ava n'était pas la mieux placée pour parler de ça.

— Que veux-tu dire ?

— Eh bien, la nuit où Chrissy a disparu, les Hawk étaient à une réception chez le maire. Steven a accusé Ava d'avoir une liaison.

— Quoi ? s'exclama l'une des femmes.

— Non ? dit l'autre.

— Ils parlaient également de Chrissy, reprit la première. Apparemment, Steven pensait qu'il n'en était pas le père.

— Qu'a dit Ada ?

— Je ne sais pas. Ils sont partis précipitamment.

Honey se sentit très mal à l'aise. Elle avait horreur des ragots, car elle en avait longtemps été la cible.

Mais il y avait là matière à s'interroger.

Et si le mariage des Hawk n'était pas aussi parfait qu'il en avait l'air ?

Et si Ava avait eu une liaison ?

Et si Chrissy n'était pas la fille de Steven Hawk ?

6

Honey ne savait plus que penser. Le père de Harrison avait quitté sa famille et la ville quelques mois après que l'enquête sur la disparition de Chrissy eut été classée sans suite.

Des rumeurs avaient couru selon lesquelles il aurait eu quelque chose à voir avec la disparition de sa fille. Il s'était aussi murmuré qu'il était parti parce que cette tragédie lui avait brisé le cœur.

Elle tambourina du bout des doigts sur la table.

Et s'il était tout simplement parti parce que sa femme l'avait trompé ?

La serveuse apparut avec sa soupe et son sandwich, et Honey s'attaqua à son repas avec appétit. Elle n'avait pas réalisé qu'elle avait aussi faim, et elle se découvrait tout à coup affamée. Ce qui était bien normal car elle n'avait rien mangé depuis le petit déjeuner.

Les trois clientes se levèrent, rassemblant leurs sacs, et Honey se recroquevilla davantage sur son siège, tournant la tête pour qu'elles ne puissent pas la reconnaître.

Du coin de l'œil, elle vit que la femme en tailleur lui lançait un regard curieux, et fit mine de s'absorber dans la consultation de son téléphone portable.

La cloche au-dessus de la porte tinta en s'ouvrant, et elles sortirent, croisant au passage une grande femme au visage anguleux, et un homme affligé d'une claudication, qui marchait légèrement en retrait en lui tenant la main. Un de ses yeux semblait vitreux, sa bouche était agitée d'un tic nerveux, et il poussait par intermittence un drôle de petit cri aigu.

— Asseyons-nous ici, Elden, dit la femme.

Honey se redressa.

Elden ?

Elle le connaissait.

Elden Lynch avait trois ans de plus qu'elle, et souffrait de retard mental. Elle avait ressenti de la peine pour lui parce que les enfants à l'école se moquaient de lui. Pis, certains parents avaient peur de lui, et avaient ordonné à leurs enfants de se tenir à l'écart de lui.

Pourtant, il n'était ni méchant ni violent. En fait, il était doux et enfantin, et voulait simplement se faire des amis.

Il passa devant elle, en agitant la tête d'avant en arrière. C'était bien lui, le garçon qu'elle connaissait.

Elle fut tentée de dire quelque chose, mais Mme Lynch la fusilla du regard. Elle poussa son fils vers la banquette, lui ordonna de ne pas bouger, et s'avança vers la table de Honey.

— C'est donc bien vrai que tu es de retour en ville.

Honey se crispa sous la véhémence du ton.

— Je ne sais pas si tu as l'intention de rester, poursuivit Mme Lynch, mais si c'est le cas, tiens-toi à l'écart de mon fils. Il n'a pas besoin d'ennuis.

— Je ne suis pas ici pour causer des ennuis à qui que ce soit, protesta Honey d'un ton ferme. Je...

— Dans ce cas, dépêche-toi d'enterrer ton bon à rien de père et quitte la ville. Tumbleweed se porte mieux sans la présence de vous, les Granger.

À la fois blessée et en colère, Honey ressentit le besoin de se défendre et, aussi curieux que cela puisse paraître, de défendre son père.

Mais le souvenir du ruban jaune l'incita à tenir sa langue.

Quand ça se saurait, les gens condamneraient définitivement son père.

Elle n'aurait pas dû s'en soucier. Il n'était après tout qu'un ivrogne irrécupérable.

La mère d'Elden n'avait pas à se faire de souci. Elle s'en irait dès que possible.

— Sois rassurée, maman, dit Harrison, en mesurant soigneusement ses mots. Je ne dirai à personne à quel point tu es heureuse de la mort de Granger.

Elle lui lança un regard acéré.

— Pourquoi pas ? Je suis réellement enchantée qu'il soit mort.

— Il a été assassiné. Ça veut dire qu'il va y avoir une enquête.

En bon avocat qu'il était, Brayden comprit immédiatement où il voulait en venir.

— Il te prévient de ne rien dire qui puisse t'incriminer, maman.

Elle finit son vin, posa son verre d'un geste ferme, et observa Harrison d'un air ironique.

— Et puisque c'est toi le shérif, c'est toi qui vas mener l'enquête. Merci, j'avais compris.

— Comment a-t-il été assassiné ? demanda Dexter.

Harrison s'essuya les lèvres avec sa serviette.

— Je n'ai pas encore le rapport officiel du légiste, mais il semblerait qu'il ait été frappé derrière la tête avec une pierre, puis poussé par-dessus bord.

Il guetta la réaction de sa mère, mais celle-ci resta impassible.

— Tu as récolté des indices ? demanda Lucas.

Harrison garda une expression neutre.

— J'ai trouvé une pierre qui pourrait être celle qui a servi à le frapper. Elle se trouve au labo, en attente d'examen.

— Autre chose ? demanda Brayden.

— Les experts scientifiques ont trouvé un bouton dans les buissons, et un court cheveu brun prélevé sur Granger.

— Les adolescents continuent à aller là-bas, dit sa mère. Ce bouton appartient sûrement à l'un d'eux.

Harrison remarqua qu'elle avait soigneusement ignoré le commentaire sur le cheveu brun. Essayait-elle par hasard de se couvrir ?

— Exact. Mais il était près du bord. C'est pourquoi nous allons faire une recherche d'empreintes.

Elle cassa en deux un petit pain et en beurra la moitié.

— Maman, où étais-tu la nuit dernière ?

Brayden posa la main sur l'avant-bras de sa mère.

— Tu n'es pas obligée de répondre.

— C'est mon fils qui me pose la question, ou bien le shérif ? demanda-t-elle posément.

Se rappelant les pleurs de sa mère la nuit où Chrissy avait disparu, Harrison ne put s'empêcher d'éprouver de la culpabilité.

Comment pouvait-il interroger sa propre mère, après ce qu'elle avait enduré à cause de lui ?

Elle tapota la main de Brayden.

— Ce n'est rien, mon garçon. En fait, ça ne me dérange pas de répondre. J'étais à la maison toute la nuit.

Le regard de Brayden s'assombrit.

— Y avait-il quelqu'un avec toi, maman ? Quelqu'un qui pourrait corroborer ton histoire.

Elle eut un reniflement agacé.

— Ce n'est pas une histoire. C'est la vérité. Et il n'y avait personne. J'avais une de mes migraines, donc j'ai pris un cachet et je me suis couchée de bonne heure.

— Tu as parlé à quelqu'un au téléphone ? demanda Harrison.

Elle soupira.

— Je viens de te dire que j'ai pris un cachet et que je me suis couchée de bonne heure. Si le téléphone a sonné, je ne l'ai pas entendu.

Harrison se passa la main dans les cheveux. Il aurait préféré que sa mère ait un alibi solide comme le roc.

— Je ne suis pas la seule qui détestait Waylon Granger, dit-elle.

— Mais personne d'autre n'avait de raison de le tuer, remarqua Harrison.

— Harrison ! intervint Lucas d'un ton sévère. Tu n'accuses pas maman de meurtre, quand même ?

Harrison croisa les bras.

— Non, mais c'est mon travail de poser des questions et de découvrir la vérité.

— La vérité, c'est que la ville se porte mieux sans ce dégénéré, décréta sa mère.

— Nous n'avons aucune preuve qu'il ait fait du mal à qui que ce soit, dit Harrison, en tâtant le terrain pour voir si l'un de ses proches mentionnerait le ruban.

— Il a fait du mal à sa propre fille, répliqua Dexter. Tout le monde à Tumbleweed le sait, mais personne n'a rien fait pour l'aider.

Dexter avait raison. Quelqu'un aurait dû faire preuve de courage, et prendre la défense de Honey.

— Cette fille ne valait pas la peine qu'on se préoccupe d'elle, décréta sa mère. C'était une traînée, comme sa mère.

— Ce n'était qu'une enfant, protesta Harrison, avec une note d'amertume dans la voix. Elle n'a jamais rien fait de mal.

— Mon Dieu, mais tu la défends !

Sa mère lui lança un regard noir.

— Elle a probablement menti à propos de cette nuit, Harrison. Chrissy essayait toujours de nous fausser compagnie pour aller voir cette fille. Je parie que c'est ce qu'elle a fait cette nuit-là, mais Honey a menti pour protéger son père.

Harrison jeta sa serviette sur la table.

— Tu as toujours été injuste avec elle, maman. Et pour

ton information, Honey n'a jamais rien caché. Elle n'a pas défendu son père, ni accusé qui que ce soit de sa mort.

Elle avait même été jusqu'à lui donner le ruban qu'elle avait découvert chez son père. Mais Harrison refusait de partager cette information. Sa mère condamnerait Granger et Honey sans chercher à en savoir plus.

Sa mère frappa du plat de la main sur la table.

— Oh ! Seigneur, elle est de retour, n'est-ce pas ?

Harrison laissa échapper un soupir.

— Oui. J'ai dû l'informer de la mort de son père.

— Tu l'as vue ? demanda sa mère, sans cacher sa déception.

— Oui, dit-il entre ses dents serrées. À la morgue.

Sa mère plissa le front.

— Elle ne va pas rester, j'espère.

— J'en doute.

Pourquoi le voudrait-elle ? Les habitants de Tumbleweed avaient été odieux avec elle.

— Mais il faut bien qu'elle enterre son père.

— La prochaine fois que tu la verras, demande-lui ce que son père a fait à Chrissy, dit sa mère.

Harrison prit sur lui pour ne rien laisser paraître de son agacement. Bien sûr, il avait été triste pour sa mère après la disparition de Chrissy, et il s'en était beaucoup voulu. Il avait souhaité la voir à nouveau heureuse. Mais à cet instant précis, elle l'irritait prodigieusement.

Il se leva de table.

— Merci pour le dîner, mais je dois y aller.

— Demande-lui ! cria sa mère, tandis qu'il sortait précipitamment de la salle à manger. Fais-la avouer, Harrison.

Il claqua la porte d'entrée derrière lui.

Le son agressif de la voix de sa mère résonnait encore dans sa tête, tandis qu'il se dirigeait vers son SUV.

Le même sentiment de malaise qu'elle éprouvait autrefois tordait l'estomac de Honey. Cela faisait presque vingt ans qu'elle avait quitté Tumbleweed, mais Mme Lynch l'avait reconnue, et la détestait toujours.

Tout cela parce qu'elle était née du mauvais côté de la ville.

La jeune serveuse s'approcha de la table des Lynch.

— Bonjour, Elden, dit-elle gentiment. Comment vas-tu ?

Mme Lynch attira son fils contre elle, et lança un regard noir à l'adolescente.

— Il va très bien. Prends notre commande et laisse-nous.

— Bien sûr, dit la serveuse, avec un regard attristé. Que voulez-vous ?

Elden poussa à nouveau ce drôle de petit cri, puis sa mère passa la commande pour tous les deux et la serveuse disparut.

De plus en plus nerveuse, Honey se hâta de terminer son repas et de payer l'addition.

Cela ne servirait à rien de faire une scène et d'attirer davantage l'attention sur elle. Elle n'avait pas l'intention de s'attarder dans cette maudite ville, et de mener un combat qu'elle avait déjà perdu des années auparavant.

Elle doubla le pourboire de la serveuse, et s'empressa de regagner sa camionnette.

Un frisson courut le long de sa colonne vertébrale tandis qu'elle se mettait au volant.

Quelqu'un était-il en train de l'observer ?

Elle balaya le parking du regard.

Un groupe d'adolescents était rassemblé autour d'un pick-up noir. Deux hommes plus âgés se tenaient près de la porte de service, la tête penchée, des volutes de fumée s'échappant de leurs cigarettes.

Un moteur rugit quelque part sur le parking. Un klaxon retentit. Non loin d'elle était garée une berline noire aux vitres teintées. Ses phares s'allumèrent, et elle fut momentanément aveuglée.

Impatiente de partir, elle tourna la clé de contact. Son pouls s'emballa étrangement tandis qu'elle s'engageait sur la route.

La berline noire la suivait. Elle fit des détours à travers la ville, espérant la semer, mais la voiture était toujours là.

Le cœur battant à tout rompre, elle accéléra et prit la direction du poste de police.

Tandis qu'elle se garait, la berline ralentit et s'arrêta à sa hauteur. Elle essaya de voir le conducteur, mais il faisait trop sombre dehors, et ses vitres étaient presque noires.

La voiture finit par s'en aller, et elle se prit le visage entre les mains, en respirant profondément.

À sa grande déception, le SUV de Harrison n'était pas sur le parking. Mais que lui aurait-elle dit, de toute façon ? La berline avait disparu. Et d'ailleurs, le conducteur ne la suivait peut-être pas.

Pourquoi quelqu'un la suivrait-il, en fin de compte ? En dehors de Harrison, personne ne savait qu'elle était en ville.

À la réflexion, il y avait aussi Mme Lynch, et les clients du café. Mais pourquoi l'un d'entre eux voudrait-il lui faire peur ?

Se traitant de paranoïaque, elle fit une marche arrière et reprit sa route vers Lower Tumbleweed.

La fatigue et le stress de la journée pesaient sur les épaules de Honey quand elle se gara devant la maison de son père.

Les ampoules de certains réverbères avaient grillé depuis longtemps et n'avaient jamais été remplacées. Les trouées parcimonieuses de lumière blafarde ponctuant de larges zones d'obscurité donnaient un aspect fantomatique et désolé au quartier, et la maison où elle avait grandi n'en paraissait que plus sinistre.

Demain, elle s'entretiendrait avec le notaire de son père et terminerait de nettoyer les lieux. Au pire, elle pourrait faire appel à une équipe d'entretien pour tout vider. Jusqu'à présent, elle n'avait rien trouvé qu'elle ait envie de garder.

Au moment où elle contournait sa camionnette et se dirigeait vers l'allée menant à la maison, des phares de voiture percèrent l'obscurité.

Elle tourna la tête vers la route, et son pouls s'accéléra.

La berline noire passait dans la rue.

Pressant le pas, elle introduisit la clé dans la serrure d'une main tremblante. Elle fit tomber le trousseau et se pencha pour le ramasser.

La voiture s'arrêta devant la maison, comme si le conducteur l'observait.

Elle inséra la clé, actionna la serrure et poussa la porte.

Le téléphone sonnait à l'intérieur lorsqu'elle entra dans le hall. Elle claqua le battant et tourna frénétiquement le verrou. Puis elle regarda par l'une des étroites vitres rectangulaires qui encadraient la porte.

La berline était toujours là.

Le téléphone sonna à nouveau.

À bout de nerfs, elle se précipita vers la console où était posé l'appareil.

C'était peut-être Harrison qui appelait pour prendre de ses nouvelles.

Espérant qu'il s'agissait bien de cela, elle décrocha le combiné.

— Allô ? dit-elle d'une voix mal assurée.

Elle n'entendit qu'une respiration.

Le téléphone à la main, elle courut vers la fenêtre et regarda dehors.

À l'autre bout du fil, il y avait toujours cette respiration...

La colère se mélangea à sa peur.

— Qui êtes-vous ?

Une voix basse et rocailleuse s'éleva.

— Quittez Tumbleweed, ou vous finirez comme votre père.

7

— Harrison, attends !

Il s'arrêta à contrecœur près de sa voiture. Il fallait qu'il s'en aille, ou il allait perdre patience et se disputer avec sa mère.

Des bruits de pas résonnèrent sur le gravier, et l'air se chargea de tension tandis que Lucas et Dexter le rejoignaient. Harrison se prépara à la confrontation.

— Je sais que maman est énervée…

— Brayden est en train d'essayer de la calmer, dit Dexter.

— Bien. Elle pourrait avoir besoin d'un avocat.

Il espérait qu'ils n'en arriveraient pas là, mais son instinct de flic lui criait que ce serait probablement nécessaire.

Lucas le toisa. Il était de la même taille que lui, et avait une corpulence similaire, mais son jeune frère pouvait se montrer intimidant.

— Que nous caches-tu ? demanda-t-il.

— Oui, crache le morceau, frérot, ajouta Dexter. Nous pouvons peut-être t'aider.

Harrison serra les dents.

— Je vous ai déjà tout dit.

— Allez, insista Dexter. Tu n'es pas en train de parler à maman. C'est nous.

— Oui, nous portons autant d'intérêt à Granger que toi, dit Lucas.

Harrison en doutait.

— C'est moi qui devais garder Chrissy ce soir-là, dit-il d'un ton bourru. C'est ma faute si nous avons perdu notre sœur, et je dois découvrir ce qui lui est arrivé.

Dexter jura.

— Ta faute ? Bon sang, c'est moi le responsable ! Je me suis énervé contre Chrissy parce qu'elle me suivait partout, et je lui ai dit d'aller faire un tour ailleurs.

Sa voix se brisa.

— Et elle l'a fait.

Harrison venait de découvrir son frère sous un nouveau jour. Il n'avait pas réalisé que Dexter portait en lui tant de culpabilité.

— Vous n'êtes responsables ni l'un ni l'autre, dit Lucas. Le seul coupable, c'est moi.

Harrison et Dexter tournèrent vers lui un regard médusé.

— Qu'est-ce que tu racontes ? demanda Harrison.

Le visage déformé par le chagrin, Lucas jeta un bref coup d'œil à leur maison d'enfance.

— J'aurais dû en parler depuis longtemps.

Dexter s'éclaircit la voix.

— De quoi ?

Lucas laissa échapper un long soupir.

— J'étais odieux avec Chrissy, à l'époque. Vous vous souvenez de Geoffrey Williams ?

— C'était ce gamin sympa dont la famille était très riche, non ? dit Dexter.

— Il est au conseil municipal, maintenant, dit Harrison.

Lucas hocha la tête.

— C'était le capitaine de l'équipe de base-ball. Je pensais que si je fayotais auprès de lui, il dirait au coach de me nommer capitaine adjoint.

— Quel rapport avec Chrissy ? demanda Harrison.

Lucas se massa la nuque.

— Chrissy voulait venir avec nous au stade, mais Geoffrey ne voulait pas d'une gamine dans les jambes.

Il lui a dit de nous laisser, puis il l'a poussée et elle est tombée. Je n'ai rien fait pour la défendre.

— Vous n'étiez que des enfants, dit Dexter.

— Peut-être, mais j'ai compris plus tard que Geoffrey était méchant. Je l'ai vu pousser une autre petite fille. C'était une brute. Du coup, je me suis demandé s'il n'aurait pas pu faire quelque chose à Chrissy.

— Geoffrey était à la falaise, ce soir-là ?

Lucas secoua la tête.

— Non, mais il avait de la terre sur sa veste. Il m'a dit qu'il s'était amusé à faire des dérapages sur la colline surplombant l'entrée de la mine. Plus tard, je me suis demandé s'il n'aurait pas croisé Chrissy. Il aurait pu la pousser à nouveau...

— Pourquoi n'as-tu rien dit, à l'époque ? demanda Dexter.

— Parce que tu espérais toujours qu'il te ferait nommer capitaine adjoint, devina Harrison.

Lucas hocha la tête.

— Je n'aurais pas dû garder ça pour moi.

Harrison et Dexter échangèrent un regard inquiet.

— Tu as raison, dit Harrison, je vais avoir besoin de votre aide. Toi, Lucas, tu vas parler à Williams. Et toi, Dexter, tu vas interroger tous ceux qui se trouvaient à Dead Man's Bluff ce soir-là. Quelqu'un a peut-être menti, ou s'est souvenu après coup de quelque chose qu'il est maintenant prêt à révéler.

Le portable de Harrison vibra à sa ceinture. Il s'empressa de le décrocher et de vérifier l'identité de l'appelant.

Honey Granger.

Conscient que ses frères le regardaient et l'écoutaient, il répondit comme il le faisait toujours quand il s'agissait d'un appel professionnel.

— Shérif Hawk.

— Harrison, c'est Honey.

Sa voix tremblait.

— Quelqu'un vient de m'appeler et m'a menacée.

Harrison se crispa.

— Tu vas bien ?

— Oui… Mais j'ai peur.

Harrison laissa échapper un juron.

— J'arrive.

La main de Honey tremblait quand elle mit fin à l'appel. Elle se précipita à la fenêtre et essaya de distinguer quelque chose dehors.

La berline noire démarra dans un crissement de pneus, et disparut dans la nuit. Elle essaya de lire la plaque d'immatriculation, mais il faisait trop sombre.

À bout de nerfs, les doigts crispés autour de son téléphone, elle alla s'asseoir dans le salon et attendit Harrison.

Quelques minutes plus tard, le bruit d'un moteur la fit se précipiter de nouveau à la fenêtre. Elle poussa un soupir de soulagement en reconnaissant le véhicule de patrouille de Harrison.

Soulagée, elle ouvrit la porte et l'attendit sur le seuil.

Il l'enveloppa d'un regard inquiet.

— Tout va bien ?

Elle hocha la tête, mais elle avait les larmes aux yeux. Elle s'était promis d'être forte et de ne se reposer sur personne, mais elle ne pouvait pas s'en empêcher. Le souffle court, elle se jeta contre lui.

Il était si grand et si fort, solide comme le roc.

Pendant une brève seconde, tout le corps de Harrison se crispa, et elle le sentit reprendre son souffle contre ses cheveux. Puis il l'entoura de ses bras et lui donna de petites tapes réconfortantes dans le dos.

— Ça va aller, dit-il. Je vais tout arranger.

Honey nicha sa tête au creux de son épaule, et ferma les yeux.

Elle avait envie de le croire, mais personne ne pouvait changer le passé ni avoir d'elle une opinion différente.

Sa promesse à peine formulée, Harrison la regretta. Ne pouvant oublier la réaction de sa mère lorsqu'elle avait appris la mort de Granger, il redoutait qu'elle ait quelque chose à voir avec le meurtre.

Mais pourquoi l'aurait-elle tué maintenant, après tout ce temps ?

Avait-elle découvert une preuve contre lui, et décidé de lui arracher des aveux ?

Honey s'agrippait au devant de sa chemise, et il la serra plus étroitement contre lui, désolé que quelqu'un l'ait effrayée.

Et si c'était sa mère qui l'avait appelée pour lui faire peur ? Elle n'avait pas caché son antipathie à l'égard de Honey, ni son désir de la voir quitter au plus vite Tumbleweed.

Il lui caressa le dos, effleurant les longs cheveux soyeux. Elle paraissait si petite et fragile, et tellement féminine aussi, qu'il sentit son corps réagir bien malgré lui.

Fermant les yeux, il essaya de contrôler sa libido, mais elle bougea contre lui, appuyant son ventre contre son sexe.

Une onde de chaleur courut à travers son corps, éveillant un désir immédiat et brutal.

Bon sang, cela faisait bien longtemps qu'une femme n'avait pas éveillé ses sens de cette manière !

Et Honey Granger était la dernière femme sur terre pour qui il avait envie d'éprouver ce genre de chose.

Mais elle était vulnérable et avait été blessée à la fois par sa propre famille et par cette ville, et son instinct protecteur lui commandait de prendre soin d'elle.

Tout comme son frère éprouvait de la culpabilité de ne pas avoir pris la défense de Chrissy, il regrettait de ne pas avoir soutenu Honey autrefois.

Mais il n'était plus un adolescent impressionnable. Cette fois, elle pourrait compter sur lui si elle en avait besoin.

Il la repoussa doucement. Il devait le faire avant de céder à une impulsion déraisonnable, comme l'embrasser, par exemple.

Il la saisit par le haut des bras, et la regarda droit dans les yeux.

— Dis-moi exactement ce qui s'est passé.

Elle repoussa une mèche de cheveux derrière son oreille et cilla, puis elle sembla se reprendre.

— J'ai déposé des vieilles affaires à l'église, puis je me suis arrêtée au café pour dîner.

Elle hésita à poursuivre.

— Je t'écoute, l'encouragea Harrison.

— J'y ai vu un garçon que j'ai connu à l'école, Elden Lynch.

— Je le connais. Il souffre d'un retard mental, mais il est inoffensif.

— Je sais. J'ai toujours été gentille avec lui quand nous étions enfants. Mais ce soir, sa mère m'a dit de le laisser tranquille.

— Mme Lynch n'est pas toujours très aimable. Elle se montre très protectrice envers son fils.

Honey haussa les épaules.

— Il est difficile de l'en blâmer. Il a tellement subi de moqueries quand il était jeune.

Harrison grimaça.

— Les gens continuent à le dévisager et à chuchoter derrière son dos.

— Certaines choses ne changeront jamais, dit Honey d'un ton résigné.

Harrison hocha la tête, l'air morose. Il n'appréciait pas cela du tout.

— Que s'est-il passé ensuite ?

Honey se frotta les bras en un geste nerveux.

— J'ai repéré une berline noire sur le parking, et elle m'a suivie.

— Tu as réussi à voir le conducteur ?

— Non. Il faisait sombre, et les vitres étaient teintées. Je me suis arrêtée devant ton bureau, mais ta voiture n'était pas sur le parking. La berline a continué sa route mais, quand je suis arrivée à la maison, elle était de nouveau là. Je me suis dépêchée de rentrer et de m'enfermer. Et c'est à ce moment-là que le téléphone a sonné.

— Tu penses que c'était le conducteur qui t'appelait ?

— Probablement.

— Qu'a-t-il dit ?

— « Quittez Tumbleweed, ou vous finirez comme votre père. »

— C'était une voix masculine ?

— Je n'en suis pas certaine. Elle était basse, presque inaudible. Ça pouvait tout aussi bien être une femme.

— On t'a appelée sur ton portable ?

Elle secoua la tête.

— Non, sur la ligne fixe de la maison.

— Bon, décida-t-il. Je vais rester ici cette nuit pour assurer ta sécurité.

— Non ! protesta-t-elle vigoureusement. Je ne peux pas te demander ça.

Il tapota son insigne.

— C'est mon travail de protéger les citoyens de cette ville.

— Je ne fais que passer.

— Je m'en doutais.

— Mais je devrais peut-être partir dès maintenant. Je pourrais engager quelqu'un pour finir de vider la maison.

— Sans doute.

Étrangement, il n'avait pas envie que Honey s'en aille. Pas maintenant.

Tout à coup, elle se redressa, le menton fièrement levé.

— À la réflexion, je ne vais pas me laisser influencer par ceux qui voudraient me voir partir.

— Comme tu l'as fait à dix-huit ans ?

Elle soutint son regard, affichant une expression vibrante de détermination.

— Je veux savoir qui a tué mon père, et s'il a fait quelque chose à Chrissy.

Harrison aussi, mais il se pourrait bien qu'ils n'aiment ni l'un ni l'autre les réponses.

Cependant, c'était pour rendre justice à sa petite sœur qu'il était devenu shérif.

Et rien ne l'arrêterait dans sa quête de la vérité.

8

Harrison n'appréciait pas qu'on ait menacé Honey.

Bien sûr, il pouvait s'agir d'une mauvaise blague, ou d'une menace dénuée de sens. Mais son père venait d'être assassiné, et elle séjournait dans sa maison.

Le meurtrier de Waylon avait peut-être peur que Honey découvre quelque chose dans la maison ou dans le jardin.

— Merci de m'avoir proposé de rester, dit Honey, mais ça va aller, Harrison. J'ai l'habitude d'être seule.

Cela voulait-il dire qu'il n'y avait pas d'homme dans sa vie ?

— Ça m'ennuie de te laisser, dit-il.

— Ne t'inquiète pas, j'ai de quoi me protéger.

Il haussa un sourcil

— Tu as un revolver ?

Elle hocha la tête.

— Je le prends quand je visite des maisons à rénover. Je vais parfois dans des quartiers mal fréquentés, et il est souvent arrivé que je tombe sur des squatteurs.

Il croisa les bras.

— Et tu sais t'en servir ?

— Oui.

Une lueur de défiance traversa le regard de Honey.

— Je ne dépends que de moi-même depuis que j'ai quitté Tumbleweed.

Harrison se demanda ce que cela signifiait.

— Tu n'es pas allée vivre chez des parents proches ?

— Je n'avais pas d'autre famille.

Harrison était dévoré de curiosité.

— Comment t'es-tu débrouillée, alors ?

Honey détourna les yeux, comme pour éviter son regard.

— Ce n'est pas important. Ce qui compte, c'est que je sache comment me protéger.

— D'accord, mais appelle-moi si tu reçois d'autres menaces, ou si tu vois à nouveau cette voiture. Je vais demander à mon adjoint de chercher si quelqu'un en ville conduit ce genre de véhicule.

Elle hocha la tête.

— Merci d'être venu.

— C'est mon travail.

— Bien.

La sécheresse du ton employé par Honey rappela à Harrison que sa famille et elle avaient eu des relations tendues pendant des années.

— Je reviendrai demain avec un mandat pour fouiller les lieux.

Son commentaire fit naître dans les yeux de Honey de la douleur, mais aussi de la résignation.

Tandis qu'il regagnait son SUV, Harrison balaya du regard les parages, à la recherche d'un élément incongru ou menaçant.

Une fois au volant, il jeta un dernier coup d'œil à la triste bâtisse, et vit Honey à la fenêtre, qui le regardait.

Contrarié à l'idée de la laisser seule, il démarra et appela son adjoint pour lui demander de vérifier dans la base de données qui en ville possédait une berline noire.

Plus d'une dizaine de personnes étaient dans ce cas, dont Geoffrey Williams.

Mais il ne fallait pas en tirer de conclusions hâtives. Cela concernait aussi le maire, Cora Zimmerman, et le pasteur.

Quoi qu'il en soit, Harrison passa les deux heures

suivantes à sillonner la ville à la recherche de la mystérieuse voiture.

Tant qu'il serait shérif, personne ne ferait de mal à Honey.

Après quelques heures d'un sommeil agité, Honey fut réveillée brusquement par un bruit de vitre brisée. Il lui fallut quelques secondes pour se rappeler où elle était, puis elle s'assit dans le lit, perplexe.

De l'air frais lui caressait la joue et elle tourna la tête.

La fenêtre était brisée. Un rayon de lune éclairait une pierre sur le sol de la chambre.

Elle se leva, enfila ses chaussons, et prit son revolver sur la table de chevet.

Le bruit d'une deuxième fenêtre qui volait en éclats se fit entendre.

Tenant la crosse à deux mains, Honey s'avança à pas de loup dans le couloir et regarda vers la pièce à vivre et la cuisine.

Elle ne vit personne, mais elle resta immobile et silencieuse.

Quelques secondes s'écoulèrent, chargées de tension.

La seconde fenêtre de la pièce à vivre se brisa, bientôt suivie de celle de la cuisine.

Elle sursauta et retint un petit cri.

Quelqu'un était en train de jeter des pierres dans toutes les fenêtres de sa maison.

Pourquoi ? Pour lui faire peur et l'obliger à partir ?

S'agissait-il de la même personne qui l'avait menacée précédemment ?

Elle retourna dans sa chambre pour prendre son portable.

Ça l'ennuyait d'appeler Harrison une deuxième fois la même nuit, mais elle avait peur.

Et si c'était le meurtrier de son père ?

Harrison venait de s'endormir quand un son le réveilla en sursaut. Le temps de réaliser que c'était son téléphone qui sonnait, il répondit à la troisième sonnerie.

— Harrison, c'est Honey. Je suis désolée de te déranger encore une fois, mais quelqu'un est en train de jeter des pierres dans mes vitres.

— Ne bouge pas, j'arrive.

Il s'habilla à la hâte, et se précipita vers sa voiture.

Les rues étaient désertes, les maisons plongées dans l'obscurité, les citoyens de Tumbleweed en sécurité chez eux.

Sauf Honey.

Qui pouvait bien vandaliser sa maison à cette heure de la nuit, ou plutôt du jour ?

Des lambeaux de brume s'étiraient au ras de la route, créant une impression fantomatique, tandis qu'un soleil voilé tentait de percer l'écran opaque des nuages.

Ne voulant pas alerter le vandale, Harrison n'avait pas mis la sirène. Il roula au pas le long de la rue, cherchant des signes de trouble.

Il aurait dû rester cette nuit comme il l'avait proposé.

Il coupa ses phares et s'engagea dans l'allée de Waylon Granger.

Il y avait de la lumière dans la pièce principale. Les lames des stores s'écartèrent, et Honey regarda dehors. Le soulagement envahit son visage.

Il lui fit signe qu'il allait inspecter l'extérieur, et elle hocha la tête.

Harrison braqua sa torche sur le côté droit de la maison. Rien, à part un chat, qui détala derrière la maison voisine.

Il passa ensuite le faisceau lumineux sur la façade, et vit que toutes les fenêtres étaient brisées.

Il termina en observant le sol, à la recherche d'empreintes. L'herbe semblait aplatie par endroits, comme si on y avait marché. Mais des gravillons se mêlaient à la terre et à ce qu'il restait de gazon, et il n'était pas facile d'isoler une empreinte.

Il inspecta l'arrière de la maison, sans davantage de résultats, et se dirigea vers le bois.

Une brindille craqua sous son pied. Le hurlement d'un coyote résonna au loin.

Il repéra un mouvement dans les fourrés, et braqua sa torche dans cette direction.

Les secondes s'écoulèrent tandis qu'il essayait de repérer quelque chose.

Le mouvement se répéta un peu plus loin, s'enfonçant dans les bois.

Était-ce un animal, ou le vandale qui avait terrorisé Honey ?

Il jeta un coup d'œil vers la maison, tenté de s'élancer sur ses traces. D'un autre côté, il répugnait à laisser Honey toute seule.

Rebroussant chemin, il contourna à nouveau la maison et escalada les parpaings qui servaient de marches pour atteindre la porte d'entrée.

Honey lui ouvrit avant qu'il ait eu le temps de frapper.

— Excuse-moi de t'avoir dérangé, dit-elle. Mais j'ai pensé que c'était peut-être le meurtrier de mon père… ou de Chrissy.

Harrison grinça des dents.

— Tu n'as pas à t'excuser, Honey. Tu as bien fait.

Elle se mordilla la lèvre inférieure et serra les bras autour d'elle, puis elle hocha la tête. Elle paraissait secouée et épuisée.

— Tout va bien ? demanda-t-il, d'une voix enrouée par l'émotion.

— Oui.

— Tu n'es pas blessée ?

Elle secoua la tête.

— Il y a du verre partout, mais ça va.

Sauf que ça n'allait pas, et ils le savaient tous les deux.

— Je vais trouver qui a fait ça, promit Harrison, d'un ton déterminé. Je ne laisserai personne te faire du mal, Honey.

Elle voulut dire quelque chose, mais il l'interrompit.

— Chut.

Il pressa un doigt sur ses lèvres pour la faire taire.

— Je suis sérieux. Les gens de cette ville n'ont pas été gentils avec toi, et ce n'est pas bien. J'aurais dû prendre ta défense quand nous étions enfants.

Elle rougit et détourna les yeux, comme si de douloureux souvenirs l'envahissaient.

— Je suis désolé. Je ne voulais pas te faire repenser au passé.

— Je ne pourrai jamais oublier le passé. Pas tant qu'il subsistera un doute sur le rôle que mon père a joué dans la disparition de Chrissy.

L'évocation de sa sœur serra le cœur de Harrison, mais il savait à présent que Honey avait elle aussi souffert de la disparition de Chrissy. Qu'elle avait de l'affection pour sa sœur, et qu'elle n'aurait jamais couvert son père si elle avait eu la certitude qu'il était coupable.

Leurs regards se croisèrent, restèrent rivés l'un à l'autre.

Un mélange d'émotions indéchiffrables et de désir s'éveilla entre eux.

Elle frissonna, et Harrison réalisa qu'il avait envie de la rassurer, de la protéger, et de la prendre dans ses bras depuis le premier instant où il l'avait vue à la morgue.

Incapable de résister plus longtemps, il lui caressa doucement la joue, puis il passa la main derrière sa nuque, attira son visage à lui et l'embrassa.

9

Honey rêvait d'embrasser Harrison depuis qu'elle avait seize ans.

Son corps était dur et ferme contre le sien, sa bouche affamée et impatiente.

Refoulant les larmes qui lui montaient aux yeux, en voyant que son souhait le plus cher se réalisait enfin, elle se laissa aller contre lui.

Il lui caressa pendant quelques secondes le dos, avant de resserrer les bras autour d'elle.

Elle s'agrippa à lui, la tête lui tournant soudain, perdant l'équilibre comme si elle était emportée par une tornade.

Le baiser de Harrison s'embrasa tout à coup, et elle lui répondit avec une ardeur qu'elle ne se connaissait pas.

La tête vide de toute pensée, elle s'abandonna au désir qui montait en elle.

Jamais encore on ne l'avait embrassée de cette façon. Jamais un homme n'avait éveillé elle d'aussi délicieuses sensations.

Soudain, il lui agrippa les fesses et la plaqua contre son érection.

Ce fut pour elle comme un électrochoc, et elle retrouva son bon sens

Elle ne pouvait pas — ne devait pas — embrasser Harrison Hawk. Il était le shérif de cette ville, pour l'amour du ciel.

Il essayait de prouver la responsabilité de son père dans la disparition de Chrissy.

Ava Hawk la détestait.

Et elle-même détestait Tumbleweed.

Elle s'en irait dès que possible. Sa vie était à Austin.

S'insinuant par la vitre brisée, une bourrasque souleva les rideaux et l'enveloppa. Il n'en fallut pas plus pour lui éclaircir les idées, et elle s'écarta de Harrison.

Il voulut la saisir par la taille, mais elle fit un pas en arrière.

— Arrête, Harrison. Nous ne pouvons pas faire ça.

Il chercha à reprendre son souffle.

— Je suis désolé. C'était… totalement déplacé.

— En effet.

Elle regretta ses paroles en le voyant grimacer comme si elle l'avait giflé. Mais elle ne s'excusa pas. C'était mieux comme ça.

— Je suis ici pour organiser la crémation de mon père et me débarrasser de sa maison, dit-elle.

S'il en était besoin, elle lui rappelait ainsi qu'une romance, ou une aventure d'un soir, ne faisait pas partie de ses plans.

— Je sais, fit-il d'un ton où perçait une note de regrets. Ça ne se reproduira pas.

— Certainement pas. Je ne suis pas telle qu'on m'a dépeinte quand j'étais au lycée. Je ne couche pas à tort et à travers.

Elle essuya ses paumes moites sur son pyjama, consciente que les pointes durcies de ses seins se dessinaient sous le fin coton de son haut.

— Je ne…, commença Harrison

— Laisse tomber.

Elle ne voulait surtout pas céder à la tentation de se blottir à nouveau dans ses bras.

Pourtant, elle s'y sentait en sécurité. À la fois saine et

sauve, désirée, et libérée de la honte et du ridicule que cette ville lui avait communiqués.

Harrison Hawk était fort, protecteur, honnête et séduisant… Tout ce qu'elle avait toujours voulu trouver chez un homme.

Tout ce qu'elle ne pouvait pas avoir, surtout compte tenu de leur passé.

— Je t'ai appelé parce qu'il y avait quelqu'un dehors, dit-elle, en essayant de revenir à des préoccupations plus immédiates.

Il se massa le menton, et tourna les yeux vers la fenêtre.

— J'ai fait le tour du jardin, mais il n'y avait personne. Tu as pu distinguer une silhouette ?

Honey secoua la tête.

— Il faisait trop sombre. Et j'avais peur de m'approcher des fenêtres et d'être touchée par un projectile.

— Tu as bien fait.

Honey songea plutôt qu'elle avait fait preuve de lâcheté, mais elle ne dit rien.

— J'ai vu que d'autres maisons du quartier avaient aussi été vandalisées, reprit Harrison. Il est possible que ce soit juste des adolescents qui s'amusaient.

— Tu le crois vraiment ?

Il haussa les épaules.

— J'ai dit que c'était possible. Je vais collecter les pierres et les envoyer au labo pour analyse. Si ce sont des gamins, il y aura sûrement des empreintes.

— Merci, Harrison.

Il hocha la tête, alla à sa voiture chercher un kit scientifique.

Honey se retrancha dans la cuisine et prépara du café.

Jamais elle ne pourrait se rendormir. Pas après avoir été réveillée par un vandale. Et encore moins après avoir été embrassée par Harrison.

Harrison se maudissait d'avoir embrassé Honey.

Ce n'était pas parce qu'il la trouvait attirante qu'elle ressentait la même chose.

Bon sang, il était supposé faire son travail, et non se laisser guider par sa libido.

Honey avait toutes les raisons de lui en vouloir, ainsi qu'à sa famille. Ils l'avaient traitée de façon injuste. Et à présent, il était sur le point de perquisitionner sa maison, afin de trouver des preuves permettant d'incriminer son père.

Elle avait beau donner l'image d'une femme forte, il savait qu'elle souffrirait s'il s'avérait que son père était un meurtrier.

Il devait garder ses distances. De toute façon, il n'insistait jamais quand une femme le repoussait.

Et c'était ce que Honey venait de faire.

Retrouvant son professionnalisme, il appela son adjoint et lui demanda d'aller chercher les mandats pour la perquisition chez Waylon Granger. Puis il regagna la maison.

Une odeur de café en train de passer et de détergent à l'odeur de pin l'enveloppa dès l'entrée.

Il balaya du regard la pièce à vivre, étonné de voir que Honey avait déjà fait du vide et tout nettoyé. Il prit les fenêtres en photo, ainsi que les éclats de verre au sol.

Puis il ouvrit son kit, enfila des gants en latex, et collecta les pierres, qu'il plaça dans des sachets.

Il répéta la même opération de pièce en pièce, et retrouva Honey dans la cuisine.

Pensive, elle sirotait un café, en regardant vers le bois.

— Mon adjoint ne devrait pas tarder à arriver avec les mandats, dit-il.

Honey tourna la tête vers lui.

Son visage était pâle, mais une lueur déterminée brillait dans son regard.

— Tu veux un café ?

Il aurait bien voulu mais, considérant la tension entre

eux, il ne voulait pas se montrer trop amical, ni s'attarder plus qu'il n'était nécessaire.

Elle poussa un mug vers lui.

— Ne sois pas ridicule, Harrison. Je t'ai réveillé. Le moins que je puisse faire, c'est de t'offrir un café.

Il accepta le mug en marmonnant un remerciement, mais évita de croiser son regard. Plus il la regardait, plus il avait envie de l'embrasser à nouveau.

Mais ce n'était pas ce que voulait Honey.

Il emporta donc le mug à l'extérieur avec lui, et fit le tour du terrain, cherchant un indice qui pourrait le mener à la personne qui avait terrifié Honey cette nuit.

Honey devait absolument trouver un dérivatif à ses pensées, qui la ramenaient sans cesse à Harrison. Elle se changea rapidement, puis balaya le verre brisé.

L'adjoint de Harrison arriva au moment où elle sortait avec le sac-poubelle, et il fit les présentations.

Mitchell Bronson était grand, brun, et très séduisant.

Mais il ne lui inspira aucune réaction, contrairement à Harrison.

L'homme lui serra la main, avec un grand sourire amical.

— Désolé pour ce qui vous arrive, madame. Le shérif et moi allons faire tout notre possible pour découvrir qui a fait ça.

— Merci.

— Nous allons commencer la perquisition, dit Harrison.

Le cœur de Honey s'emballa.

Regagnant la maison, elle fit une prière muette pour qu'ils ne découvrent pas le cadavre de Chrissy.

Au cours des dernières années, elle avait essayé d'oublier tout ce qui concernait cette ville, cette maison, et son père. Mais à présent, elle s'efforçait de se rappeler des détails sur Chrissy.

Combien de fois était-elle passée à la maison ? Deux, peut-être trois ?

La nuit de sa disparition, elle était sortie avec son frère Brayden, et avait suivi Harrison à Dead Man's Bluff. Quelqu'un avait dit que Chrissy avait finalement quitté les lieux et s'était rendue chez les Granger.

Mais Honey n'avait pas vu Chrissy cette nuit-là, parce qu'elle aussi était sortie en douce pour aller à la falaise, se cachant telle une voleuse pour regarder la fête qui s'y déroulait.

Pour regarder Harrison.

Elle n'en avait jamais parlé à personne.

Et si Chrissy était bien passée chez elle pendant qu'elle était sortie, et que son père, complètement ivre, soit entré dans une de ces rages folles dont il était coutumier ?

Si elle était restée chez elle cette nuit-là, elle aurait pu aider Chrissy…

Harrison achevait la fouille minutieuse des extérieurs avec son adjoint, quand son portable sonna. Il vérifia le numéro.

— Le labo. Je le prends, et on prévient Honey que nous partons.

— Honey ?

— Mlle Granger, se reprit Harrison, en réalisant qu'il avait prononcé son prénom de façon trop personnelle.

Harrison pressa la touche de connexion, et Bronson regagna sa voiture, tandis que lui-même retournait vers la maison.

— Shérif Hawk.

— Regan Willis. J'ai les résultats pour le ruban que vous avez déposé.

— Oui ?

— Nous y avons retrouvé un cheveu qui correspond à ceux de votre sœur.

Harrison reprit son souffle, heureux que l'ancien shérif ait pensé à faire garder la brosse à cheveux de Chrissy pour d'éventuelles comparaisons ultérieures.

— Il y a autre chose, dit l'experte. J'ai trouvé des traces d'une substance chimique qu'on ne trouve que dans la mine.

— J'ai toujours pensé que Chrissy y était allée. Et le bouton ?

— Il y a bien de l'ADN, mais ça ne correspond à personne dans la base de données.

Elle marqua une pause.

— Mais je peux vous dire qu'il appartenait à une femme.

Il mit l'experte au courant de l'attaque chez Honey.

— Je vais vous déposer les pierres dans la journée. Mais je vais d'abord faire un tour à Dead Man's Bluff pour inspecter la mine.

— Bonne chance, shérif.

Il la remercia et mit fin à la communication.

Le temps qu'il arrive à la maison, Honey était sortie.

— Tu as trouvé quelque chose ? demanda-t-elle.

Il secoua la tête.

— Je vais inspecter la mine. Je reviendrai plus tard clouer des planches sur les fenêtres.

— Je peux m'en occuper. De toute façon, il faut que j'aille en ville pour discuter avec le directeur du crématorium. J'en profiterai pour acheter des matériaux.

Comme convenu, Harrison retrouva son adjoint devant l'entrée de la mine.

— On commence par quoi ? demanda Bronson.

Harrison remarqua des gamins qui traînaient au bord du plan d'eau. Il n'était pas encore midi, et la chaleur était déjà intenable.

Normalement, cet endroit était une scène de crime. Il aurait dû boucler le périmètre. Mais il aurait fallu plus d'hommes qu'il n'en avait pour tenir à l'écart les adolescents qui aimaient se rassembler là, ainsi que les randonneurs.

— Qu'est-ce que nous cherchons ? demanda Bronson,

tandis qu'ils allumaient leurs torches et pénétraient dans la galerie principale.

— Nous n'avons jamais retrouvé le sac à dos ou la veste de ma sœur. Faites attention à tout ce qui pourrait ressembler à un vêtement d'enfant.

— Vous savez bien que les adolescents adorent venir camper ici, protesta Bronson. Et des SDF se réfugient dans les galeries l'hiver.

— Je sais, mais nous ne devons négliger aucune piste.

Arrivés à une intersection, ils se séparèrent. L'endroit était un véritable labyrinthe, qui s'étendait sur trois kilomètres.

L'air était lourd et vicié, imprégné d'odeurs d'urine et d'animaux morts. Des mégots de cigarettes, des cannettes de bière et des bouteilles d'alcool jonchaient le sol.

Poursuivant son chemin, Harrison se retrouva bientôt dans un cul-de-sac.

Il promena le faisceau lumineux de sa torche sur les pieux en bois marquant les zones où les ouvriers avaient creusé.

Quelque chose miroita dans la lumière.

Quelque chose de jaune.

Harrison retint son souffle.

Et s'il venait de découvrir un deuxième ruban ?

Il s'avança, s'accroupit, et braqua sa torche sur le bout de tissu jaune.

C'était bien un ruban comme ceux que portait Chrissy.

Mais une partie était enfouie dans la terre.

Envahi par une myriade d'émotions, il eut soudain l'impression qu'il ne pouvait plus respirer.

Chrissy avait-elle été enterrée dans cette galerie ?

10

Retrouvant ses esprits, Harrison gratta la terre, déplaça quelques pierres, et libéra le ruban.

Il semblait identique à celui retrouvé par Honey.

Sa nuque se couvrit de sueur tandis qu'il observait les amas de pierres environnants.

On aurait dit qu'il y avait eu un éboulis dans cette partie de la mine. Il comprit qu'il allait devoir creuser.

Les nerfs à vif, il s'empressa de regagner sa voiture de patrouille, et sortit une pelle du coffre.

Serrant le manche entre ses doigts moites, il retourna à l'endroit où il avait trouvé le ruban, et vérifia les parois pour s'assurer qu'elles n'allaient pas s'effondrer sur lui.

Puis il se mit à creuser. Les dents serrées, il soulevait une pelle pleine de débris après l'autre. Des pierres, des gravillons et de la terre ne tardèrent pas à former un petit monticule.

Enfin, il atteignit le sol. S'accroupissant, il passa la main dessus et sentit un petit renflement.

Un frisson glacé courut le long de son dos.

Dieu sait s'il voulait des réponses, mais il n'avait pas envie de tomber sur le cadavre de sa sœur.

Résigné, il enfonça sa pelle dans la terre et continua à creuser jusqu'à deux pieds de profondeur, puis trois...

Mais il n'y avait rien.

Le soulagement l'envahit.

Chrissy n'était pas là.

Il se redressa, épousseta la poussière sur son uniforme et s'essuya le front avec le revers de sa main. Puis il ressortit.

Son adjoint l'attendait à l'entrée de la mine.

— Vous avez trouvé quelque chose ? demanda Harrison.

— Malheureusement, non. Et vous ?

Harrison sortit de sa poche le ruban, qu'il avait préalablement glissé dans un sachet en plastique.

— Il appartenait à ma sœur.

— Alors, elle est bien venue ici.

Harrison parlait rarement de cette nuit, mais Branson avait dû en entendre parler. Après tout, il avait grandi ici, et la ville en avait fait des gorges chaudes pendant des mois.

— Nous savons qu'elle est venue à Dead Man's Bluff, dit Harrison. Brayden et elle se sont faufilés hors de la maison. Ils exploraient les galeries quand Brayden est tombé et s'est tordu la cheville. Chrissy devait aller chercher de l'aide, mais plus personne ne l'a revue.

— Je suis désolé, dit Bronson. Ça a dû être dur.

Harrison eut un bref hochement de tête, mais son portable vibra, et il vit qu'il venait de recevoir un texto. Il provenait de Lucas.

Geoffrey Williams nous retrouve à ton bureau dans une demi-heure.

Harrison répondit en disant qu'il serait là.

— Bronson, allez chez les Granger, et assurez-vous qu'il n'y a plus de problème.

Honey avait de l'expérience dans le maniement du marteau. Elle avait trouvé des feuilles de contreplaqué dans le garage et s'en servit pour obturer les fenêtres.

Reculant d'un pas pour observer le résultat, elle réalisa que la maison serait plongée dans l'obscurité, et en ressentit une impression de claustrophobie.

Un frisson courut le long de sa colonne vertébrale.

La seule façon de résoudre le problème serait de changer complètement les fenêtres. Mais cela en valait-il la peine ?

Même si elle rénovait la maison, elle aurait du mal à la vendre. Un regard aux jardins environnants et aux maisons en ruine du quartier ferait fuir les acheteurs potentiels.

En ayant terminé avec les fenêtres, elle retourna au garage ranger le marteau. C'est alors qu'elle remarqua une caisse de vieilleries. Des outils de jardinage et des pots en terre cuite y avaient été jetés, avec des gants de travail et un cadre brisé.

Harrison avait fouillé le garage mais, quand elle souleva la caisse pour la déplacer près de la porte, afin de la jeter plus tard, elle remarqua un petit coffre en bois qui était caché derrière. Elle s'en empara, le déposa sur l'établi et l'ouvrit.

Il était rempli de pièces de monnaie de collection.

Le soulagement l'envahit quand elle réalisa qu'il n'y avait rien dedans qui appartenait à Chrissy. Mais elle fouilla dans les pièces, et découvrit une vieille photographie dans le fond de la boîte.

Son cœur se serra.

Elle avait oublié comment était sa mère, mais elle réalisait à présent qu'elle lui ressemblait beaucoup. Sa mère avait les mêmes cheveux blond doré, les mêmes yeux bruns, mais semblait maladivement mince, et de grands cernes soulignaient ses yeux.

Un profond chagrin l'envahit. Sa mère était partie quand elle avait sept ans.

Son père avait-il reporté sa colère sur elle parce qu'elle lui rappelait sa femme ?

Pourquoi sa mère ne l'avait-elle pas emmenée ?

Harrison retrouva Lucas au poste de police. Geoffrey Williams l'attendait. Son costume impeccable et ses chaussures sur mesure indiquaient qu'il avait de l'argent et voulait que les autres le sachent.

Tout le contraire de Harrison et de ses frères, qui se concentraient sur la justice et la famille.

Williams boutonna sa veste et se leva, puis il tendit la main, avec cette courtoisie et ce sourire affectés des politiciens.

— Que puis-je faire pour vous, shérif ? dit-il d'un ton formel, oubliant qu'ils s'étaient autrefois tutoyés.

Harrison lui serra la main.

— Lucas ne vous a pas expliqué de quoi il s'agissait ?

Son frère affichait une expression indéchiffrable.

— J'ai simplement dit qu'il pourrait peut-être nous aider dans le cadre d'une enquête.

Williams haussa un sourcil.

— En tant que conseiller municipal, je suis toujours heureux de rendre service à mes concitoyens.

Williams se comportait comme s'il n'était pas allé à l'école avec Harrison et Lucas. Comme s'il appartenait à un autre monde, bien supérieur à celui des Hawk.

— Très bien. Dans ce cas, asseyez-vous. Nous voulons vous parler de la nuit où ma sœur a disparu.

Williams parut choqué.

— Quoi ? Pourquoi ? Ça remonte à des années !

— Oui, mais l'affaire n'a jamais été résolue, rétorqua Harrison.

— J'en suis désolé. Mais je ne vois pas en quoi je peux vous aider.

Williams plissa les yeux. C'était un homme mince, avec un visage long, un menton fort et les mains manucurées.

— Au fait, reprit-il, il paraît que Granger est mort. Il me semble que votre famille était persuadée qu'il avait quelque chose à voir avec la disparition de votre sœur.

— C'est une théorie parmi d'autres.

Lucas croisa les bras, adoptant sa posture d'agent fédéral.

— Harrison et moi avons passé en revue tout ce qui

s'est passé, Geoffrey. Tu étais à Dead Man's Bluff cette nuit-là. Ne dis pas le contraire.

Une étrange lueur passa dans les yeux gris de Geoffrey.

— Oui, avec une dizaine d'autres adolescents. Ils vont également être réinterrogés ?

— Oui, dit Harrison d'un ton brusque.

Williams redressa les épaules.

— Tu sais très bien que le shérif Dunar a posé des questions à chacun d'entre nous. Pourquoi ne lis-tu pas son rapport ?

— Je l'ai fait, répondit Harrison.

— Moi aussi, ajouta Lucas. Mais quelque chose me préoccupe.

Le regard de Williams passa de l'un à l'autre, comme s'il redoutait qu'ils essaient de le piéger.

— Quoi donc ?

Lucas s'éclaircit la voix.

— Tu as dit au shérif que tu avais vu Chrissy, mais que tu ne lui avais pas parlé.

Williams croisa les bras, le menton levé.

— Oui. J'avais rendez-vous avec Tina Fuller. Tu imagines bien que j'avais autre chose à faire que de prêter attention à ta petite sœur.

Harrison crispa les mâchoires.

— Que faisait-elle quand tu l'as vue ?

— Elle se cachait derrière un rocher pour mieux nous espionner.

Réalisant que son commentaire pouvait être mal pris, il s'empressa d'ajouter :

— Nous ne faisions pourtant rien de mal. Nous buvions juste quelques bières. C'était le premier jour des vacances d'été.

— Tu mens, dit Lucas d'un ton glacial.

Williams eut un mouvement de colère.

— Comment peux-tu dire ça, Lucas ? Nous étions amis.

C'était bien le problème. Harrison et Lucas connaissaient bien Williams. Et ils ne lui faisaient pas confiance.

— Je fais tout ce que je peux pour aider cette communauté, argumenta Williams. J'essaie de faire venir des investisseurs dans ce fichu trou perdu.

— Tu oublies que je te connaissais bien à l'époque, Geoffrey, dit Lucas. Tu étais toujours en train de frimer, d'essayer d'impressionner tout le monde, surtout les filles. Tu as effectivement retrouvé Tina, puis tu as vu ma petite sœur qui rôdait dans les parages, et tu as commencé à te moquer d'elle. Tu lui as mal parlé, puis tu l'as poussée, et tu lui as dit de vous laisser seuls.

Williams blêmit.

— Nous n'étions que des enfants, protesta-t-il. Si je l'ai poussée, c'était innocemment. Pour l'amour du ciel, je ne lui ai pas fait mal.

— Peut-être, peut-être pas.

Lucas se pencha, rapprochant son visage de celui de Williams, en un geste d'intimidation.

— Tina et toi vous êtes peut-être éclipsés pour flirter, et Chrissy vous a suivis. C'était ma sœur, et je l'adorais, mais elle pouvait être agaçante. Elle vous a peut-être interrompus, et tu l'as de nouveau poussée. Sauf que cette fois, elle est tombée et elle s'est cogné la tête.

— C'était peut-être un accident, poursuivit Harrison. Elle est tombée, elle s'est blessée, ou peut-être pire, et tu as paniqué.

Cependant, cela n'expliquerait pas comment le ruban de Chrissy s'était retrouvé chez Honey. À moins que Chrissy ne l'ait perdu cette nuit-là, et que Granger l'ait trouvé et ramené chez lui.

Toutefois, quelque chose ne collait pas.

Williams se leva, fit rouler ses épaules, et leur adressa à tous deux un regard froid.

— Écoutez-moi. Je n'ai pas tué votre sœur. Et, à l'avenir, si vous voulez me parler, adressez-vous à mon avocat.

Il tendit une carte de visite à Harrison.

Harrison soutint le regard de l'homme d'un air de défi. Williams laissa tomber la carte sur le bureau et sortit, le port de tête arrogant.

— Bon sang, dit Lucas. Quel crétin prétentieux !

— Tu penses qu'il dit la vérité ? demanda Harrison.

— Je n'en sais fichtrement rien.

Lucas ôta sa cravate et ouvrit le premier bouton du col de sa chemise.

— Mais je vais parler avec Tina Fuller. Si Williams a fait quelque chose à Chrissy, et que Tina est au courant, la culpabilité de s'être tue si longtemps l'incitera peut-être finalement à parler.

Honey se posait quantité de questions à propos de sa mère.

Son père avait-il essayé de la convaincre de ne pas partir ? Où était-elle allée ? Avait-il tenté de la retrouver ?

De son côté, Honey n'avait jamais entamé de recherches. Si sa mère avait voulu être avec elle, elle ne l'aurait pas abandonnée.

Mais peut-être sa mère avait-elle peur de son mari. Dans ce cas, comment avait-elle pu laisser une fillette de sept ans avec un homme comme ça ?

La seule personne qui savait peut-être quelque chose, c'était l'ancien shérif. Il avait été appelé chez eux à de nombreuses occasions.

Elle voulait quitter Tumbleweed, mais elle ne pouvait pas le faire sans avoir tiré certaines choses au clair, ni sans avoir obtenu des réponses à ses questions.

Honey se gara devant le poste de police et entra dans le bâtiment.

Harrison se tenait dans le hall, comme s'il était prêt à partir. Un homme était avec lui. Elle reconnut Lucas.

Tous les hommes de la famille Hawk étaient beaux, mais Harrison avait un petit quelque chose en plus.

— Honey, que fais-tu là ? s'étonna Harrison.

— C'est ce que j'aimerais bien savoir !

Honey se figea en entendant la voix rude d'Ava Hawk dans son dos, et s'arma de courage, en comptant silencieusement jusqu'à dix.

— Maman, dit Harrison en levant une main en signe de mise en garde. Laisse-moi gérer ça.

Le regard curieux de Lucas se posa sur Honey.

— Bonjour, Honey. Je suis désolé pour ton père.

Elle respira un peu plus aisément. Lucas n'avait rien perdu de sa gentillesse.

— Maintenant qu'il est mort, tu vas peut-être te décider à dire la vérité sur ce qu'il a fait à notre petite Chrissy, dit Ava Hawk.

À la fois furieuse et blessée, Honey pivota sur ses talons.

— J'ai dit la vérité. Je n'ai pas vu Chrissy cette nuit-là.

— Tu as toujours été une petite menteuse. Ton père et toi avez détruit ma famille. Mon mari est parti à cause de ce qui est arrivé à Chrissy.

— Au lieu d'accuser les autres de mentir, vous feriez mieux d'avouer la vraie raison pour laquelle votre mari vous a quittée.

Ava Hawk blêmit. Si elle s'était montrée véhémente au début, elle parut soudain vulnérable, et son intonation changea.

— Je ne vois pas de quoi tu parles, dit-elle d'une voix mal assurée.

Honey haussa un sourcil.

— Vraiment ? Pourtant, la nuit de la disparition de votre fille, votre mari et vous avez eu une dispute à cette réception où vous étiez invités.

Ava Hawk leva la main et gifla Honey.

Harrison saisit le bras de sa mère et s'interposa entre elle et Honey.

— Enfin, maman…

— Calmons-nous, dit Lucas.

— Fiche le camp d'ici, Honey ! s'écria Ava Hawk. Tu n'as rien à faire à Tumbleweed.

— Ne vous inquiétez pas, je déteste cette ville autant que vous me détestez. Mais je ne suis pas une menteuse. Dites à vos fils pourquoi vous vous disputiez.

— De quoi parle-t-elle ? demanda Harrison.

— De rien. Il s'agit d'une invention de sa part. Cette fille est folle.

— Vraiment ? insista Honey d'un ton narquois. Vous ne voulez pas leur parler de votre liaison ?

La même expression choquée apparut sur le visage de Lucas et de Harrison.

— Maman ? dirent-ils en chœur.

Ava Hawk ferma un instant les yeux, comme si elle cherchait de quelle façon répondre.

Honey s'en voulait de causer de la peine à Harrison, mais elle ne pouvait plus faire machine arrière maintenant.

S'ils voulaient obtenir des réponses, ils devaient envisager toutes les hypothèses. Et ils seraient peut-être confrontés à des vérités difficiles à accepter.

Si la liaison d'Ava Hawk avait quelque chose à voir avec la paternité de Chrissy, alors il se pouvait aussi qu'elle ait quelque chose à voir avec sa disparition.

11

Harrison avait le soufflé coupé, comme s'il avait pris un coup de poing à l'estomac.

— Qu'est-ce que tu racontes, Honey ?

— Je suis désolée. Je n'aurais pas dû en parler.

Harrison se tourna vers sa mère, qui semblait profondément choquée.

— Maman ?

Lucas s'éclaircit la voix et prit le bras de sa mère.

— Que se passe-t-il ?

— Je n'ai pas de réponses à donner à cette fille, répondit Ava Hawk avec véhémence.

Une sensation de malaise nouait l'estomac de Harrison.

— Mais à nous, si. Nous sommes tes fils.

— Ce qui s'est passé entre votre père et moi ne vous regarde pas.

— Pas si cela a quelque chose à voir avec la disparition de Chrissy.

— Ou la raison pour laquelle il a quitté la maison, dit Lucas.

— C'est exact, renchérit Harrison. Que s'est-il passé, maman ?

Affichant une moue pincée, Ava Hawk désigna Honey d'un geste de la main.

— Je n'ai pas l'intention de parler de mon mariage devant elle.

— Très bien, dit l'intéressée. Je vais vous laisser. Mais il faut que je te parle, Harrison.

— Tu as trouvé quelque chose d'autre chez toi ?

Ces mots à peine prononcés, Harrison réalisa qu'il n'avait pas parlé à sa mère du ruban.

— Non, mais j'ai quand même besoin de te parler.

Elle saisit la poignée de la porte.

— Je vais attendre dehors.

Il eut un bref hochement de tête, puis reporta son attention sur sa mère. Cette dernière regardait la porte comme si elle avait envie de fuir.

— Maman, intervint Lucas. Dis-nous la vérité. Que s'est-il passé à la réception ?

— Nous nous sommes disputés. Ce sont des choses qui arrivent dans les couples.

Harrison la scruta intensément.

— Vous vous êtes disputés parce que tu avais une liaison ?

Un long silence s'installa.

— Qui était-ce ? demanda Lucas.

— C'est sans importance. Ça remonte à loin, tout ça. Ça ne signifiait rien.

— Mais papa en était contrarié, souligna Harrison. C'était quand ? À peu près avant la disparition de Chrissy ?

Ava Hawk soupira et repoussa une mèche de cheveux derrière son oreille, d'une main tremblante.

— Non, c'était bien longtemps avant ça. Des années auparavant.

— Combien de temps avant ? demanda Harrison, soupçonneux.

Ava Hawk tritura l'anse de son sac, en détournant les yeux.

— Onze ans, finit-elle par dire, d'une voix si basse que Harrison crut l'avoir imaginé.

— Onze ans ? répéta Lucas. Et Chrissy en avait... dix.

— Elle n'était pas la fille de papa ? demanda Harrison, médusé.

Un sanglot roula dans la gorge d'Ava Hawk, et les larmes lui montèrent aux yeux.

— Non... Je suis désolée... Je ne voulais pas que vous le sachiez.

— C'est pour ça qu'il nous a quittés ? demanda Lucas. Parce que Chrissy n'était pas sa fille ?

— Non. Il est parti parce qu'il voulait la retrouver.

Son esprit d'enquêteur permit à Harrison de comprendre ce que cela impliquait.

— Il pensait que son père biologique l'avait enlevée ?

— Il voulait lui parler, mais je lui ai assuré qu'il ne ferait jamais ça. Il voulait que votre père élève Chrissy comme sa propre fille.

— Pourquoi ? demanda Lucas.

— C'est compliqué.

— Et Chrissy ? demanda Harrison. Elle savait ?

— Non. Enfin, je ne crois pas.

Harrison lutta pour contenir sa colère.

— Et si elle vous avait entendus papa et toi, et qu'elle ait compris qu'elle avait un autre père ? Elle aurait pu vouloir le rencontrer.

— C'est peut-être pour ça qu'elle n'est pas rentrée à la maison, suggéra Lucas. Elle est allée le voir.

— Et ça ne s'est pas bien passé, poursuivit Harrison. Est-ce que papa a finalement parlé à cet homme ?

— Non. Il est parti en colère, et il n'est plus jamais revenu.

— Tu n'as plus jamais eu de ses nouvelles ? Un coup de téléphone ? Une lettre ?

— Rien !

— Qui était ton amant ?

— Je ne vous le dirai pas. Ça appartient au passé. De toute façon, il n'a rien à voir avec la disparition de Chrissy. Croyez-moi, c'est un homme bon et honnête, et il voulait qu'elle soit heureuse dans notre famille.

— Tu lui as posé la question ?

— Bien sûr. Il était bouleversé par sa disparition, mais elle n'était pas venue le voir. Et maintenant, ça suffit. Je ne veux plus que nous en parlions.

Après un dernier regard sévère, elle quitta la pièce.

Assise sur le banc devant le poste de police, les mains serrées sur ses genoux, Honey se reprochait d'avoir affronté la mère de Harrison. Ce dernier en avait été tellement bouleversé…

La porte s'ouvrit brutalement. Ava Hawk sortit du bâtiment, en la toisant si méchamment que le cœur de Honey se serra.

— Je suis désolée, madame Hawk, dit-elle en se levant. J'aurais dû me taire. J'étais en colère, mais ça n'excuse pas mon comportement.

La mère de Harrison la regarda d'un air soupçonneux, comme si elle croyait qu'elle avait une idée derrière la tête.

— Je n'avais pas l'intention de vous faire de mal, ni à vos fils.

— Que veux-tu ?

— Simplement la vérité, comme vous.

— Non, ce que moi je veux, c'est retrouver ma fille.

— Je suis désolée. Je ne peux imaginer à quel point c'est douloureux de perdre un enfant.

— Non, tu ne peux pas.

Ava Hawk essuya une larme au coin de son œil, puis son expression courroucée réapparut.

— Je ne te laisserai pas me prendre un de mes fils. Alors, je te déconseille d'essayer.

Honey ouvrit la bouche pour dire que ce n'était pas son intention, mais Harrison sortit, et elle ravala sa réponse tandis qu'Ava Hawk se précipitait vers sa voiture.

Elle démarra dans un crissement de pneus.

Un muscle joua dans la mâchoire de Harrison. Le regret de l'avoir blessé fit monter les larmes aux yeux de

Honey. Harrison était un homme bon, épris de justice et d'honneur.

— Je suis désolée, dit-elle. Je n'aurais pas dû affronter ta mère. Je ne voulais pas te bouleverser, Harrison.

Il la regarda avec sévérité. L'impression de complicité qu'elle avait ressentie entre eux la veille avait disparu. Leur baiser semblait à des années-lumière.

— Je vais parler au shérif Dunar, dit-il.

— Je veux lui parler également.

Il fronça les sourcils.

— Tu dois rester en dehors de ça.

— Je ne peux pas. Tout le monde à Tumbleweed pense que mon père est un meurtrier. Moi-même, je me pose des questions à son sujet, et je m'interroge sur la disparition de ma mère.

— Que veux-tu dire ?

— Je pensais qu'elle s'était enfuie, mais s'il était plus violent que je l'avais réalisé, il aurait très bien pu s'attaquer à elle.

— Très bien, décida tout à coup Harrison. Allons-y.

Il se dirigea vers son SUV, sans prendre la peine de l'attendre.

Elle le suivit sans un mot, et un silence tendu plana dans la voiture pendant les dix minutes du trajet jusqu'à la maison de l'ancien shérif.

Le cerveau en ébullition, Harrison avait les doigts crispés sur le volant. Il n'était pas d'humeur à discuter avec Honey, alors que la réaction de sa mère était encore si présente à son esprit.

À l'évidence, elle protégeait l'homme avec qui elle avait eu une liaison. Pourquoi ?

Parce qu'elle avait encore des sentiments pour lui ? Elle disait avoir parlé avec lui après la disparition de Chrissy, et avoir la conviction qu'il n'en était pas responsable.

Mais elle avait dû y penser, sinon elle ne lui aurait pas posé la question.

Harrison bifurqua dans un étroit chemin de terre qui serpentait à travers bois.

— Le shérif Dunar vit par ici ? s'étonna Honey.

Il hocha la tête.

— Quand il a pris sa retraite, sa femme et lui ont voulu habiter près du lac.

— C'est joli. J'avais oublié que le lac était aussi près de Tumbleweed.

Et de la maison de mon père.

Si elle décidait de la restaurer, le lac pourrait être un argument de vente.

Ils arrivèrent dans une clairière où se dressait un chalet. Un pick-up noir était garé devant. Une femme aux cheveux gris était occupée à jardiner.

Harrison se gara et descendit de voiture. Honey le suivit.

— Bonjour, madame Dunar, dit-il. Votre mari est-il là ?

La vieille dame posa une main en visière au-dessus de ses yeux.

— Il est en train de pêcher sur le ponton, derrière la maison.

— Merci.

Le shérif avait bien changé depuis que Honey avait quitté la ville. Son visage s'était creusé de rides profondes, et son estomac s'était généreusement arrondi.

Il repoussa son chapeau, et les observa, les yeux plissés.

— Tiens, tiens, shérif Hawk ! Quand j'ai entendu dire que vous aviez trouvé le cadavre de Waylon Granger, j'ai compris que vous ne tarderiez pas à venir ici.

Il observa Honey plus attentivement.

— Vous êtes sa fille, n'est-ce pas ?

Elle hocha la tête.

— Oui. Je suis venue pour m'occuper des funérailles de mon père.

Il posa sa canne à pêche.

— Mes condoléances, marmonna-t-il.

— Merci.

— Alors, en quoi puis-je vous aider ?

— Je m'interroge sur l'époque où ma mère est partie.

— Et moi, je veux vous parler de la disparition de ma sœur, dit Harrison.

Puis il expliqua que Waylon Granger avait été assassiné.

L'ancien shérif se massa pensivement le menton.

— Vous avez des théories ? demanda-t-il à Harrison.

— Je pense que ça pourrait avoir un lien avec la disparition de Chrissy. Honey a trouvé un des rubans de ma sœur dans la maison de son père.

— Donc, vous pensez que Granger a tué Chrissy ?

— C'est une des théories. Nous avons fouillé sa propriété, mais ça n'a rien donné. Par contre, j'ai trouvé son deuxième ruban dans la mine.

Dunar se rembrunit.

— Nous avons fouillé la mine et les alentours de la falaise, et nous n'avons rien trouvé.

— Le ruban était à moitié enterré sous des gravats, dans une petite grotte tout au fond de la mine. Vous avez bien interrogé tous les adolescents présents sur les lieux cette nuit-là, n'est-ce pas ?

— Oui. Je l'ai noté dans mon rapport de police.

— Quelqu'un a-t-il éveillé vos soupçons, à l'époque ?

Dunar croisa les mains sur son estomac proéminent.

— Il y avait bien un type, un vagabond, qui avait l'habitude de dormir dans la mine. J'ai pensé qu'il avait peut-être vu quelque chose, mais deux semaines après son interrogatoire, il a été retrouvé mort.

— Cause de la mort ?

— Rupture du foie. Il est mort dans son sommeil.

— Et les adolescents ?

— Ils avaient l'air nerveux, mais je me suis dit que c'était dû à la disparition de votre sœur. C'est le genre de chose qui bouleverse une ville entière.

— Mme Hawk est persuadée que Chrissy est venue chez moi. Avez-vous interrogé mon père ?

Il hocha vigoureusement la tête, ses sourcils se rejoignant au milieu de son front.

— Mouais, nous avons parlé.

— Et ?

Dunar soupira.

— Il était soûl comme un cochon quand je suis passé chez lui le lendemain matin. Il a affirmé qu'il n'était pas sorti de chez lui.

Le souvenir de cette matinée perturbait encore Honey. Elle avait peur que son père la surprenne en train de rentrer en douce au milieu de la nuit, mais il était ivre mort, et il n'avait pas bronché.

— Il vous a semblé bizarre quand vous l'avez interrogé ? demanda Harrison.

— Difficile à dire. Quand il avait bu, il était assez agressif. Mais je n'ai rien vu d'anormal dans la maison.

Honey s'arma de courage. Elle devait absolument lui poser la question qui la taraudait.

— Ma mère est partie brusquement. Avez-vous jamais soupçonné que mon père aurait pu s'en prendre à elle ?

12

Honey retint son souffle, tandis qu'elle attendait la réponse de l'ancien shérif.

— Votre père était un alcoolique invétéré. Quand votre mère est partie, je me suis demandé s'il lui avait fait du mal. Mais Waylon m'a montré la lettre qu'elle avait laissée.

— Elle a laissé une lettre ?

— Oui. Elle disait qu'elle ne pouvait plus supporter cette vie, qu'elle avait rencontré quelqu'un d'autre et qu'elle quittait la ville.

— Vous avez conservé cette lettre ?

— Non, mais j'ai vérifié et c'était bien l'écriture de votre mère. J'ai également eu confirmation qu'elle était bien montée à bord d'un bus pour San Antonio.

Honey ne savait pas si elle était déçue ou soulagée. Elle n'avait pas réellement cru que son père avait tué sa mère, mais elle souffrait de savoir que sa mère l'avait tout bonnement abandonnée.

— Je vais faire un tour, dit-elle tout à coup.

Harrison lui lança un regard inquiet.

— Je reviens, affirma-t-elle.

Quittant le ponton, elle s'engagea sur un petit chemin bordant le lac.

Une légère brise estivale soufflait, agitant les feuilles et créant de légères vagues à la surface de l'eau.

Honey semblait si solitaire et si perdue que Harrison eut envie de la rejoindre et de la réconforter.

Mais il était là pour collecter des informations, et il ne repartirait pas sans avoir obtenu des réponses.

— Shérif, dit-il à voix basse, bien qu'il n'y eût personne pour les entendre. J'ai récemment appris que Chrissy n'était pas la fille de mon père. Mes parents se sont disputés à ce sujet le soir de sa disparition. En avez-vous entendu parler ?

Le shérif tritura un bouton de sa veste.

— Non. J'ai senti de la tension entre vos parents, et j'ai pensé qu'ils cachaient peut-être quelque chose, mais ils n'ont pas parlé d'une dispute.

Ainsi, il leur revenait, à lui et à ses frères, de découvrir le nom de l'homme et de lui parler.

— Mon frère Lucas m'a dit que Geoffrey Williams faisait partie des adolescents qui se trouvaient à Dead Man's Bluff ce soir-là. Quand vous l'avez questionné, s'est-il comporté étrangement ? Les autres ont-ils dit qu'ils l'avaient vu avec Chrissy ?

Dunar se pinça l'arête du nez et réfléchit.

— Ça remonte à loin, Harrison. Williams est au conseil municipal. Beaucoup de gens l'apprécient.

— Mais pas vous ?

Dunar haussa les épaules.

— Je l'ai toujours trouvé trop sûr de lui. À l'époque, c'était un petit crétin insolent et prétentieux. Mais s'il avait dit quelque chose de nature à éveiller mes soupçons, je l'aurais noté dans mon rapport.

Harrison l'avait relu des dizaines de fois, mais il n'avait rien relevé de particulier concernant Geoffrey.

Dunar claqua des doigts.

— Cependant, il y a quelque chose qui m'a paru étrange. Ça s'est produit quelques semaines après.

— Je vous écoute.

— Une autre fillette a disparu à Waco. Elle avait à peu près le même âge que Chrissy.

Le pouls de Harrison s'accéléra.

— Vous pensez que les deux affaires étaient liées ?

Dunar haussa les épaules.

— J'ai appelé l'inspecteur en charge de l'enquête, et nous n'avons pu établir aucun lien. Mais, je me suis toujours demandé...

— La fillette a été retrouvée ?

— Malheureusement, non.

— Il y avait des suspects ?

— Il s'est intéressé à la proche famille, mais ils avaient tous un solide alibi.

Cela allait de soi. Les proches étaient toujours les premiers suspects.

— Donc, vous avez enquêté sur mes parents quand Chrissy a disparu ?

— Il le fallait. Mais pourquoi cette question ? Vous pensez que l'un des deux aurait pu avoir quelque chose à voir avec sa disparition ?

Harrison n'en savait rien.

Cette éventualité ne lui était jamais venue à l'idée. Mais depuis qu'il était au courant de la dispute de ses parents et de la liaison de sa mère, la situation lui apparaissait sous un tout autre jour.

Honey ne se lassait pas d'admirer le lac et son environnement, imaginant tout le parti qu'il y avait à en tirer.

On pourrait y construire des chalets, créer des circuits de randonnée et, pourquoi pas, un petit centre équestre dans un esprit de ranch à l'ancienne ? Les zones boisées offriraient de superbes sites de camping et de pique-nique...

Un investisseur pourrait faire fortune en développant correctement le site. Mais une personne sans scrupule pourrait aussi tout gâcher en y construisant des immeubles sans charme.

Encore qu'elle se moquait comme d'une guigne de ce qui

pourrait arriver ici. Le lac faisait partie de Tumbleweed, et elle détestait cet endroit et tout ce qui s'y rapportait.

Retournant au ponton, elle vit que Harrison paraissait troublé, comme si l'ancien shérif Dunar lui avait fait de surprenantes révélations.

Elle aurait aimé entendre leur conversation, mais elle avait ressenti le besoin de faire une pause. Elle s'était également rendu compte que Harrison préférait parler de la liaison de sa mère en privé.

N'était-il pas curieux que cette femme l'ait jugée aussi durement, alors qu'elle-même n'était pas parfaite ?

— Tu es prête à y aller ? demanda Harrison.

Elle se contenta d'un hochement de tête.

— Merci, shérif Dunar. Si quelque chose vous revient, appelez-moi.

Le shérif promit de le faire, et Honey suivit Harrison jusqu'à sa voiture.

— Tu as appris quelque chose ? demanda-t-elle, tandis qu'ils s'éloignaient sur le chemin.

— Simplement qu'une fillette à disparu à Waco peu après Chrissy. Elle n'a jamais été retrouvée.

— Tu penses que ça pourrait être la même personne qui a enlevé les deux ?

— Je ne sais pas, mais ça vaut la peine de creuser.

— Si c'était le cas, ça pourrait innocenter mon père. Il buvait tellement à l'époque qu'il ne quittait jamais Tumbleweed.

Harrison déposa Honey à sa voiture, devant le poste de police, puis il se rendit au bar le Broken Spoke, où il avait donné rendez-vous à ses frères.

Lucas semblait nerveux quand il s'approcha. Dexter et Brayden parlaient à la serveuse, tandis que cette dernière déposait sur la table un pichet de bière, une assiette d'ailes de poulet, et un plat de frites.

Son estomac grommela, lui rappelant qu'il n'avait rien mangé de la journée, et il tira à lui une chaise en bois pour se mettre à table avec ses frères.

Dexter leur servit à chacun un verre de bière, et en poussa un vers Harrison.

— Alors, à quoi devons-nous cette réunion de famille ?

Harrison regard Lucas d'un air interrogateur. Ce dernier secoua la tête, indiquant qu'il n'avait rien dit.

— J'ai deux ou trois choses à vous dire, déclara Harrison. Mais avant, Lucas, parle-nous de Williams.

— Il a nié tout comportement criminel, et a pris un avocat. Tina Fuller a confirmé sa version des faits. Chrissy les a suivis, Geoffrey l'a bousculée et lui a ordonné de s'en aller. Elle est partie en courant.

— Dans quelle direction ?

— Du côté de chez Honey.

Mince ! On en revenait à Granger.

— Tu leur expliques la suite ? demanda Lucas.

Harrison n'en avait pas très envie, mais il s'exécuta, mettant ses frères au courant de la liaison de leur mère.

Le visage de Brayden devint livide.

— C'est une plaisanterie ?

— Maman ne peut pas avoir trompé papa ! protesta Dexter.

— Il y a pire, ajouta Lucas.

Brayden et Dexter regardèrent Harrison, avec l'air de le supplier de démentir cette affirmation. Mais il ne voulait pas leur cacher la vérité.

— Chrissy n'était pas la fille biologique de papa.

Ses frères affichèrent des expressions choquées.

— Papa le savait ? demanda Dexter.

Harrison hocha la tête.

— Nos parents se sont disputés à ce sujet la nuit où Chrissy a disparu.

— Et Chrissy était au courant ? demanda Brayden.

— Maman a dit qu'ils ne lui en avaient pas parlé, mais

elle a pu entendre quelque chose, à un moment ou à un autre, répondit Harrison.

— Et elle aurait pu vouloir retrouver son père biologique, suggéra Brayden.

Dexter agrippa le bord de la table.

— Qui est ce salaud ?

Harrison se passa la main dans les cheveux.

— Maman n'a rien voulu nous dire.

— Ce n'est pas conforme à l'éthique, mais je pourrais placer le téléphone de maman sur écoute pour voir si elle l'appelle, proposa Lucas.

— Je vais lui parler, dit Brayden. Je pourrai peut-être la convaincre de se confier à moi.

— Elle semble tenir à protéger l'identité de cet homme, dit Lucas.

— Elle a aussi précisé que ça remontait à longtemps, ajouta Harrison. Et, d'après elle, cet homme n'aurait jamais pu faire de mal à Chrissy.

— Comment la croire, alors qu'elle nous a menti toutes ces années ? protesta Dexter.

— Je pourrais la suivre, proposa Brayden. Elle va peut-être chercher à le rencontrer.

Un silence tendu s'étira entre eux, chargé de culpabilité et d'indécision.

— Il y a autre chose, reprit Harrison. Ça pourrait être important.

Dexter soupira.

— Quoi encore ?

Harrison leur fit part de sa conversation avec son prédécesseur.

— Une autre fillette a disparu, répéta Lucas. Pourquoi n'en a-t-il jamais parlé avant ?

— Il n'a pas pu établir de lien.

— Je vais vérifier les bases de données du FBI, proposa Lucas. Il y a peut-être eu d'autres cas similaires.

Honey s'arrêta devant le bureau du médecin légiste, en retournant à la maison de son père.

— Qu'avez-vous décidé ? demanda le Dr Weinberger.

— Rien pour le moment. Il n'y avait pas d'instructions dans le testament de mon père, et il ne possédait pas de concession au cimetière. Je pensais disperser ses cendres dans la rivière.

— Il va vous falloir la permission du comté pour cela.

Il lui donna le nom de la personne à appeler.

— Il existe aussi un mémorial, avec des emplacements pour les urnes, précisa-t-il.

Il prit une carte de visite sur son bureau et la lui tendit.

— Comment allez-vous ? Vous tenez le coup ?

— Ça va. J'ai l'intention de gérer tout cela très rapidement, et de quitter la ville.

— Vous allez quand même rester jusqu'à ce que le shérif découvre qui a tué votre père ?

— Ça dépend du temps que cela va prendre. J'ai du travail qui m'attend à Austin.

Le visage de Jared lui apparut. C'était un merveilleux ami, digne de confiance, et elle aimait travailler avec lui. Mais elle n'avait jamais ressenti l'envie de l'embrasser comme elle avait eu envie d'embrasser Harrison.

Sa vie aurait été plus simple si elle avait été amoureuse de Jared. Ils formaient une équipe parfaite, alors que Harrison et elle n'avaient rien en commun, à part un passé douloureux.

Le silence s'éternisait, et le Dr Weinberger toussota.

— Bien. Je vais envoyer le corps au crématorium, et ils vous appelleront quand ce sera fait.

Honey remercia le légiste et s'en alla. À l'approche de Lower Tumbleweed, son estomac se noua, comme toujours.

Lorsqu'elle se gara devant la maison, son instinct de designer prit le dessus, et elle imagina aussitôt ce qu'elle pourrait faire de cette maison.

Mais à quoi bon y penser ? Elle ne resterait pas ici.

Le soleil était brûlant et, le temps qu'elle descende de voiture et emprunte l'allée jusqu'à l'entrée, ses vêtements lui collaient à la peau.

La porte à peine poussée, elle se figea en découvrant de la vaisselle brisée sur les plans de travail et le sol de la cuisine. Les coussins du canapé avaient été éventrés, laissant apparaître le rembourrage.

Un message tracé à la bombe de peinture rouge s'étalait sur le mur :

« Quittez la ville. »

Un bruit retentit derrière elle, et elle ouvrit son sac à main pour y prendre son revolver.

Bon sang ! Elle l'avait laissé dans le tiroir de la table de chevet.

Elle se précipita vers le couloir menant aux chambres et découvrit de nouveaux dommages.

Le matelas de son père avait été lardé de coups de cutter, et quelque chose de rouge qui ressemblait à du sang était barbouillé sur le miroir au-dessus de la commode.

Le cœur battant à tout rompre, elle se précipita dans sa chambre. Au moment où elle ouvrait le tiroir de sa table de chevet, le sol grinça derrière elle.

Elle commença à pivoter, mais elle ressentit un coup à l'arrière de la tête.

La douleur explosa dans son crâne, et elle vacilla.

Puis la pièce autour d'elle disparut dans une brume indistincte, et tout devint noir.

13

De retour à son bureau, Harrison chercha à joindre l'inspecteur qui avait enquêté sur la disparition de Waco. Jim Hudson avait pris sa retraite depuis cinq ans, mais Harrison parla à sa femme, et cette dernière promit que son mari le rappellerait.

Écumant de frustration, Harrison prit un bloc-notes pour y inscrire tout ce qu'il savait sur la mort de Granger.

Le seul véritable suspect à ce stade était sa mère, qui n'avait par ailleurs aucun alibi. Mais elle n'avait pas de raison de tuer Granger maintenant, après tant d'années. À moins qu'elle n'ait découvert une preuve de la culpabilité de Granger…

Il écrivit ensuite le prénom de Chrissy, et tout ce qu'il savait à ce jour sur sa disparition, ce qui se résumait à bien peu de chose.

Granger était en tête de la liste des suspects à cause du ruban retrouvé chez lui. Venaient ensuite Geoffrey Williams, puis le père biologique de Chrissy.

Il traçait une troisième colonne pour lister tout ce qu'il apprendrait sur l'autre fillette disparue, afin de pouvoir faire des comparaisons, quand son portable vibra.

Jim Hudson le rappelait. Il se présenta, et expliqua qu'il s'était entretenu avec l'ancien shérif de Tumbleweed.

— Vous avez enquêté sur une disparition d'enfant quelques semaines plus tard, n'est-ce pas ?

— Oui. Cette affaire m'a marqué. Je n'ai jamais pu retrouver l'enfant, ni découvrir qui l'avait enlevée.

Harrison se massa la tempe.

— Exposez-moi la situation.

— Elle s'appelait Cady Winters. Elle avait huit ans et vivait avec sa mère, qui travaillait dans un salon de coiffure local. Elle laissait Cady chez sa mère quand elle allait travailler.

— Continuez.

— La grand-mère a emmené Cady à une fête foraine. La fillette a échappé à sa surveillance. La sécurité a fouillé les lieux et interrogé le personnel, mais personne ne l'avait remarquée.

— La famille a été mise hors de cause ?

— Oui. La mère travaillait.

— Le père ?

— Mort dans un accident de voiture l'année précédente. La mère n'avait pas de nouveau compagnon. Pas d'autre famille. Pas de voisins bizarres qui se seraient intéressés d'un peu trop près à la fillette.

— Et quelqu'un à l'école ou à l'église ?

— Ils n'allaient pas à l'église. D'après l'institutrice de Cady, c'était une enfant calme, timide, qui avait très peu d'amis. Personne à l'école ne m'a paru suspect non plus.

— Vous aviez une théorie ?

— Je me suis dit que c'était une personne de passage, qui l'avait vue à la fête foraine. Ce genre de manifestation est un terrain de chasse bien connu pour les pédophiles et les prédateurs en tous genres.

— Et les employés ?

— Je les ai tous interrogés. J'ai vérifié leurs antécédents... Rien.

Il poursuivit d'une voix émue.

— Pauvre petite fille ! Elle s'est trouvée au mauvais endroit au mauvais moment. Quelqu'un a dû la faire monter dans une voiture. Son nom et toutes les informations la concernant sont toujours dans le fichier national des enfants disparus.

— Le shérif Dunar vous a parlé de ma sœur ?

— Oui. Et je sais ce que vous allez me demander. Les deux affaires pourraient effectivement être liées, mais nous n'avions aucune piste.

Si Chrissy et Cady avaient été enlevées par la même personne, ils se trouvaient devant un cas de ravisseur ou de tueur en série.

Ni Granger ni Williams ne correspondaient à ce profil.

Après avoir raccroché, Harrison se connecta au fichier, et tapota du bout des doigts sur son bureau en attendant que la photo de Cady apparaisse. La fillette était blonde aux yeux bleus, avec un grand sourire où manquait une dent, et semblait aussi innocente et douce que Chrissy. Elle portait une robe rose à fleurs violettes, des rubans dans les cheveux, et câlinait contre sa joue un chat en peluche orange.

Il s'apprêtait à appeler Lucas pour faire le point, quand son téléphone vibra.

L'appel provenait de Honey. S'exhortant à rester professionnel, il pressa la touche de connexion.

— Shérif...

— Harrison... Au secours...

Son pouls s'emballa.

— Honey ?

Le son altéré de la respiration de Honey résonnait à l'autre bout de la ligne tandis qu'il se précipitait vers son SUV.

Honey se redressa en position assise, attrapa son revolver, et le serra contre son estomac, au cas où son agresseur reviendrait.

La pièce tournait, et elle s'appuya contre le cadre du lit. Elle avait terriblement mal à l'arrière de la tête.

Posant son revolver sur ses cuisses, elle porta les doigts à son crâne et sentit quelque chose de poisseux.

Elle ferma les yeux et sentit qu'elle se laissait glisser tout doucement vers le néant.

La voix de Harrison résonna à son oreille.

— Honey, parle-moi ! Est-ce que tu vas bien ?

Elle n'en savait rien.

— Ça ira mieux dans un moment, murmura-t-elle.

— J'arrive.

Elle l'entendit raccrocher et laissa glisser le téléphone par terre. Sa vision était brouillée. Elle ferma les yeux et inhala profondément. Le bruit du vent dehors dans les branches la rendait nerveuse.

Harrison se gara le long du trottoir, et se précipita vers la porte d'entrée. Honey était là depuis seulement une journée et demie et, déjà, sa maison avait été vandalisée et elle avait subi des menaces.

Il comprendrait très bien qu'elle fasse ses bagages et quitte Tumbleweed avant la fin de la journée.

La porte n'était pas verrouillée, et il n'eut qu'à tourner la poignée.

La pièce à vivre avait visiblement été mise à sac, et un message était peint sur l'un des murs.

— Honey, c'est Harrison.

Il s'avança lentement dans le couloir, en priant pour que Honey ne soit pas gravement blessée.

— Ici, appela-t-elle.

Il se dirigea vers sa chambre, et la vit qui titubait à sa rencontre. Elle était livide et avait du sang dans les cheveux.

Jurant entre ses dents, il passa un bras autour de sa taille pour la soutenir.

— Tu as besoin d'un médecin.

— Non. Aide-moi seulement à nettoyer ce sang.

— Que s'est-il passé ? demanda-t-il, tandis qu'ils se dirigeaient vers la salle de bains.

Elle s'assit sur le rebord de la baignoire, et il scruta ses yeux pour vérifier qu'ils n'étaient pas troubles.

— En rentrant, j'ai constaté que la maison avait été vandalisée. Je me suis précipitée dans la chambre pour prendre mon revolver, et on m'a frappée par-derrière.

— Laisse-moi regarder.

Il écarta les cheveux poisseux.

— Seigneur, Honey. Il te faut des points de suture.

— Mais non. Donne-moi juste un gant de toilette.

Il en prit un sur le sèche-serviettes et le passa sous l'eau tiède.

— Tu as vu qui t'a attaquée ? demanda-t-il en commençant à tamponner sa blessure.

— Non. C'est arrivé très vite.

Elle grimaça tandis qu'il examinait à nouveau sa blessure.

— Ça va. Tu as une petite coupure de deux centimètres de long, mais ce n'est pas profond. Mais tu pourrais avoir une commotion cérébrale. Nous devrions aller aux urgences.

— Ce n'est pas la peine.

Elle lui prit le gant des mains et se leva pour le rincer, puis elle acheva de nettoyer le sang qui avait coulé dans ses longues mèches blondes.

— Je vais appeler une équipe d'experts. Il y a peut-être des empreintes. Quant à toi, tu devrais peut-être quitter la ville.

— Pas question. J'ai laissé les gens me chasser quand j'étais jeune. Ça ne se reproduira plus.

— Mais c'est dangereux, Honey. Je ne voudrais pas qu'il t'arrive quelque chose.

— Dans ce cas, trouvons les réponses afin de pouvoir tourner la page tous les deux.

— Très bien, concéda Harrison. Mais tu ne peux pas rester ici toute seule. Soit je reste avec toi, soit tu viens chez moi.

Une lueur de méfiance passa dans le regard de Honey.

— On verra ça plus tard. Passe déjà ton coup de fil.

La première réaction de Honey fut de nettoyer la pagaille qu'avait laissée l'intrus, mais Harrison lui rappela qu'elle détruirait les preuves en faisant cela. Elle sortit donc dans le jardin, et attendit que les experts aient fini leur travail. Elle en profita pour appeler les numéros que le Dr Weinberger lui avait donnés, afin de discuter des dispositions concernant son père.

Une brise tiède soufflait, charriant des odeurs de fleurs sauvages, et elle leva les yeux vers la chaîne de montagnes au loin.

Certes, les maisons du quartier étaient en mauvais état, mais l'environnement était splendide.

Curieuse de connaître le statut des autres propriétés, elle appela l'agent immobilier local, Isla Fontaine, et lui posa la question.

— La plupart des maisons appartiennent à la banque, lui dit Isla.

Harrison raccompagna les experts scientifiques, et Honey glissa son téléphone dans sa poche.

— Merci d'être venu, Harrison. Je vais aller nettoyer, maintenant.

— J'ai appelé une équipe spécialisée dans le nettoyage de scènes de crime.

— Inutile. Je préfère m'en occuper moi-même.

Elle fit mine de rentrer, mais Harrison lui saisit le bras.

— Non. Tu as besoin de te reposer.

— J'ai besoin de remettre de l'ordre.

— Je comprends. Mais ce soir tu viens chez moi pour que tu puisses dormir.

Honey jeta un coup d'œil vers la porte ouverte. L'horrible inscription sur le mur de la pièce à vivre semblait la narguer.

Harrison avait raison. Elle ne parviendrait pas à dormir dans cette maison cette nuit.

Mais rester avec Harrison lui causait un autre genre d'anxiété.

Elle s'était sentie si bien quand il l'avait embrassée ! En sécurité. Et plus vivante qu'elle ne l'avait jamais été avant.

Elle avait envie de connaître à nouveau cette sensation. D'être dans ses bras. De sentir ses lèvres sur les siennes.

Mais elle redoutait, s'il l'embrassait à nouveau, de ne pas être capable de lui dire d'arrêter.

14

Le téléphone de Harrison vibra, et il répondit aussitôt. C'était Brayden.

— J'ai essayé de discuter avec maman du père biologique de Chrissy, mais elle est restée muette comme une carpe. J'ai l'impression qu'elle protège ce type.

Sa mère était-elle toujours amoureuse de lui ? Dans ce cas, pourquoi n'avait-elle pas officialisé sa liaison après le départ de leur père ?

— Il était peut-être marié, suggéra-t-il.

— Quoi qu'il en soit, reprit Brayden, j'ai suivi maman, et elle est allée chez le révérend Langley. Je suppose qu'elle avait besoin de se confier.

— Sans doute.

— Qu'est-ce que tu veux que je fasse ?

— Laisse-moi m'occuper de ça. Je suis chez Honey Granger pour le moment. Quelqu'un a vandalisé la maison et l'a menacée.

— Tu penses que ça a un rapport avec Chrissy ?

— Oui. Soit l'intrus sait que Granger a fait du mal à Chrissy, et c'est lui qui l'a tué. Soit il a peur que Honey découvre dans la maison de son père quelque chose qui pourrait l'incriminer.

— Bon, eh bien je retourne au ranch m'occuper des chevaux.

Ils ne faisaient plus d'élevage, mais leur mère avait gardé quelques chevaux pour la promenade.

— Merci. Je te tiens au courant.

Harrison remit son téléphone dans sa poche, et s'adressa à Honey.

— Tu es prête à y aller ?

Elle secoua la tête.

— Je t'ai dit que je pouvais rester seule.

— Il n'est pas question que tu restes ici, Honey. Arrête d'argumenter.

Une camionnette s'arrêta, et un homme et une femme en descendirent.

— C'est l'équipe de nettoyage.

Harrison fit un geste vers la maison.

— Prépare un sac pendant que je vais faire une course. Je reviens te chercher. Tu ne risques rien pendant qu'ils sont là.

Harrison se présenta rapidement à l'équipe de nettoyage, puis se dirigea vers sa voiture.

Puisque sa mère était en train parler avec le révérend, ce dernier réussirait peut-être à la convaincre de dire la vérité.

La nuit était tombée, mais la chaleur était toujours oppressante. Harrison traversa la ville, bifurqua à l'angle de la bibliothèque municipale, et s'engagea dans une petite rue qui menait à l'église.

Il croisa quelques voitures, mais la ville semblait calme ce soir. Bientôt, le paysage changea et des terres agricoles se succédèrent. Puis une petite église apparut, perchée sur une colline. Le presbytère se situait à l'écart, niché à l'orée d'un bois. La berline noire dans l'allée appartenait au révérend. Le SUV gris était celui de sa mère.

Il se gara, se dirigea vers la porte d'entrée et frappa. Une minute après, le révérend lui ouvrait.

— Bonsoir, Harrison. Je savais que vous finiriez par venir.

— Je peux entrer ?

— Bien sûr.

Le révérend s'écarta pour le laisser passer, puis le précéda au salon. Sa mère était assise sur le canapé en cuir noir, devant la cheminée, et se triturait frénétiquement les mains.

Elle sursauta en le voyant entrer.

— Harrison, qu'est-ce que tu fais ici ?

— Nous devons parler.

Elle se leva et croisa les bras sur sa poitrine.

— Comment as-tu su où j'étais ?

— Brayden a dit que tu semblais très perturbée quand tu as quitté la maison.

— Il m'a suivie ?

Son intonation oscillait entre l'incrédulité et la colère.

— Il s'inquiétait pour toi.

— Je n'en reviens pas de votre comportement !

— Je te rappelle que tu nous mens depuis des années.

Le révérend leva les mains.

— Nous allons tous nous calmer.

Harrison afficha une moue penaude.

— Je suis désolé de débarquer comme ça, révérend, mais j'ai pensé que ma mère était venue vous demander conseil.

Il s'adressa à cette dernière.

— Est-ce qu'il sait ?

Le révérend et sa mère échangèrent un étrange regard.

— Oui, dit le révérend.

— Alors, vous savez que je m'interroge sur le père biologique de Chrissy. Il pourrait être lié à sa disparition.

— Je t'ai déjà dit qu'il n'y était pour rien, Harrison. Tu peux me croire.

— C'est difficile de croire quelqu'un qui ment depuis des années.

— Ça suffit ! tonna le révérend.

— Je suis désolée, Ross. Je ferais mieux de m'en aller.

— Non. Le moment est venu d'être honnête avec vos fils.

— Il a raison, maman. J'essaie de trouver qui a enlevé Chrissy.

— Ce n'était pas son père biologique, dit le révérend.

Harrison le regarda avec étonnement.

— Alors, vous savez qui l'a enlevée ?

— Non. Mais, je sais qu'il ne s'agit pas de son père biologique.

— Comment pouvez-vous le savoir ?

La mère de Harrison posa la main sur le bras du révérend.

— Ross, non...

— Tout va bien, Ava.

Le révérend tapota la main de sa mère, puis se tourna vers Harrison.

— Je sais que le père de Chrissy ne lui a pas fait de mal, car Chrissy était ma fille, et je l'aimais de tout mon cœur.

Harrison resta bouche bée.

Jamais il n'aurait pu imaginer que l'homme avec qui sa mère avait eu une liaison était le pasteur qu'il avait entendu prêcher quand il était enfant. Celui qui l'avait conseillé sur la drogue, le sexe, et le respect dû aux jeunes filles quand il était adolescent. Celui-là même qui lui avait dit que le bien finissait toujours par triompher.

— Je suis désolé, Harrison. C'est arrivé il y a longtemps, juste avant que je décide de consacrer ma vie au Seigneur.

— Tu dois comprendre, ajouta sa mère, que ton père et moi traversions une période difficile...

— Ne te cherche pas d'excuses, l'interrompit brutalement Harrison.

— Je l'ai regretté immédiatement. Mais je n'ai jamais regretté d'avoir eu Chrissy.

— Tu es sûre qu'elle était bien de lui ?

— Certaine.

Harrison s'adressa au révérend.

— Et vous étiez d'accord pour vous effacer et laisser un autre homme élever votre fille ?

— Je souhaitais ce qu'il y avait de mieux pour elle.

— Où étiez-vous la nuit où elle a disparu ?

Sa mère eut un petit cri de désapprobation.

— Harrison, tu ne peux quand même pas croire...

Le révérend lui fit signe de garder son calme.

— Je faisais une retraite spirituelle à El Paso. Vous pouvez vérifier, si vous voulez.

Il prit un bloc-notes sur la table basse, y inscrivit un nom et un numéro de téléphone, et le tendit à Harrison.

Le papier crissa dans la main de Harrison tandis qu'il le fourrait dans sa poche. Il n'avait pas besoin d'appeler. Malgré sa colère, il croyait cet homme.

— Mon cœur souffre chaque jour depuis sa disparition, dit le révérend, d'une voix émue. Je n'ai jamais cessé de prier pour que vous la retrouviez saine et sauve.

La mère de Harrison sanglotait doucement.

— Quand elle a disparu, j'ai pensé que Dieu me punissait.

Harrison ne croyait pas à un Dieu vengeur, mais il ne savait pas quoi dire.

Un appel sur son téléphone survint à point nommé pour le tirer d'embarras. C'était Lucas.

— Je dois y aller.

Sa mère tendit le bras vers lui, mais il n'était pas prêt à l'embrasser, et encore moins à lui pardonner.

Il répondit à l'appel, tout en se dirigeant vers la porte

— Ouais ?

— Harrison, j'ai jeté un œil sur l'affaire que tu m'as signalée. Puis j'ai vérifié dans les bases de données du FBI. Deux autres fillettes du même âge ont disparu au Texas dans les mois suivants, et n'ont jamais été retrouvées.

Harrison sentit son sang se glacer.

— Tu penses qu'il y a un lien ?

— C’est fort possible. En tout cas, nous devrions y regarder de plus près.

D’un revers de la main, Harrison essuya son front couvert de transpiration.

La thèse du ravisseur ou du tueur en série semblait se confirmer.

15

— J'envoie par mail à ton bureau les informations sur les deux affaires, dit Lucas. Jette un œil dessus, puis nous interrogerons les familles.

— Bonne idée.

Harrison démarra son SUV.

— Je quitte à l'instant la maison du révérend Langley.

— Que faisais-tu là-bas ?

— Brayden a suivi maman jusqu'à la maison du révérend. J'ai pensé qu'il pourrait peut-être la convaincre de révéler le nom du père biologique de Chrissy, et je me suis rendu chez lui.

— Et... Tu connais son nom ?

Harrison jura entre ses dents.

— Oh ! Que oui !

— Qu'est-ce que ça veut dire ?

— Le père biologique de Chrissy n'est autre que le révérend.

— Quoi ? C'est impossible !

— C'est pourtant la vérité. Ils ont tous les deux reconnu qu'ils avaient eu une brève aventure à une époque où nos parents connaissaient des problèmes de couple.

— Quelle histoire !

— D'après eux, continua Harrison, ils ont décidé que Chrissy devait grandir dans notre famille, comme une Hawk.

— Et papa était au courant ?

— Oui et, d'après maman, il avait accepté et pardonné. Mais, pour une raison qu'elle n'a pas voulu expliquer, il a évoqué cette histoire le soir de la réception, et ça s'est terminé en dispute.

— Tu as en informé Brayden et Dexter ?

— Pas encore.

— Quelle histoire ! répéta Lucas.

— Mouais.

— Je vais parler à Brayden ce soir. Je te laisse le soin de mettre Dexter au courant.

— Pas de problème.

— Rappelle-lui seulement de garder son calme. Tu sais comme il s'emballe vite.

— Je sais, oui !

— Avant tout, nous devons nous concentrer sur l'enquête, reprit Lucas. Et ça ira plus vite si nous nous partageons le travail. Je pourrais parler à la famille de la victime de Corpus Christi, pendant que tu te charges de celle d'Austin.

— Ça marche, approuva Harrison. Plus vite nous les aurons interrogées, plus vite nous saurons à quoi nous en tenir.

L'heure du dîner était dépassée, et Harrison commençait à ressentir le poids de la journée, mais il décida néanmoins d'appeler Dexter.

Son frère répondit à la troisième sonnerie.

— Tu as du nouveau, frérot ?

Harrison bifurqua dans la rue qui menait à Lower Tumbleweed.

— Je connais l'identité du père de Chrissy.

— Tu veux dire de l'homme avec qui maman a trompé notre père, marmonna Dexter.

Harrison grinça des dents.

— Oui, mais avant que je t'en parle, tu dois me jurer que tu ne vas pas t'emballer et faire quelque chose de stupide.

— Comme quoi ? Casser la figure à ce salaud ?

— Dexter ! dit-il, sur un ton d'avertissement.

Son frère eut un ricanement amer.

— Rassure-toi, je ne ferai rien que tu ne ferais pas toi-même. Et maintenant, crache le morceau. Qui est-ce ?

— Le révérend Langley.

Dexter prit une minute pour assimiler l'information.

— C'est une plaisanterie ?

— Non.

Harrison marqua une pause.

— Je leur ai parlé, à maman et à lui. Ils ont confirmé qu'ils avaient eu une liaison. Mais cela remonte à des années, et ça n'a pas duré. Le révérend Langley a choisi d'aller au séminaire, et maman à tout avoué à notre père.

— Et il est quand même resté avec notre mère.

— Apparemment, ils ont décidé qu'ils ne diraient rien à Chrissy, et que papa l'élèverait comme si elle était sa fille.

— Incroyable !

— Je partage ton avis.

Harrison se gara devant la maison des Granger. La camionnette de l'équipe de nettoyage était toujours là.

— Lucas a découvert deux cas similaires à celui de Chrissy. Nous allons rencontrer ces familles demain et comparer les informations.

— Qu'est-ce que je peux faire pour vous aider ?

— Tu as réinterrogé tous ceux qui étaient à Dead Man's Bluff la nuit de la disparition ?

— Oui, mais ça n'a pas donné grand-chose jusqu'ici. J'ai simplement pu rayer quelques noms de la liste.

— Continue à creuser cette piste. Une information finira bien par ressortir à un moment ou à un autre.

Honey sortit sur le seuil, et le cœur de Harrison fit un bond dans sa poitrine. Elle était si belle qu'il avait envie de la prendre dans ses bras et de l'embrasser jusqu'à en perdre le souffle.

Elle était également en danger.

Qu'elle le veuille ou non, elle était coincée avec lui. Il

était impensable qu'il la laisse en butte au malfaisant qui la terrorisait.

Honey s'obligea vaillamment à sourire tandis que Harrison se garait.

Mais le souvenir du message de menace, et de la violence de la destruction faisait courir des frissons sous sa peau. Elle ne s'était jamais sentie la bienvenue à Tumbleweed, mais cet intrus était dangereux.

— Pensez à claquer la porte en partant, dit-elle à la femme en charge de l'équipe de nettoyage.

Encore que le fait de verrouiller ne ferait pas une grande différence, puisque le vandale avait réussi à entrer facilement. Et, de toute façon, il n'y avait rien à l'intérieur qui ait de la valeur.

Harrison sortit de sa voiture, et elle roula sa valise jusqu'au bord du perron. Elle la lui tendit, et descendit précautionneusement les marches de fortune constituées de parpaings.

— On va s'arrêter en route pour manger quelque chose, proposa Harrison.

Elle se cala dans le siège, et il fit route vers le centre-ville.

Tandis qu'il conduisait, elle l'observait du coin de l'œil, admirant en silence son beau profil aux lignes dures, sa bouche sensuelle en dépit d'une expression sévère. Bien qu'il parût calme, la légère crispation de ses mains sur le volant trahissait sa nervosité.

— Comment ça s'est passé avec ta mère ? demanda-t-elle d'une voix douce.

Il marmonna quelque chose entre ses dents, puis expliqua qu'il avait rencontré le père biologique de Chrissy, et lui rapporta sa conversation avec sa mère.

— Je suis désolée, Harrison. Ça a dû te faire un choc.

— Oui.

Il s'engagea sur le parking du Pie in the Sky, une pizzeria

qui avait été construite après le départ de Honey. Une terrasse couverte offrait une vue superbe sur la montagne. La décoration, beaucoup plus moderne que tout ce qui se faisait à Tumbleweed, devait sans doute attirer une clientèle plus jeune.

Un homme grand et musclé, avec des cheveux noirs bouclés et des yeux verts pétillants de malice s'approcha d'eux, en s'essuyant les mains sur son tablier.

— Content de te revoir, Harrison.

Il jeta un regard étonné à Honey.

— Danny, j'imagine que tu as reconnu Honey Granger ?

— Oui, bien sûr.

Il lui adressa un grand sourire.

— Bonjour, Honey. J'avais entendu dire que tu étais de retour. Je suis désolé pour ton père.

— Merci.

— Honey, tu te souviens de Danny Busby, n'est-ce pas ?

Elle écarquilla les yeux. Au lycée, Danny était un *geek* maigrichon, affligé de grosses lunettes et d'un bégaiement. Harrison et lui n'étaient pas précisément amis. Il s'était étoffé, et le bégaiement avait disparu, tout comme les lunettes.

— Évidemment, dit-elle, en reprenant finalement ses esprits. Cet endroit à l'air très sympa.

Danny haussa les épaules.

— J'ai fait des études de biologie, mais j'ai toujours adoré cuisiner. Finalement, je me suis dit « et pourquoi pas ? »

— Tu as eu raison, dit Harrison. La ville avait besoin d'un endroit comme ça.

Honey se détendit. L'atmosphère était plus chaleureuse qu'au bar-restaurant de Cora, où les gens l'avaient reconnue et s'étaient montrés peu accueillants.

— Que voulez-vous boire ? demanda Danny.

Harrison commanda une bière, et Honey un verre de vin. Elle avait besoin d'apaiser la tension de la journée.

Danny leur indiqua une table, et ils discutèrent pendant

quelques minutes de la garniture qu'ils voulaient pour leur pizza.

Honey eut presque l'impression qu'il s'agissait un rendez-vous amoureux. Mais ce n'était pas le cas, et elle ne pouvait pas s'autoriser à rêver.

Une serveuse vint leur apporter leurs boissons, et ils passèrent commande.

— Comment ça s'est passé avec l'équipe de nettoyage ? demanda Harrison.

— Bien. Ils devraient bientôt avoir terminé.

— J'appellerai le labo demain pour savoir s'il y a du nouveau.

Il but une gorgée de bière et se passa la main dans les cheveux. Avec son début de barbe et sa peau mate, il était si séduisant que Honey dut détourner les yeux.

— Lucas m'a appelé, dit-il soudain. Deux autres fillettes de l'âge de Chrissy ont disparu après elle.

Honey eut un petit cri étouffé en comprenant ce que cela impliquait.

— Tu penses que c'est la même personne qui les a enlevées toutes les trois ?

— Je ne sais pas, mais Lucas et moi étudions toutes les possibilités.

Il se tut quand leurs pizzas arrivèrent, et Honey réfléchit à ce qu'impliquait la découverte de Harrison.

S'il avait raison, cela voulait dire qu'ils avaient affaire à un criminel en série qui s'attaquait à d'innocentes petites filles.

Et ce criminel vivait peut-être à Tumbleweed.

16

Honey avait l'impression que tout le monde dans le restaurant la regardait mais, lorsqu'elle jeta un regard discret autour d'elle, elle réalisa qu'elle était paranoïaque.

Les vieilles habitudes étaient difficiles à perdre.

Tout le monde à Tumbleweed ne se souvenait pas d'elle, surtout la jeune génération.

Elle proposa de partager la note, mais Harrison insista pour l'inviter.

— Tu habites toujours à Hawk's Landing ? demanda-t-elle, tandis qu'elle prenait place dans le SUV de Harrison.

Si c'était le cas, elle insisterait pour qu'il la dépose dans un motel. Pas question de cohabiter avec sa mère.

— Pas dans la maison principale, répondit-il. Nous avions des chalets pour les employés, quand mon père élevait du bétail, et j'en ai aménagé un pour moi, afin d'avoir un peu d'intimité.

Il enclencha la marche arrière, et manœuvra pour sortir de la place de stationnement.

— Depuis que je suis devenu shérif, et que mes frères ont leur propre vie, nous avons arrêté l'élevage. Nous avons juste gardé quelques chevaux pour la promenade.

— Tes frères vivent toujours à la maison, eux aussi ?

— Ils ont chacun un chalet, mais Lucas est au FBI et possède un appartement à San Antonio. Brayden est avocat et vit en ville.

— Et Dexter ?

— Il a une agence de détectives à Tumbleweed et aussi un appartement à Austin.

Honey se détendit un peu, heureuse de ne pas se retrouver face à la famille de Harrison ce soir.

Le reste du trajet se fit en silence et, le coude appuyé à la portière, le menton dans le creux de la main, Honey garda les yeux fixés sur sa vitre, faisant mine de s'absorber dans la contemplation du paysage.

Tout à coup, un panneau indicateur attira son regard. Harrison avait déjà commencé à ralentir, et ne tarda pas à franchir une large entrée matérialisée par deux piliers de bois. Peints en blanc, tout comme les barrières ceignant la propriété, ils étaient surmontés d'un auvent, sous lequel était fixé par deux chaînes un panneau de bois sculpté à l'effigie d'un faucon.

Harrison s'engagea dans une allée bordée de chênes et soudain, au détour d'un virage, Honey eut une vue d'ensemble sur le domaine de Hawk's Landing et ses kilomètres d'herbages.

Plat au début, le terrain se muait peu à peu en collines. En arrière-plan, on apercevait la forêt, tandis qu'au loin, dans la lumière flamboyante de la fin du jour, se découpait la chaîne montagneuse.

Honey n'en crut pas ses yeux. Elle avait entendu dire que le ranch était magnifique, mais elle n'imaginait pas à quel point.

Ils dépassèrent la maison principale, majestueuse et imposante. Sous les fenêtres du rez-de-chaussée, aux persiennes laquées de noir, des massifs de fleurs s'épanouissaient en un radieux camaïeu de roses, adoucissant l'austérité du style Georgien.

Des écuries et deux manèges, ainsi que plusieurs petites dépendances, se dessinaient sur le côté. Au loin, des chevaux galopaient en liberté.

— Cet endroit est incroyable ! s'exclama-t-elle, sincèrement admirative. L'élevage ne te manque pas ?

— De temps en temps. J'adorais ça quand j'étais enfant, et que mon père était là. Mais c'est beaucoup de travail. Et après la disparition de Chrissy, mon unique pensée a été de la retrouver.

— C'est pour ça que tu es entré dans les forces de l'ordre ?

Il hocha la tête.

— Mouais.

— Et tes frères ont suivi ?

— Je pense qu'ils avaient la même motivation.

Harrison se gara devant un chalet en rondins, bâti non loin d'un ruisseau.

Ils échangèrent un regard et, pendant quelques secondes, la tension entre eux fut palpable. Puis il descendit de voiture et Honey le suivit.

La décoration était masculine, mais chaleureuse. Sur le manteau de la cheminée en granit, une photo de famille attira son attention, et elle se sentit totalement déplacée.

Elle n'avait rien à faire à Tumbleweed, et encore moins chez Harrison.

Une photo de Chrissy, qui avait dû être prise peu avant sa disparition, était posée à côté. Elle y apparaissait avec ses rubans jaunes.

Harrison s'arrêta pour la regarder, et Honey ne put résister. Elle lui prit la main.

Le regard qu'il tourna alors vers elle était si intense qu'elle en eut la gorge serrée. Seigneur, comme elle avait envie de l'embrasser !

— On se rapproche, murmura-t-elle. Je le sens.

Il marqua une hésitation, et elle comprit que ses paroles pouvaient aussi bien s'appliquer à eux qu'à la découverte de la vérité à propos de Chrissy.

Elle avait envie d'être plus proche. Et le regard soudain enflammé de Harrison lui prouvait qu'il désirait la même chose.

Elle lui pressa les doigts et se pencha vers lui. Il posa alors une main en coupe sur sa joue et la regarda intensément.

Le désir déroulait des spirales de feu dans son ventre. Elle soupira doucement, lui faisant savoir qu'elle le voulait.

Le regard de Harrison l'enveloppa, mais il résistait encore.

Cela ne dura qu'une fraction de seconde, puis il l'attira dans ses bras et prit possession de ses lèvres.

Nouant les bras autour du cou de Harrison, elle s'abandonna à ce baiser, à la fois effrayée et ravie des sensations qu'il éveillait en elle.

Jamais elle n'avait désiré un homme de cette façon.

Les hommes qui avaient brièvement partagé sa vie ne se comptaient que sur les doigts d'une seule main. Et aucun ne pouvait rivaliser avec Harrison en matière de charme et de sex-appeal.

Elle n'avait pas ressenti pour eux la même admiration, la même affection, ni cette impression qu'il y avait un lien entre eux...

Elle n'avait pas éprouvé d'amour à leur égard.

Elle eut l'impression que son cœur s'arrêtait tout à coup de battre.

L'amour ?

Elle ignorait ce que c'était.

Elle n'avait jamais aimé un homme de toute sa vie. Elle n'avait même pas voulu s'engager dans une relation à long terme.

Elle n'avait cherché qu'à survivre.

D'abord en tant qu'enfant, avec des parents qui n'étaient pas à la hauteur, et avec le poids de la stigmatisation que les habitants de Tumbleweed faisaient peser sur elle.

Elle s'était ensuite pleinement consacrée à son travail, cherchant à se construire une carrière et à se faire un nom.

Elle n'avait toujours pu compter que sur elle-même.

Elle ne savait pas faire autrement.

Harrison dévorait son cou de baisers, et elle s'agrippa à lui, rêvant qu'il l'emmène dans son lit.

Mais s'il faisait ça, elle serait perdue à jamais.

Il l'embrassa à nouveau, et elle lui répondit, avec douceur et sensualité, mais mit progressivement fin à leur baiser.

— Nous ne pouvons pas faire ça, murmura-t-elle.

Tant de choses les opposaient. À commencer par l'animosité de la mère de Harrison à son égard.

Il posa son front contre le sien, et reprit son souffle.

— Je voudrais aller me coucher, dit-elle.

Il hocha la tête.

— Je te montre le chemin.

Comme il tardait à la libérer, elle le poussa gentiment, lui signifiant qu'ils devaient cesser cette folie, et il finit par reculer.

Dans son regard assombri, le désir se mêlait aux regrets. Avec un soupir, il s'écarta.

— La chambre d'amis est par ici.

Incapable de trouver ses mots, elle se contenta d'un hochement de tête et le suivit jusqu'à la seconde chambre qui, heureusement, bénéficiait de sa propre salle de bains.

— Qu'est-ce qui va se passer demain ? demanda-t-elle.

— J'ai l'intention de me rendre à Austin pour interroger la famille d'une des victimes.

Les dents serrées, le regard dur, il ajouta :

— Je ne connaîtrai pas de repos tant que le salaud qui nous a pris Chrissy ne sera pas derrière les barreaux.

Ou mort, songea Honey, en devinant le sous-entendu, tandis qu'il se dirigeait vers sa chambre et fermait la porte.

Le corps vibrant encore d'une passion non assouvie, elle se déshabilla et enfila son pyjama.

Mais quand elle se glissa entre les draps, elle ne put s'empêcher d'imaginer le corps de Harrison à côté d'elle, nu et brûlant de désir.

Dégoûté de lui-même, Harrison se retira dans sa chambre.

Quel était son problème ?

Pourquoi ne parvenait-il pas à se contrôler face à Honey ?

Heureusement qu'elle avait eu le bon sens de le repousser.

Il entra dans la salle de bains et se déshabilla. Il n'aspirait qu'à une seule chose : une longue douche rafraîchissante qui apaiserait les débordements de sa libido.

Cela faisait longtemps qu'il n'avait pas ressenti cela pour une femme.

À dire vrai, cependant, il n'avait pas eu beaucoup d'aventures. Il était trop concentré sur sa famille et sur la disparition de sa sœur pour souhaiter construire une relation avec qui que ce soit.

Pourquoi Honey ? Et pourquoi maintenant ?

Il finit par couper l'eau, se sécha, enfila un boxer, et gagna son lit.

Mais à peine eut-il la tête posée sur l'oreiller, que des images de Honey affluèrent.

Elle se trouvait dans la chambre voisine, probablement endormie. Portait-elle une nuisette sexy ? Était-elle nue ?

Pensait-elle toujours à lui ?

Il tapa du poing dans son oreiller et roula sur le ventre.

Ça n'avait pas d'importance. Il ne pouvait pas l'avoir.

Pas même une fois.

Se rappelant qu'il avait une enquête à mener, il ferma les yeux et pensa à sa petite sœur. Si elle avait vécu, Chrissy serait peut-être mariée aujourd'hui. Elle aurait peut-être des enfants...

La vie de chacun des membres de la famille serait différente. Ses parents seraient peut-être restés ensemble.

Et lui... Que ferait-il ?

Serait-il quand même devenu shérif ? Ou bien aurait-il repris le ranch ?

Mais à quoi bon penser à tout cela ?

La réalité, c'était que sa famille avait vécu dans la

douleur pendant des années. Imaginant le pire. Priant pour le meilleur. Vivant chaque Noël et chaque anniversaire avec un trou béant dans le cœur.

Et rien ne changerait jamais cela.

17

Le lendemain trouva Harrison épuisé après une nuit sans sommeil.

Il prit une douche pour se réveiller, s'habilla et prépara le café.

Lorsque Honey émergea de sa chambre, également douchée et habillée, il avait cuisiné du bacon, des œufs et des toasts.

Elle parut surprise de voir de la nourriture sur la table.

— Tu n'étais pas obligé de faire le petit déjeuner.

— J'avais faim, prétendit-il.

En fait, il avait dû s'occuper pour éviter de céder à l'envie de la rejoindre sous la douche.

Elle parut méfiante, mais se laissa tomber sur une chaise et sirota le café qu'il venait de lui servir.

Il s'assit en face d'elle, et dévora son petit déjeuner, impatient de prendre la route.

Elle beurra un toast, y déposa de la confiture, et mangea en silence, petites bouchées par petites bouchées.

— Tu as bien dormi ? demanda-t-il.

Elle évita son regard.

— Oui. Merci de m'avoir hébergée cette nuit. Je suis sûre que j'ai dormi davantage que si j'étais restée à Lower Tumbleweed.

Il s'essuya les lèvres avec sa serviette en papier.

— Tu as décidé ce que tu allais faire avec la maison ?

Elle but une gorgée de café.

— J'ai parlé à un agent immobilier. Certaines des maisons ont été saisies et appartiennent à la banque. Un investisseur pourrait les racheter à un bon prix et les réhabiliter.

— Ce serait bien pour la ville, dit Harrison, avant de mordre à belles dents dans son toast.

— Le problème, c'est que les gens ont besoin d'emplois, et Tumbleweed n'a pas l'air de s'être beaucoup développée depuis que je suis partie.

— C'est vrai, approuva Harrison. Il nous faudrait quelque chose pour attirer les gens.

Mais il ne voyait pas comment développer l'économie. Son métier, c'était de protéger ses concitoyens.

Il porta son assiette et sa tasse à l'évier, les lava, et les déposa dans l'égouttoir.

— Je vais à Austin ce matin, m'entretenir avec la famille d'une des fillettes qui a disparu. Tu peux rester ici, si tu veux. Ou bien, je peux te déposer à Lower Tumbleweed pour que tu récupères ta voiture.

— J'aimerais t'accompagner à Austin. J'ai besoin de faire le point sur un projet que j'ai là-bas.

— Tu ne peux pas le faire par téléphone ?

— Je pourrais, mais ça me fera du bien de m'éloigner un peu de Tumbleweed.

Il comprenait. Les événements s'étaient précipités, et les nerfs de Honey avaient été soumis à rude épreuve.

— J'aime bien passer tous les détails en revue moi-même.

Elle lava son assiette et sa tasse pendant que Harrison s'équipait de son holster et de son revolver.

Le fait de se trouver dans sa cuisine et de partager le petit déjeuner avec elle avait quelque chose de trop intime.

Était-ce à cela que ressemblerait la vie d'homme marié à ses côtés ?

Conscient que ses pensées prenaient une tournure

dangereuse, il sortit prendre l'air pendant que Honey prenait son sac et son téléphone.

Harrison alluma l'autoradio, pour éviter d'avoir à faire la conversation. Le trajet monotone jusqu'à Austin lui donnait l'occasion de réfléchir à son enquête. Il avait déjà téléphoné à la famille pour savoir s'il pouvait s'arrêter chez eux, aussi se dirigea-t-il dans un premier temps vers leur domicile.

— Parle-moi un peu de ces personnes, demanda Honey, tandis qu'il se garait.

Il coupa le moteur.

— Ils s'appellent Irene et Karl Armond. Leur fille, Yvonne, a disparu six mois après Chrissy. Personne ne l'a jamais revue.

— Mon père n'allait jamais à Austin. Donc, si les deux cas sont liés, ça veut dire que quelqu'un traquait les petites filles à l'époque.

Harrison hocha la tête.

— Exactement. Il s'agit très certainement d'un prédateur en série.

Honey bouillait d'impatience tandis qu'elle descendait de voiture.

Si c'était vrai, ils pourraient prouver l'innocence de son père, et réhabiliter sa mémoire.

Mais cela voudrait aussi dire que le shérif Dunar était passé à côté de quelque chose.

— Tu as dit qu'il y avait deux fillettes, lui rappela Honey, tandis qu'ils marchaient dans l'allée.

Harrison hocha la tête.

— Lucas va discuter avec l'autre famille.

Les Armond vivaient dans une grande maison de style ranch, à l'extérieur d'Austin, dans un petit hameau rural à l'aspect accueillant.

Une berline bleu nuit et un pick-up noir étaient garés devant l'entrée du garage.

Harrison frappa à la porte, et des bruits de pas résonnèrent à l'intérieur. Puis une voix de femme leur demanda d'attendre.

— Ils ont d'autres enfants ? demanda Honey.

— Une fille plus âgée. Je ne sais pas ce qu'elle est devenue.

La porte s'ouvrit, et une femme d'une cinquantaine d'années, avec d'épais cheveux bruns striés de fines mèches blanches apparut. Derrière elle, un homme grand et maigre, avec les épaules voûtées, tirait sur une cigarette.

Harrison fit les présentations.

— Pouvons-nous entrer ?

— Je ne vois pas en quoi nous pouvons vous aider, dit M. Armond.

— Cela ne prendra que quelques minutes.

Harrison entra, et Honey le suivit.

La décoration était démodée, avec un carrelage vernissé d'un ton brun-orangé et du papier peint à grosses fleurs qui évoquaient les années 1970, et l'intérieur sentait le chien. Par la porte de la cuisine ouverte, Honey aperçut des meubles en formica vert pomme, et un sol en linoléum sur lequel étaient posées des gamelles d'eau et de croquettes.

— Vous voulez un café ? proposa Mme Armond.

Harrison et Honey déclinèrent tous les deux.

La maîtresse de maison les conduisit alors au salon, où un canapé en velours côtelé marron et beige, avec de gros accoudoirs en bois, et deux fauteuils inclinables en simili cuir fauve flanquaient la cheminée.

Ils s'assirent, et M. Armond écrasa sa cigarette dans un cendrier publicitaire.

— Vous avez de nouvelles informations à propos d'Yvonne ?

Harrison crispa les mâchoires.

— Je crains que non. Mais ma petite sœur a disparu

quelques mois avant votre fille. Je travaille toujours sur son affaire, et je pense que les deux cas pourraient être liés.

Mme Armond écarquilla les yeux.

— Vous pensez que c'est la même personne qui les a enlevées ?

— Je n'en sais rien pour le moment, mais vos réponses pourraient m'aider à y voir plus clair.

M. Armond se passa la main sur le visage en grommelant.

— Faut-il encore remuer tout ça ? Chaque fois que nous en parlons, Irene ne dort plus pendant des semaines. Nous reprenons espoir, et nous sommes à nouveau désappointés. Nous n'en pouvons plus.

— Je suis désolé, dit Harrison. Je comprends ce que vous ressentez. Ma famille et moi vivons la même chose.

Mme Armond se tordit les mains sur son estomac. Honey lui posa gentiment la main sur l'avant-bras pour essayer de la calmer.

— Croyez-moi. Il veut vous aider.

M. Armond voulut reprendre la parole, mais sa femme l'en empêcha.

— Parlons avec lui. Cette fois, nous aurons peut-être des réponses.

Elle se tourna vers Harrison.

— Que voulez-vous savoir ?

Harrison était bien placé pour comprendre ce que vivait ce couple. Être interrogé encore et encore par la police. Se demander si ce n'était pas une façon de chercher à les incriminer…

— Parlez-nous du jour où votre fille a disparu, et des journées qui ont précédé.

Il adressa au couple un sourire compréhensif.

— Parfois, nous nous rappelons certaines choses bien longtemps après.

Elle hocha la tête, puis son mari et elle se prirent la main. C'était réconfortant de voir que ce drame qu'était la perte d'un enfant ne les avait pas séparés comme ses parents.

M. Armond prit une nouvelle cigarette, et la fit rouler entre ses doigts d'un air absent.

— Yvonne avait dix ans, commença-t-il d'une voix qui semblait lointaine, comme s'il avait remonté le temps. Elle aimait jouer au ballon, grimper aux arbres, et les animaux.

Le cœur serré, Harrison eut un petit sourire triste.

— Ma sœur, était un garçon manqué aussi. Mais il faut dire qu'avec quatre frères elle n'avait pas le choix.

— J'imagine, dit Mme Armond. Notre autre fille, Hazel, est tout le contraire. Tellement féminine.

— Elles s'entendaient bien ? demanda Honey.

Mme Armond soupira.

— Hazel essayait d'intéresser Yvonne à de jolies choses de petite fille, comme le brillant à lèvres, et les rubans dans les cheveux.

— Des rubans ? répéta Harrison.

Mme Armond hocha la tête.

— Hazel dépensait son argent de poche à la mercerie, à acheter du ruban au mètre. Elle les attachait dans ses cheveux, ou réalisait des nœuds qu'elle collait sur des barrettes.

M. Armond se pencha et posa sa cigarette sur la table basse, sans l'avoir allumée.

— Pourquoi ? C'est important ?

Harrison relâcha lentement son souffle.

— Ça pourrait l'être. Continuez.

— Yvonne avait beaucoup d'amis à l'école, poursuivit Mme Armond. Elle aimait lire des romans policiers, et avait une passion pour les animaux, surtout les chevaux. Nous avions une vieille jument qu'elle montait dès qu'elle avait un moment de temps libre. Elle aimait tellement les rodéos que nous avions acheté des billets pour son anniversaire.

— Seigneur comme je le regrette ! dit M. Armond d'une voix brisée.

Honey se crispa, mais Harrison se força à ne pas réagir.

— Elle a disparu lors du rodéo ?

Mme Armond serra la main de son mari.

— Oui.

— Si nous étions restés à la maison ce jour-là, Yvonne serrait peut-être encore avec nous, dit M. Armond.

— Je suis désolée, dit Honey d'une voix douce. Mais ce n'est pas votre faute. Vous l'aimiez, et vous vouliez qu'elle soit heureuse.

— Parlez-moi de cette journée, dit Harrison, tandis que Mme Armond prenait un mouchoir en papier dans le distributeur posé sur la table basse et s'essuyait les yeux. Hazel vous avait-elle accompagnés ?

Mme Armond hocha la tête.

— Elle voulait rester à la maison avec son petit ami, mais nous avons insisté pour qu'elle vienne avec nous car il s'agissait d'un événement familial.

Elle marqua une pause, de la sueur perlant à son front.

— Son petit ami est arrivé, continua M. Armond. Hazel est allée à sa rencontre, et a laissé Yvonne toute seule au stand de hot-dogs.

— C'est là qu'elle a disparu ? demanda Harrison.

Le couple hocha la tête, l'air dévasté.

Harrison s'obligea à garder son calme. À ne pas porter de jugement.

— Hazel a-t-elle remarqué si quelqu'un s'intéressait à Yvonne ?

— Non.

— Quel âge avait Hazel à l'époque ?

— Quinze ans.

— Elle s'en est beaucoup voulu, dit Mme Armond. Elle a fait une dépression, et nous avons bien cru que nous allions la perdre aussi.

— Nous étions si malheureux que nous avons été durs avec elle, confessa M. Armond, l'air sombre.

— Mais nous avons vu un psychologue, reprit sa femme.

Nous avons réalisé que Hazel n'était qu'une enfant, et nous lui avons pardonné.

— S'est-elle pardonné à elle-même ? demanda Honey, d'une voix douce.

Mme Armond secoua tristement la tête.

— Je ne pense pas. Elle travaille aujourd'hui auprès d'enfants ayant des problèmes psychologiques.

— Pouvez-vous nous dire autre chose à propos de cette journée ? demanda Harrison. Peut-être un visiteur, un cavalier de rodéo ou un vendeur de billets qui auraient regardé Yvonne avec insistance...

Le couple se regarda, comme s'ils fouillaient leur mémoire à la recherche d'un détail.

— Il y avait un groupe d'enfants handicapés.

Mme Armond prit entre ses doigts la médaille qui pendait à son cou ; un jeton de sobriété des Alcooliques Anonymes.

— Elle a parlé avec ces enfants.

— Elle a également discuté avec un jeune palefrenier, ajouta M. Armond. Mais les inspecteurs l'ont interrogé, et il a été écarté de la liste des suspects.

Harrison était déçu. Il espérait mettre la main sur un suspect solide.

Cependant, cette conversation confirmait que les affaires pouvaient être liées.

Un prédateur en série sillonnait le Texas depuis des années.

Et il était grand temps que quelqu'un mette un terme à ses agissements.

18

— Les inspecteurs ont-ils interrogé les spectateurs du rodéo ? demanda Harrison.

— Oui, répondit M. Armond. Une dame a vu Yvonne parler à un clown. Une adolescente a affirmé qu'elle l'avait vue au stand de barbe à papa.

— Y avait-il des caméras de sécurité ?

M. Armond secoua la tête.

— Pas à l'époque.

Dommage, ça les aurait aidés.

— Vous n'avez jamais reçu de demande de rançon, ni message d'aucune sorte ?

— Non, dit Mme Armond. Nous n'avions pas d'argent, mais nous aurions fait notre possible pour en rassembler si on nous en avait demandé.

Harrison s'éclaircit la voix.

— Yvonne avait-elle quelque chose avec elle quand elle a été enlevée ?

— Que voulez-vous dire ? demanda M. Armond.

— Un sac à dos, ou un jouet, par exemple.

— Elle aimait les vrais chevaux, mais elle était obsédée par les licornes, répondit Mme Armond. Nous lui en avions offert une pour son anniversaire. Elle l'avait avec elle ce jour-là.

— L'a-t-on retrouvée ?

— Non.

Mme Armond se leva pour aller chercher un album photos, tourna les pages, et leur montra une photo d'Yvonne serrant contre elle une licorne multicolore.

Une larme roula sur la joue de Mme Armond, et tomba sur l'album.

— Avant de partir pour le rodéo, elle avait natté la crinière de la licorne et y avait noué un ruban.

M. Armond passa un bras autour des épaules de sa femme, et l'attira à lui pour la réconforter.

— Au début, j'espérais que nous la retrouverions, et qu'elle nous mènerait jusqu'à elle, poursuivit Mme Armond. Mais, plus le temps passait, plus je priais pour qu'elle l'ait avec elle.

— Je peux voir sa chambre ? demanda Harrison.

Tandis que Mme Armond se levait, son mari attrapa sa cigarette sur la table basse et l'alluma.

Harrison et Honey suivirent Mme Armond dans le couloir.

— Je n'ai rien changé depuis que nous l'avons perdue. Je continuais à espérer qu'elle reviendrait, et que...

Que la vie reprendrait là où elle s'était arrêtée, devina Harrison

— Ma mère aussi a gardé la chambre de ma sœur telle qu'elle était, dit-il, la gorge nouée.

Un couvre-lit rose à volants ajoutait une touche de féminité à la chambre, mais les étagères regorgeaient de chevaux en plastique, et de photos d'Yvonne jouant au football. Il y avait aussi une petite boîte à bijoux sur la commode.

Harrison enfila des gants en latex, et ouvrit la boîte, révélant un assortiment de bracelets en plastique, de bagues et de colliers, ainsi qu'une petite poupée en bois avec des cheveux faits en paille.

Il prit des photos de la pièce et des objets, puis ouvrit la penderie. Les vêtements de la fillette y étaient toujours. Un gilet jaune vif côtoyait un chapeau de cow-boy rose.

Des tennis s'alignaient à côté de ballerines et de bottes d'équitation...

Honey avait du mal à retenir ses larmes. On aurait dit que la fillette avait quitté sa chambre quelques heures auparavant, et qu'elle n'allait pas tarder à rentrer.

Tandis que Harrison jetait un œil sur les cahiers posés sur le bureau, elle repéra un journal intime, le prit, et lut quelques passages au hasard. Les commentaires étaient typiques d'une fillette de dix ans, à propos de ses camarades de classe, du nouveau cheval qu'elle rêvait d'avoir, du garçon qui l'embêtait parce qu'il lui tirait les cheveux.

Honey eut un sourire attendri. Deux ans plus tard, Yvonne aurait probablement eu un coup de cœur pour le garçon en question.

— Je ne vois rien qui puisse nous aider, dit Harrison. Je vais quand même demander une copie du dossier d'enquête. L'inspecteur y aura peut-être mentionné une similarité avec l'affaire de Chrissy.

Les Armond les attendaient sur le seuil, emplis de tristesse et de nostalgie.

— Appelez-nous si vous découvrez quelque chose, dit M. Armond.

Harrison promit qu'il le ferait, et Honey le suivit à l'extérieur.

— Qu'en penses-tu ? demanda-t-elle, tandis qu'ils prenaient place dans la voiture.

— Les seuls points communs, pour le moment, c'est l'âge et le fait qu'elles portaient toutes les deux des rubans dans les cheveux. Mais beaucoup de fillettes en portent.

— C'est vrai.

— Yvonne a disparu dans un lieu public où il y avait beaucoup de monde. Si quelqu'un voulait l'enlever, il pouvait l'attirer avec un jouet, un ballon, ou même un cheval de rodéo. Par contre, Chrissy a disparu en pleine campagne, dans un endroit où il n'y avait qu'un petit groupe d'adolescents.

Il marqua une pause, plongé dans ses réflexions.

— À moins que l'un d'eux ait également assisté au rodéo, je ne vois pas comment nous pourrions avoir affaire au même prédateur.

— Un des adolescents t'a paru suspect ?

— Mon frère m'a rapporté qu'un de ses amis avait fait tomber Chrissy, cette nuit-là…

Il décrocha soudain son téléphone et composa un numéro.

— Lucas, je viens de parler aux Armond. Leur fille a disparu lors d'un rodéo à Austin. Vérifie si Geoffrey Williams y était aussi.

Il raccrocha et tourna brièvement la tête vers Honey.

— Tu voulais vérifier un de tes chantiers. C'est de quel côté ?

Honey lui indiqua la route à prendre.

Elle se demandait ce qu'il penserait de son travail. D'une certaine façon, elle avait envie de lui montrer qu'elle s'était élevée au-dessus de sa condition.

Cela faisait dix minutes qu'ils avaient quitté la ville, et ils roulaient maintenant en rase campagne.

— C'est encore loin ? demanda Harrison.

— Nous sommes bientôt arrivés. C'est un ancien programme immobilier laissé à l'abandon. J'ai racheté quelques-unes des maisons pour les restaurer.

Elle lui indiqua une nouvelle bifurcation.

— Comment es-tu arrivée dans ce métier ?

— C'est une longue histoire.

— Nous avons le temps.

Elle soupira.

— Après mon départ de Tumbleweed, j'ai trouvé un travail de serveuse, et ma patronne m'a loué une chambre. Sa maison avait besoin d'être rénovée et, pendant mon temps libre, je l'ai aidée à faire les travaux.

— On dirait que tu avais trouvé ta vocation.

Honey haussa les épaules.

— Un des clients du restaurant, qui était entrepreneur, a été impressionné par mes améliorations et il m'a proposé un emploi de designer. Quand j'ai eu suffisamment d'expérience, je me suis mise à mon compte.

Elle lui indiqua un ranch, où s'affairait une équipe d'ouvriers du bâtiment, et Harrison se gara devant.

Honey ouvrit la portière.

— Je n'en ai pas pour longtemps. Mais si tu as autre chose à faire, je peux me faire conduire et te retrouver quelque part.

— Non, pas du tout. Je peux t'attendre.

Le pouls de Harrison s'accéléra quand il vit s'approcher un bel homme brun, en jean et chemise à carreaux, qui enveloppa Honey dans une chaleureuse accolade.

Il comprenait mieux maintenant pourquoi elle avait freiné des quatre fers la nuit précédente quand il l'avait embrassée.

À l'évidence, il y avait quelqu'un qui l'attendait ici, à Austin.

Honey rendit son accolade à Jared, reconnaissante pour son soutien, et le fait qu'il ait pris les rênes en son absence.

— Tu vas bien ? demanda-t-il.

Elle hocha la tête, étonnée par la mine renfrognée de Harrison.

— Je ne devrais pas tarder à tout régler là-bas et à revenir, répondit-elle.

Puis elle fit les présentations.

— Jared est l'entrepreneur dont je t'ai parlé, expliqua-t-elle à Harrison. Il dirige l'équipe pendant mon absence.

Elle fit un geste vers la maison.

— Laisse-moi jeter un coup d'œil, et nous pourrons y aller.

— Tu ne me fais pas visiter ?

S'il y avait une chose qu'aimait Honey, c'était faire voir ses chantiers de rénovation.

— Si tu veux.

Elle se tourna vers Jared.

— Pas de problème ?

Il haussa les épaules.

— On a eu un retard pour la livraison des placards de cuisine, mais c'est réglé. On devrait finir à peu près dans les temps.

— Parfait.

Son cœur s'emballa tandis qu'elle faisait entrer Harrison dans la maison.

— Nous avons remplacé le vieux linoléum par du parquet flottant, expliqua-t-elle. Heureusement, nous avons découvert des tommettes dans la cuisine et la salle à manger, et nous les avons décapées et passées à l'huile de lin.

Elle entra dans la cuisine.

— La maison était divisée en petites pièces peu pratiques, mais nous avons abattu des cloisons et reconfiguré l'espace. Les meubles de cuisine ont été fabriqués par un menuisier local.

Elle lui montra ensuite une salle de bains d'invités, qui avait été entièrement refaite, puis la chambre parentale et sa grande salle de bains attenante.

— C'est superbe, déclara Harrison. Tu es très douée.

Honey sentit sa gorge se serrer. Jared l'avait déjà félicitée, ainsi que quelques agents immobiliers et clients, mais les compliments de Harrison la touchaient profondément.

Les gens d'Austin ne connaissaient pas son passé, ni sa famille ni les insultes que lui lançaient les élèves de sa classe.

Elle avait laissé tout ça derrière elle quand elle avait quitté Tumbleweed.

Sa vie était ici.

Et celle de Harrison était à Tumbleweed, avec sa famille.

Harrison était impressionné par le travail de Honey.

Elle était transfigurée quand elle parlait de la maison et de la façon dont elle l'avait rénovée.

Mais, sur le chemin du retour vers Tumbleweed, elle plongea dans un silence morose.

Ils s'arrêtèrent dans un restaurant de grillades, mais la tension demeura entre eux.

Elle pensait probablement à Jared. Il lui manquait. Elle comptait les jours avant de pouvoir le retrouver, avant de pouvoir se consacrer à nouveau à ce travail qu'elle adorait.

C'était là-bas qu'était sa place.

De lourds nuages assombrissaient le ciel, tandis qu'il longeait l'autoroute, et il se demanda s'il n'allait pas pleuvoir.

Il attendait un appel de Lucas, mais des kilomètres se déroulèrent sous ses yeux sans que son téléphone sonne.

Lorsqu'ils arrivèrent à Tumbleweed, Honey semblait très agitée.

— Et si tu me déposais à la maison de mon père ? Je pourrais y passer la nuit.

— Ce n'est pas prudent. Je préfère que tu dormes chez moi.

Elle se mordilla la lèvre inférieure et regarda par sa vitre.

— Écoute, Honey, j'ai promis de te laisser tranquille. Je ne vais pas t'embrasser, ou quoi que ce soit.

Elle écarquilla les yeux, et ouvrit la bouche comme si elle voulait dire quelque chose, puis elle baissa la tête vers ses mains, qu'elle avait croisées sur son estomac.

Harrison repéra soudain une vive lumière au loin. Une lumière qui venait de Lower Tumbleweed.
— Bon sang ! s'exclama-t-il.
Il enclencha sa sirène et accéléra.
— Appelle les pompiers. Il y a le feu dans ton quartier.

19

Des flammes s'élevaient haut dans le ciel. La fumée formait d'épais nuages.

L'arrière de la maison était en feu. Les flammes dévoraient l'herbe sèche et se déployaient vers les deux maisons voisines.

Le vent se leva, poussant vers l'avant une fumée si épaisse que Honey distinguait à peine l'allée.

— Reste dans la voiture, cria Harrison, alors qu'elle ouvrait la portière.

Mais elle était saisie de panique, et ses paroles lui semblaient venir de très loin.

Elle devait récupérer la photo de sa mère !

Le cœur battant à tout rompre, elle courut vers la maison et se précipita à l'intérieur.

Il n'y avait pas grand-chose qu'elle avait envie de sauver, mais la photo qu'elle avait découverte était la seule qu'elle possédait de sa mère.

Elle se fraya un chemin au milieu de l'épaisse fumée et la récupéra. Puis elle courut vers sa chambre pour récupérer sa boîte à bijoux. Si un jour elle avait une petite fille, elle voulait pouvoir la lui transmettre.

Les flammes avaient déjà attaqué la façade arrière et la chambre. La boîte se trouvait sur sa commode, qui avait déjà commencé à prendre feu.

Elle attrapa une serviette de toilette et l'enroula autour de sa main.

— Qu'est-ce que tu fiches, bon sang ?

Harrison lui prit le bras et l'attira vers la porte.

— Laisse-moi ! cria-t-elle.

— Le toit va s'effondrer d'une minute à l'autre.

Elle repoussa ses mains.

— Laisse-moi. Je veux ma boîte à bijoux.

Il jura.

— Bon sang, Honey ! Ça n'en vaut pas la peine.

— C'est tout ce qui me reste.

Honey se rendit compte qu'elle pleurait.

Elle n'avait pas réalisé combien il était important pour elle de conserver un souvenir de son enfance.

Elle voulut faire demi-tour vers sa chambre, mais Harrison la retint.

— Reste là. J'y vais.

Il prit la serviette et s'élança à travers les flammes. Le mur du fond s'effondra dans un vacarme assourdissant. Les poutres du plafond commencèrent à céder et des bouts de bois enflammés tombèrent au sol dans un jaillissement d'étincelles.

— Harrison ! cria-t-elle, paniquée.

S'il lui arrivait quelque chose, elle ne se le pardonnerait jamais.

Il lui sembla qu'une éternité s'écoulait avant qu'il réapparaisse.

— Il faut sortir d'ici, dit-il en lui prenant la main.

Ils coururent à travers la maison, tandis qu'un déluge de débris s'abattait derrière eux au fur et à mesure de leur progression.

Ils venaient de franchir le seuil quand le toit s'effondra.

Harrison couvrit la tête de Honey pour la protéger des tisons qui volaient un peu partout, tandis qu'ils couraient se mettre à l'abri sous un grand chêne.

La maison de Waylon Granger était totalement engloutie

par les flammes, et les deux maisons voisines commençaient également à prendre feu.

Une sirène hurlait au loin.

Harrison inspecta rapidement le visage de Honey.

— Tu vas bien ?

Elle hocha la tête.

— Merci d'avoir sauvé ma boîte à bijoux.

— Je t'en prie.

Un crissement de pneus lui fit tourner la tête vers la rue, où un véhicule d'intervention venait de s'arrêter.

Il se leva et courut à la rencontre du capitaine des pompiers, Wes Comber.

— Cette maison est fichue, dit-il, en faisant référence à celle du père de Honey. Et je doute que vous puissiez sauver les deux autres. Mais il faut maîtriser le feu pour qu'il ne s'étende pas aux bois.

Durant les deux heures qui suivirent, les pompiers luttèrent vaillamment pour éteindre l'incendie.

Une berline noire aux vitres teintées s'arrêta dans la rue, et Lucas Hawk en sortit, vêtu d'un costume sombre.

Harrison allait à la rencontre de son frère, accompagné de Honey, quand le capitaine des pompiers leur fit signe.

— Le départ de feu se situait dans la buanderie, dit-il. Nous y avons trouvé une bouteille de gaz.

— J'espère qu'il y aura des empreintes, dit Harrison.

— Vous avez une idée de qui aurait pu faire ça ? demanda Wes Comber.

Harrison secoua la tête.

— Pas encore, mais j'ai bien l'intention de mettre la main sur ce salaud. Personne n'a été blessé, mais ça aurait pu être le cas.

— Tu ne crois pas qu'il pourrait s'agir de gamins qui voulaient s'amuser ? demanda Lucas.

— Non.

Harrison fit part à son frère des menaces qu'avait reçues Honey.

— Je suis désolé qu'on essaie de te faire peur, dit Lucas. Tu ne mérites pas ça.

Honey lui adressa un petit sourire forcé.

— Je suis soulagée que personne n'ait été blessé.

Le capitaine des pompiers les salua, et Harrison s'adressa à son frère.

— Tu as pu parler aux Ritters ?

Lucas alla chercher une photo dans sa voiture, et la tendit à Harrison, qui découvrit une fillette rousse avec des couettes.

— Elle s'appelait Trish. Elle avait huit ans et adorait les chats. Ses parents l'ont emmenée au festival d'automne, en ville. Il y avait des jeux, des promenades à dos de poney. La mère est allée acheter du pop-corn et des boissons pendant que la fillette terminait son tour de poney. Mais la femme qui s'occupait des promenades a dit que Trish avait détalé à la poursuite d'un chaton. Ils l'ont cherchée partout, ont mis des affiches, fait tout ce qu'on fait dans ces cas-là, mais ne l'ont jamais revue.

— Ça commence à ressembler une constante de comportement, constata Harrison. Je m'étonne que personne ne l'ait remarqué avant.

— Le partage des informations n'était pas aussi facile que maintenant, dit Lucas.

Il s'écarta un instant pour répondre au téléphone.

— Je suis désolé pour la maison, dit Harrison.

— La maison n'a aucune importance. Ce qui compte, c'est de découvrir ce qui est arrivé à ces petites filles et à Chrissy.

Harrison eut mauvaise conscience. Comment pouvait-il s'être demandé si Honey avait menti pour protéger son père ? Elle avait été presque aussi traumatisée que sa famille et lui par ce qui était arrivé à Chrissy.

Lucas glissa son téléphone dans sa poche et revint vers eux.

— Mauvaise nouvelle. Dexter a cherché d'autres cas similaires. Des campeurs ont trouvé le cadavre d'une petite fille dans la montagne. Ça pourrait être lié.

Il pourrait également s'agir de Chrissy.

Harrison eut l'impression d'avoir reçu un coup de poing dans l'estomac.

— Nous devrions y aller.

Lucas approuva d'un signe de tête.

— Montez. Je vous emmène.

Harrison se tourna vers Honey.

— Nous pouvons te déposer chez moi.

Elle secoua la tête.

— Non. Je vous accompagne. Jamais je ne pourrai dormir après ce qui vient de se passer.

Harrison monta à l'avant, tandis que Honey s'installait sur la banquette arrière.

— Est-ce qu'ils ont identifié la fillette ? demanda Harrison à son frère, tandis que celui-ci se dirigeait vers l'autoroute.

— Pas encore. Ils pensent toutefois que le corps était là depuis longtemps.

Harrison ressentit un goût d'amertume dans le fond de la gorge.

Tandis que Lucas roulait à vive allure, les mains crispées sur le volant, l'esprit de Harrison fonctionnait à plein régime.

Si le corps était celui de Chrissy, celui qui l'avait emmenée là-bas possédait une voiture...

— J'ai vérifié pour Williams, dit Lucas, comme s'il venait de lire dans ses pensées. Il n'était ni à Austin ni à Corpus Christi quand les autres fillettes ont disparu.

Harrison fut presque déçu d'apprendre que Williams n'était pas leur homme.

La voiture bondissait sur les aspérités de la chaussée

tandis que Lucas filait vers les points lumineux des gyrophares.

Il négocia un dernier virage et ils furent arrivés.

Harrison avait l'estomac noué quand ils descendirent de voiture et allèrent à la rencontre de l'inspecteur.

Ce dernier désigna une grotte.

— Des randonneurs ont voulu s'y réfugier, et ils ont trouvé le corps. Il se trouve dans un état de décomposition avancée, mais une paire de chaussettes roses à demi enfoncées dans la terre était encore attachée au squelette.

Harrison se pinça l'arête du nez et tenta d'endiguer la nausée qu'il sentait monter.

Livide, Lucas prit appui contre un rocher.

C'était peut-être la fin de longues années d'incertitude.

Ils venaient peut-être de retrouver leur sœur.

20

Honey était bouleversée.

Qu'il s'agisse de Chrissy ou d'une autre fillette, elle ne méritait pas d'avoir été abandonnée dans une grotte isolée, ou d'y avoir été tuée. Dans un endroit où les animaux rôdaient la nuit en quête de nourriture.

Un frisson courut le long de sa colonne vertébrale, et elle prit le bras de Harrison.

— Tu n'es pas obligé d'entrer, dit-elle. Tu peux laisser le légiste s'en occuper.

Harrison s'écarta.

— C'est mon travail, Honey. Et il s'agit peut-être de ma sœur. Tu ne peux pas comprendre ce que cela signifie.

Son intonation blessa Honey, et elle laissa retomber sa main.

L'inspecteur leur fit signe.

— Allons-y.

Lucas et Harrison suivirent l'homme jusqu'à l'entrée de la grotte, ou deux agents leur tendirent des torches. Puis ils se glissèrent dans l'anfractuosité et disparurent.

Harrison devait prendre sur lui pour ne pas envisager que le squelette pût être celui de Chrissy.

Il voulait se souvenir d'elle comme elle était, avec de bonnes joues rondes, les dents du bonheur et des couettes. Avec un rire communicatif, et cette façon agaçante de toujours lui coller aux basques. Avec de la crème glacée plein le visage chaque fois qu'elle mangeait un cornet...

L'inspecteur les présenta au médecin légiste, le Dr Thoreau.

— Y aurait-il quelque chose qui permettrait d'identifier votre sœur ? demanda-t-il.

Harrison et Lucas échangèrent des regards interrogateurs.

— Est-ce qu'elle avait eu des fractures, expliqua le légiste. Des opérations ?

— Elle s'était tordu la cheville une fois en sautant de la balançoire, répondit Harrison, mais je ne me souviens pas qu'elle se soit cassé quoi que ce soit.

— Moi non plus, dit Lucas.

— Eh bien, cette fillette a eu le fémur fracturé. Ça a dû se produire quand elle était petite. L'os s'était reconsolidé, mais pas de façon satisfaisante.

Ce qui voulait dire que ce n'était probablement pas Chrissy. Mais ils devraient néanmoins attendre l'autopsie.

— Depuis combien de temps le cadavre se trouve-t-il ici ? demanda Lucas.

Le légiste haussa les épaules.

— Des années. Je vais faire venir un spécialiste pour déterminer l'époque et la cause du décès.

— Prévenez-moi dès que vous aurez les résultats, dit Lucas, pour que je puisse les comparer avec la base de données du FBI et le fichier des enfants disparus. Nous avons également un spécialiste qui effectue des reconstructions faciales.

— Vous avez fouillé la grotte ? demanda Harrison à l'inspecteur.

— Nous avons fait une recherche préliminaire, au cas où il y aurait d'autres corps. Nous n'avons rien trouvé. Mais les experts scientifiques doivent encore examiner les lieux.

— Lucas et moi voudrions jeter un coup d'œil.

Le détective hocha la tête. Les deux frères enfilèrent des gants et, à l'aide de leur torche, commencèrent à inspecter la grotte.

L'espace était étroit, bas de plafond, sombre et humide. Quelque part au-dessus de leur tête, de l'eau ruisselait.

Harrison s'accroupit pour regarder de plus près un monticule de terre, et y trouva une pochette d'allumettes partiellement décomposée, ainsi que des bouts de bois calcinés, comme si quelqu'un avait fait du feu. Ça devait être l'œuvre de gamins ou de campeurs, ce qui n'était pas très intelligent. Il pouvait y avoir des poches de gaz à l'intérieur, et la grotte aurait pu exploser.

Il se releva et fit quelques pas. Son pied heurta quelque chose, et il braqua le faisceau lumineux de sa torche dessus. Il réalisa alors qu'il venait de marcher sur une cannette de bière.

Tandis qu'il continuait à vérifier les parois et le sol, quelque chose brilla dans l'obscurité.

Il se pencha, puis tomba à genoux, et éclaira.

Quelque chose était enfoncé dans le sol. Il balaya la terre du bout des doigts, peinant à respirer dans cet espace confiné.

Une chaîne en argent apparut. Étonné, il creusa un peu, et libéra une montre de gousset à l'ancienne.

Avait-elle appartenu au meurtrier de la fillette ?

Honey se massait les bras pour essayer de se réchauffer, tandis qu'elle regardait les secouristes sortir le corps sur un brancard et le charger pour le transporter à la morgue.

Harrison et Lucas émergèrent finalement, l'air soucieux. Elle les rejoignit au moment où Harrison montrait à l'inspecteur une montre de gousset en argent.

— Je l'ai trouvée à l'intérieur. Elle a pu être perdue par un randonneur, mais il est possible aussi qu'il s'agisse de celle du meurtrier.

— Je vais la déposer au labo du FBI, proposa Lucas.

— Je vous préviens dès que j'ai terminé l'autopsie, dit le Dr Thoreau.

Les hommes échangèrent des poignées de main, et chacun regagna son véhicule.

Silencieuse sur la banquette arrière, Honey ne cessait de penser à cette montre de gousset.

Quand elle était enfant, elle avait connu quelqu'un qui en avait une.

Était-ce son père ?

Elle creusa sa mémoire, mais ne réussit pas à se souvenir.

— Tu crois que nous devrions en parler à maman ? demanda Lucas, tandis qu'il bifurquait en direction de Lower Tumbleweed.

— Pas avant que nous ayons de vraies réponses, décida Harrison.

Lucas se gara devant les ruines de la maison où Honey avait passé son enfance. Une forte odeur de brûlé flottait dans l'air, encore saturé de fumée. Quelques tisons étincelaient encore dans les débris, mais un pompier était resté sur place pour surveiller la zone, au cas où les braises se raviveraient et commenceraient à se propager.

Ils descendirent de voiture, et les frères Hawk s'approchèrent du SUV de Harrison, restant à discuter un moment tandis que Honey déverrouillait sa camionnette.

Harrison attendit que Honey se soit garée devant son chalet avant d'entrer.

Il avait menti éhontément à Lucas, lui disant qu'il n'y avait rien du tout, alors que celui-ci lui demandait ce qui se passait entre Honey et lui.

Enfin, ce n'était pas exactement un mensonge...

Il n'y avait rien à proprement parler entre Honey et lui. À part cette tension sexuelle à laquelle il avait toutes les peines du monde à résister.

— J'ai besoin de prendre une douche, dit-il, tandis qu'ils entraient dans le chalet.

Il avait désespérément besoin de faire partir cette odeur âcre de fumée.

— Moi aussi, dit Honey.

Elle se rendit dans la chambre d'amis, et il serra les dents en entendant couler l'eau.

Il avait une envie folle de la rejoindre. D'effacer du visage de Honey la douleur et la peur, de la faire sourire et crier son nom dans les affres de la passion. D'évacuer son propre stress en se perdant dans son corps.

Il se précipita dans sa chambre, ôta ses vêtements, se glissa sous la douche, et s'attarda sous la caresse ferme du jet, laissant l'eau tiède soulager la tension de ses épaules. Puis il se savonna longuement le corps et les cheveux, jusqu'à ce qu'il se soit lavé des odeurs de la nuit.

Il aurait voulu aussi pouvoir laver la laideur de son âme, la haine féroce qu'il éprouvait pour la personne qui leur avait pris Chrissy, et qui avait détruit sa famille.

Au sortir de la douche, il se sécha et enfila un jean et une chemise. La chaleur Texane battait son plein, et il n'y avait pas un souffle d'air.

Il passa une serviette sur ses cheveux mouillés, et les plaqua en arrière avec ses doigts. Puis il se dirigea vers le salon et se servit un whisky.

La porte de la chambre d'amis s'ouvrit et Honey apparut, vêtu d'un débardeur à fines bretelles et d'un bas de pyjama en léger jersey de coton. Ses longs cheveux blonds encore humides encadraient son magnifique visage. Sans maquillage, elle paraissait incroyablement jeune et innocente. Ses lèvres roses accentuaient son teint pâle et lui inspiraient de troublantes pensées.

— La journée a dû être difficile pour toi, dit-elle.

Il vida son verre et s'en servit un deuxième. Honey s'avança vers lui et prit elle aussi un verre.

— Ça t'ennuie si j'en prends un ?

Il secoua la tête.

— Désolé. J'aurais dû te demander.

— Tu n'as rien à expliquer, dit-elle d'une voix douce.

Il détourna les yeux pour s'empêcher de la toucher, et lui servit son verre. Mais quand il le lui tendit, et que leurs doigts se frôlèrent, un courant de désir passa en lui.

Elle écarquilla les yeux comme si elle aussi l'avait ressenti.

Il s'empressa de s'écarter, et alla se poster devant les portes-fenêtres ouvrant sur la terrasse pour observer la vue. Ce ranch était magnifique, mais il n'en avait pas réellement profité depuis des années, tant il était englué dans le chagrin de sa famille.

Derrière lui, il entendit Honey approcher. Puis il sentit sa main se poser sur son épaule.

— Je suis désolée, Harrison. Ça n'a pas été une journée facile.

— Pour toi non plus.

— Comme je te l'ai dit, cette maison ne signifiait rien.

Il vida d'un trait son deuxième verre et fit face à Honey. La compassion et le désir dans ses yeux eurent raison de ce qu'il lui restait de retenue.

Il posa son verre sur une console et fit un pas vers Honey. Il vit son regard s'assombrir, ses lèvres s'entrouvrir sur un soupir.

Il lui prit son verre et le déposa à côté du sien. Puis il l'attira dans ses bras et referma sa bouche sur la sienne.

Honey ne savait pas quoi penser.

Elle avait entendu Harrison dire à son frère qu'il n'y avait rien entre eux. Et pourtant, à cet instant, le désir qu'ils éprouvaient l'un pour l'autre était indéniable.

Il plongea sa langue dans sa bouche, et elle répondit à son baiser avec la même fièvre. Ses bras s'enroulèrent autour du cou de Harrison. Son corps alla à la rencontre du sien.

Le désir explosa en elle, et elle murmura son nom, l'implorant en silence de ne pas arrêter. *Jamais*.

Elle voulait cela avec lui.

Elle voulait le sentir nu contre elle, toucher sa peau, être aimée par lui.

Il lui prit les hanches et la plaqua contre son sexe en érection.

Les vêtements étaient de trop, soudain.

Ils devaient disparaître.

Une indicible volupté s'empara de tout son corps tandis que Harrison posait ses lèvres fiévreuses au creux de son cou et refermait une main sur son sein. Doucement, il agaça du bout des doigts la pointe dressée, jusqu'à ce qu'elle meure d'envie qu'il la prenne entre ses lèvres, la fasse rouler sous sa langue.

Impatiente de couvrir de caresses ce corps tout entier tendu vers elle, Honey repoussa sur les épaules de Harrison les pans de sa chemise.

Heureusement, il ne l'avait pas boutonnée, ou elle aurait arraché les boutons dans sa frénésie.

La chemise tomba au sol, et elle put admirer ses larges épaules, son torse puissamment musclé.

Du bout des doigts, elle parcourut la peau ferme et halée, s'attardant sur les aréoles ombrées d'un duvet soyeux, puis elle suivit l'étroit sillon qui descendait sur son ventre.

— Honey, murmura-t-il, tandis qu'elle s'emparait de la ceinture de son jean.

— Oui ? dit-elle dans un souffle, tandis qu'elle déboutonnait sa braguette.

Il rejeta la tête en arrière et gémit quand elle glissa langoureusement sa main le long de son ventre plat et ferme, lui prodiguant la plus intime des caresses.

Cependant, il ne tarda pas à immobiliser sa main et à la soulever dans ses bras pour la porter jusqu'à sa chambre.

Il ferma la porte d'un coup de pied, et la déposa sur son grand lit, doté d'un imposant encadrement en chêne massif.

Pendant quelques instants, tandis qu'un silence

troublant s'étirait, il ne fit rien d'autre que l'observer, le regard assombri par le désir.

Elle eut peur qu'il change d'avis, mais il s'avança lentement vers elle et mit un genou sur le bord du lit, faisant grincer le matelas sous son poids.

— Je voudrais ne pas avoir envie de toi, dit-il dans un soupir. Mais je ne peux pas m'en empêcher.

Honey fut blessée par ces paroles qui, au-delà du désir égoïste de satisfaire une pulsion purement sexuelle, lui rappelaient aussi que tout les séparait.

Elle faillit se lever et regagner sa chambre, craignant que le souvenir de cette étreinte ne la fasse souffrir plus tard. Mais Harrison écrasa ses lèvres sur les siennes et elle sentit tout son corps s'embraser.

Prenant conscience qu'elle voulait cet homme plus que tout, elle décida alors que, quoi qu'il arrive, elle préférait vivre toute sa vie avec des remords que de passer à côté de ce moment de bouleversante intimité.

21

Agité de la tête aux pieds par des vagues de plaisir d'une intensité qu'il n'avait encore jamais connue, Harrison poussa un cri rauque.

Ses bras le soutenant à peine, il attendit que déclinent les derniers soubresauts qui agitaient son corps, puis il roula à côté de Honey.

Qui aurait cru qu'il connaîtrait avec elle un tel éblouissement des sens ?

Mais ce qu'ils venaient de vivre allait au-delà du simple plaisir physique. Il avait couché avec des femmes avant. Mais il n'avait jamais fait l'amour.

L'amour ?

Non, c'était impossible. Il ne pouvait pas aimer Honey Granger.

Elle murmura son prénom, et il plongea son regard dans le sien. Il redoutait d'y voir des regrets, mais ses yeux brillaient de passion, et un doux sourire flottait sur ses lèvres.

Dieu qu'elle était belle quand elle souriait !

Blottie contre le corps dur et vigoureux de Harrison, enveloppée par sa chaleur, son odeur enivrante, Honey était éperdue de bonheur.

Elle avait été seule toute sa vie. Mais, cette nuit, elle avait fait l'amour avec l'homme dont elle avait rêvé pendant des années. C'était encore mieux que tout ce qu'elle avait pu imaginer.

Elle ferma les yeux et la fatigue ne tarda pas à l'entraîner dans un profond sommeil.

Elle rêva que Harrison et elle avaient fait leur vie ensemble. Ils avaient construit une maison sur sa propriété, élevaient des chevaux… et avaient eu un bébé.

Elle se réveilla en sursaut, certaine qu'il serait parti, mais il la serrait dans ses bras, et dormait profondément. Elle déposa un tendre baiser sur sa joue, qu'un début de barbe rendait rugueuse, ferma les yeux, et ne tarda pas à se rendormir.

Un peu plus tard, des coups frappés à la porte la tirèrent du sommeil.

Harrison se redressa brusquement, et se passa la main sur le visage, comme s'il était désorienté.

On frappait toujours.

Harrison laissa échapper un juron et repoussa le drap, lui offrant la vision de son corps superbe.

Elle grommela. Elle avait envie de lui dire de ne pas aller ouvrir la porte et de se recoucher.

Mais les événements de la veille lui revinrent, et elle songea qu'il devait s'agir de Lucas, ou peut-être du capitaine des pompiers.

Tandis que Harrison enfilait des vêtements et se précipitait vers la porte, elle courut vers la chambre d'amis, et sortit de son sac des sous-vêtements, un jean et un T-shirt.

Elle s'habilla à la hâte, se passa de l'eau fraîche sur le visage, et tira ses cheveux en queue-de-cheval. Elle avait encore sur elle l'odeur de Harrison mais, si on leur apportait des nouvelles de l'enquête, ils devraient peut-être réagir rapidement. Elle aurait tout le temps de se doucher plus tard.

Elle venait d'arriver dans le salon, quand la voix d'Ava Hawk dans l'entrée la stoppa net.

— J'ai appris que d'autres fillettes ont disparu comme Chrissy.

— Oui, maman. J'étudie cette piste.

Honey se mordit la lèvre inférieure, regrettant de ne pas être restée dans sa chambre.

Ava Hawk entra d'un pas décidé dans le salon et la découvrit. Elle tourna alors vers son fils un regard outragé.

— Oh ! mais non, tu ne travailles pas ! Au lieu d'enquêter, tu couches avec cette traînée !

Harrison serra les poings, s'efforçant de repousser la souffrance et la colère que les paroles de sa mère lui inspiraient.

— Tu n'as pas le droit de parler de Honey de cette façon, dit-il sèchement. Elle ne t'a jamais rien fait, et ne mérite pas la façon dont tu l'as toujours traitée.

— Elle est la fille de cet ignoble bonhomme. Et tu sais bien quel genre de femme était sa mère.

— Les enfants ne sont pas le reflet de leurs parents.

Il lança à Honey un regard suppliant, en espérant qu'elle comprendrait le message.

Honey croisa les bras.

— Je suis désolée que vous pensiez cela, dit-elle d'une voix douce. À titre d'information, Harrison a passé toute la journée d'hier à enquêter sur l'affaire de Chrissy et la disparition des autres fillettes.

Sa mère voulut parler, mais Honey l'interrompit.

— Il faut aussi que vous sachiez que quelqu'un a mis le feu à ma maison la nuit dernière, et que votre fils s'est comporté en parfait gentleman. En tant que shérif, il m'a proposé de m'héberger dans sa chambre d'amis pour assurer ma protection.

— Tu n'as pas à te justifier devant ma mère, protesta Harrison.

— Tu prends sa défense plutôt que la mienne, se plaignit sa mère.

— Ne t'aventure pas sur ce terrain, maman.

Parce que, à ce stade, il défendrait Honey.

— Et, si tu n'étais pas aussi injuste avec Honey, tu comprendrais qu'elle n'est pas à blâmer pour la disparition de Chrissy. Elle a quitté la ville à cause des médisances que toi et d'autres répandaient sur elle. Tu devrais voir l'entreprise qu'elle a créée. C'est impressionnant. Et elle a réussi toute seule.

Honey haussa un sourcil, visiblement étonnée par son compliment, mais c'était mérité.

Sa mère afficha une mine vexée.

— Tout ce que je veux savoir, c'est si le corps que ces inspecteurs ont trouvé est celui de ma petite fille.

— Comment es-tu au courant ?

— J'ai entendu Dexter et Brayden en parler. C'est à croire que vous conspirez pour me laisser dans l'ignorance.

— Arrête, maman ! Nous avions prévu de t'en parler une fois que nous serions sûrs. En fait, cette fillette porte la marque d'une ancienne fracture au fémur. Donc, il ne s'agit probablement pas de Chrissy, mais nous attendons confirmation.

Il n'avait pas l'intention d'être aussi brutal, mais sa mère l'avait poussé à bout. Il éprouva cependant des remords en la voyant vaciller comme si elle allait s'évanouir.

Honey se précipita pour la soutenir.

— Asseyez-vous, madame Hawk, proposa-t-elle. Je vais aller vous chercher un café. Ou un thé, peut-être...

— Je ne veux rien boire. Je veux qu'on me rende ma fille.

Honey hocha la tête, une lueur de sympathie dans le regard, et se dirigea vers la cuisine pour mettre en route la cafetière.

Harrison attira sa mère dans ses bras.

— Je sais, maman. Moi aussi.

Mais ils savaient tous les deux que c'était peu probable,

et il refusait de promettre à sa mère de faire en sorte que ça se produise.

Son téléphone vibra dans sa poche, et il s'éloigna dans le couloir pour répondre.

— Shérif Hawk.

— C'est Lucas. Tu ne vas pas le croire, Harrison. Une autre fillette vient de disparaître.

Harrison eut du mal à retrouver son souffle.

— Même âge ?

— Neuf ans. Kitty Walker. Sa famille habite à Leadfoot Hollow, à quinze kilomètres d'ici. Son grand frère George et elle étaient à un rodéo la nuit dernière. C'est là qu'elle a disparu.

— Où es-tu ?

— En route pour venir te chercher.

— Je t'attends.

Il raccrocha et retourna au salon. Il devait faire partir sa mère. Il préférait en revanche que Honey vienne avec eux. Mieux valait ne pas prendre le risque de la laisser seule à Tumbleweed. Il pouvait lui arriver n'importe quoi pendant qu'il serait absent.

Honey ne dit rien tandis qu'il essayait de faire comprendre à sa mère qu'il était temps de prendre congé.

— Maman, je te promets que nous t'appellerons dès que nous saurons quelque chose, dit-il en la raccompagnant à la porte.

Ava Hawk avait le visage livide, mais elle hocha la tête, avant de glisser un regard en biais à Honey.

Elle soutint son regard, refusant de se laisser intimider.

Dès que la porte d'entrée se fut refermée, Harrison attrapa la clé de sa voiture.

— Nous devons y aller. Une fillette vient de disparaître. Pas très loin d'ici.

Honey écarquilla les yeux.

— Oh ! Mon Dieu ! Que s'est-il passé ?

— Elle assistait à un rodéo hier soir, avec son grand frère.

Honey s'empressa d'aller chercher son sac. Quand elle revint, Harrison avait rempli de café deux grands mugs de voyage dotés d'un couvercle.

Quelques instants après, Lucas se garait dans l'allée et klaxonnait.

Ils se hâtèrent de monter dans sa voiture, et Honey commença à boire son café tandis qu'il faisait demi-tour.

— Le shérif local a organisé une battue toute la nuit, dit Lucas. Sa mère fait du marketing pour le rodéo. Elle connaît tous les employés et ses enfants aussi. Donc, elle se sentait en confiance pour les laisser seuls pendant qu'elle terminait hier soir.

— Je suppose que tout le monde a été interrogé ? demanda Harrison.

— Ils ont fait de leur mieux. Ils ont vu tous les employés, bien sûr. Mais il était tard, et il avait commencé à pleuvoir. Certains des spectateurs sont partis de bonne heure. Le frère a dit qu'il avait laissé la petite au stand d'objets promotionnels pendant qu'il allait aux toilettes. Lorsqu'il est revenu, elle n'était plus là. Il était 23 heures.

— Il a dû paniquer.

— Pas au début. Il s'est dit qu'elle était allée au bureau du manager, voir sa mère. Cette dernière a passé un appel au micro, mais la fillette ne s'est pas manifestée. C'est là qu'ils ont commencé à prendre peur. Le personnel a fouillé partout. Ils ont attendu une heure avant d'appeler le shérif.

Il s'engagea dans une allée menant à une maison rurale, située dans un vaste lotissement qui avait probablement été construit dans les années cinquante.

Une voiture de shérif et deux autres véhicules y étaient déjà garés.

Lucas frappa. Une femme âgée, avec les cheveux gris relevés en chignon, ouvrit la porte.

— Je suis une voisine, Birdie Simon, dit-elle. Je suis venue passer la nuit avec Melody et George. Ils ne vont pas bien.

Elle s'écarta, et ils virent une femme mince, en jean

et T-shirt, effondrée sur le canapé et pleurant dans un mouchoir. Un adolescent était assis à côté d'elle, la tête penchée, tremblant de tout son corps.

Lucas et Harrison suivirent Birdie à l'intérieur, et se présentèrent au shérif.

Honey resta en retrait, le cœur serré tandis qu'elle observait les photos dans l'entrée.

Les clichés représentaient le garçon et sa sœur à cheval. Ils avaient l'air heureux et complices.

Elle se concentra sur le visage de la fillette, et son estomac se noua.

On aurait dit Chrissy. Même âge. Même apparence innocente.

Des cheveux nattés, attachés avec des rubans.

Exactement comme Chrissy et les autres victimes.

22

Harrison s'éclaircit la voix.

— Madame Walker, dites-nous ce qui s'est passé la nuit dernière.

Elle tritura son mouchoir dans ses mains.

— Nous sommes allés au rodéo comme d'habitude. Les gens là-bas sont comme notre famille. J'ai laissé George et Kitty libres d'aller et venir seuls.

Elle renifla, désespérée.

— Je suppose que je n'aurais pas dû.

— Il est compréhensible que vous vous y sentiez en sécurité, la rassura Harrison. Avez-vous remarqué si quelqu'un portait une attention particulière à Kitty ?

— Elle aime tout le monde. Les cow-boys la traitent comme leur petite sœur, et les vendeurs comme leur fille.

— Je vais faire une recherche d'antécédents, dit Lucas. Y avait-il un nouvel employé, hier soir ?

— Pas que je sache. De toute façon, le propriétaire, Larry, contrôle toujours les personnes qu'il engage.

— Vous pouvez me donner son numéro ? demanda Lucas. Je veux vérifier ça tout de suite.

Elle attrapa un bloc de Post-it sur la table basse et écrivit un numéro, puis elle tendit le feuillet à Lucas. Ce dernier s'excusa et sortit de la pièce pour appeler.

Harrison s'adressa à l'adolescent.

— George, as-tu remarqué si quelqu'un s'intéressait à ta petite sœur ?

— Pas vraiment. Elle a parlé au clown, avant qu'il entre en scène. Puis elle a voulu manger quelque chose, et nous sommes allés aux stands. Je l'ai laissée devant les objets promotionnels, le temps d'aller pisser.

— George ! protesta sa mère.

— Ce n'est rien, madame Walker, assura Harrison. Laissez-le raconter les choses à sa façon.

Il adressa un regard compréhensif à l'adolescent.

— Donc, tu l'as laissée devant un stand, et quand tu es revenu, elle n'était plus là.

— Non. Au début, ça m'a énervé. Je me suis dit qu'elle était retournée dans les gradins, où on était. Ou alors qu'elle était partie aux écuries...

La voix de l'adolescent s'était brisée sur la fin de la phrase.

— Mais, reprit-il, j'ai vérifié aux deux endroits, et elle n'y était pas.

— Est-ce qu'elle est timide avec les inconnus ?

— Non. Elle parle à tout le monde. Une fois, elle a rejoint un groupe de gamins qui fêtaient un anniversaire. Elle voulait une part de gâteau.

Il s'essuya les yeux d'un revers de main.

— Elle adore les ballons, et elle file toujours en douce pendant les représentations pour y jouer.

— Elle aime aussi le stand des souvenirs, précisa Mme Walker. Elle collectionne les figurines de chevaux.

— Vous avez vérifié ce stand ? demanda Harrison.

— Ouais, dit George. Elle s'est arrêtée au stand de Benny et a parlé avec des gamins. Benny a dit qu'il y avait un grand type avec eux, un vieux de votre âge.

George rougit, comme s'il se rendait compte qu'il avait peut-être vexé Harrison en le traitant de vieux.

— Un grand type ? Tu veux dire un père ? demanda Harrison.

— Non. C'était un attardé mental. Il parlait comme un gamin.

Honey, qui était restée silencieuse jusqu'à présent, laissant à Harrison de soin de poser les questions, fut soudain alertée par la description que venait de faire George.

Un souvenir, qu'elle ne parvenait pas pour le moment à identifier complètement, commençait à lui revenir tout doucement.

— Parle-nous de cet homme, dit-elle, en parvenant à conserver une voix posée malgré son agitation intérieure.

L'adolescent agitait nerveusement sa jambe droite.

— Il poussait de drôles de cris. Il a touché un des rubans de ma sœur, et il a dit que c'était joli.

Honey se souvint alors d'un jour où elle se promenait au parc avec Chrissy. Elden s'était précipité sur la fillette. Il voulait toucher ses rubans. Honey avait toujours eu pitié de lui parce qu'il n'avait aucun ami. Les autres enfants se moquaient méchamment de lui et, ce jour-là, elle avait encouragé Chrissy à être gentille avec lui. Du coup, il les avait suivies à travers tout le parc.

— Comment s'appelait-il ? voulut-elle savoir, la gorge serrée par l'inquiétude.

George haussa les épaules.

— Je n'en sais rien. Mais une dame a déboulé comme une furie. Elle lui a pris la main et lui a dit de venir avec elle.

La mère d'Elden ?

Honey sentit la nausée lui monter aux lèvres.

Oh ! Seigneur...

Elle porta la main à sa bouche et se leva.

— Que se passe-t-il, Honey ? demanda Harrison.

Elle regarda George, puis sa mère, et se sentit mal.

— J'ai besoin d'air.

Harrison fut surpris, mais il hocha la tête.

Une minute plus tard, il la rejoignait à l'extérieur, les gravillons de l'allée crissant sous la semelle de ses bottes.

Elle était appuyée contre son SUV, le front moite, et luttait contre la nausée.

— Honey, que se passe-t-il ?

Elle chercha à reprendre son souffle.

— L'attardé mental qui a parlé à la petite fille... Je crois que c'est Elden.

Il lui prit le bras et la fit se tourner vers lui.

— Elden ?

Elle repoussa une mèche de cheveux derrière son oreille.

— Dans son journal, Yvonne parlait d'un garçon qui l'embêtait. Il y a aussi cette montre de gousset... Je me suis souvenue qu'Elden en avait une. Il y accrochait un ruban et la balançait d'avant en arrière, complètement fasciné par le mouvement.

Harrison écarquilla les yeux tandis qu'il réfléchissait à sa théorie.

— Mais nous avons trouvé le ruban dans la maison de ton père.

— Elden ou sa mère ont pu l'y déposer. Un jour, au parc, Elden était intrigué par les rubans de Chrissy et...

Elle porta les mains à son visage, catastrophée.

— Oh ! mon Dieu ! Tout est ma faute !

Harrison crispa les mâchoires.

— Que veux-tu dire ?

— J'ai dit à Chrissy qu'il était inoffensif, qu'elle devait être gentille avec lui, et le laisser toucher ses rubans.

Honey lui lança un regard horrifié.

— Elle avait confiance en lui, mais imagine que je me sois trompée.

Harrison devint livide.

— Je me demande s'il était à Dead Man's Bluff cette nuit-là.

Honey fit un effort pour se rappeler les visages qu'elle

avait vus. Mais elle avait été si déçue que Harrison soit allé retrouver une fille qu'elle n'était pas restée très longtemps.

— Je ne sais pas.

Elle se passa la main sur le front.

— Mais si c'est la même personne qui a enlevé toutes ces fillettes, remarqua-t-elle, cela veut dire qu'il s'est déplacé. Or, Elden ne conduit pas.

— Sa mère a pu l'emmener au rodéo et à la fête foraine. Ce sont des endroits où les enfants aiment aller.

Lucas les rejoignit.

— Larry ne m'a été d'aucune aide. Il n'a pas engagé récemment de nouveaux employés.

Remarquant leurs mines horrifiées, il s'étonna.

— Que se passe-t-il ?

Harrison expliqua rapidement la théorie de Honey.

— Je te dépose à ta voiture, dit Lucas. Et pendant que tu vas chez les Lynch, je vais faire quelques recherches sur Elden et sa mère.

Ils montèrent rapidement dans la voiture de Lucas, et Harrison appela un juge local pour obtenir un mandat.

Si elle avait raison, Elden pouvait détenir Kitty à l'instant même.

Il ne restait plus qu'à espérer qu'ils la retrouvent en vie.

Harrison avait l'estomac retourné quand Lucas le déposa à sa voiture. Il avait appelé son adjoint pour l'informer des nouveaux développements de l'enquête, et Mitchell sillonnait la ville, au cas où Elden et sa mère seraient au Cora's café, ou en train de faire des courses.

Il enclencha la sirène et appuya sur l'accélérateur, tandis que Honey se tortillait nerveusement sur son siège à côté de lui.

— Je ne pensais pas qu'il était dangereux, dit-elle.

— Moi non plus, admit Harrison. Et sa mère le surveillait toujours de près.

— Et si c'était justement pour cette raison qu'elle le faisait ? Peut-être qu'il est différent quand il est seul. Il est possible qu'il se mette soudain en colère, et qu'il perde complètement les pédales.

Tandis qu'il zigzaguait dans la circulation, Harrison ne cessait de se reprocher son manque de clairvoyance à l'égard d'Elden.

Il s'arrêta chez le juge pour récupérer son mandat, et fila vers Lower Tumbleweed. Elden et sa mère vivaient dans un mobile-home, non loin de la maison du père de Honey.

Il ralentit en entrant sur le terrain de camping, au cas où des enfants se trouveraient à proximité. Une zone de jeux avait été créée pour eux près du bureau d'accueil, et il regarda si quelqu'un s'y trouvait. Si Elden était un pédophile, il avait là le parfait terrain de chasse.

Il s'arrêta dans un crissement de pneus, et sauta de son véhicule de patrouille. Honey voulut l'imiter, mais il lui fit signe d'attendre.

Si Elden était coupable, et si sa mère le protégeait, il pourrait se révéler dangereux.

Il monta les trois marches en bois menant à une petite terrasse accolée à la façade du mobile-home, et frappa.

— Madame Lynch, ouvrez. C'est le shérif Hawk.

Il n'y eut pas de réponse.

Il frappa plus fort.

Comme personne ne venait, il tourna la poignée de la porte. Elle était fermée.

Il pesta entre ses dents.

Il avait un mandat, mais cela ne lui donnait pas le droit de fracturer la porte.

Et cependant, la vie d'une petite fille était en danger...

Il glissa son passe-partout dans la serrure et la déverrouilla.

La portière de sa voiture claqua derrière lui, et Honey le rejoignit.

Il poussa le battant et passa la tête dans l'embrasure de la porte.

— Il y a quelqu'un ?

Il n'entendit que le bruit d'un ventilateur qui tournait.

Il entra et balaya rapidement du regard la pièce de vie. La mère d'Elden faisait le ménage dans les hôtels du coin et chez des particuliers. Son propre foyer était modestement meublé, mais tout y était propre et rangé.

Dans la partie salon, une bibliothèque accueillait des Lego, des cahiers de coloriage, des petites voitures, et des figurines d'animaux, révélateurs de l'âge mental d'Elden.

— Cherche quelque chose qui pourrait appartenir à une petite fille, dit-il.

Tandis que Honey fouillait dans la bibliothèque, il ouvrit la porte de la première chambre. C'était celle d'Elden.

Des murs bleus, une couette avec des animaux de ferme, et des posters de rodéos.

Il regarda sur le bureau et y trouva des blocs de papier, des crayons, et des dessins représentant des petites filles.

Son estomac se noua.

Sur chaque dessin, il avait crayonné des rubans dans les cheveux des fillettes.

La colère le submergea.

Il ouvrit la porte de la penderie et fouilla dans les vêtements et les chaussures d'Elden.

Son cœur fit un bond dans sa poitrine quand il découvrit un coffre à jouets tout au fond du placard.

Il souleva le couvercle en retenant son souffle.

Il n'y avait à l'intérieur que des jouets de petite fille.

Et d'autres objets encore : un sac à dos, des rubans, un petit porte-monnaie rose...

Tout cela appartenait-il aux fillettes disparues ?

Lorsqu'il découvrit un bracelet en perles de verre, les larmes lui montèrent aux yeux.

Il appartenait à Chrissy.

Honey ne trouva rien ni dans la pièce à vivre ni dans la cuisine, et s'empressa de rejoindre Harrison dans la chambre.

— Tu as trouvé quelque chose ?

Il était devant la penderie et lui tournait le dos. Mais il se tenait si tranquille qu'elle devina aussitôt que quelque chose n'allait pas.

Puis il se tourna lentement, et elle vit qu'il tenait un petit bracelet entre ses doigts.

— Il était à Chrissy, dit-il d'une voix torturée. Il y a d'autres objets. Je suppose qu'ils appartenaient aux fillettes disparues.

— Oh ! Harrison, je suis désolée…

Le portable de Harrison vibra, et il sursauta, soudain rappelé à la réalité.

— Shérif Hawk.

Il marqua une pause.

— Non, ils ne sont pas chez eux, Lucas. Mais j'ai trouvé des objets appartenant aux fillettes disparues. Elden est bien notre coupable.

Il se tut un instant.

— D'accord. Préviens-moi si tu trouves quelque chose.

Il raccrocha et se passa la main sur les yeux.

— Il va mettre les téléphones des Lynch sur écoute.

Honey eut la chair de poule tandis qu'elle étudiait les dessins sur le bureau d'Elden.

Les petites filles, les rubans… puis un dessin de la falaise, du plan d'eau et des galeries.

Étonnamment, il avait dessiné un second accès à la mine, dont elle ignorait l'existence. À l'intérieur de la cavité, on pouvait voir un monticule de pierres. Une fleur était piquée entre elles.

Honey sentit son pouls s'emballer.

— Harrison, regarde ça. C'est peut-être l'endroit où il a enseveli les corps des fillettes.

Harrison lui prit le dessin des mains.

— Viens, il n'y a pas une minute à perdre. S'il a Kitty, elle est peut-être encore vivante.

23

Le cœur de Harrison battait à tout rompre tandis qu'il roulait vers Dead Man's Bluff.

Il appela Lucas et lui laissa un message à propos du dessin.

Assise à côté de lui, Honey se taisait, mais elle se tordait nerveusement les mains, et il devina qu'elle était bourrelée de remords.

— J'aurais dû me souvenir plus tôt d'Elden, de sa montre à gousset, et de sa fascination pour les rubans, finit-elle par dire, d'une voix tendue.

— C'est vrai que ça aurait pu nous aider.

Il regretta aussitôt son commentaire, et surtout l'intonation cassante de sa voix, mais il était trop tard.

Il ne se pardonnait pas non plus de ne pas être resté à la maison cette nuit-là. S'il avait obéi à ses parents, sa sœur serait encore en vie.

Bien qu'il y ait assez peu de circulation, le trajet semblait interminable. De gros nuages gris s'amoncelaient au-dessus de leurs têtes. Il était rare qu'il pleuve à cette période de l'année, mais aujourd'hui le ciel semblait menaçant.

Harrison s'engagea dans le chemin de terre menant à la falaise, dépassa le promontoire aménagé pour observer le panorama, et fila vers la clairière où les jeunes se garaient habituellement.

Un vieux pick-up rouillé était garé en travers. Il appartenait à la mère d'Elden.

— Ils sont là ! s'exclama Honey.

La main crispée sur la portière, elle balaya la zone du regard.

— Regarde, Harrison, là-bas !

Il tourna la tête vers la gauche, et eut un mauvais pressentiment.

Elden était penché au-dessus du sol, et sa mère faisait les cent pas derrière lui.

— Attends ici, dit Harrison, tandis qu'il ouvrait la portière.

Honey secoua la tête, et descendit de voiture.

Il lui fit signe de rester où elle était. Puis il posa la main sur la crosse de son revolver, et commença à avancer.

Elden poussa un cri de bête blessée, et Harrison en eut le sang glacé.

Il tenait la fillette dans ses bras et la berçait, le corps agité de sanglots.

Les gravillons crissèrent sous la semelle des bottes de Harrison, et sa mère se retourna brusquement.

Elle braquait un revolver sur eux.

Harrison stoppa net, et Honey s'immobilisa derrière lui.

— Arrêtez, shérif. N'approchez pas.

Harrison leva une main.

— Allons, madame Lynch, vous n'allez pas tirer sur moi. Il est temps que ça s'arrête, vous le savez bien.

Au loin, un chien sauvage se mit à aboyer. Ou peut-être était-ce un coyote.

— Je dois protéger mon bébé. C'est ce que font les mamans.

— C'est vrai, dit Harrison, d'une voix calme. Mais elles ne tuent pas pour eux.

— Je n'ai tué personne ! cria-t-elle.

— Alors, c'est Elden qui l'a fait. Et si vous le couvrez et le laissez continuer, alors vous êtes aussi coupable que lui.

— Il n'avait pas l'intention de leur faire du mal. Il voulait jouer avec elles.

Honey se déplaça pour que la mère d'Elden puisse la voir.

— Ce qu'il apprécie, ce sont les rubans dans leurs cheveux, n'est-ce pas ? demanda-t-elle, d'une voix douce.

Le visage de Mme Lynch se décomposa.

— Il voudrait tellement se faire des amis. Mais les enfants se moquent de lui. Ils se sont moqués de lui toute sa vie, alors qu'il voulait seulement jouer comme eux.

— Mais il était plus grand et plus fort, et il faisait peur à ces petites filles, devina Harrison.

Le visage dévasté par le chagrin, elle baissa les yeux vers son fils, qui poussait des petits cris.

— Il a voulu leur dire qu'elles étaient jolies, mais elles ont eu peur et se sont enfuies. Alors, il les a rattrapées.

Harrison se représenta la scène qu'elle décrivait, et eut l'impression qu'on lui tailladait le cœur avec une lame aiguisée.

— C'est ce qui est arrivé à ma sœur ?

Des larmes coulèrent sur les joues de la mère d'Elden, et elle hocha misérablement la tête.

— Je suis désolée. Il ne voulait pas lui faire de mal. Mais elle s'est enfuie, et il a couru derrière elle comme si c'était un jeu.

— Ce n'était pas un jeu ! protesta Harrison, horrifié.

— Non, bien sûr, mais c'était ce qu'il pensait. Quand il l'a rattrapée, il a voulu la serrer dans ses bras, mais... il l'a serrée trop fort.

— Il l'a étouffée ?

Mme Lynch semblait souffrir le martyre tandis qu'elle posait une main sur le dos de son fils et hochait la tête.

— C'était un accident.

— Dans ce cas, vous auriez dû le signaler.

Harrison s'obligeait à rester calme, tandis qu'il avançait centimètre par centimètre vers elle.

— Mais on me l'aurait pris ! On l'aurait enfermé dans

un asile, comme un animal. Mon pauvre Elden ne méritait pas ça.

— Ma sœur ne méritait pas de perdre la vie à dix ans, rétorqua Harrison, d'une voix emplie d'amertume. Ni les autres fillettes. Et leurs familles ne méritaient pas de perdre leur enfant.

— Je sais, et je suis désolée. Elden aussi.

— Il est dangereux, et il aurait dû être enfermé, afin qu'il ne puisse plus faire de mal à personne.

Honey s'était avancée tout doucement vers Elden, et s'adressa à lui avec gentillesse.

— Bonjour, Elden. Tu te souviens de moi ?

— Laissez-le tranquille ! cria sa mère.

Mais Honey continua à s'approcher.

— Je veux seulement le réconforter. Elden et moi étions amis, autrefois. N'est-ce pas, Elden ?

Mme Lynch parut surprise par le ton de Honey. Profitant de sa distraction, Harrison s'élança.

Elle cria, agita le revolver dans sa direction. Il lui releva le bras, et le coup partit en l'air.

Le revolver lui échappa et fit un vol plané, avant d'atterrir vers l'entrée de la galerie.

— Maman ! cria Elden.

Elle donna des coups de poing dans le torse de Harrison, mais il parvint sans peine à prendre le dessus, et à lui tirer les bras dans le dos.

— Je voulais seulement le protéger ! cria-t-elle, tandis que les larmes roulaient sur ses joues.

— Et ces petites filles ? Vous n'avez pas pensé à les protéger de votre fils ?

— Il n'avait pas l'intention de leur faire du mal.

— Mais il leur en a fait quand même, répliqua Harrison en la menottant. Et vous n'avez rien fait pour l'en empêcher.

Honey avait le cœur serré tandis qu'elle s'accroupissait à côté d'Elden. Il était hystérique, sanglotant et se balançant d'avant en arrière.

— C'est moi, Honey, dit-elle. Je sais que tu voulais jouer avec elle, Elden.

En dépit de ses craintes pour Kitty, elle trouva la force de masser doucement le dos d'Elden pour l'apaiser.

— Mais tu peux la lâcher, maintenant. Elle a besoin de se reposer.

Ses yeux se remplirent de larmes tandis qu'elle imaginait Chrissy subissant le même sort.

Elden poussa un drôle de petit cri étouffé, un peu comme un miaulement.

— Pose-la tout doucement, dit-elle d'une voix conciliante.

Elle continua à lui murmurer des mots d'encouragement, jusqu'à ce qu'il pose la fillette au sol.

Écartant les cheveux du visage de Kitty, elle posa deux doigts sur sa gorge et perçut un faible pouls.

— Harrison, elle est vivante ! Appelle les secours.

Honey prit la fillette contre elle et lui caressa doucement les cheveux.

Enroulant les bras autour de sa taille, Elden continua à se balancer en pleurant, tandis que Harrison appelait une ambulance.

Quelques secondes plus tard, Harrison rejoignait Honey et prenait à nouveau le pouls de l'enfant. Le soulagement détendit son visage quand il comprit qu'elle allait probablement s'en sortir.

Mme Lynch, menottée dans le dos, se précipita vers son fils, et tomba à genoux à côté de lui.

— Où est ma sœur ? demanda Harrison.

— Dans une galerie, près de cette entrée. Sous des pierres. Je l'ai mise là pour qu'elle puisse reposer en paix.

— Et les autres fillettes ?

— Elles sont toutes là. Je ne voulais pas qu'elles se sentent seules.

— Mais nous avons trouvé une petite fille dans la montagne.

— Je ne voulais pas la laisser là-bas, mais je n'ai pas eu le temps de la ramener.

— Et le père de Honey ? C'est vous qui l'avez tué ?

— Il a commencé à venir fouiner par ici.

Honey eut du mal à retrouver son souffle.

— Donc, vous avez eu peur qu'il découvre Chrissy et vous l'avez tué ?

— Je ne voulais pas qu'on me prenne mon bébé, répéta Mme Lynch, en sanglotant de plus belle.

— Et vous avez mis le ruban chez lui pour le faire accuser, dit Honey entre ses dents serrées.

La mère d'Elden hocha misérablement la tête.

— Ton père ne valait rien. Je me suis dit que les Hawk croiraient à sa culpabilité.

— Et votre ruse a fonctionné. Mais vous auriez pu sauver d'autres enfants si vous aviez confié Elden à une institution, conclut Honey, d'un ton de reproche.

— C'est vous aussi qui avez menacé Honey et brûlé la maison des Granger ? voulut savoir Harrison.

— Je ne voulais pas qu'elle découvre la vérité. Et, de toute façon, ces maisons devaient être détruites.

— J'appelle mes frères.

Il s'éloigna de quelques pas pour passer ses appels, mais Honey l'entendit dire à Lucas où ils se trouvaient et ce qui s'était passé.

Le hurlement d'une sirène leur parvint, ravivant les pleurs de la mère et de son fils.

Honey comprenait le besoin de protéger un enfant, mais pas au péril de la vie d'autres enfants.

Rien ne justifiait cela.

Le temps semblait s'être arrêté tandis qu'ils attendaient de voir si Kitty allait reprendre connaissance.

Les secouristes lui donnèrent de l'oxygène, et elle réagit immédiatement. Elle avait l'air apeurée et confuse, mais tout allait bien.

Harrison appela ses parents et leur dit de se rendre à l'hôpital.

Il fit monter Elden et sa mère à l'arrière de son SUV, tous deux menottés, et les attacha au dispositif prévu à cet effet pour qu'ils ne puissent pas s'échapper.

Honey proposa son aide, mais il lui dit que c'était dangereux, et lui ordonna de rester dehors pendant que ses frères et lui s'aventuraient dans la galerie avec des pelles et des torches.

Il ne lui fallut pas beaucoup de temps pour trouver les pierres car il les avait déjà remarquées lors d'une fouille précédente, mais il les avait prises pour un éboulement.

Une peine immense le submergea quand il découvrit les cadavres de sa sœur et des trois autres petites filles, couchées les unes à côté des autres.

La poupée de chiffon de Chrissy était posée à côté d'elle.

Un sanglot resta prisonnier dans sa gorge. Les visages de ses frères étaient déformés par l'horreur et le chagrin.

Maintenant qu'il avait retrouvé Chrissy et qu'il connaissait la vérité, il aurait dû se sentir apaisé.

Mais le plus difficile restait à venir.

Il allait devoir prévenir leur mère.

24

Une heure plus tard, Honey était toujours rongée de culpabilité, tandis qu'elle regardait Harrison et ses frères sortir de la galerie avec le légiste.

Ils avaient appelé une équipe pour déterrer les corps et les transporter à la morgue.

L'identité des fillettes devait être vérifiée et les familles appelées. Puis il faudrait prendre des arrangements pour les funérailles.

La mère de Harrison allait être dévastée. Mais au moins, elle allait maintenant pouvoir offrir à sa fille une sépulture décente, où elle pourrait reposer en paix.

Et à présent qu'elle savait qui avait tué son père, Honey allait quant à elle pouvoir retourner à Austin et oublier définitivement Tumbleweed.

Elle tourna la tête, et le hasard voulut que Harrison regarde au même moment dans sa direction.

La douleur qui se lisait sur son visage lui brisa le cœur, et elle eut terriblement envie de le réconforter.

Mais seul le temps lui apporterait un peu d'apaisement.

Le fait qu'elle ait encouragé Chrissy à être gentille avec Elden signifiait qu'elle avait mis la sœur de Harrison en danger.

Bien sûr, elle croyait bien faire, mais elle s'était ainsi rendue responsable de la mort de Chrissy.

Comment Harrison pourrait-il lui pardonner ?
Comment pourrait-elle se pardonner à elle-même ?

Harrison osait à peine regarder Honey. Sa famille avait accusé son père de la disparition de Chrissy, alors qu'il n'était en rien responsable.

C'était Elden le seul et unique coupable.

Personne n'avait jamais songé à le soupçonner.

Il savait que Honey se sentait coupable parce qu'elle avait fait preuve de gentillesse à l'égard de celui qui n'était encore qu'un jeune garçon. Étant elle-même la cible de moqueries et de méchancetés, elle essayait simplement d'être amicale avec un enfant souffrant de retard mental.

Comment pourrait-il lui reprocher d'avoir bon cœur ?

Son adjoint arriva, et Harrison lui remit Elden et sa mère, afin qu'il les place en cellule.

L'équipe de transport mortuaire partit avec les dépouilles des fillettes, et un profond sentiment de deuil l'envahit.

— Il faut prévenir maman, dit Dexter.

Harrison hocha la tête.

— Je dépose Honey chez moi, et je vous retrouve au ranch.

Ses frères acquiescèrent, et chacun regagna son véhicule personnel.

Honey l'attendait à côté de son SUV, son expression de sympathie altérée par une émotion qu'il ne parvint pas à définir.

— Nous allons chez ma mère, lui apprendre la nouvelle, dit-il d'une voix sombre. Je te dépose chez moi. À moins que tu ne veuilles repartir tout de suite pour Austin.

Le téléphone de Honey vibra, et elle y jeta un bref coup d'œil, mais ne répondit pas.

— Je suis désolée, Harrison, dit-elle tandis qu'elle prenait place sur le siège passager. Si je n'avais pas encouragé Chrissy à être amie avec Elden, elle serait encore en vie.

La culpabilité qui vibrait dans sa voix réveilla celle de Harrison. Elle n'était en rien responsable. Il aurait dû surveiller sa petite sœur cette nuit-là.

Mais il était trop ému pour parler. Pour le moment, il ne pensait qu'à la réaction de sa mère quand il lui révélerait qu'il avait retrouvé Chrissy.

Les yeux rivés sur la route qui défilait devant son pare-brise, il prit de la vitesse, tout son corps tendu par l'anxiété.

Il se gara et se tourna vers Honey, le cœur battant.

— Maintenant que tu sais ce qui est arrivé à ton père, que vas-tu faire ?

— Je pense que je vais vendre sa maison.

— Donc, tu retournes à Austin ?

— C'est là qu'est ma vie.

C'était vrai.

Mais l'idée qu'elle s'en aille lui déchirait le cœur.

Il eut envie de lui demander de rester, mais ça n'aurait pas été juste.

Tout ce qui s'était passé entre Honey et lui était dû au stress des jours précédents.

Elle ne lui avait en aucune façon laissé entendre qu'elle tenait à lui, ou qu'elle voulait rester.

Il serra donc les dents et la laissa descendre de voiture et entrer dans le chalet.

Puis, le cœur lourd, il fit demi-tour et se dirigea vers la maison principale, où ses frères l'attendaient.

Tandis que Honey entrait dans la chambre d'amis de Harrison, le souvenir de la nuit qu'elle avait passée dans ses bras lui revint à l'esprit, et son cœur se serra.

Elle avait envie de rester, de le réconforter quand il rentrerait, de lui dire combien elle tenait à lui.

Mais sa place n'était pas ici.

Et surtout pas avec un Hawk.

Elle devait rentrer à Austin, où personne ne connaissait la jeune fille qu'elle avait été, ni la famille d'où elle venait.

Elle fit sa valise, et retourna dans son ancien quartier.

Les ravages du feu étaient impressionnants, et une puissante odeur de fumée empuantissait encore l'atmosphère.

Il régnait une telle désolation dans ce quartier qui avait autrefois accueilli des familles, qu'elle en eut le cœur serré. Les gens qui avaient vécu là avaient connu des revers financiers, la banque avait saisi leurs maisons. Des enfants comme elle grandissaient dans des abris de fortune, ou peut-être dans la rue...

Des enfants dont on se moquerait, qu'on malmènerait...

Le visage d'Elden lui apparut et, même si elle regrettait ce qu'elle avait fait, elle réalisa que jamais elle n'aurait pu être méchante avec lui.

Ça n'aurait pas été bien non plus.

Serrant les bras autour de sa taille, elle pivota lentement sur elle-même et observa le lotissement. Trois maisons avaient brûlé, et il n'en restait plus que dix, dans un piteux état.

Une vision de ce qui pourrait être fait ici lui vint, et un flot d'adrénaline se déversa dans ses veines, comme au début de chaque nouveau projet.

Elle n'avait pas toujours cru au destin, mais ce qui lui était arrivé dans son passé, et au cours des derniers jours, avait peut-être une raison.

Si elle ne pouvait pas changer le passé, elle pouvait faire quelque chose pour l'avenir.

Elle pouvait donner à d'autres enfants ce qu'elle avait tant désiré. Et si elle trouvait des investisseurs, et des subventions, elle pourrait leur offrir un foyer, et prouver aux gens de Tumbleweed qu'elle avait fait quelque chose de sa vie.

Sa décision prise, elle appela Jared pour lui faire part de ses plans. Tous les deux, ils étaient capables de faire de ce quartier délabré quelque chose dont ils pourraient être fiers.

Rassemblés dans le salon, Harrison et ses frères venaient d'apprendre la nouvelle à leur mère. Son visage s'était décomposé, mais elle semblait accepter le fait que Chrissy était partie, comme si elle le savait depuis longtemps déjà au fond de son cœur.

— Ainsi, Waylon Granger et sa fille n'avaient rien à voir avec tout ça ? demanda-t-elle, presque incrédule.

Harrison secoua la tête.

— Non, maman.

— Et que vont devenir les Lynch ?

Harrison échangea un regard avec Dexter.

Techniquement, Elden était un tueur en série, mais les circonstances étaient particulières.

— Compte tenu de son handicap mental, Elden sera envoyé dans une prison psychiatrique, et y restera incarcéré jusqu'à la fin de ses jours.

— Et sa mère ?

— Elle sera poursuivie pour complicité, et non dénonciation de ses crimes.

— Le juge pourrait faire preuve de clémence à son égard, dit Dexter. Mais si elle l'avait dénoncé et fait interner après le meurtre de Chrissy, ses autres victimes seraient toujours en vie.

Harrison hocha la tête.

— Je suis désolé, maman. Personne n'a jamais soupçonné Elden, ni remarqué qu'il pouvait être violent. C'était réellement plus accidentel qu'intentionnel. Il ne voulait pas de mal à ces petites filles.

Les larmes coulaient sur le visage de sa mère.

— Cela ne ramènera pas notre petite Chrissy, malheureusement.

— Non, dit doucement Harrison. Mais au moins, nous

savons qu'elle n'a pas été tuée par un pervers qui l'a fait longuement souffrir.

— Nous allons pouvoir lui offrir une belle sépulture, ajouta Brayden. Et maintenant, nous aurons un endroit où aller la voir.

Leur mère hocha la tête et essuya ses larmes.

Dexter alla à la cuisine faire du thé, tandis que leur mère sortait l'album photos consacré à l'enfance de Chrissy.

Ils passèrent l'heure suivante à regarder les photos et à partager les souvenirs de Chrissy.

De retour chez lui, Harrison remarqua immédiatement que la camionnette de Honey n'était plus là.

Déçu et triste, il ouvrit la porte.

La maison était plongée dans l'obscurité.

Il actionna l'interrupteur, et une impression de vide l'envahit.

Elle était partie.

En entrant dans la cuisine, il découvrit un mot sur la table, et il sentit renaître l'espoir.

Elle était peut-être partie à l'hôtel pour la nuit, et il la retrouverait demain matin.

Mais l'émotion le gagna quand il lut le message.

Cher Harrison,

Mon cœur souffre pour toi et ta famille. Je suis désolée pour Chrissy.

Je voudrais pouvoir revenir en arrière et changer les choses, mais c'est impossible.

Tout ce que je peux faire, c'est quitter la ville, pour que ta famille puisse honorer ta sœur comme elle le mérite, sans me voir comme un souvenir d'un passé douloureux.

Prends soin de toi, Harrison.

Honey.

Harrison froissa la note dans sa main.

Il ne voulait pas que Honey s'en aille, mais il ne pouvait pas la blâmer de détester cette ville après la façon dont on l'y avait traitée.

Mais la vie était décidément bien cruelle avec lui.

Il avait perdu Chrissy depuis bien des années.

Et à présent, il perdait également Honey, alors qu'il venait à peine de la trouver.

25

Durant la semaine qui suivit, Harrison eut l'impression de vivre l'enfer.

Il essaya de se concentrer sur les besoins de sa famille, mais ses pensées dérivaient sans cesse vers Honey. Il l'avait appelée à plusieurs reprises, mais elle était toujours sur messagerie, et elle ne l'avait jamais rappelé.

À l'évidence, elle n'avait pas le moindre sentiment pour lui.

Elle était partie sans un regard en arrière, exactement comme lorsqu'elle avait quitté Tumbleweed des années auparavant et avait coupé les ponts avec tout le monde.

Mais elle avait parfaitement réussi sa vie professionnelle.

Cet après-midi, Geoffrey Williams lui avait appris que Honey avait acheté toutes les maisons du quartier où son père avait vécu, afin de les transformer en habitations pour des familles à faibles revenus.

Harrison ne savait pas comment elle y parviendrait, mais il était certain qu'elle ferait ce qu'elle avait dit.

C'était une femme intègre.

— Elle est de retour, dit Cora, tandis que Harrison sirotait un café.

— Quoi ? Qui est de retour ?

— Honey Granger. Ils ont déjà commencé à passer

au bulldozer le lotissement où vivait son père. Leroy Pirkle et Betty Summer, du conseil municipal, ont vu les plans des nouvelles constructions, et il paraît que c'est impressionnant.

— Honey et là en personne, ou elle a envoyé son entrepreneur ?

— J'ai vu sa camionnette. Et je sais qu'elle a réservé une chambre au motel pour deux semaines.

Le cœur de Harrison battait à tout rompre, mais il s'obligea à rester impassible.

Il n'avait pas dit à sa famille ce qu'il ressentait pour Honey. Mais elle lui manquait terriblement. Et il voulait qu'elle revienne dans sa vie.

Elle était partie sans lui dire au revoir.

Et ça lui avait fait mal.

Mais il avait relu plusieurs fois son message, et il avait fini par comprendre qu'elle ne se sentait pas à sa place dans cette ville.

Elle avait tort.

Il se leva et déposa un billet sur la table pour payer son repas.

— Merci. Je dois y aller.

La chaleur s'abattit sur lui lorsqu'il sortit, lui coupant presque le souffle.

Sans le vouloir, son regard se porta sur la bijouterie, située à quelques pas du Cora's Café.

Il ne savait pas ce que Honey ressentait pour lui, mais il savait ce que lui ressentait pour elle.

Et il était plus que temps qu'il le lui dise.

Elle lui rirait peut-être au nez, ou lui dirait d'aller au diable. Mais cette fois, si elle quittait Tumbleweed, elle saurait qu'elle était aimée, et qu'une personne au moins avait envie qu'elle reste.

Pour toujours.

Honey bouillait d'impatience en regardant les bulldozers dégager les gravats résultant de l'incendie de la maison de son père et des habitations voisines.

Elle avait hâte de voir les nouvelles maisons sortir de terre et les familles s'y installer.

Elle avait passé la semaine précédente à travailler avec Jared et un architecte sur les plans d'un nouveau lotissement qui accueillerait vingt logements simples mais confortables, et d'un prix abordable. Pour les construire, elle ferait appel à des entreprises locales, ce qui injecterait un peu d'argent dans la communauté. Enfin, son projet bénéficierait d'aides et de subventions réservées aux logements sociaux.

— Ça va être formidable, déclara Jared. Mais tu sais que ça va prendre du temps.

Honey hocha la tête. Elle avait envie suivre toutes les étapes du processus, mais cela signifiait qu'elle ne serait pas loin de Harrison.

Et comment lui résister si elle devait le croiser tous les jours ?

— Ça te dirait de superviser l'ensemble du projet ? demanda-t-elle à Jared.

Son associé écarquilla les yeux.

— Je pensais que tu voudrais le faire. Après tout, il s'agit de ta ville natale.

— Oui, mais je n'y ai pas que des souvenirs heureux, et...

Elle venait de voir s'arrêter le SUV de Harrison, et n'alla pas au bout de sa phrase.

Son pouls s'accéléra, et elle eut soudain du mal à respirer.

Tandis qu'il marchait vers elle à grandes enjambées, elle se dit qu'elle devrait sauter dans sa camionnette et prendre le large avant de faire quelque chose de stupide... comme d'avouer qu'elle était amoureuse de lui.

— On m'a dit ce que tu es en train de faire, dit-il d'un ton bourru.

Elle haussa les épaules.

— C'est une bonne opportunité professionnelle.

Mais il ne s'agissait pas de cela. Elle avait mis son cœur dans ce projet car, qu'elle le veuille ou non, une partie d'elle était restée ici.

Avec Harrison.

Elle évita son regard, déterminée à tenir ses émotions à distance, mais l'odeur de son eau de toilette, qui emplissait ses narines à chaque inspiration, lui rappelait la nuit où ils avaient fait l'amour, et les larmes commencèrent à lui brûler les paupières.

Harrison lui prit la main et l'entraîna à l'écart.

— Il fallait que je te voie.

— Pourquoi ?

Le contact de ses doigts renforça son trouble. Une vive chaleur se propagea dans ses veines, qu'elle sentit monter jusqu'à son visage. Elle aurait dû libérer sa main, prendre de la distance, mais elle ne pouvait se résoudre à rompre le contact.

Il souleva sa main et déposa un baiser au creux de sa paume.

— Je suis content que tu sois revenue. Tu m'as manqué.

— Non, Harrison, ne dis pas...

— Pourquoi ?

Il prit son visage entre ses mains.

— Quand tu es partie, j'ai réalisé combien tu me manquais, et ce que tu représentais pour moi.

Son regard s'assombrit, et il glissa une main dans sa poche.

Honey retint son souffle quand il en sortit un petit écrin et révéla un splendide diamant sur une monture à l'ancienne.

— Je t'aime, Honey, et je voudrais que tu deviennes ma femme.

Oh ! Seigneur, elle le désirait tellement !

Elle l'aimait de tout son cœur. Elle l'avait probablement toujours aimé.

Mais sa mère la détestait.

— Je suis désolée, Harrison. Ça ne marchera jamais.

La tristesse se lut dans ses yeux.

— Parce que tu ne ressens pas la même chose ?

— Parce que je suis Honey Granger, la fille que ta mère a toujours méprisée. Elle s'imagine que je suis une traînée, et que je ne suis pas assez bien pour toi.

— Je me moque de ce qu'elle pense. Et en plus, elle se trompe.

— Ta famille a déjà assez souffert comme ça. Je ne veux pas être la source de nouvelles tensions entre vous.

— Mais, Honey...

Elle posa un doigt sur ses lèvres.

— Non, Harrison.

Elle se hissa sur la pointe des pieds, et déposa un baiser sur sa joue.

— Je suis touchée par ta demande, mais je ne peux pas t'épouser. Je vais confier la responsabilité du projet à mon associé, et quitter la ville ce soir.

Elle n'avait pas prévu cela, mais elle le devait à présent. Si elle restait une minute de plus, elle allait faire machine arrière, avouer son amour et se jeter dans les bras de Harrison.

Incapable de retenir ses larmes plus longtemps, elle se précipita vers sa camionnette, se mit au volant, et démarra précipitamment.

Harrison avait retrouvé ses frères au Broken Spoke pour prendre une bière.

— Ça n'a pas l'air d'aller, remarqua Lucas.

— C'est vrai que tu as une sale tête, renchérit Dexter.

— C'est quoi, le problème ? demanda Brayden.

Honey l'avait rejeté, voilà ce qui n'allait pas.

Elle ne l'aimait pas, c'était certain.

— Si tu t'inquiètes pour maman, je crois qu'elle va bien, dit Brayden.

— Ouais, sauf qu'elle déteste Honey, marmonna Harrison.

— Qu'est-ce que ça peut faire ? demanda Dexter.

Harrison fixa sa bière, l'air sombre et boudeur.

— Oh ! j'ai compris ! dit Lucas. Tu es amoureux de Honey, c'est ça ?

— Elle n'est pas du tout comme maman le pense.

— Je sais, dit Brayden. Dis donc, tu as vu ces maisons qu'elle a rénovées à Austin ? C'est splendide.

— Et elle est en train de faire ça ici, à Lower Tumbleweed, ajouta Dexter, avec une note d'admiration dans la voix.

— Elle est extraordinaire, dit Harrison.

Lucas eut un petit rire.

— Mais encore ?

Harrison grimaça et prit une gorgée de bière.

— Je lui ai demandé de m'épouser.

— Ça alors ! s'exclama Brayden. C'est sérieux alors ?

— Le mariage est prévu pour quand ? demanda Dexter.

Harrison jura.

— Elle a refusé.

— Mince ! dit Lucas.

— Pourquoi ? demanda Dexter.

— Je pensais qu'elle avait un coup de cœur pour toi au lycée, dit Brayden.

— Maman n'a jamais caché ce qu'elle ressentait pour Honey, expliqua Harrison, la gorge nouée par l'émotion. Honey m'a dit qu'elle ne voulait pas s'interposer entre ma famille et moi.

— Bon sang, mais ça veut dire qu'elle t'aime ! affirma Brayden.

Harrison le dévisagea avec stupéfaction.

— Tu n'as pas entendu ce que je viens de dire ? Elle m'a repoussé.

— Elle ne s'inquiéterait pas autant de ta famille si elle ne t'aimait pas, dit Dexter.

Harrison se passa la main sur les yeux.

Ses frères avaient-ils raison ?

Se pouvait-il que Honey l'aime ?

Si c'était le cas, comment allait-il faire pour la convaincre de l'épouser ?

Il repoussa sa bière.

— Il faut que je parle à maman ! déclara-t-il

Puis il sortit précipitamment du bar.

Il espérait seulement qu'il parviendrait à convaincre sa mère qu'elle se trompait au sujet de Honey.

Il ne voulait pas choisir entre les deux...

Honey avait pleuré à chaudes larmes tout le long de la route.

Lorsqu'elle poussa la porte de sa maison, elle ressentit une impression de vide et de solitude à peine supportable.

Toute sa vie, elle avait désiré Harrison. Elle avait eu envie qu'il la touche, qu'il la prenne dans ses bras, qu'il lui fasse l'amour.

Elle avait rêvé de devenir sa femme.

Il était le seul homme qu'elle ait jamais aimé.

Et il lui serait impossible de l'oublier.

26

Une semaine plus tard

Honey épingla les derniers croquis de Lower Tumbleweed sur le mur de sa pièce de travail, et soupira de satisfaction.

Les maisons allaient être superbes.

Tanner Baldwin, le promoteur avec qui elle travaillait, était presque aussi enthousiaste qu'elle.

Sur le plan professionnel, tout allait bien.

Mais la nuit, Harrison lui manquait tellement que le désespoir la torturait. Ce renoncement qu'elle s'était imposé la mettait au supplice

On frappa à la porte, et elle se hâta d'aller ouvrir.

La surprise lui noua la gorge.

La mère de Harrison, Ava Hawk, se tenait sur le seuil.

Elle entra, en regardant autour d'elle d'un œil circonspect.

Ne sachant qu'attendre de cette femme, Honey croisa les bras sur sa poitrine. Elle avait vu le faire-part dans la presse pour les obsèques de Chrissy, et savait que la semaine précédente avait été difficile pour les Hawk.

— Bonjour, Honey, dit Ava.

Honey lui sourit poliment.

— Bonjour, madame Hawk.

La mère de Harrison se passa la main dans les cheveux.

— Nous devons parler.

Honey se rembrunit. Voulait-elle l'empêcher de réaliser son programme immobilier ?

— Si c'est à propos du lotissement...

— Oui et non.

— Je ne comprends pas.

Ava se déplaça dans la pièce, et regarda les croquis.

— J'ai vu les plans, à la mairie.

— Qu'est-ce qui vous déplaît, les plans, ou le fait que je réhabilite le quartier ?

Ava pinça les lèvres.

— Je suppose que je mérite ta remarque mais, sincèrement, je trouve ce projet fantastique.

Honey n'en revint pas.

— Vraiment ?

— Oui. Je suis impressionnée par ce que tu réalises pour notre ville. Surtout si on considère la façon dont certaines personnes t'ont traitée.

— Certaines personnes ? répéta Honey d'un ton sarcastique.

Ava hocha la tête.

— Je sais ce que tu sous-entends, et j'ai bien conscience d'en faire partie.

Un silence embarrassé s'établit entre elles. Honey aurait voulu le combler, mais elle était submergée par l'émotion. En outre, elle ne savait toujours pas ce que la mère de Harrison avait en tête.

— Je suis venue te présenter mes excuses, dit-elle. Je... Je t'ai mal jugée.

Honey haussa les sourcils, médusée.

Ava tira sur la manche de son chemisier en satin, visiblement nerveuse.

Les secondes s'écoulèrent.

— Que voulez-vous ?

— Je reconnais que j'ai été dure avec toi quand tu vivais à Lower Tumbleweed, mais j'avais mes raisons.

Elle avait fait tout ce chemin jusqu'à Austin pour justifier son comportement ?

— Je sais que je n'étais pas assez bien pour votre famille.

Honey soupira.

— Vous n'aviez pas besoin de venir ici pour me le dire.

— Ce n'est pas exactement ça.

Ava déposa son sac sur la table autour de laquelle Honey se réunissait généralement avec ses clients.

— De quoi s'agit-il, alors ?

Ava prit une profonde inspiration.

— Quand tu étais adolescente, tu me faisais penser à moi.

Honey écarquilla les yeux. Elle ne s'attendait vraiment pas à ça.

— Avant de rencontrer Steven, le père des garçons, j'étais du genre rebelle. En fait, je ne venais pas d'un très bon milieu.

— C'est vrai ?

— À la différence de toi, c'était ma mère qui était alcoolique. Elle avait aussi beaucoup d'aventures. Quand Steven et moi avons eu des problèmes de couple, et que je l'ai trompé, j'ai eu peur de devenir comme elle. J'ai rompu avec l'autre homme, et Steven et moi avons mis les choses au point. Je lui ai alors promis de lui rester fidèle tout le reste de ma vie.

Honey n'aurait jamais imaginé que la mère de Harrison pouvait être autre chose qu'une bourgeoise rigide et prompte à juger les autres.

— Quoi qu'il en soit, ça ne justifie pas mon comportement. Mais je voulais que mes enfants grandissent honorablement. Puis Chrissy s'est entichée de toi, et j'ai eu peur qu'elle devienne comme ma mère, ou moi, et je t'en ai voulu.

— Je ne lui voulais aucun mal. Je pensais simplement qu'elle avait besoin d'une grande sœur.

— Je sais.

La voix d'Ava se brisa.

— Je me suis reproché sa disparition pendant des années. J'ai pensé qu'elle avait fugué parce que j'étais trop dure avec elle.

Le cœur de Honey se gonfla de sympathie.

— Chrissy vous aimait. Elle ne voulait pas vous fuir.

Des larmes roulèrent sur les joues d'Ava, qu'elle essuya d'une main tremblante.

— J'ai été injuste avec toi.

Honey se mordilla la lèvre inférieure, ne sachant que répondre.

— Quoi qu'il en soit, je ne sais pas si tu pourras me pardonner un jour, mais je réalise, maintenant que j'ai perdu une fille, que j'ai un vide dans mon cœur. Et toi qui as perdu ta mère, tu ressens peut-être aussi ce vide.

Honey eut du mal à reprendre son souffle.

— J'admire ta réussite, ici à Austin, et ce que tu es en train de faire à Tumbleweed. Et je voulais te dire que si Harrison et toi voulez être ensemble, vous avez ma bénédiction.

Le cœur de Honey se serra.

— Madame Hawk, j'aime beaucoup votre fils, mais…

— Il n'y a pas de « mais » qui tienne. Mon fils est malheureux depuis que tu es partie. Il t'aime, et cela fait trop longtemps qu'il se reproche ce qui est arrivé à Chrissy. Il mérite d'être heureux, et s'il veut se marier avec toi, alors c'est ce que je souhaite pour lui. Tout ce que j'espère, c'est que tu réussiras à me pardonner, et que nous pourrons devenir amies.

Le regard et la voix d'Ava débordaient de sincérité. Comment Honey aurait-elle pu refuser ?

— Tu aimes mon fils, n'est-ce pas ?

— Oui.

— Eh bien, allons le lui dire.

Harrison redoutait ce nouveau dîner familial. Bon sang, il en avait plus qu'assez de faire des efforts pour sourire ! L'absence de Honey le rongeait à petit feu.

Ses frères avaient deviné la raison de sa morosité, et sa mère l'avait interrogé, mais il avait refusé d'en parler.

Comment aurait-il pu lui dire qu'elle avait fait fuir l'amour de sa vie ?

D'un autre côté, il se demandait si Honey l'aimait réellement.

Dans ce cas, elle se serait battue pour être avec lui, non ?

La réponse se trouvait peut-être dans la haine qu'elle portait à Tumbleweed et à ses habitants.

Mais alors, pourquoi dépensait-elle du temps et de l'argent à édifier un nouveau quartier ? Elle aurait pu vendre le terrain de son père et tirer un trait définitif sur son passé.

Pensait-elle qu'elle avait quelque chose à prouver ?

Il s'essuya les pieds sur le paillasson et entra, surpris que sa mère ne vienne pas l'accueillir à la porte.

Les funérailles avaient été déchirantes mais, après cela, on aurait dit qu'un poids lui avait été retiré des épaules, et elle avait retrouvé un certain entrain.

Qu'y avait-il de pire que de ne pas savoir ?

Brayden, Dexter et Lucas l'accueillirent dans la salle à manger avec un verre.

Une délicieuse odeur de poulet rôti flottait dans l'air.

— Où est maman ?

Ses frères haussèrent les épaules, et regardèrent autour d'eux avec des expressions vagues.

Avant qu'ils aient eu le temps d'entamer une conversation, les talons de leur mère cliquetèrent dans le couloir.

Lorsqu'elle franchit la porte, Harrison fut surpris de voir que Honey l'accompagnait.

Il s'immobilisa, son verre à quelques centimètres de ses lèvres.

Honey lui lança un regard mal assuré.

— Nous avons de la compagnie, ce soir, annonça sa mère. Harrison, si tu emmenais Honey faire un tour dehors ? Je crois qu'elle a quelque chose à te dire.

— Ce n'est peut-être pas le bon moment, dit Honey, d'une voix hésitante.

— Bien sûr que si !

Lucas lui donna un coup de coude. Dexter ricana, et Brayden leva un sourcil.

Il se sentit comme un idiot.

Honey s'humecta les lèvres du bout de la langue, attirant aussitôt son regard vers sa bouche.

— Harrison ?

Il rassembla ses esprits, et désigna la porte-fenêtre.

— Allons sur la terrasse.

L'odeur délicatement fleurie de son parfum titilla ses sens, tandis qu'il la suivait à l'extérieur.

— Si tu veux que je m'en aille, dis-le, proposa Honey, de but en blanc.

— Je ne veux pas que tu partes. Je ne m'attendais tout simplement pas à te voir. Quelque chose ne va pas ?

— Ta mère m'a rendu visite.

— Oh ! je suis désolé ! Je l'ignorais. Qu'a-t-elle encore pu bien te dire ?

Un sourire éclaira lentement le visage de Honey.

— En fait, elle s'est excusée de la façon dont elle m'avait traitée.

Il écarquilla les yeux.

— Ma mère s'est excusée ?

Honey hocha la tête.

— Nous avons fini par tomber d'accord.

Harrison se massa le front, en pleine confusion.

— À propos de quoi ?

Elle se rapprocha.

— Sur le fait que nous tenons toutes les deux à toi.

Harrison sentit son pouls s'emballer.

— En dépit de tout, je sais que ma mère m'aime, dit-il,

sans être certain du message que Honey voulait lui faire passer.

Elle leva une main et la posa sur sa joue.

— Moi aussi, Harrison.

Il eut du mal à reprendre son souffle.

— Est-ce qu'il est trop tard ? demanda-t-elle d'un ton anxieux. Tu as changé d'avis ?

Il éclata de rire et la souleva dans ses bras.

— Aucun risque !

Elle lui tendit les lèvres, et ils s'embrassèrent longuement, passionnément.

— Mais j'ai besoin de savoir que c'est pour toujours, dit-il quand ils mirent fin à leur baiser. Je sais que tu détestes cette ville, et je suis prêt à m'installer ailleurs.

Il la repoussa à bout de bras, et plongea son regard dans le sien.

— Je veux t'épouser, avoir des enfants avec toi... Et s'il faut pour cela quitter Tumbleweed, je le ferai.

— Peu importe l'endroit, pourvu que tu sois avec moi.

— Bon sang, qu'est-ce que je t'aime, grommela-t-il.

— Je t'aime aussi.

Il l'attira à nouveau contre lui et referma étroitement les bras autour de sa taille.

— Alors, tu veux bien m'épouser ?

— Oui.

Plongeant la main au fond de sa poche, Harrison en sortit le petit écrin qui ne le quittait jamais.

Il avait un temps envisagé de faire reprendre la bague qu'il avait achetée pour elle, mais il l'avait finalement conservée.

Tout comme il avait conservé l'espoir qu'un jour elle changerait d'avis.

Posant un genou au sol, il prit la main de Honey et glissa le diamant à son annulaire.

Des larmes roulèrent sur ses joues, mais son sourire radieux lui apprit qu'il s'agissait de larmes de joie.

La porte-fenêtre s'ouvrit, et ses frères apparurent.

— Que se passe-t-il ? demanda Brayden.

Harrison souleva Honey dans ses bras et tournoya sur lui-même, fou de joie.

— J'épouse Honey Granger ! cria-t-il.

Sa mère apparut à son tour, le visage radieux.

— Il était temps que nous ayons un mariage à Hawk's Landing.

Enfin, les jours sombres étaient derrière eux, songea Harrison avec un intense soulagement.

Se jouant de tous les obstacles, l'incroyable pouvoir de l'amour les avait réunis, Honey et lui, et un nouveau chapitre commençait à s'écrire.

Hawk's Landing allait renaître, de la même façon que lui-même avait retrouvé goût à la vie.

Honey et lui allaient fonder leur propre famille, et se créer de nouveaux souvenirs heureux ensemble.

Des souvenirs qui dureraient toujours...

DEBRA WEBB & REGAN BLACK

Collaboration à risques

Traduction française de
B. DUFY

BLACK ROSE

HARLEQUIN

Titre original :
RELUCTANT HERO

Ce roman a déjà été publié en 2018.

1

San Francisco
Jeudi 14 octobre, 18 h 20

Un point douloureux, entre ses omoplates, disait à Rebecca Wallace qu'il était grand temps pour elle de quitter son bureau.

Les trois écrans fixés au mur lui permettaient de voir — sans le son, pour ne pas troubler sa concentration — les émissions en cours sur la chaîne qui l'employait et ses principales concurrentes. Après les avoir éteints, elle s'apprêtait à faire de même pour son ordinateur quand le signal sonore annonçant l'arrivée d'un message électronique retentit.

Il fallait l'ignorer. Pour la première fois depuis des mois, Rebecca avait accepté de sortir ce soir avec un homme, et il était déjà évident que, faute de se dépêcher, elle serait en retard. Le manque de ponctualité étant quelque chose qu'elle ne supportait pas chez les autres, elle faisait tout son possible pour être à l'heure.

Son métier de productrice d'un grand magazine d'information ne le lui permettait cependant pas toujours. Le programme de ses émissions hebdomadaires était strictement minuté, mais quand son choix éditorial se portait sur un sujet à risque, elle estimait de son devoir d'être disponible pour soutenir les journalistes que leur chaîne envoyait sur le terrain.

Certaine que toute information vraiment importante lui serait parvenue plus tôt dans la journée, Rebecca s'obligea à éteindre son ordinateur. Elle lirait le nouveau message électronique sur son téléphone portable pendant le trajet jusque chez elle, et elle n'y répondrait ensuite que si nécessaire.

Une légère hésitation, puis elle décida de laisser son ordinateur portable dans son bureau. Consacrer plus de temps à sa vie privée était l'une des priorités qu'elle s'était fixées en début d'année. La sortie de ce soir n'étant que la dixième depuis le mois de janvier, cette bonne résolution n'avait pas vraiment été tenue…

Ce constat la convainquit d'attendre le lendemain pour lire un mail arrivé à une heure aussi tardive. Elle régla son portable sur vibreur et le mit dans son sac à main. Son prochain grand reportage était déjà en chantier, de toute façon : la semaine précédente, elle avait entrepris avec Bill Gatlin, le journaliste le plus expérimenté de son équipe, de vérifier un renseignement anonyme selon lequel un groupe de soldats américains opérant au Moyen-Orient avait volé une énorme quantité d'or à une famille irakienne.

Rebecca aurait peut-être ignoré cette information si son mystérieux auteur n'avait fourni le nom des six militaires concernés et la date du vol présumé.

Car Bill Gatlin et elle étaient dans cette région d'Irak à la même période, en train de réaliser un reportage. Ils enquêtaient maintenant discrètement sur ces hommes, et elle avait chargé un spécialiste des nouvelles technologies d'essayer d'identifier l'informateur.

Les tuyaux anonymes ne l'enchantaient guère, même s'ils se révélaient parfois exacts. Certaines personnes se procuraient des sensations fortes à bon compte en jouant les lanceurs d'alerte masqués.

Ce dont Rebecca rêvait en ce moment, c'était la révélation

d'une histoire bien croustillante dans un spa des environs. Elle se proposerait alors pour mener une mission d'infiltration dans l'établissement concerné…

Mais elle entendait déjà les rires que cette idée déclencherait dans son équipe.

Elle avait en effet pour principe de laisser les sujets triviaux aux producteurs prêts à sacrifier toute exigence professionnelle sur l'autel de l'audimat. Ceux-là pouvaient peut-être se vanter d'avoir du succès, mais ils ne remportaient pas des prix tous les ans comme son équipe à elle !

Parmi les nombreuses raisons qui lui avaient fait quitter Hollywood, figurait en bonne place l'envie de trouver un endroit où la profondeur de vues l'emportait sur les apparences.

Le taxi que Rebecca avait commandé avant de quitter son bureau l'attendait déjà devant l'immeuble de la chaîne. Le temps qu'elle s'installe sur la banquette arrière, son portable avait émis trois alertes sonores.

Sa volonté de rester joignable pour ses collaborateurs entrait souvent en conflit avec son désir de se construire une vie privée digne de ce nom… Comme maintenant…

Avec un soupir, elle sortit l'appareil de son sac. Un mail et deux messages vocaux lui avaient été réexpédiés depuis son bureau.

Le premier message vocal venait de son père. Elle l'avait appelé quelques jours plus tôt pour lui demander s'il pouvait user de son influence pour contourner la bureaucratie militaire à laquelle elle s'était heurtée en essayant d'obtenir des informations sur les soldats accusés de vol.

Son père avait en effet le bras long. Après avoir produit et tourné autant de documentaires sur des sujets pointus que de films grand public, il faisait figure de légende vivante à Hollywood. Il semblait aussi avoir des amis dans le monde entier, et dans tous les secteurs d'activité.

Le bref message qu'il avait laissé à Rebecca disait cependant qu'il ne comptait solliciter l'aide de personne juste pour lui rendre service. Il lui conseillait d'exploiter à fond toutes les pistes dont elle disposait.

Comme si ce n'était pas sa méthode de travail habituelle ! *Tant pis !* songea-t-elle.

Ce refus ne l'étonnait pas vraiment, d'ailleurs. Elle était même surprise que son père se soit donné la peine de lui téléphoner.

L'auteur du deuxième appel était Parker Lawton, qui demandait pour la énième fois, et toujours sur un ton péremptoire, à la rencontrer. Elle supprima le message et remit l'appareil dans son sac.

Parker Lawton figurait en sixième position sur la liste des soldats incriminés, et Rebecca ne voulait pas lui parler avant d'avoir des éléments concrets et une vision plus complète de la situation. La version des faits présentée par un homme qui avait peut-être quelque chose à se reprocher risquait autrement de fausser son jugement.

Elle n'aimait pas du tout que les personnes concernées par une enquête préliminaire comme celle-ci en aient connaissance. Cela signifiait généralement que l'informateur anonyme n'avait pas pu s'empêcher de formuler une allusion ou une menace voilée.

En tant que productrice, Rebecca devait estimer la valeur et l'impact d'un sujet à un stade très précoce. Guidée par plusieurs années d'expérience et un instinct très sûr, elle se trompait rarement et, dans ce cas précis, les appels répétés de Parker Lawton lui disaient qu'il avait soit quelque chose à se reprocher, soit quelque chose à cacher.

Bill et elle s'étaient partagé la liste des six soldats et, pour expliquer leur intérêt, ils avaient inventé un sujet de reportage sur les militaires revenus à la vie civile.

C'était Bill qui avait été chargé d'enquêter — discrètement — sur la situation actuelle de Parker Lawton, alors pourquoi ce dernier l'appelait-il, elle ?

Et comment avait-il su qu'il était concerné par un

éventuel reportage de son magazine ? Bill n'avait même pas encore pris contact avec lui !

Ces questions taraudaient toujours Rebecca lorsqu'elle régla sa course et entra dans son immeuble de Russian Hill, l'un des quartiers résidentiels les plus agréables de San Francisco. Une fois dans son appartement, elle se débarrassa de ses chaussures et posa son sac sur le siège le plus proche avant d'en sortir son portable et de l'emporter dans sa chambre.

Là, elle composa le numéro de Bill et brancha le haut-parleur afin de pouvoir lui parler tout en se changeant. L'homme avec qui elle sortait l'emmenait à une soirée de gala associant un dîner et une cérémonie de remise de récompenses. Pour être sûr qu'elle ne lui ferait pas faux bond, il lui avait téléphoné plusieurs fois dans la semaine et s'était vanté de pouvoir lui présenter quelques-unes des personnalités les plus en vue de la ville. Elle n'avait pas eu le cœur de lui dire qu'elle avait déjà eu l'occasion de toutes les rencontrer.

— Pourquoi tu m'appelles ? déclara Bill de but en blanc. Tu es censée avoir terminé ta journée de travail, non ? Et tu ne devais pas aller à une réception ?

— Si, et je suis chez moi, en train de m'habiller tout en te parlant.

— Dommage que tu n'apparaisses pas sur mon écran !

Rebecca éclata de rire. Bill l'avait vue dans toutes les tenues possibles et imaginables, de la robe de soirée au maillot de bain en passant par le treillis et le gilet pare-balles de rigueur dans les zones de conflit. C'était pour elle un ami doublé d'un mentor, avec un côté grand frère pour faire bonne mesure.

— Qu'est-ce que tu as trouvé sur Parker Lawton ? demanda-t-elle.

— Pourquoi tu me parles de lui ?

Pourtant connu dans la profession pour ne jamais perdre son sang-froid, Bill semblait soudain nerveux.

— Parce qu'il a essayé de me joindre toute la journée, expliqua Rebecca, et qu'il exige de me rencontrer. Ce n'est pas plutôt toi qu'il devrait appeler ?

— Théoriquement oui, mais sa secrétaire a refusé de me le passer quand j'ai sollicité un entretien avec lui sous mon propre nom. J'ai donc essayé son numéro personnel. Je n'ai eu que le répondeur, mais j'ai laissé un message disant que j'étais ton collaborateur et que nous voulions avoir son point de vue sur l'augmentation des attentats terroristes perpétrés aux États-Unis par des citoyens américains.

La main de Rebecca s'immobilisa sur le cintre portant la petite robe noire qu'elle venait de sortir de la penderie.

— Ce n'est pas l'histoire dont nous étions convenus ! s'écria-t-elle.

— Je sais, mais celle-là, je l'avais déjà servie à sa secrétaire. J'ai donc dû en inventer une autre, et comme Lawton dirige une entreprise spécialisée dans la sécurité, j'ai pensé que cette approche avait des chances d'éveiller son intérêt.

— Je comprends, et tu as atteint ton but, mais la violence de sa réaction m'inquiète un peu... On devrait peut-être revoir notre position.

Une sonnette d'alarme s'était en effet déclenchée dans l'esprit de Rebecca, et le point douloureux, entre ses omoplates, était revenu.

— Non ! protesta Bill. Je sens qu'on est sur du lourd, et il est trop tard, de toute façon.

— Où es-tu en ce moment ?

Rebecca se tourna vers le réveil posé sur sa table de chevet. Avec un peu de chance, elle aurait le temps d'aller voir Bill pour discuter d'un changement de plan avant l'arrivée de son cavalier.

— Je suis sur les quais, dans un petit restaurant où j'attends Theo Manning.

Les quais ? C'était beaucoup trop loin pour que

Rebecca puisse faire l'aller-retour depuis Russian Hill, ou convaincre son cavalier de l'y emmener avant de se rendre à la réception.

— D'accord..., dit-elle. Ce Theo Manning était bien le chef du commando ?

— Oui.

— Et il est en retard ? Ça ne colle pas avec l'idée que je me fais d'un militaire !

— Il a quitté l'armée. Il est grutier, maintenant. Et le fait qu'il ne soit pas encore là ne signifie pas qu'il a changé d'avis et ne veut plus me parler... Un incident ou un imprévu a pu le retarder dans son travail.

— C'est vrai... Maintenant, dis-moi ce que tu as trouvé sur Parker Lawton !

Rebecca avait enfilé sa robe. Elle prit le téléphone et l'emporta dans la salle de bains pour poursuivre la conversation. Bill avait beau être un reporter aguerri, elle n'aimait pas le savoir seul dans un boui-boui des mauvais quartiers. Elle ne raccrocherait pas avant d'y être absolument obligée.

— L'état des finances de Lawton m'a beaucoup surpris, répondit Bill.

— Il est indigent ou milliardaire ? demanda Rebecca tout en commençant à se maquiller les yeux.

— Milliardaire, et sa fortune est relativement récente.

— Quoi ?

De saisissement, Rebecca fit un faux mouvement. Son tube de mascara lui échappa des mains, et elle enchaîna après l'avoir ramassé :

— Pourquoi tu ne me l'as pas dit plus tôt ? Le business de la sécurité est donc si lucratif ? Ses concurrents gagnent autant d'argent que lui ?

— J'attendais pour t'en parler d'en savoir plus, et notamment s'il est possible que ce business soit aussi lucratif.

— Tu t'es procuré la liste des clients de Lawton ?

— Impossible, elle est confidentielle.

— Elle serait classée secret-défense ?

— Peut-être. Quoi qu'il en soit, je vais essayer de découvrir d'où Lawton tient sa fortune toute neuve.

Le vol d'or irakien rapporté par l'informateur anonyme expliquerait-il l'enrichissement de Parker Lawton ? songea Rebecca. Il était tentant de le croire, mais le sixième d'un butin même important suffisait-il à rendre quelqu'un milliardaire ?

Et à propos de partage... L'auteur de la délation faisait-il partie de la famille victime du vol, comme Bill et elle le pensaient jusqu'ici ? Ou bien était-ce l'un des membres du commando, qui aurait été spolié d'une partie, voire de la totalité de sa part, et qui se vengerait maintenant de ses complices en les dénonçant ?

— Envoie-moi tout de suite ce que tu as sur Lawton, déclara Rebecca, et je t'aiderai dans tes recherches.

— Ton cavalier ne va pas apprécier que tu annules votre sortie à la dernière minute !

— Je n'annule rien du tout.

— Ah ! encore mieux ! observa Bill sur un ton sarcastique. Il va adorer te regarder googler un autre homme entre deux bouchées !

Cette plaisanterie les fit rire tous les deux, puis Rebecca prononça la phrase écrite sur un post-it qu'elle avait collé sur le miroir de sa salle de bains pour le voir tous les matins :

— La réussite professionnelle n'est que l'une des composantes du bonheur.

— Tu le penses vraiment ?

— Oui ! Envoie-moi les informations que tu as réunies sur Lawton. Je les étudierai *après* être rentrée chez moi, et on en parlera demain.

— D'accord. Je laisse encore à Theo Manning un quart d'heure pour arriver, et ensuite je m'en vais. Je préfère de toute façon suivre la piste Lawton. Elle me paraît plus prometteuse.

— S'il te propose d'acheter notre silence, tu as intérêt à partager le pactole !

— Pas question ! s'exclama Bill en riant.

Puis il coupa la communication. Sa ténacité et son efficacité quand il flairait un bon sujet impressionnaient Rebecca. Elle avait beaucoup appris à son contact en matière de journalisme d'investigation, et elle aimait à croire qu'il tirait lui aussi bénéfice de leur collaboration.

Sa conception des devoirs des médias avait en tout cas été adoptée par l'ensemble de son équipe de reporters. Elle tenait notamment à ce qu'ils donnent une dimension humaine à leurs enquêtes — sans pour autant tomber dans le sentimentalisme. Leur professionnalisme, associé à un choix judicieux des sujets traités, expliquait le succès de leur magazine.

Et cette histoire de vol d'or irakien valait vraiment la peine d'être creusée.

L'enquête préliminaire la concernant avait débuté par le recueil d'informations comme la dernière adresse connue des six hommes de la liste, ou leur emploi actuel. Après douze ans d'armée, la reconversion réussie de Parker Lawton dans le domaine de la sécurité n'avait rien d'étonnant... Restait à savoir s'il pouvait vraiment devoir sa fortune à la seule prospérité de son entreprise.

Rebecca fouilla dans sa trousse de maquillage à la recherche du rouge à lèvres le mieux adapté à cette soirée. Elle choisit l'un de ses préférés, couleur pêche, et l'appliqua lentement tout en pensant à la photo de Parker Lawton qui figurait sur le site Internet de sa société.

Il avait d'épais cheveux bruns, des yeux noirs au regard expressif et des traits bien dessinés. L'ensemble, très séduisant, laissait supposer que, pendant ses trente-deux années d'existence, cet homme avait ravi sinon de l'or, du moins de nombreux cœurs féminins.

La sonnette de l'entrée tira Rebecca de ses réflexions. Elle reboucha le tube de rouge à lèvres et le mit dans sa pochette. Le moment était venu de tenter une nouvelle fois de s'approprier un concept encore abstrait pour elle : celui de vie privée.

Même si les choses ne se passaient pas bien, elle aurait au moins essayé... Elle s'était même promis à l'avance de ne pas se mettre en colère s'il s'avérait, comme c'était probable, que son cavalier l'avait invitée à l'accompagner à cette soirée dans le seul but d'obtenir d'elle une recommandation auprès de son illustre père.

Rebecca ouvrit la porte sans regarder avant par le judas... et se trouva nez à nez avec l'homme auquel elle pensait un instant plus tôt : Parker Lawton, voleur présumé...

Dans un premier temps, elle resta comme hypnotisée tant la version vivante de la photo surpassait cette dernière en pouvoir de séduction. Même vêtu comme maintenant d'un pantalon de toile kaki, d'un haut de survêtement bleu un peu défraîchi et d'une casquette noire, il possédait un magnétisme impossible à ignorer. Les talons hauts de Rebecca mettaient leurs visages presque à la même hauteur, et l'intensité de ses prunelles noires lui causa un trouble profond et immédiat.

— Excusez-moi..., commença-t-il.

Elle voulut refermer la porte, mais il l'en empêcha en mettant son pied dans l'ouverture.

— Vous n'avez rien à faire ici, grommela Rebecca en poussant de toutes ses forces sur le vantail pour que la douleur oblige Lawton à retirer son pied.

— Mes boots ont un bout ferré, dit-il calmement. Je ne sens rien... Et je veux juste vous parler.

— Pas ce soir. Je vous appellerai demain.

— Permettez-moi d'en douter !

— Pourquoi ?

— Parce que vous n'avez répondu à aucun de mes messages, qu'ils soient téléphoniques ou électroniques... C'est même la raison de ma visite... Vous pouvez m'accorder cinq minutes ?

— Non. J'attends quelqu'un, qui va arriver d'une seconde à l'autre.

— Ça m'étonnerait... Il s'agit bien de cet homme ?

Un téléphone portable surgit à la hauteur des yeux de Rebecca, et elle vit sur l'écran un cliché de son cavalier devant l'ascenseur de l'immeuble.

— Qu'est-ce que vous avez fait ? s'exclama-t-elle.

— Rien de bien méchant : j'ai pris votre ami en photo avant de lui fermer la porte de la cabine au nez. Il mettra les cinq minutes que je vous demande à attendre le retour de l'ascenseur ou, s'il est courageux, à monter jusqu'ici par l'escalier.

Ce procédé déloyal irrita profondément Rebecca.

— Comment m'avez-vous trouvée ? lança-t-elle.

Son numéro de téléphone était en effet sur liste rouge, et son appartement était loué au nom de la chaîne qui l'employait.

— Mon métier me donne accès à toutes sortes d'informations censées être protégées, répondit Lawton. Écoutez, soyez raisonnable... Il semble que quelqu'un cherche à salir ma réputation et celle de plusieurs de mes amis... Je veux savoir si vous êtes ou non en train de préparer un reportage mensonger sur moi et des hommes avec qui j'ai combattu en Irak.

— Mensonger ? répéta Rebecca, de plus en plus en colère. Ce n'est pas le genre de la maison ! Et je ne suis pas journaliste, de toute façon, mais productrice !

— Vous croyez vraiment que botter comme ça en touche vous permettra de vous débarrasser de moi, Julie la Rousse ?

Julie la Rousse ?

Lawton n'était pas le premier homme à appeler Rebecca ainsi et à penser qu'elle ne réagirait pas à l'usage de ce sobriquet... Comme ses prédécesseurs, il allait apprendre à ses dépens qu'elle n'était pas femme à se laisser réduire à des cheveux auburn et des taches de rousseur.

— Si vous voulez une réponse plus argumentée, déclara-t-elle en le fusillant du regard, venez demain à mon bureau. Avec un peu de chance, je n'aurai alors plus envie de vous gifler.

Son interlocuteur exerça sur la porte une pression légère mais suffisante pour lui faire comprendre qu'il pouvait entrer de force dans l'appartement s'il le voulait.

— Dites-moi qui vous a conseillé d'enquêter sur mon groupe de combat.

— Non ! La première règle, en journalisme, est de protéger ses sources.

— Vous n'êtes pas journaliste, mais productrice.

— La règle susmentionnée s'applique aussi à moi.

Le signal sonore annonçant l'arrivée de l'ascenseur retentit, et Rebecca enchaîna :

— Vos cinq minutes sont écoulées, monsieur Lawton.

Sa phrase n'était pas encore terminée que la chaussure coincée dans l'entrebâillement de la porte avait disparu, et que le battant s'était refermé. Rebecca le rouvrit. Lawton s'était comme volatilisé : elle ne vit dans le couloir que son cavalier. Il approchait, tout sourire…

Les doigts crispés sur sa pochette, elle s'efforça de refouler sa colère pour faire bonne figure et répondre aimablement aux platitudes qu'il débita pendant qu'elle fermait sa porte à clé et descendait le couloir avec lui.

Arrivée devant l'ascenseur, elle lui prit la main — pas par affection, mais pour transmettre un message à Lawton. Il devait être dans les parages, et sans doute l'observait-il. C'était peut-être de la paranoïa, mais elle le croyait tout à fait capable de revenir à la charge.

Ce risque serait heureusement bientôt complètement écarté : aucun homme sensé n'oserait l'importuner quand elle serait entourée de la foule des gens invités au gala…

Mais plus tard ? Lawton savait où elle habitait, et l'idée de rentrer seule chez elle au milieu de la nuit lui donnait la chair de poule.

Chaque chose en son temps, se dit-elle cependant. Choisir de résoudre les problèmes à mesure qu'ils se présentaient évitait de s'angoisser inutilement, car le pire n'était jamais sûr.

Alors Rebecca adressa un sourire éclatant à son cavalier et entra dans l'ascenseur fermement décidée à profiter pleinement de cette soirée.

Le sourire de Rebecca à son ami agaça prodigieusement Parker. L'enquête qu'il avait menée sur elle n'avait révélé l'existence d'aucune relation affective assez forte pour justifier ce sourire radieux, cette robe renversante et ces élégants escarpins à talons.

Parker attendit que les portes de l'ascenseur se soient refermées pour sortir de sa cachette — un renfoncement dans le mur, près de l'escalier.

Aller voir Rebecca Wallace chez elle était une erreur, mais c'était un sentiment d'urgence qui l'y avait poussé.

Car une étrange lettre de chantage lui était parvenue la veille. Elle disait que les médias avaient été informés une semaine plus tôt du vol d'or commis par son groupe de combat au Moyen-Orient, et qu'il avait cinq jours pour restituer cet or, propriété d'une famille irakienne. Les hommes dont la liste figurait à la fin de la lettre seraient sinon tués les uns après les autres.

Theo Manning, Jeff Bruce, Franklin Toomey, Matt Donaldson et Ray Peters étaient pour Parker plus que d'anciens compagnons d'armes : des amis.

Une opération clandestine menée avec eux près de la frontière irako-iranienne pendant sa dernière mission avait en effet créé entre eux un lien très fort.

Le fait qu'ils avaient tous les six combattu en Irak à la même période n'avait pas dû être difficile à découvrir. Mais leur participation commune à cette opération précise était censée rester confidentielle, alors comment le maître chanteur en avait-il eu connaissance ?

Quoi qu'il en soit, et bien qu'ils aient effectivement eu à cette occasion des contacts avec la famille irakienne désignée comme la victime du vol, ils n'avaient commis aucun délit. Ils étaient tous d'une parfaite honnêteté, et Parker, en particulier, était déjà à cette époque assez riche pour n'avoir aucune raison de dérober le bien d'autrui.

Il aurait donc considéré la lettre comme une mauvaise plaisanterie si un journaliste n'avait appelé son bureau pour recueillir son témoignage à propos de la reconversion des militaires après leur retour à la vie civile.

Obéissant à ses instructions concernant ce genre de sollicitation, sa secrétaire avait fait barrage. Mais pendant qu'il cherchait un moyen d'identifier l'origine de la lettre de chantage, le collaborateur d'une productrice de télévision, une certaine Rebecca Wallace, avait laissé un message sur le répondeur de sa ligne personnelle : il demandait à l'interviewer au sujet des attentats terroristes perpétrés aux États-Unis par des citoyens américains.

Ces deux coups de téléphone étaient trop rapprochés pour relever d'une simple coïncidence. Parker en avait conclu que les médias commençaient à fureter, et il avait besoin de savoir qui les avait alertés.

Mais d'abord, il avait recherché les coordonnées des cinq hommes, en dehors de lui, cités dans la lettre.

Fallait-il leur parler de la menace et de la possibilité que des journalistes leur posent des questions ?

Jugeant inutile de les inquiéter tout de suite, et peut-être pour rien, Parker les avait appelés juste pour leur proposer un week-end entre amis. Et puis Theo Manning l'avait rappelé pour lui dire qu'il avait accepté de rencontrer Bill Gatlin, journaliste et coprésentateur de l'un des meilleurs magazines d'information du moment.

Cette fois, Parker avait estimé qu'une enquête rapide et poussée s'imposait... Il avait passé la journée à se renseigner sur Bill Gatlin, Rebecca Wallace — qui s'était révélée être la productrice de l'émission — et la chaîne qui les employait.

Le maître chanteur avait peut-être alerté d'autres médias, mais Rebecca Wallace et son équipe étaient apparemment les premiers à avoir mordu à l'hameçon.

L'auteur de la lettre de menaces avait donné à Parker cinq jours — et il n'en restait maintenant plus que quatre — pour rendre un trésor d'une valeur supérieure à un million de dollars. La lettre ne contenait aucune information exploitable pour identifier le malfaiteur. Elle disait juste que Parker serait informé en temps utile du lieu où il devrait apporter soit l'or, soit son équivalent en dollars.

Se plier aux exigences d'un maître chanteur constituait toujours une erreur tactique, mais Parker le ferait s'il ne trouvait pas d'autre moyen pour que ses anciens compagnons d'armes restent en vie.

Il s'était rendu aux locaux de la chaîne dans l'intention de parler à Rebecca Wallace, mais le portier ne l'avait même pas laissé entrer. Et le temps pressait... Il avait absolument besoin de connaître l'auteur de la dénonciation calomnieuse reçue par les médias, ou au moins d'obtenir un indice qui permettrait de remonter jusqu'à lui.

Faute d'avoir pu voir la productrice sur son lieu de travail et obtenu de réponse à ses nombreux messages, Parker avait décidé d'aller chez elle, mais il regrettait maintenant de l'avoir brusquée : leurs relations risquaient d'en souffrir durablement. Il fallait pourtant que son enquête avance !

Parker se rappela alors ce que ses brèves recherches lui avaient appris sur Rebecca Wallace et Bill Gatlin. Ils étaient tous les deux célibataires et apparemment aussi accros au travail l'un que l'autre. Et si Parker ignorait où le journaliste se trouvait en ce moment, il savait où la productrice ne se trouvait pas...

Son pied avait maintenu la porte de l'appartement entrebâillée assez longtemps pour lui permettre de constater que le dispositif de sécurité se limitait à deux verrous de sûreté. Rien, donc, dont il ne puisse venir à bout... Il remonta le couloir, sortit son matériel de crochetage de la poche de son pantalon...

Moins d'une minute plus tard, il était à l'intérieur de l'appartement.

À en juger par l'ordre qui régnait dans le séjour, soit l'occupante des lieux était une maniaque de la propreté, soit elle passait très peu de temps chez elle, soit elle avait une excellente femme de ménage.

Les meubles et la décoration de la pièce se caractérisaient par une sobre élégance. Parker savait cependant que leur simplicité était inversement proportionnelle à leur valeur marchande. En tant que chef d'entreprise et propriétaire foncier, il connaissait aussi le prix de la location d'un trois-pièces dans ce quartier de San Francisco. Le métier de productrice au sein d'une grande chaîne de télévision rapportait gros, visiblement !

La chambre principale n'était pas aussi impeccable que le séjour. Bien que le lit soit fait et la penderie, bien rangée, les objets qui traînaient çà et là et le panier à linge sale rempli à ras bord rendirent Rebecca Wallace plus « humaine » aux yeux de Parker.

La deuxième chambre servait visiblement de bureau, mais il n'y avait pas d'ordinateur sur la table. En fouillant les tiroirs, Parker trouva une invitation à une soirée de gala qui avait lieu le soir même et expliquait la tenue glamour de Rebecca, mais aucun document susceptible de lui fournir la piste qu'il cherchait.

Après avoir quitté la pièce, il explora tous les autres endroits où il était possible de ranger des papiers importants... Rien. Rebecca n'était même pas revenue chez elle ce soir avec une mallette ou un ordinateur portable.

Parker soupira et révisa mentalement son programme de la soirée. Il allait devoir se débrouiller pour s'introduire dans le bureau que la jeune femme occupait dans les locaux de la chaîne.

Les poings serrés, il se dirigeait vers la porte d'entrée quand il se rappela avoir aperçu une tablette dans la chambre principale. Il y retourna, souleva le rabat de la tablette, puis constata avec satisfaction qu'aucun mot de passe n'en protégeait le contenu.

Dans la boîte de réception des mails, il trouva un message arrivé la semaine précédente et intitulé : « Vol d'or par des soldats américains. »

Gagné !

Parker cliqua dessus. Le texte ressemblait à celui de la lettre qu'il avait reçue. Son auteur ne proférait de menace contre aucun des collaborateurs du magazine, mais la liste des soldats incriminés était la même, et leurs noms étaient cités dans le même ordre.

La lecture des accusations gratuites portées contre eux raviva la colère de Parker, mais elle ne lui apprit rien de nouveau.

La fin du message lui réservait en revanche une surprise de taille : l'informateur, qui insistait pour rester anonyme, remerciait Rebecca et Bill de l'humanité dont ils avaient fait preuve lors de leur séjour dans le village irakien où le vol était censé avoir eu lieu. Il en rajoutait même dans la flatterie en disant que Rebecca était à ses yeux la seule personne assez honnête et courageuse pour révéler ce scandale.

Le pire était cependant à venir... La jeune femme avait réexpédié le courriel à Bill Gatlin, et ajouté des instructions qui firent à Parker l'effet d'un coup de poing au creux de l'estomac :

> Essaye de contacter la famille, Bill. Assure-toi qu'elle va bien, et vérifie cette histoire de vol d'or. En admettant qu'elle soit vraie, il faut en découvrir le maximum de détails. Et si c'est Fadi, le fils aîné de la famille, qui m'a envoyé ce message, pourquoi ne l'a-t-il pas signé ?

Parker jura entre ses dents. Bien que Fadi soit un prénom arabe assez courant, les autres informations contenues dans le mail le portaient à croire que Rebecca Wallace parlait du jeune homme qui leur avait servi d'interprète, à ses camarades et à lui, pendant la mission secrète menée dans cette région d'Irak.

La productrice avait l'air de penser que c'était ce Fadi-là l'auteur du mail de dénonciation… Rien d'étonnant, donc, à ce qu'elle ait ignoré les messages de Parker, puis refusé de lui fournir la moindre indication sur sa source.

Et c'était très ennuyeux, car il avait encore moins de chances de la faire changer d'avis si elle avait des raisons personnelles de protéger l'anonymat de celui qui cherchait à salir l'honneur de six soldats américains.

La visite de Parker dans l'appartement de Rebecca n'aurait cependant pas été totalement infructueuse : il avait maintenant une meilleure idée de l'origine de la fausse information, ce qui lui donnait un point de départ solide pour son enquête.

Après avoir effacé les empreintes qu'il aurait pu laisser sur la tablette, Parker la remit à sa place et quitta l'appartement. Plus besoin de trouver un moyen de s'introduire dans les locaux de la chaîne : il allait rentrer chez lui pour creuser la piste qu'il venait de découvrir, et commencer par chercher sur Internet l'émission dans laquelle le reportage en Irak de Bill et de Rebecca avait été diffusé.

Et le lendemain matin, dans le bureau de la productrice, il insisterait pour tout savoir sur ce qui s'était passé pendant son séjour en Irak. Pour savoir, aussi, pourquoi elle semblait prête à les condamner, ses anciens compagnons d'armes et lui, sans la moindre preuve.

Parker sortit de l'immeuble par l'escalier de secours et décida de rentrer chez lui à pied. Faire venir un taxi ou prendre un bus si près du domicile de Rebecca aurait été imprudent, et la marche lui permettrait en outre d'évacuer sa colère.

Alors qu'il remontait la rue, son portable sonna. Il le sortit de sa poche et, voyant le nom de Theo Manning sur l'écran, décrocha tout de suite.

— Comment ça s'est passé ? demanda-t-il sans préambule.

Pas de réponse, mais un brouhaha de voix, en fond sonore...

— Theo ?

— Monsieur Lawton ?

— Lui-même. Qui est à l'appareil ?

— Lieutenant Calvin Baird, police de San Francisco. Je vous appelle avec le portable de Theo Manning dans le cadre de l'enquête que mon service vient d'ouvrir.

— Quel genre d'enquête ? demanda Parker en s'adossant à l'immeuble le plus proche.

Son correspondant ignora la question.

— D'après le journal d'appels de ce téléphone, monsieur Lawton, vous avez récemment été en communication avec son propriétaire...

L'estomac de Parker se noua, et son pouls s'accéléra.

— En effet, répondit-il. Où est Theo ? Je peux lui parler ?

— Je suis désolé... Il est mort.

Non !

Le souffle coupé, Parker se sentit glisser le long de la façade et se retrouva assis sur le trottoir.

Les pensées se bousculaient dans sa tête. Il était au téléphone avec un membre de la brigade criminelle... Theo était le premier sur la liste du maître chanteur, mais rien n'était censé arriver avant quatre jours...

— Vous êtes toujours là, monsieur Lawton ?

— Oui... D'où m'appelez-vous ? Que s'est-il passé ?

— Quelqu'un a composé le 911 il y a environ quarante minutes et signalé des coups de feu. Le temps que la police et les secours arrivent, il était trop tard... Toutes mes condoléances.

— Je suis la dernière personne à lui avoir téléphoné ?

— D'après le journal d'appels, quelqu'un d'autre a essayé de le joindre.

— Qui ?

— Je ne peux pas vous le dire pour le moment. Je viens d'arriver sur la scène de crime, et on a encore très peu d'éléments... Vous aurez le temps de passer au commissariat de Bayview demain matin ?

Bayview ? Cela ne renseignait pas beaucoup Parker sur l'endroit où Theo était mort : ce quartier comprenait le port où il travaillait comme grutier, mais aussi toute la partie sud-est de la ville.

— Oui, d'accord pour demain matin, déclara Parker.

Il connaissait la musique : sans être vraiment suspect, il était rangé par le lieutenant Baird dans la catégorie des personnes potentiellement impliquées dans un acte délictueux. Et il avait malheureusement intérêt à ne pas fournir à la police son véritable alibi : avouer avoir harcelé une femme, puis commis une violation de domicile, ne serait pas du meilleur effet.

— Merci de..., commença le policier.

— Attendez ! Vous avez parlé de coups de feu... Quelqu'un a tiré sur Theo ? C'est comme ça qu'il est mort ?

— Il faut attendre l'autopsie pour le savoir.

Cela lui demanda un effort presque surhumain, mais Parker parvint à se ressaisir. Il se releva et dit sur le ton ferme qu'il utilisait sur les théâtres d'opérations pour imposer son autorité à ses subordonnés :

— J'ai combattu en Irak aux côtés de Theo Manning. C'est... C'était mon ami. De quoi est-il mort *à votre avis,* lieutenant ?

— Il a reçu deux balles dans la nuque.

Une bouffée de colère envahit Parker. Theo avait été assassiné moins de vingt-quatre heures après son coup de téléphone... Mais si le maître chanteur pensait ainsi renforcer sa motivation pour céder à une exigence infondée, il se trompait lourdement !

— Mes hommes parcourent le quartier à la recherche de témoins, poursuivit Baird. J'espère avoir d'ici demain matin une meilleure idée du déroulement des faits.

— Pas de signes de lutte ?

— À première vue, non, mais le corps se trouve dans une ruelle sombre.

L'image qui vint alors à l'esprit de Parker lui serra le cœur.

— Merci, lieutenant. Je passerai au commissariat demain à la première heure.

Parker coupa ensuite la communication et dit une brève prière pour le repos de l'âme de son ami. Il n'avait pas le temps de faire plus pour l'instant : les vivants avaient la priorité sur les morts, et il restait cinq noms sur la liste du maître chanteur.

Pourquoi celui-ci réclamait-il un or qu'ils n'avaient pas volé ? Et pourquoi lui accordait-il un délai, si c'était pour commencer à mettre sa menace à exécution sans attendre l'expiration de ce délai ?

Mystère !

Mais ce mystère, Parker avait bien l'intention de le percer avant qu'il y ait d'autres morts.

2

La soirée n'était pas tout à fait à la hauteur de ce que Rebecca en attendait. C'était dû en grande partie à son cavalier qui, comme elle le craignait, avait en l'invitant une idée derrière la tête : il n'arrêtait pas de lui parler de son père et de l'espoir qu'il nourrissait de travailler un jour avec lui. S'il pouvait dans la même journée obtenir une recommandation auprès de lui *et* les faveurs de sa fille, il ferait carton plein !

Rien de nouveau pour Rebecca dans ce scénario... Elle ne l'écoutait que d'une oreille, et repoussait doucement mais fermement la main qu'il posait toutes les deux minutes sur sa cuisse.

La cérémonie de remise de récompenses lui fournit une distraction bienvenue, mais ensuite un profond ennui commença à la gagner. L'image de Parker Lawton sur le seuil de sa porte s'imposa alors à son esprit. Se promenait-il souvent vêtu comme un membre de la classe moyenne plutôt que comme un milliardaire de fraîche date ?

Rebecca quitta sa table, parcourut la salle des yeux, et quand son regard tomba sur Rush Grayson — autre milliardaire, et l'un des lauréats de la soirée —, elle tenta de l'imaginer habillé de façon plus décontractée... C'était sans doute possible.

Mais la tenue de Lawton importait peu, se dit-elle ensuite. Le problème, c'était la manière dont il lui avait imposé sa présence. Cela s'apparentait à du harcèlement, mais si elle décidait de porter plainte, la police lui rirait au nez. Tout le monde pensait que les professionnels des médias utilisaient la même tactique — et d'autres, pires encore — pour obtenir des informations.

— Je n'aime pas trop la façon dont tu fixes mon mari !

Rebecca sursauta. L'épouse de Rush se tenait à son côté, le sourire aux lèvres, et à la main, une coupe de champagne qu'elle lui tendit.

— Oh ! bonsoir, Lucy ! Je ne t'avais pas vue arriver.

Elles se connaissaient heureusement assez bien pour que Lucy puisse faire ce genre de plaisanterie. Elle savait que, chez son amie, un froncement de sourcils ne trahissait généralement qu'une intense concentration.

— Tu transmettras mes félicitations à Rush pour le prix qu'il a reçu, reprit Rebecca.

— Je n'y manquerai pas.

Vêtue d'un fourreau bleu ardoise, les yeux brillants de fierté pour son mari, Lucy était radieuse.

— Qu'est-ce qui te rend si pensive, si je peux me permettre ? enchaîna-t-elle.

— Ne t'inquiète pas, rien de grave ! Je suis juste... déboussolée.

— Jamais je n'aurais cru t'entendre un jour dire ça ! s'écria Lucy.

Puis elle prit Rebecca par le bras et suggéra :

— Tu veux qu'on aille se promener ? Marcher te détendra.

— Oui, et je ne serai pas non plus mécontente de mettre un peu de distance entre M. Mains baladeuses et moi.

— Tu as besoin d'aide pour te débarrasser de lui ? demanda Lucy d'une voix inquiète.

— Non. L'expérience m'a appris à éconduire ceux qui me font la cour dans le seul but de se rapprocher de mon père.

Rebecca se retourna et vit son cavalier en grande conversation avec les hommes assis à la même table qu'eux pendant le dîner. Il ne s'était visiblement pas aperçu qu'elle lui avait faussé compagnie. Quand il s'en rendrait compte, il lui courrait après et lui adresserait un compliment inepte avant de lui proposer de l'emmener passer un week-end avec lui à Los Angeles…

— La couleur de mes cheveux devrait pourtant décourager ce genre d'intrigant, reprit Rebecca. Les rousses sont censées avoir mauvais caractère, non ?

— Oui, mais tes taches de rousseur ont un charme qui peut faire oublier cette croyance. Cela dit, si M. Mains baladeuses t'ennuie vraiment, Rush et moi sommes tous disposés à te reconduire chez toi.

— Merci, mais ce ne sera pas nécessaire.

Les deux jeunes femmes quittèrent la grande salle de réception et se rendirent à l'entresol, où un bar servant toutes sortes de boissons avait déjà attiré de nombreux invités.

En quête d'un sujet plus sûr, Rebecca observa :

— La vie de couple a l'air de vous réussir à tous les deux !

— C'est vrai. Beaucoup de gens pensent que j'ai épousé Rush pour son argent, mais si l'un de nous deux a fait un mariage d'intérêt, c'est lui : il m'a épousée pour pouvoir profiter de ma grande sagacité vingt-quatre heures sur vingt-quatre.

Rebecca sourit. Bien que les relations entre Rush et Lucy aient d'abord été compliquées, il était évident qu'ils s'aimaient.

— Tu sais que presque tous les hommes les plus riches de San Francisco sont ici ce soir, et que certains sont célibataires ? déclara Lucy sur un ton taquin.

Presque tous seulement, songea Rebecca.

Elle connaissait, personnellement ou de réputation, la plupart des milliardaires présents à cette réception, mais elle ignorait jusque-là que Parker Lawton faisait partie des plus grosses fortunes de la ville.

Et lui, il n'était pas là ce soir…

— Tu as entendu parler de Parker Lawton ? dit-elle à son amie.

— Oui, et je l'ai même rencontré deux ou trois fois... Mais pourquoi me demandes-tu ça ? Tu as des vues sur lui ?

— Absolument pas ! s'empressa d'indiquer Rebecca. Si je m'intéresse à lui, c'est pour des raisons strictement professionnelles.

Puis, comme il n'était pas question de révéler une accusation encore sujette à caution, elle reprit :

— Parker Lawton est d'ici, et il a brillamment réussi sa reconversion après son départ de l'armée. Bill essaye d'obtenir une interview de lui.

— Dommage que Parker ne soit pas là ce soir : je te l'aurais présenté. Je pensais pourtant qu'il viendrait.

— Pourquoi ?

— Parce que Rush l'a invité.

L'espace d'un instant, Rebecca imagina sa soirée avec Parker Lawton dans le rôle de son accompagnateur. Non seulement il ne lui aurait pas parlé de son père, mais les compliments outrés de son vrai cavalier auraient été remplacés par des traits d'esprit. Ils auraient échangé des propos badins, se seraient trouvé des points communs... Et il devait être superbe, en smoking...

Arrête ! s'enjoignit Rebecca.

Si Parker Lawton avait été là, en qualité de cavalier ou d'invité, il ne l'aurait pas charmée par sa conversation — où était-elle allée chercher l'idée qu'il avait de l'esprit, d'ailleurs ? Non, il l'aurait pressée de lui communiquer l'identité de sa source...

Ce qui aurait tout de même été mieux pour elle que d'en être réduite à jouer à cache-cache avec M. Mains baladeuses, lui dit une petite voix intérieure.

— Comment Rush et Parker Lawton se connaissent-ils ? demanda-t-elle.

— Ça remonte à l'époque du lycée. J'ai l'impression qu'ils n'étaient pas spécialement proches, à cette époque, mais ils se sont retrouvés quand Rush a eu besoin d'un spécialiste en matière de sécurité pour protéger son entreprise.

Rush Grayson avait en effet fondé avec un de ses amis, Sam Bellemere, une société de stockage de données informatiques baptisée Gray Box.

— Parker est quelqu'un de bien, si tu veux mon avis, ajouta Lucy.

— Je vois...

Rebecca préférait rester évasive. Imposer sa présence à une femme en l'empêchant de refermer sa porte n'était pas pour elle quelque chose de bien. D'un autre côté, Lucy n'était pas du genre à délivrer des certificats de moralité à la légère...

— Où en es-tu, professionnellement ? demanda cette dernière. Tu n'avais pas une promotion en vue ?

— Je préfère ne pas en parler, et mon poste actuel me convient parfaitement, de toute façon. Dis-moi où tu en es, toi, sur le plan personnel !

Avant de répondre, Lucy tira Rebecca à l'écart.

— Je suis enceinte, murmura-t-elle. Ça ne se voit pas encore, mais c'est pour ça que je t'ai donné la coupe de champagne que quelqu'un m'avait mise de force dans les mains.

— Toutes mes félicitations !

— Merci.

— Vous devez être ravis, Rush et toi !

— Oui, et encore, le mot est faible.

— Vous serez des parents formidables.

Des larmes d'émotion voilèrent les yeux de Lucy, si bien que Rebecca ajouta sur un ton malicieux :

— Je vais communiquer la nouvelle à un paparazzi de mes relations.

Comme elle l'espérait, son amie éclata de rire.

— Je suis sûre que tu n'en connais aucun ! s'écria-t-elle.

— Si, plein, mais ils sont tous à Los Angeles. C'est pour

ça que j'en suis partie... Mais voilà ton mari... Je vous laisse ! À bientôt ?

— Oui, à bientôt.

Rebecca se mêla ensuite aux autres invités. Elle aurait dû quitter la réception, mais la peur de rentrer seule chez elle était revenue. Quand Lucy lui avait proposé de la raccompagner avec son mari, elle avait refusé pour ne pas les déranger, et cette raison tenait toujours.

Au bout d'un moment, désireuse de se changer les idées, elle se rendit dans un coin tranquille et envoya à Bill Gatlin un texto lui demandant des nouvelles de son entrevue avec Theo Manning.

Il l'appela aussitôt pour lui dire que Manning n'était pas venu, et elle s'apprêtait à l'informer de la visite de Parker Lawton quand elle changea d'avis. Il insisterait pour l'héberger pendant quelques jours, et elle n'aimait pas habiter chez les autres. La réception se tenait dans un hôtel... Elle allait y prendre une chambre pour la nuit.

Problème résolu !

Quand Bill voulut savoir si elle passait une bonne soirée, Rebecca lui parla de M. Mains baladeuses, et sa réaction indignée lui fit chaud au cœur. Elle se sentit même prête à rire de l'échec de cette nouvelle tentative pour se construire une vie privée.

Son regard tomba alors sur Rush et Lucy, à l'autre bout de l'entresol, et elle soupira.

L'amour la fuirait toujours, songea-t-elle en buvant son champagne à petites gorgées. Il était évident qu'elle n'était pas faite pour entretenir une relation intime avec un homme, et quelle importance, finalement ? Elle adorait son métier, ses collaborateurs lui servaient de famille, et elle préférait de loin avoir affaire à un journaliste grognon qu'à un gamin capricieux.

Cela ne ressemblait peut-être pas à une existence standard, mais c'était la sienne.

Rebecca souhaita une bonne nuit à Bill et partit à la

recherche d'une autre coupe de champagne. Elle irait ensuite à la réception. Mieux valait dormir dans une chambre d'hôtel que chez elle, à se demander si Parker Lawton n'allait pas revenir dans la nuit et tenter de nouveau de forcer sa porte.

De retour dans son appartement, Parker se rasa et enfila son smoking. La mort de Theo Manning l'obsédait, et quand il vérifia son apparence dans le miroir de la salle de bains avant d'en sortir, il vit qu'une expression de douleur crispait ses traits.

Tant pis ! Si les gens lui posaient des questions sur son air sombre, il les éluderait.

Le placard du vestibule contenait un sac marin avec à l'intérieur toutes les affaires nécessaires pour tenir plusieurs jours loin de chez lui. Parker le sortit, y ajouta son ordinateur portable, des vêtements de rechange supplémentaires et un imperméable. Il n'avait pas l'intention d'être une cible aussi facile que Theo pour le misérable qui lui avait tiré deux balles dans la nuque.

Son sac marin à la main, il quitta l'immeuble et scruta la rue à la recherche de toute personne qui porterait un intérêt suspect au bâtiment ou à lui-même. Il aurait pu utiliser son 4x4 blindé, mais il préférait le garder en réserve. Mieux valait, dans l'immédiat, « se contenter » de son cabriolet Audi R8 Spyder.

Le sac tenait tout juste dans le petit espace situé derrière le siège du conducteur. Parker démarra, et il arriva à l'hôtel où la soirée de gala avait lieu avec un retard très supérieur à ce que la bonne société considérait comme admissible.

L'avantage, c'est qu'un voiturier vint tout de suite lui proposer ses services. Parker lui tendit les clés de sa voiture et y ajouta un billet de cinquante dollars en disant :

— Ne la garez pas trop loin. J'aurai peut-être besoin de partir vite.

Le voiturier lui promit de ne pas le faire attendre quand il reviendrait. Et Parker savait qu'au pis, il pourrait récupérer sa voiture sans les clés : un système alternatif d'ouverture des portières le lui permettrait.

Une fois dans le hall de l'hôtel, il leva les yeux vers les gens qui se pressaient à l'entresol. La tentation de rajuster son nœud papillon le saisit, mais il y résista et fit de son mieux pour se convaincre qu'il ressemblait à n'importe lequel des autres invités en smoking. Il préférait se présenter en uniforme de cérémonie militaire dans les réceptions exigeant le port d'une tenue de soirée, mais là, il avait besoin de se fondre dans la masse.

C'était le meurtre de Theo Manning qui l'avait persuadé de venir. Rebecca Wallace était là et, tout en sachant qu'elle risquait de mal l'accueillir après lui avoir proposé de le recevoir le lendemain dans son bureau, il ne pouvait pas se permettre d'attendre : un homme était mort, tué dans la force de l'âge par un lâche qui l'avait attaqué par-derrière.

En voyant le champagne couler à flots, Parker se prit à espérer que Rebecca Wallace en avait bu plusieurs coupes, et que cela avait adouci son humeur. Peut-être l'écouterait-elle, alors… Il méritait une chance de lui donner sa version de l'histoire, de réfuter les accusations mensongères de l'informateur anonyme.

Plus important encore, il voulait lui faire comprendre que la mémoire du soldat irréprochable qu'avait été Theo Manning devait être protégée du scandale.

Et si elle acceptait ce soir de lui révéler l'identité de sa source, il pourrait la communiquer dès le lendemain matin au lieutenant Baird.

Parker alla au bar de l'entresol se procurer une coupe de champagne pour se donner une contenance, et partit ensuite à la recherche de la productrice. Mais après avoir fait deux fois le tour des pièces allouées à la soirée, il n'avait toujours pas trouvé la jeune femme. Elle était pourtant forcément là, quelque part…

Finalement, au lieu de bouger sans cesse, Parker se posta à un endroit d'où il pouvait voir la majorité des invités aller et venir. Et soudain, il aperçut Rebecca. Elle montait l'escalier menant du hall de l'hôtel aux salles de réception. Seule. Où était son cavalier ?

Ses cheveux auburn, relevés en un élégant chignon, luisaient sous les lustres. Sa robe noire laissait ses longues jambes découvertes à partir du genou, et ses escarpins mettaient ses chevilles fines en valeur.

Quand elle lui avait ouvert la porte, quelques heures plus tôt, la hauteur vertigineuse de ses talons avait placé leurs visages à peu près à la même hauteur. Les yeux bleus de Rebecca, brillants d'intelligence et de défi, l'avaient subjugué, et il avait senti une onde inattendue de désir se répandre dans ses veines.

Cette attirance n'était évidemment pas partagée — Parker avait ruiné toutes ses chances de se concilier les bonnes grâces de la jeune femme en forçant sa porte —, mais quelle importance ? Il n'avait pas besoin qu'elle le trouve attirant ni même sympathique. Il fallait juste qu'elle accepte de l'écouter.

Quand Rebecca atteignit le haut de l'escalier, Parker se cacha derrière un groupe d'invités pour ne pas risquer qu'elle fasse tout de suite demi-tour en le voyant. Il ne se sentait pas d'humeur à lui courir après. Une approche en douceur s'imposait, et il se contenta, dans un premier temps, de la suivre discrètement.

L'idée d'utiliser la mort de Theo Manning pour obtenir gain de cause lui déplaisait, mais il était prêt à jouer la carte de la compassion si nécessaire. La vie des autres hommes menacés par le maître chanteur était entre ses mains... Il ne pouvait pas se permettre d'essuyer un nouveau refus de la part de Rebecca, mais comment persuader une femme butée et mal disposée envers lui de l'aider ?

Elle se rendit dans la salle où le dîner et la cérémonie de remise des récompenses avaient eu lieu, à en juger par les tables et l'estrade encore en place. Tandis que Parker restait un peu en retrait, la productrice fut abordée par un homme qui lui tendit une coupe de champagne avant d'engager la conversation avec elle.

Au bout d'un moment, Parker commença à perdre patience. La meilleure solution, c'était d'attirer la jeune femme à l'écart et, pendant qu'il se demandait comment y parvenir, elle tourna la tête vers lui, comme si elle avait senti qu'il la fixait.

Pris de court, Parker lui sourit et attendit sa réaction. Elle écarquilla les yeux, puis l'étonnement céda la place à la colère, et elle le foudroya du regard.

Le salut qu'il lui adressa en levant sa coupe de champagne eut pour seul effet de lui faire froncer les sourcils, puis reporter son attention sur son interlocuteur.

Parker se dirigea alors vers elle d'un pas lent, pour se donner le temps de trouver les mots les plus susceptibles de la convaincre de l'écouter. Il vit qu'elle suivait sa progression du coin de l'œil, et cela lui sembla être bon signe : elle aurait pu carrément l'ignorer. L'espoir de connaître le nom du maître chanteur avant la fin de la nuit commençait à prendre forme.

Alors qu'il se trouvait encore à quelques mètres d'elle, cependant, Rebecca s'excusa et se dirigea vers les toilettes. Un homme déboucha du couloir qui y menait juste au moment où elle allait s'y engager. Elle s'effaça pour le laisser passer, mais il fit lui aussi un pas de côté, si bien qu'ils se retrouvèrent de nouveau face à face.

Parker sentit le danger un instant trop tard. L'expression de l'homme se durcit subitement, il sauta sur Rebecca et l'entraîna dans le couloir, où ils disparurent.

Pourquoi la jeune femme ne criait-elle pas ? se demanda Parker, affolé, en se frayant un chemin entre les tables et les groupes d'invités. Elle lui avait opposé une plus grande résistance...

À peine avait-il tourné le coin du couloir qu'un autre

homme lui barra le passage. Plus jeune et plus mince que le premier, il était visiblement là pour protéger la fuite de son complice.

Ce n'est pas ton jour ! pensa Parker avant de le neutraliser d'un crochet du droit suivi d'un uppercut.

Il remonta ensuite le couloir en courant, vers ce qui devait être un escalier de service. L'homme qui s'était emparé de Rebecca n'allait heureusement pas vite, car non seulement il marchait à reculons mais en plus la jeune femme se débattait furieusement. Parker, lui accéléra...

— Stop ! lui cria l'inconnu d'une voix teintée d'un accent indéfinissable. Ne vous mêlez pas de ça, sinon je la tue !

Cette menace convainquit Parker de se soumettre — momentanément, tout du moins — aux ordres du malfaiteur. Sans cesser de se démener, Rebecca pointa un index accusateur vers lui tandis que sa bouche s'ouvrait et se fermait sur des mots rendus inaudibles par le bras que son agresseur pressait sur sa gorge.

— Lâchez-la ! dit Parker en se risquant à faire un pas en avant.

Au lieu de lui obéir, l'homme enfonça l'aiguille d'une seringue dans le cou de la jeune femme. Un violent frisson la secoua, puis elle s'affaissa.

— Non ! hurla Parker.

Un rictus cruel découvrit une bouche en partie édentée et, pendant que l'homme tirait Rebecca vers l'escalier, Parker vit qu'une balafre lui barrait la joue gauche de la tempe à la commissure des lèvres.

Cette fois, plus question de jouer la prudence ! Sans parler du devoir d'assistance à personne en danger qui l'aurait de toute façon poussé à agir, Parker ne pouvait laisser s'envoler son unique chance d'identifier rapidement le maître chanteur.

Il fonça droit sur l'homme qui, surpris, lâcha Rebecca et se précipita dans la partie de l'escalier qui menait aux étages supérieurs. Parker rattrapa la jeune femme avant qu'elle tombe, l'allongea par terre et tâta son pouls. Il battait, mais le temps que Parker se redresse et se lance à la poursuite du malfaiteur, l'alarme incendie se déclencha.

C'était évidemment un stratagème imaginé par l'homme à la joue balafrée pour couvrir sa fuite, mais Parker était le seul à le savoir. Toutes les autres personnes présentes dans l'hôtel allaient prendre la menace au sérieux.

Impossible, donc, de laisser Rebecca dans le couloir : elle risquait d'être piétinée par des gens paniqués à la recherche d'une issue de secours. Parker la souleva, la chargea sur son épaule, puis descendit l'escalier quatre à quatre.

Comme il ne pouvait pas attendre l'arrivée du voiturier avec une femme inconsciente sur l'épaule, il se rendit directement sur le parking. Là, il activa le boîtier de localisation qu'il gardait dans la poche de son pantalon... Les phares de son cabriolet s'allumèrent, un petit coup de klaxon suivit... Parker se dirigea à grands pas vers l'Audi Spyder et tapa sur le clavier fixé à la carrosserie le code commandant l'ouverture des portières.

Après avoir assis et attaché Rebecca dans le siège du passager, il s'assura de nouveau qu'elle respirait, puis fit le tour du véhicule et s'installa au volant. Le système de démarrage consistait en un simple bouton-poussoir. Parker l'enfonça, et le moteur se mit aussitôt à ronronner.

— Une simple productrice, hein ? grommela Parker tout en se dépêchant de quitter un parking où une foule de gens fuyant l'hôtel n'allait pas tarder à créer des bouchons. Je ne suis pourtant pas le seul à m'intéresser de près à vous...

L'agression de Rebecca l'inquiétait autant qu'elle le surprenait. À première vue, cette tentative d'enlèvement et le chantage dont il était victime n'avaient aucun rapport... La simultanéité de ces événements lui semblait pourtant étrange, et l'hypothèse d'un lien entre les deux ne pouvait donc pas être totalement écartée.

La nécessité d'interroger Rebecca en était d'autant plus

impérieuse, mais il devait attendre pour cela qu'elle se réveille. Impossible de savoir dans combien de temps elle reprendrait connaissance, cependant, et il n'était même pas certain qu'elle accepte alors de répondre à ses questions.

Parker décida de la conduire dans un endroit sûr et d'utiliser le temps que la drogue cesse de faire effet pour rechercher dans le parcours de la jeune femme ce qui pouvait pousser quelqu'un à la kidnapper.

L'endroit sûr auquel Parker pensait était un appartement donnant sur l'océan Pacifique, qu'il avait acheté au nom de sa société, et qui comprenait une chambre forte. Son intention, au départ, était d'y habiter, et il y avait installé des systèmes de sécurité ultra-sophistiqués — pour les tester plus que par crainte des voleurs.

Théoriquement destiné à la location, cet appartement était vide en ce moment. Parker roula au hasard pendant une demi-heure avant de prendre la route qui y menait : il avait besoin d'être sûr que personne ne le suivait.

Une fois à destination, il emmena Rebecca directement dans la chambre forte, la coucha sur le canapé et la couvrit d'un plaid. Il lui enleva ensuite ses chaussures et retira de la pièce tous les objets dont elle aurait pu se servir comme d'une arme, ainsi que tous les moyens de communication avec le monde extérieur. Il ne voulait pas risquer que leurs ennemis — qu'il s'agisse ou non des mêmes individus — les localisent.

Avec un peu de chance, Rebecca se réveillerait dans quelques heures, et ils discuteraient tranquillement, sans rien ni personne pour les distraire ou les interrompre. Après un échange d'informations fructueux, ils pourraient se séparer et ne plus jamais se revoir.

3

Rebecca reprit lentement connaissance. Complètement désorientée, elle regarda autour d'elle. Une lumière tamisée éclairait ce qui lui donna d'abord l'impression d'être une salle de séjour petite mais confortable. Quelqu'un l'avait déchaussée et couverte d'un plaid pour qu'elle n'ait pas froid, mais cette attention lui inspira plus de méfiance que de gratitude.

Que s'était-il passé ?

Quand elle se sentit assez forte pour se redresser, Rebecca se rendit compte qu'elle était installée sur un canapé de cuir bordeaux d'une douceur incroyable au toucher. Mais elle ne reconnaissait rien dans cette pièce. Sa seule certitude, c'était de ne se trouver ni chez Bill Gatlin, ni chez aucun de ses amis.

Et où étaient ses chaussures ?

— Il y a quelqu'un ?

Elle avait la gorge si sèche que sa voix ressemblait au coassement d'une grenouille. Combien de temps son évanouissement avait-il duré ?

— Il y a quelqu'un ? répéta-t-elle.

Pas de réponse.

Un frisson d'angoisse la parcourut, tandis que les questions continuaient de se presser dans sa tête : où était-elle ? Quelqu'un l'avait visiblement kidnappée après l'avoir droguée, mais qui, et pourquoi ?

Rebecca se leva, mais la pièce se mit aussitôt à tourner devant ses yeux, l'obligeant à se rasseoir. Il fallait qu'elle fasse un effort de mémoire, tente de se rappeler quelque chose, n'importe quoi...

Il y avait une bouteille d'eau sur la table basse. Assoiffée, elle referma la main dessus, mais la retira finalement. Bien que cette bouteille ait l'air neuve, rien ne disait que son eau ne contenait pas quelque substance toxique.

— Réfléchis ! marmonna Rebecca.

Quelqu'un l'avait amenée là, et elle était bien décidée à y rester le moins longtemps possible.

Son regard se posa sur le bas de sa robe, et elle se rappela alors vaguement être allée à une réception avec un homme déplaisant. Une grande réception, dans un hôtel...

D'autres bribes de souvenirs commencèrent à lui revenir : un escalier majestueux, des tables joliment décorées, du champagne qui coulait à flots, un grouillement de gens en tenue de soirée...

Mais ce défilé d'images lui donna vite mal aux yeux et à la tête.

Lorsque la peur de tomber l'eut quittée, Rebecca se leva de nouveau et pivota lentement sur elle-même pour avoir un aperçu de l'ensemble de son environnement.

La pièce était plus longue que large. Une kitchenette équipée d'un réfrigérateur, d'un micro-ondes, d'un petit four électrique et d'un évier en occupait le fond. Le mur opposé était percé d'une porte — qui donnait sur une salle de bains, constata Rebecca en allant l'ouvrir. Il y avait sur le côté une autre porte, à double battant, celle-là, et qui faisait toute la hauteur de la pièce.

En voyant le lit pliant installé contre un des murs, Rebecca pensa aux caravanes dévolues aux acteurs de cinéma pendant le tournage d'un film — elle avait beaucoup travaillé avec son père avant de partir vivre à San Francisco.

Elle sautilla pour tester le plancher. Il ne fléchit pas,

comme l'aurait fait celui de la plupart des caravanes, mais cela ne voulait pas forcément dire qu'elle se trouvait dans une maison ou un appartement, et un nouveau frisson d'angoisse la secoua, car une caravane pouvait être déplacée à tout moment, et acheminée n'importe où.

La pièce n'avait pas de fenêtres. Elle n'était éclairée que par une rampe de spots fixée au plafond, et dont la commande devait être équipée d'un variateur de lumière : Rebecca avait presque la même dans sa salle de séjour.

Un beau tableau du pont du Golden Gate émergeant d'une nappe de brouillard décorait l'un des murs. Ils étaient tous peints dans un joli coloris ivoire. La porte à double battant l'était aussi, mais ses énormes gonds, ses barres métalliques transversales et la roue qui tenait lieu de poignée lui donnaient un aspect rébarbatif : elle ressemblait à celle de la salle des coffres d'une banque.

Rebecca s'en approcha et tenta — en vain — de faire tourner la roue. Un petit panneau, à droite de la porte, s'alluma alors, et une voix de synthèse susurra : « Chambre forte en mode sécurisé. »

— Merci du renseignement ! grommela Rebecca.

La bonne nouvelle, c'était qu'elle ne se trouvait pas dans une caravane ; la mauvaise, que ses chances de sortir de sa prison par ses propres moyens étaient pratiquement nulles.

À tout hasard, elle tapota sur le panneau. Un écran lumineux apparut, mais sans touches ni icônes de commande de la porte.

— Ouverture de la chambre forte ! déclara distinctement Rebecca en direction du haut-parleur situé au-dessus du panneau.

— Demande refusée, répondit la voix de synthèse au bout d'un moment.

Partagée entre le découragement et la colère, Rebecca parcourut la pièce à la recherche du variateur de lumière : elle voulait y voir mieux. Mais il n'y en avait pas. L'éclairage central était donc lui aussi commandé par un dispositif auquel elle n'avait pas accès.

La lampe posée sur la table basse était bien équipée d'un interrupteur, constata-t-elle ensuite, mais il ne fonctionnait pas.

Une soif de plus en plus intense guida ses pas vers l'évier. L'eau qu'elle fit couler lui parut potable et, après s'être aspergé le visage pour s'éclaircir les idées, elle trouva un verre, le remplit et but à longs traits.

D'autres souvenirs commençaient à remonter à sa mémoire, mais ils étaient confus, fragmentaires... Elle se rappelait avoir parlé avec Lucy, mais de quoi ? Mystère... Il y avait un homme qui la maintenait étroitement serrée contre lui, puis quelque chose l'avait piquée au cou...

Intriguée, Rebecca se rendit dans la salle de bains et se regarda dans le miroir. Elle réussit, en frottant énergiquement, à enlever le mascara qui avait coulé sous ses yeux et sur ses joues. L'examen de son cou lui montra ensuite une petite marque rouge, et elle revécut dans un flash ce qui s'était passé juste avant qu'elle perde connaissance : une aiguille s'était enfoncée dans son cou, et quelqu'un avait crié.

Qui cela pouvait-il bien être ? Pas l'homme qui l'avait droguée, en tout cas...

Rebecca retourna dans la pièce principale et marmonna :

— Où suis-je ?

— Dans une chambre forte.

Elle sursauta violemment. Ce n'était pas une voix de synthèse qui lui avait répondu, mais pas une voix normale non plus : son propriétaire — elle était presque sûre qu'il s'agissait d'un homme — devait utiliser un appareil qui la déformait.

— Oui, ça, j'avais compris ! s'exclama-t-elle. Ce que je veux savoir, c'est où se trouve cette chambre forte, et pourquoi vous m'y avez emmenée !

— Coopérez, mademoiselle Wallace, et vous sortirez vite d'ici.

Autrement dit, faute de coopérer, elle resterait enfermée...

— Venez me parler en face ! ordonna-t-elle sur un ton aussi ferme que sa peur le lui permit. Montrez-vous !

Pas de réaction, ce qui la mit en colère.

— Espèce de lâche ! cria-t-elle. Modifier votre voix et cacher votre visage ne suffira pas à vous éviter d'être condamné pour enlèvement et séquestration !

— On verra.

— Laissez-moi sortir !

Silence.

— Ma disparition ne passera pas inaperçue ! reprit Rebecca. Il y a des gens qui vont me chercher, et au bout d'un moment ils alerteront la police...

Après un nouveau — et très long — silence, son ravisseur déclara :

— Buvez beaucoup et reposez-vous ! On se reparlera dans peu de temps.

— Qu'est-ce que vous attendez de moi ?

— Pour l'instant, que vous vous reposiez.

— Où sont mes chaussures ?

Sans attendre la réponse, Rebecca s'élança vers la porte et tenta de nouveau de manœuvrer la poignée — qui ne bougea pas plus que la première fois. Elle frappa ensuite le panneau de contrôle du plat de la main dans l'espoir de provoquer un court-circuit, mais rien ne se passa. L'écran lumineux ne s'activa même pas.

— Le fonctionnement de cette porte est commandé par un code et l'empreinte de ma paume droite, expliqua l'homme.

— Ouvrez-la !

— Je le ferai dès que je le jugerai opportun.

— Et à ce moment-là, je vous jure que...

— Je comprends votre frustration, mademoiselle

Wallace, mais vous n'avez pas à vous inquiéter : vous êtes ici en parfaite sécurité.

Rebecca fronça les sourcils. Il y avait dans cette voix, même déformée, quelque chose qui lui en rappelait une autre et suscitait en elle un curieux mélange de sentiments.

— Le réfrigérateur contient des bouteilles d'eau et de quoi faire des sandwichs. Un vrai repas vous sera servi trois fois par jour.

Sauf pendant ses congés, Rebecca ne prenait jamais trois vrais repas par jour...

— Qu'est-ce qui vous fait croire que j'aurai envie de manger ? demanda-t-elle.

Une grève de la faim serait peut-être le moyen le plus rapide de sortir de cette pièce...

— Rien ne vous oblige à manger, mais nous avons tous les deux intérêt à ce que vous restiez en bonne santé.

— Si vous me disiez, maintenant, ce que vous voulez ? suggéra Rebecca en croisant les bras pour empêcher ses mains de trembler.

— J'ai besoin que vous coopériez. Ensuite, toute cette histoire sera terminée.

Coopérer avec son ravisseur ? Il n'en était pas question !

— Cette « histoire » ne sera terminée qu'après ma libération et votre arrestation !

Un grésillement, dans le haut-parleur, puis plus rien.

La situation n'était pas tout à fait désespérée, songea Rebecca, mais sans trop y croire. Car il ne lui était encore jamais rien arrivé de pire.

Lors du tournage d'un film en Turquie auquel elle avait participé, son père et toute l'équipe avaient été assignés à résidence. Ils avaient passé quarante-huit heures sous surveillance policière, à s'interroger sur le sort qui allait leur être réservé... Il avait fallu l'intervention de l'ambassadeur des États-Unis pour que les autorités turques les autorisent finalement à partir.

Aussi traumatisante qu'ait été cette expérience, les

circonstances présentes l'étaient encore plus. Seule, kidnappée et enfermée par un homme dont elle ignorait les motivations, elle devait faire appel à toute la force de sa volonté pour ne pas céder à la panique.

Le souvenir des dangers qu'elle avait déjà courus l'y aida aussi. En plus de l'épisode turc, il y avait eu le reportage effectué avec Bill Gatlin près de la frontière irako-iranienne. Ils avaient pris des risques, à cette occasion, mais s'en étaient sortis indemnes.

Et cette nouvelle... aventure se terminerait tout aussi bien, se dit Rebecca résolument. Il y avait forcément quelque chose à faire pour contrecarrer les plans de son ravisseur, quels qu'ils soient.

— Qu'est-ce que vous attendez de moi ? répéta-t-elle.

Seul lui répondit un silence qu'elle finit par rompre en poussant un hurlement digne du plus effrayant des films d'épouvante. À la satisfaction de déchirer ainsi les tympans de l'homme s'il était encore là, s'ajouta un bien-être physique : donner libre cours à sa colère eut pour effet de la détendre.

Plus sereine, elle fouilla la pièce du regard à la recherche d'une arme de fortune. Les accessoiristes qu'elle avait côtoyés sur les tournages lui avaient appris comment fabriquer toutes sortes d'objets avec deux bouts de ficelle et un peu d'ingéniosité.

Son ravisseur avait été assez malin pour lui confisquer ses chaussures, dont les talons étaient assez longs et fins pour crever un œil...

Tant pis ! Il fallait trouver d'autres objets susceptibles d'être détournés de leur usage premier.

Si le canapé était convertible, il comporterait des pièces métalliques accessibles et potentiellement intéressantes. Rebecca alla l'examiner. Il ne l'était pas, et il n'y avait bien sûr que des couverts en plastique dans la kitchenette. À en juger par leur épaisseur, les verres étaient incassables, mais les étuis des CD rangés sur une étagère pourraient éventuellement, une fois brisés, fournir des fragments de plastique pointus.

Pour la dixième fois au moins depuis son réveil, Rebecca voulut utiliser son téléphone portable... et sentit une bouffée de panique l'envahir quand elle ne le trouva pas. Il y avait quelque chose de pathétique dans cette dépendance à un simple objet !

Son ravisseur le lui avait évidemment pris, et elle avait remarqué que la pièce ne contenait rien qui puisse être utilisé pour communiquer avec le monde extérieur. Il avait même emporté la télécommande de la télévision.

De telles précautions devaient signifier qu'il avait planifié son enlèvement et sa séquestration, se dit Rebecca, mais était-elle visée personnellement, ou bien d'autres femmes malchanceuses l'avaient-elles précédée dans cette chambre forte ?

Un spasme d'angoisse lui étreignit le cœur, et ses yeux se remplirent de larmes, qu'elle refoula d'un battement de paupières. Il n'était pas question que ce misérable la voie pleurer, et elle avait repéré la présence de deux caméras de surveillance dans la pièce.

La salle de bains en était dépourvue, avait-elle noté avec soulagement, et elle alla s'y réfugier. Tous les ravisseurs ne respectaient sans doute pas autant l'intimité de leurs victimes. Celui-ci était donc plus correct que certains de ses homologues, mais ce constat ne fit pas grand-chose pour améliorer l'opinion que Rebecca avait de lui.

Parker observait attentivement la jeune femme sur les moniteurs reliés aux caméras qu'il avait installées dans la chambre forte. Il était content de la voir se déplacer avec aisance, et sa combativité lui apparaissait comme un autre signe de sa bonne santé.

Les effets de la drogue n'avaient heureusement pas duré trop longtemps. Pendant les deux heures où Parker avait guetté son réveil, il avait cherché en vain une explication plausible au cas où il aurait dû la conduire à l'hôpital. La seule personne dotée d'une formation médicale et dont il était assez proche pour lui demander de l'aide dans une situation aussi délicate habitait dans le Nevada. C'était Franklin Toomey, le troisième homme sur la liste du maître chanteur.

En voyant Rebecca chercher quelque chose qui pourrait lui servir d'arme, Parker avait souri. Il s'était aperçu qu'elle avait repéré les caméras. Elle se savait donc observée, mais peu lui importait de dévoiler ses intentions belliqueuses. L'audace et le courage étaient des qualités que Parker admirait.

À peine eut-il pris conscience de ce sentiment d'estime, cependant, qu'il se le reprocha. Il refusait d'éprouver aucune considération pour Rebecca Wallace. Le temps pressait, et il devait cesser d'en perdre à la dorloter. Si elle avait recouvré assez de forces pour le défier et se battre avec la porte, elle était en état de répondre à ses questions.

Parker approcha son doigt de la touche qui activait le haut-parleur, mais il l'en éloigna finalement. Dès qu'il exigerait de connaître le nom de sa source, la productrice saurait que c'était lui son geôlier. Et que ferait-il de cette information à 1 h 30 du matin, de toute façon ?

Non, mieux valait attendre d'en savoir plus sur elle. Il fallait trouver un moyen d'obtenir satisfaction sans s'exposer à une plainte et à des poursuites judiciaires.

Restait le problème de l'urgence de la situation...

Tiraillé, Parker poussa un soupir de soulagement quand la jeune femme disparut dans la salle de bains, résolvant ainsi son dilemme — momentanément, tout du moins.

Elle ne pouvait pas s'échapper, et le hurlement qu'elle venait de pousser devait vouloir dire qu'elle l'avait compris. Parker était heureusement la seule personne qui avait pu l'entendre crier, mais il espérait qu'elle ne recommencerait pas : il en avait encore les oreilles qui sifflaient. Cette femme avait du coffre et de l'énergie à revendre !

Abandonnant les moniteurs, Parker se tourna vers l'ordinateur posé à côté et poursuivit son enquête sur la productrice, à la recherche de tout élément susceptible de faire d'elle la cible d'un kidnapping.

Un mouvement, sur l'un des moniteurs, attira soudain son attention. Rebecca était en train de sortir de la salle de bains. Elle avait détaché ses cheveux, et Parker était prêt à parier que le peigne qui avait maintenu son chignon était maintenant caché dans son soutien-gorge. Quand ils se retrouveraient face à face, il devrait s'en souvenir !

Le geste qu'elle fit pour s'essuyer la joue amena Parker à zoomer sur son visage, et il jura intérieurement. Elle avait pleuré, et elle était allée pour cela dans le seul endroit où elle savait qu'il ne pourrait pas la voir.

Un sentiment de culpabilité commença à le gagner. C'était pourtant dans l'intérêt de Rebecca, pour la protéger d'une nouvelle agression, qu'il l'avait enfermée, non ?

Agacé par ce que l'homme d'action en lui considérait comme une faiblesse, il reprit ses recherches sur la jeune femme.

Élève brillante pendant toute sa scolarité au collège et au lycée, elle avait enchaîné avec des études supérieures de lettres. Son premier CV faisait état du montage de plusieurs pièces de théâtre au sein de son université. Rien d'étonnant à cela : la fille d'un grand metteur en scène s'intéressait forcément à tout ce qui touchait au spectacle. Elle avait ensuite travaillé aux côtés de son père, mais ce genre d'expérience était de moins en moins présent dans les CV suivants, et en disparaissait complètement à partir du moment où elle avait posé sa candidature à des emplois situés loin de Los Angeles.

Jusqu'à l'obtention de ce poste de productrice à San Francisco, rien dans son parcours ne laissait apparaître de mobile pour un enlèvement. Parker en revint donc à l'hypothèse selon laquelle il existait un lien entre l'homme au visage balafré, le maître chanteur et l'informateur anonyme de Rebecca.

Voyant cette dernière complètement remise de son évanouissement, Parker décida de retourner chez elle pour y prendre des vêtements propres. Cette attention calmerait peut-être un peu sa colère contre lui. Une colère légitime, il fallait bien l'admettre.

Parker synchronisa l'application qui lui permettrait de surveiller sur son téléphone portable ce qui se passait à l'intérieur comme à l'extérieur de l'immeuble.

Le seul point positif dans toute cette série de catastrophes, se dit-il en se changeant, c'était le fait que Rebecca ne semblait pas se souvenir de sa présence au moment où le Balafré s'était jeté sur elle.

Cela ne durerait malheureusement pas.

Rebecca faisait les cent pas dans la pièce en tentant d'élaborer un plan. Dans la salle de bains, elle avait retiré le peigne de ses cheveux et l'avait cassé en deux. Un des morceaux était maintenant dans son soutien-gorge, et l'autre, coincé dans une de ses jarretelles. Elle les sortirait si jamais son ravisseur entrait dans la pièce et cherchait à l'agresser. Sans être des armes très efficaces, ils lui feraient peut-être gagner les quelques secondes qui lui permettraient de s'échapper.

Elle descendit de deux ou trois centimètres la fermeture Éclair de sa robe. Que n'aurait-elle donné pour pouvoir l'échanger contre un pantalon de survêtement et son vieux sweat-shirt de l'université ! Et de grosses chaussettes auraient aussi été les bienvenues : ses bas ne la protégeaient pas du tout du froid du plancher.

Le fait de ne pas avoir l'heure lui était encore plus pénible. Sa vie tout entière était rythmée par une suite chronométrée de réunions, de rendez-vous… Et elle ignorait même combien de temps sa perte de connaissance avait duré. L'absence de fenêtres lui interdisait en outre de savoir si c'était le jour ou la nuit, dehors.

Quelqu'un s'était-il aperçu de sa disparition ? La police avait-elle été alertée ? Y avait-il eu une demande de rançon et, dans l'affirmative, qui l'avait reçue ? La chaîne, ou sa famille ?

Cela dépendait du mobile de l'enlèvement, mais s'il s'agissait d'un crime crapuleux, le malfaiteur avait intérêt à traiter directement avec elle : son père pouvait très bien ignorer un message téléphonique ou électronique crucial parce qu'il avait un film à terminer ou une affaire à régler.

De nouvelles larmes lui montèrent aux yeux. Son père avait toujours été dur avec elle. Même s'ils s'aimaient, le fossé entre eux s'était encore creusé après la mort de sa mère. Accablé de chagrin, il n'avait pas fait l'effort de tendre la main à sa fille. Ils ne s'étaient pas vraiment parlé depuis des mois, et leur dernière conversation avait été houleuse. Rebecca espérait que ça n'avait pas été la dernière.

Son estomac gargouilla, lui faisant ainsi prendre conscience qu'elle avait faim. Le pot de beurre de cacahuète et le paquet de pain de mie trouvés dans le réfrigérateur lui permirent de se faire un sandwich.

Avant de l'attaquer, elle le brandit devant l'une des caméras et déclara :

— Heureusement que je ne suis pas allergique aux fruits à coque !

Comme son ravisseur le lui avait dit, le réfrigérateur contenait aussi des bouteilles d'eau, mais elle jugea plus prudent de remplir de nouveau son verre au robinet de l'évier.

Elle mangea debout et, entre deux bouchées, continua de proférer des remarques caustiques pour montrer à ce sinistre individu qu'il ne lui faisait pas peur :

— Bravo pour l'organisation de l'espace… Cette pièce est très bien conçue… La construction de cette chambre forte a dû vous coûter une fortune, sans parler de tous ces systèmes de sécurité...

Ce dernier mot fit tilt dans son esprit.

Parce que Parker Lawton dirigeait une entreprise spécialisée dans le domaine de la sécurité, comprit-elle aussitôt. Et la voix de son geôlier, bien que modifiée, ne lui avait-elle pas semblé vaguement familière ?

Lawton serait-il assez stupide pour l'avoir kidnappée ? Ce n'était pas impossible : n'avait-il pas eu la bêtise d'essayer de lui soutirer des informations après avoir forcé sa porte ?

Rebecca ne se rappelait pas l'avoir vu à la réception, mais cela ne voulait pas dire qu'il n'y était pas : la drogue qui lui avait été administrée altérait visiblement sa mémoire.

Quoi qu'il en soit, si c'était Lawton qui la retenait prisonnière, elle porterait plainte une fois libre, et le vol dont il était accusé serait la moins lourde des charges qui pèseraient alors sur lui.

Revigorée par cette perspective, Rebecca retourna dans la salle de bains et ferma la porte. Cette chambre forte faisait peut-être partie d'un appartement... Si elle arrivait à provoquer une fuite d'eau en arrachant un tuyau, cela finirait par alerter un voisin... Et si son ravisseur s'apercevait le premier de la fuite, il serait obligé de venir la réparer. Elle aurait alors une occasion de s'enfuir.

Rebecca s'agenouilla, regarda sous le lavabo... La lumière s'éteignit brusquement. Elle se releva d'un bond et se précipita vers la porte, la trouva verrouillée, et une peur presque enfantine d'être enfermée dans le noir en compagnie de quelque monstre commençait à la gagner quand la voix déformée de son geôlier lui parvint, toute proche :

— Il faut qu'on parle, mademoiselle Wallace !

Il avait choisi pour entrer dans la chambre forte un moment où il savait qu'elle ne pourrait pas l'agresser.

— C'est vous, Lawton ? cria-t-elle.

— Non.

— Prouvez-le, en me laissant sortir !

— Chaque chose en son temps. J'ai des questions à vous poser.

L'envie d'accepter n'importe quoi en échange de sa liberté faillit l'emporter sur son orgueil, mais elle résista à la tentation.

— Si vous coopérez…

— Arrêtez de me menacer, et venez-en au fait !

— Votre magazine a bonne réputation.

Un compliment était à peu près la dernière chose à laquelle Rebecca s'attendait…

— Mieux que ça : il a remporté de nombreux prix, répliqua-t-elle.

— C'est vous qui choisissez les sujets de reportage ?

— Oui.

— Expliquez-moi comment ça se passe.

Après un instant d'hésitation, Rebecca résolut d'obéir. Accepter de discuter avec cet homme était le seul moyen de glaner des informations sur lui.

— En général, mes collaborateurs me présentent des idées, et on les étudie tous ensemble, mais la décision finale me revient.

— Il s'écoule combien de temps entre le choix d'un sujet et la diffusion du reportage correspondant ?

— Ça dépend.

Le fait que son ravisseur lui parle depuis un point situé à une dizaine de centimètres au-dessus de sa tête conduisit Rebecca à passer mentalement en revue les hommes dont elle se rappelait la présence à la réception, puis à les comparer à Parker Lawton… Ils étaient tous plus petits.

— Mademoiselle Lawton ?

— Euh… Oui ?

— Vous ne m'avez pas entendu ? Je vous ai demandé ce que vous faisiez des tuyaux anonymes.

— Là aussi, ça dépend.

— De quoi ?

— De ce qu'il reste de leur crédibilité après une enquête préliminaire effectuée par nos soins… Est-ce que tout ce cinéma viserait à m'imposer un sujet de reportage, par hasard ?

— Non !

La violence que son interlocuteur avait réussi à mettre dans ce simple mot fit tressaillir Rebecca. Il s'était jusqu'ici montré poli, mais elle sentait qu'il aurait été dangereux de s'opposer à lui trop vivement, ou trop tôt.

— Un informateur qui refuse de s'identifier ne vous inspire pas a priori une certaine méfiance ? enchaîna-t-il.

— Si, mais nous faisons de notre mieux pour remonter jusqu'à lui pendant l'enquête préliminaire dont je viens de parler. Maintenant, si c'est le nom d'une de ces sources que vous voulez obtenir de moi, je vous le dis tout de suite : c'est non !

La tournure qu'avait prise la conversation rendait Rebecca de plus en plus sûre d'avoir affaire à Parker Lawton, mais il était également possible qu'un numéro antérieur de son magazine ait fâché quelqu'un… Elle devait déterminer l'identité de son ravisseur, et vite !

— En quoi consiste exactement cette enquête préliminaire ? demanda-t-il.

— Elle n'est pas déclenchée de façon systématique ; pour commencer, il faut que l'information présente un réel intérêt potentiel. Si c'est le cas, on passe beaucoup de temps en recherches, sur Internet, mais aussi sur le terrain. On procède à de multiples vérifications en espérant trouver une confirmation des éléments que l'informateur nous a communiqués.

— Et si vous n'en trouvez pas ?

— Le sujet concerné est mis de côté jusqu'à ce que des preuves irréfutables de sa pertinence nous parviennent.

— Ça me paraît bizarre, comme façon de procéder.

Cette remarque hérissa Rebecca.

— Oseriez-vous prétendre m'apprendre mon métier ?

Avez-vous seulement vu *un* numéro de mon magazine ? Il traite des sujets en profondeur, avec pour but d'informer les gens sur des choses, bonnes ou mauvaises, qui ont une réelle importance pour la société en général.

Le silence qui accueillit cette réplique dura si longtemps qu'associé à l'obscurité il fit comprendre à Rebecca ce qu'éprouvaient les claustrophobes.

Son ravisseur était-il toujours là ? Elle colla son oreille contre la porte. Rien, pas même un bruit de respiration... Il était peut-être parti sans allumer la lumière, pour bien lui montrer que c'était lui le maître du jeu... Elle tourna la poignée. La porte était toujours verrouillée.

— Ouvrez-moi, cria-t-elle en frappant du poing contre le vantail, sinon je me débrouille pour provoquer une inondation !

— Vous ne le pouvez pas. Je couperai l'eau au moindre bruit d'écoulement suspect.

L'échec inéluctable de son plan mit Rebecca en colère, mais cela l'aida à ignorer le soulagement indigne d'une femme de son âge que lui procurait le fait de ne pas être seule dans un endroit plongé dans le noir.

— Laissez-moi partir ! insista-t-elle. Vous êtes en train de commettre une énorme bourde : la police ne tardera pas à être informée de ma disparition. Libérez-moi, et je vous promets de ne pas porter plainte.

— Il vous est déjà arrivé de vous tromper, mademoiselle Wallace ?

Cette question, posée sur un ton calme, surprit Rebecca au point de lui faire oublier sa peur.

— Oui.

Elle avait commis une erreur en allant à cette soirée de gala, par exemple...

— De vous tromper sur l'authenticité des informations qui vous ont amenée à commander un reportage ? précisa l'homme.

— Pas que je sache, déclara prudemment Rebecca.

Il était en effet possible que son interlocuteur soit en train d'enregistrer leur conversation dans le but de l'utiliser contre elle et la chaîne.

— Vous parvenez toujours à identifier les sources anonymes dont les révélations ont débouché sur la réalisation d'un reportage ?

— Non, pas toujours.

« Le plus souvent » aurait été une réponse plus exacte, mais Rebecca avait jugé là encore que la prudence était de mise.

— Avant ou après la diffusion du reportage en question ?

C'était Parker Lawton, cette fois, Rebecca en était certaine. Elle essaya de trouver du réconfort dans le fait de ne pas être à la merci d'un tueur en série, d'un pervers ou d'un malade mental, mais, au pis, d'un voleur et d'un menteur.

— Mademoiselle Wallace ?

— Rebecca...

Les cours de psychologie qu'elle avait suivis à l'université lui avaient appris qu'appeler quelqu'un par son prénom créait automatiquement un lien affectif avec cette personne. Et quel que soit l'objectif de Lawton, mieux valait lui apparaître comme un être humain que comme un simple moyen de parvenir à ses fins.

— Rebecca, répéta-t-il. Alors, quand il vous est arrivé de commander un reportage à partir d'un tuyau anonyme, était-ce plutôt avant ou après sa diffusion que vous avez identifié l'informateur ?

— Plutôt avant.

— Comment faites-vous pour remonter jusqu'à une personne qui ne veut pas donner son nom ?

— Très peu de gens résistent à la tentation d'avoir leur quart d'heure de gloire, pour commencer. Après s'être amusés à jouer les lanceurs d'alerte masqués, ils changent donc d'avis et sortent d'eux-mêmes de l'anonymat. Il y a ensuite ceux qui sont identifiables en procédant par élimination : plus le renseignement concerne un domaine sensible, moins il y a de gens susceptibles d'y avoir accès. Mais je préfère...

Rebecca s'interrompit. Elle trouvait soudain ridicule cette conversation à travers une porte. Quel besoin Lawton avait-il de la séquestrer ? Leurs relations avaient certes démarré sur de mauvaises bases, mais il ne pouvait tout de même pas penser que la kidnapper les améliorerait.

— Finissez votre phrase ! ordonna-t-il.

— Je préfère que nos informateurs fournissent des déclarations signées à la chaîne, étant entendu que leur identité ne sera jamais divulguée. Cela les rend plus crédibles à mes yeux.

— Merci.

— L'interrogatoire est terminé ? Je suis libre, maintenant ?

— Pas encore, mais j'ai fait et je continuerai à faire tout mon possible pour rendre votre séjour ici agréable. Vous trouverez un repas dans la cuisine, et si vous voulez dormir, le lit pliant est à votre disposition.

— Attendez ! Laissez-moi partir ! Je vous promets de ne parler de tout ça à personne !

Pas de réponse et, quelques instants plus tard, la voix de synthèse annonça que la chambre forte était en mode sécurisé. La lumière revint ensuite, et un déclic, au niveau de la serrure, fit comprendre à Rebecca que la porte était déverrouillée. Elle l'ouvrit, et de bonnes odeurs de crêpes, de bacon et de café lui parvinrent aussitôt.

C'était un menu de petit déjeuner, mais était-ce vraiment le matin, ou bien Lawton cherchait-il à lui donner une fausse idée du temps qui s'était écoulé depuis son enlèvement ?

Quoi qu'il en soit, toute envie de manger la quitta quand elle vit la petite valise noire posée sur le canapé. Il lui semblait la reconnaître, mais toutes les petites valises noires se ressemblaient...

La lecture de l'étiquette attachée à la poignée lui confirma cependant que c'était bien la sienne, et ce que cela signifiait l'horrifia : son ravisseur s'était introduit dans son appartement, il l'avait fouillé jusqu'à trouver cette valise et les affaires qu'elle devait maintenant contenir. C'était une atteinte intolérable à sa vie privée !

Les jambes molles, Rebecca alla s'asseoir dans un fauteuil, le plus loin possible de la valise. L'idée de mettre des vêtements que cet homme avait touchés lui répugnait. D'un autre côté, elle avait envie de se changer, et si elle se montrait docile, peut-être Lawton assouplirait-il les règles... Il fallait le convaincre de sa complète soumission.

Rebecca finit donc par se résoudre à ouvrir la valise. Elle trouva dedans deux jeans, des T-shirts, des sous-vêtements, des tennis et une veste de survêtement. La trousse de voyage contenant ses affaires de toilette et de maquillage était là, elle aussi. Lawton avait pensé à tout, et Rebecca lui en aurait été reconnaissante si le fait qu'il avait pour cela violé son intimité ne continuait de la révolter.

Il y avait cependant quelque chose qu'il ignorait, et qui allait permettre à Rebecca de retourner la situation contre lui... Elle se positionna de façon à empêcher les caméras de filmer ce qu'elle faisait, et ouvrit la poche extérieure de la valise. Elle y gardait en permanence un couteau suisse, toujours utile en voyage...

Mais la poche était vide. Lawton avait *vraiment* pensé à tout !

Sur le point de s'abandonner au désespoir, Rebecca se ressaisit et marmonna :

— Je trouverai quand même un moyen de sortir d'ici.

Puis, comme sa voix manquait de conviction, elle répéta ces mots jusqu'à se persuader qu'elle disait la vérité.

4

Vendredi 15 octobre, 8 heures

Le vendredi matin à 8 heures précises, Parker remit la clé de sa chambre à la réception du motel de moyenne catégorie où il était descendu, dans le Mission District, le quartier le plus ancien de San Francisco.

N'ayant pas dormi plus d'une heure pendant les dernières vingt-quatre heures, il comptait sur l'adrénaline et des apports réguliers de caféine pour tenir le coup. Et jusqu'à ce que la situation soit réglée, il ne rentrerait pas chez lui et ne passerait pas plus d'une nuit au même endroit. La prudence l'obligeait aussi à ne pas rester trop longtemps dans l'appartement où se trouvait Rebecca, pour ne pas attirer l'attention.

Avant de quitter sa chambre de motel, il avait activé l'application qui lui permettait de surveiller la jeune femme. Elle semblait aller bien, et il avait passé l'heure précédente à répondre aux mails personnels qu'elle avait reçus, pour que leurs auteurs ne s'étonnent pas de son silence.

Parker sortit du motel et attendit sur le trottoir le taxi qu'il avait commandé. Il avait son sac marin dans une main, et dans l'autre une vieille mallette en cuir contenant le téléphone portable et la tablette de Rebecca, récupérée lors de sa deuxième visite à l'appartement, ainsi que certains de ses appareils électroniques à lui.

Il possédait trois véhicules, toujours garés dans des endroits différents de la ville. Quelques heures plus tôt, il avait appelé Sam Bellemere pour lui demander s'il pouvait laisser l'Audi Spyder dans son garage. Le cofondateur de la société Gray Box était propriétaire d'un immeuble tout entier, dont le parking souterrain servait uniquement à entreposer sa collection de voitures.

Parker aurait aimé pouvoir utiliser son propre véhicule pour se déplacer, mais il ne voulait pas rendre la tâche trop facile à celui qui, peut-être, le surveillait.

Quand le taxi arriva, il donna au chauffeur l'adresse des bureaux de Gray Box. C'était à ses yeux la « consigne à bagages » la plus sûre de la ville. Il irait ensuite au commissariat de Bayview et demanderait au lieutenant Baird où en était l'enquête sur la mort de Theo.

Une fois à destination, il régla la course, y ajouta un gros pourboire et dit au chauffeur :

— Je n'en ai que pour quelques minutes... Vous pouvez m'attendre ?

— Oui, monsieur.

Fidèle à sa promesse, Parker remonta dans le taxi cinq minutes plus tard, sans sac ni mallette. Rush Grayson avait accepté de les prendre en charge sans poser de questions.

En dehors de ses anciens compagnons d'armes, Rush et Sam étaient les seules personnes que Parker considérait comme des amis et en qui il avait une confiance absolue. Ces deux hommes l'avaient aidé à gérer un héritage aussi important qu'inattendu pendant l'une de ses périodes de service en zone de guerre. Ils avaient aussi travaillé tous les trois ensemble sur divers projets depuis que Parker avait créé sa propre entreprise.

Il avait bien sûr gardé son téléphone portable, et une nouvelle consultation de l'application le rassura : les caméras installées dans l'appartement et dans la rue ne lui signalèrent rien d'anormal.

Tant mieux ! Mais pour un homme connu pour prendre

des décisions judicieuses même en plein cœur d'une bataille, il n'en faisait pas moins tout de travers, depuis la veille au soir !

Comment avait-il pu créer une situation aussi ridicule ? Rebecca ne l'avait pas encore appelé par son nom, mais elle n'avait pas semblé convaincue, quand il avait nié être Parker Lawton... Il devait au minimum figurer tout en haut de la liste de ses suspects.

Pourquoi ne l'avait-il pas rejointe dans la chambre forte dès son réveil, pour lui demander franchement qui était sa source et ce qu'elle comptait faire de cette histoire de vol d'or ? Ensuite, à supposer qu'elle ne lui ait pas arraché les yeux, il aurait pu la convaincre de ne pas bouger pendant qu'il poursuivait le coupable...

Le chagrin et le manque de sommeil n'excusaient pas les mauvaises décisions qu'il avait prises. Il avait bien sûr eu raison d'intervenir pour sauver Rebecca d'un *véritable* enlèvement, dans le couloir de l'hôtel, mais tant qu'il n'aurait pas identifié le malfaiteur et la nature de la menace, comment justifier aux yeux de la jeune femme le fait de la retenir prisonnière ?

Quand le taxi s'arrêta devant le commissariat de Bayview, Parker régla le chauffeur et lui donna encore un généreux pourboire. Mais même si une bonne action pouvait en compenser une mauvaise, Parker savait qu'il en faudrait beaucoup plus pour effacer la faute commise envers Rebecca en la séquestrant.

Le lieutenant Calvin Baird était un homme grand et maigre, à la peau couleur d'ébène, aux cheveux ras et aux tempes grisonnantes. Il donna à Parker une poignée de main vigoureuse avant de l'inviter à s'asseoir et de lui demander comment il allait.

— Pas très bien, répondit Parker. Comme je vous l'ai dit hier soir, Theo Manning et moi étions amis. On a combattu ensemble en Irak, et on a tous les deux grandi à

San Francisco et dans ses environs. On ne s'est cependant connus qu'à l'armée.

— Le monde est petit... Bien, venons-en à l'enquête ! Vous serez content d'apprendre qu'elle avance : on a maintenant une idée assez claire de ce qui s'est passé. Le coupable n'a pas encore été identifié, mais les investigations se poursuivent : interrogatoire de témoins, recherche d'indices, établissement d'une liste d'ennemis potentiels... Je vous promets que tout sera fait pour envoyer l'assassin de votre ami derrière les barreaux.

— Merci. Qu'avez-vous appris, la nuit dernière ?

— Selon ses collègues, M. Manning avait rendez-vous avec quelqu'un dans un petit restaurant situé sur les quais. Bien qu'un incident ait retardé sa sortie du travail, il a décidé de s'y rendre à pied. C'est sur le chemin du restaurant que quelqu'un s'est approché de lui par-derrière, lui a tiré deux balles dans la nuque et a ensuite traîné son corps jusqu'à la ruelle où on l'a découvert.

— Theo n'a donc même pas eu le temps de comprendre ce qui lui arrivait ? Et encore moins celui de se défendre ?

— Apparemment pas. On essaye en ce moment d'établir la chronologie des événements.

Sans attendre que Baird lui pose la question, Parker indiqua :

— Je me trouvais hier soir à des kilomètres des quais. Si vous souhaitez vous en assurer, le GPS de mon portable peut reconstituer mes déplacements entre deux plages horaires données.

— Je ne vous ai pas demandé d'alibi !

— Non, mais vous alliez sûrement le faire.

— C'est vrai... Vous saviez que la personne avec qui M. Manning avait rendez-vous était un journaliste ?

— Non, prétendit Parker. L'autre numéro de téléphone, dans le journal d'appels de son portable, c'était celui de ce journaliste ?

Le lieutenant hocha lentement la tête.

— Qui a composé le 911 ? enchaîna Parker.

— Aucune idée. Quand la police et les secours sont arrivés sur les lieux, ils n'y ont trouvé que le corps de votre ami.

Une violente colère s'empara de Parker. Il aurait voulu pouvoir l'évacuer en tapant sur quelque chose !

— Theo ne méritait pas de mourir comme ça, dut-il cependant se contenter d'observer.

— Comme la plupart des gens... J'ai appelé le journaliste en question, ce matin, et il est venu. Il a refusé de fournir le sujet de l'interview, en invoquant le secret professionnel, mais il nous a permis d'affiner notre estimation concernant l'heure du crime.

— Vous pensez que c'est pour empêcher Theo d'aller à ce rendez-vous qu'il a été tué ?

— Nous n'excluons aucune hypothèse. Il est possible que M. Manning, ayant quitté son travail anormalement tard, ait eu la malchance de se trouver au mauvais endroit au mauvais moment, tout simplement : les quais sont mal fréquentés... On ne peut encore rien affirmer, à moins que vous ne sachiez, vous, pourquoi un journaliste voulait interviewer votre ami.

— Non, je l'ignore, prétendit de nouveau Parker. J'ai un peu honte de l'avouer, mais nous ne nous étions pas vus récemment, Theo et moi. En Irak, nous étions très proches, par la force des choses... Une fois de retour aux États-Unis, nos liens se sont distendus.

— C'est normal.

Le ton grave du policier fit comprendre à Parker qu'il parlait d'expérience.

— Vous avez été militaire, n'est-ce pas, lieutenant ? déclara-t-il.

— J'ai servi dix ans dans la marine, et dix autres dans la réserve.

— Comme je n'avais de contacts avec Theo que deux ou trois fois par an, je ne connais pas suffisamment la vie qu'il menait au quotidien pour vous renseigner sur lui. À l'armée, cependant, il n'avait aucun ennemi. Tout le monde l'appréciait, et je ne vois pas pourquoi il en aurait été autrement dans le civil. C'était quelqu'un de bien.

Le meurtre de son ami, en plus d'affliger Parker, le plongeait dans une profonde perplexité. Pourquoi le maître chanteur avait-il tué Theo avant l'expiration du délai accordé pour lui remettre l'or prétendument volé ou l'équivalent en dollars de sa valeur ? Il devait bien se douter que cela rendrait Parker tout sauf disposé à coopérer...

Il fallait percer ce mystère, et il ne lui restait maintenant plus que trois jours pour y parvenir.

— Je n'ai encore entendu dire que du bien de M. Manning, en effet, indiqua Baird. On va explorer toutes les pistes. Je suis patient et méthodique, monsieur Lawton, deux qualités qui me permettent de résoudre toutes les affaires qui me sont confiées. Quelqu'un, quelque part, détient les informations dont nous avons besoin, et cette personne, nous la trouverons. Si quelque chose vous revient, appelez-moi !

— D'accord, déclara Parker en prenant la carte de visite que le policier lui tendait.

Il ne se donna pas la peine de souligner que Theo avait reçu une formation dans suffisamment de types de combat allant du corps-à-corps au tir de grenades à fusil, pour avoir une capacité d'autodéfense redoutable. Un coup d'œil à ses états de service suffirait à Baird pour le savoir, et l'assassin devait le savoir lui aussi, puisqu'il avait attaqué sa victime par-derrière.

— La famille de Theo a été prévenue ? demanda Parker.

— Son frère, qui vit en Arizona, sera là dans la journée.

— Vous pourrez lui communiquer mon numéro de portable ?

— Entendu.

Après avoir serré la main au lieutenant, Parker quitta le commissariat. Une fois dehors, il s'assura une nouvelle fois qu'il ne se passait rien d'anormal du côté de Rebecca, puis ses pensées se tournèrent vers sa propre enquête. Il devait y avoir un lien entre cette fausse accusation de vol d'or, la lettre de chantage, le meurtre de Theo et l'homme qui avait tenté de kidnapper Rebecca.

Un lien, oui, mais lequel ?

Parker utilisa cette fois les transports en commun pour se déplacer. Il alla d'abord au siège de la chaîne de télévision, ce qui lui prit beaucoup de temps, car l'immeuble était situé à l'autre bout de la ville.

Là, il expliqua qu'il avait rendez-vous avec Rebecca Wallace. On lui transmit le contenu du mail qu'il avait lui-même envoyé au nom de la jeune femme, disant qu'un problème familial l'obligeait à s'absenter. C'était pour s'assurer de l'arrivée de ce message qu'il était venu, et il repartit donc rassuré : aucun des collègues et des relations de travail de Rebecca ne s'étonnerait de son absence pendant plusieurs jours au moins.

Il retourna ensuite aux locaux de Gray Box pour récupérer ses affaires. Rush remarqua sa présence depuis le haut de l'escalier et lui fit signe de monter le rejoindre.

— Tout va bien ? demanda-t-il quand ils entrèrent dans son bureau. Tu es arrivé au gala très en retard, hier soir, et tu en es parti sans même prendre le temps de venir me dire bonjour !

Pourvu que Rush ait été la seule personne à noter son passage éclair à la réception ! songea Parker.

Une conversation entre deux invités lui avait heureusement appris que son ami avait été primé.

— Toutes mes félicitations pour la récompense que tu as reçue ! déclara-t-il.

— Merci ! Un café ?

— Volontiers !

Rush remplit deux mugs, en tendit un à Parker et l'emmena s'asseoir sur le canapé design installé face à des fenêtres qui offraient un magnifique panorama sur la ville.

— Qu'est-ce qui t'a retardé ? demanda-t-il ensuite.

Sachant que plus un mensonge se rapprochait de la vérité, moins il risquait d'être détecté, Parker lui parla de la mort de Theo.

— Un certain lieutenant Baird m'a téléphoné depuis l'endroit où son corps a été retrouvé, conclut-il, parce que mon numéro apparaissait dans le journal d'appels de son portable. Ça m'a causé un choc.

— Oui, j'imagine… Je suis désolé ! Tu tiens le coup ?

— J'essaye.

Une vague d'émotion inattendue menaça soudain de submerger Parker. Il inspira à fond pour la contenir. S'il perdait son sang-froid, des questions de plus en plus embarrassantes lui seraient posées.

— Theo était un type bien, parvint-il à dire d'une voix calme. Sa disparition m'attriste beaucoup, et le fait qu'il ait survécu à des années de combats en zone de guerre pour finir lâchement abattu sur le sol américain me révolte.

— Je comprends. Et tu sais qu'on est prêts à t'aider en cas de besoin, Sam et moi ? Tu nous as rendu tellement de services ! Ce ne serait que justice.

Parker avait en effet, entre autres choses, sécurisé les locaux de Gray Box et permis aux cofondateurs de cette entreprise de se sortir de plusieurs situations délicates. Il n'avait cependant pas l'intention de les mêler à ses histoires, et il avait lui aussi une dette envers eux, de toute façon : sans leurs conseils avisés en matière de finance, il ne serait pas aussi riche aujourd'hui.

Par association d'idées, Parker se demanda si une situation financière moins favorable lui aurait évité ses ennuis présents.

Mais à quoi bon se poser ce genre de question ? se dit-il ensuite. Mieux valait s'en tenir à la réalité des faits que perdre du temps et de l'énergie à imaginer des scénarios alternatifs. L'argent dont il avait hérité avait changé sa vie et celle de ses employés. Il n'avait pas honte d'en avoir autant ; il estimait au contraire en avoir fait, et continuer d'en faire, bon usage.

Profitant d'une pause dans la conversation, Parker changea de sujet :

— Tu connais Rebecca Wallace ?

— Oui. Tu veux que je te la présente ?

Pourquoi les jeunes mariés cherchaient-ils toujours à caser leurs amis célibataires ? se demanda Parker, agacé. Une fois que Rebecca saurait que c'était lui son geôlier, elle préférerait mourir plutôt que de sortir avec lui, de toute façon !

Bizarrement, cette idée l'ennuyait encore plus que le risque d'être poursuivi pour enlèvement et séquestration...

— Non, répondit-il, je n'ai pas spécialement envie que tu me la présentes. C'est juste que son nom a été évoqué ce matin par le lieutenant Baird — je reviens juste du commissariat de Bayview. Il m'a appris que Theo avait été tué en allant à un rendez-vous avec un des journalistes de son magazine.

Le policier ne lui avait pas donné cette dernière précision, en réalité, mais Parker devait expliquer son intérêt pour la productrice sans en révéler la véritable raison.

— Dis-moi ce que tu sais — et penses — de Rebecca Wallace, ajouta-t-il.

— D'accord... C'est une femme très brillante. Elle a grandi à Los Angeles, dans le milieu du cinéma : son père est l'un des réalisateurs les plus célèbres de sa génération. Mais il y a quelques années, elle en a eu assez de vivre dans son ombre. Elle a quitté Hollywood pour San Francisco, et le monde du septième art pour celui de la télévision.

— Tu l'aimes bien ?

— Oui, et j'éprouve du respect pour elle, aussi. Elle ne méprise pas l'audimat, mais les enquêtes diffusées dans son émission sont toujours d'une grande rigueur. Tu étais en Irak quand son équipe a réalisé un premier reportage sur Gray Box — il y en a eu un second, après notre installation dans cet immeuble. Les deux fois, ses journalistes nous ont posé des questions très pertinentes, preuve qu'ils avaient auparavant planché sur le sujet. Résultat : pour les téléspectateurs, des émissions instructives ; et pour nous, de la bonne publicité.

Parker se fiait entièrement au jugement de son ami en la matière. Les médias n'avaient pas toujours été tendres avec les cofondateurs de Gray Box... Si Rush disait du bien d'une productrice de télévision, c'était donc par réelle conviction.

— C'est vous qui avez sollicité ces interviews ? demanda Parker.

— Non. C'est l'équipe du magazine qui a pris contact avec nous.

— Pourquoi ?

— Parce que l'histoire de notre start-up a quelque chose d'exemplaire : Rebecca a dû penser que notre réussite pouvait être une source d'inspiration pour les jeunes.

— Oui, sans doute.

— Tu sais pourquoi ton ami avait rendez-vous avec ce journaliste ?

— Non, je ne vois rien dans la vie de Theo qui expliquerait l'intérêt d'un reporter pour lui, répondit Parker bien qu'il répugne à mentir ainsi à son ami.

— Pourquoi ne pas poser la question à Rebecca ? Je peux l'appeler, si tu veux, et lui demander de te recevoir.

— C'est gentil, mais j'ai déjà essayé, et elle est en déplacement. Quant au reporter en question, la police l'a interrogé, et il a refusé de révéler le sujet de l'interview, en invoquant le secret professionnel. Inutile d'espérer qu'il soit plus loquace avec moi !

— Mais tu vas enquêter ?

— Oui.

— Alors je te le répète : on est prêts à t'aider, Sam et moi. Il suffit de demander.

Cette fois, Parker hésita. Rush était un homme de

ressource, un fin stratège, et il n'avait pas froid aux yeux. Sam, lui, était un expert en informatique et nouvelles technologies...

Le refus d'impliquer de jeunes mariés dans une affaire potentiellement dangereuse finit cependant par l'emporter.

— Je te promets de faire appel à vous si je me sens dépassé, dit Parker en se levant, mais pour l'instant je devrais pouvoir me débrouiller seul. Merci pour le café, l'écoute et les informations sur Rebecca Wallace.

Sa légère hésitation n'avait cependant pas échappé à Rush, car il insista :

— Tu n'as vraiment besoin d'aucune aide, de quelque nature que ce soit ?

— Peut-être que si, tout bien réfléchi...

Parker prit le temps de peser le pour et le contre de l'idée qui lui était venue : poursuivre son enquête dans les locaux de Gray Box. Ses liens professionnels avec cette société étant connus, il pouvait y passer une heure ou deux sans que cela semble suspect.

— Tu aurais un ordinateur à me prêter pour que j'effectue quelques recherches — en toute discrétion ?

— Bien sûr ! répondit Rush. Tu sais que, côté discrétion, tu es au bon endroit.

Cinq minutes plus tard, Parker était assis dans l'une des cabines disponibles du niveau entièrement sécurisé de Gray Box. Il parcourut d'abord les dossiers entreposés dans le cloud de Rebecca. Il y découvrit des notes concernant son voyage en Irak, mais pas la moindre mention d'une source anonyme. Bill Gatlin et elle étaient allés là-bas en quête de belles histoires de relations cordiales entre l'armée américaine et la population locale, et ils en avaient trouvé plusieurs.

Truffées de notes, de noms de lieux et de personnes, de photos et d'anecdotes, ces notes remplirent Parker d'admiration — mais pas pour Rebecca elle-même : pour sa démarche, se dit-il.

Les dossiers sur l'Irak étant trop nombreux et trop volumineux pour être consultés sur place, il transféra sur une clé USB ceux qu'il n'avait pas encore ouverts. Il les lirait plus tard.

L'historique du magazine lui apprit ensuite que chaque numéro respectait un certain équilibre entre sujets graves et légers. Et les échanges de mails entre Rebecca et son équipe la faisaient apparaître comme une productrice à l'écoute de ses collaborateurs, mais exigeante aussi : elle ne les laissait pas dénoncer un scandale, par exemple, s'ils ne pouvaient pas lui apporter la preuve de la réalité des faits.

Des notes sur des sujets fournis par des informateurs anonymes confirmèrent à Parker que Rebecca lui avait dit la vérité à propos de l'enquête préliminaire menée dans ce genre de cas. Il était content de savoir qu'elle ne lui avait pas menti, mais il était malheureusement possible que Theo ait été la victime du professionnalisme de Rebecca et de Bill Gatlin : leur correspondance à propos du vol d'or en Irak montrait qu'ils avaient à eux deux réussi à trouver les coordonnées actuelles — adresse et numéros de téléphone — des six hommes de la liste.

Parker songea à demander à Sam, expert en informatique et nouvelles technologies, de rechercher des traces de piratage dans le courrier électronique de Rebecca, puis y renonça : il refusait d'impliquer directement Sam ou Rush dans ses histoires, au cas où Rebecca parviendrait à le faire condamner pour enlèvement et séquestration.

En attendant, il fallait garder à l'esprit le fait que le dénonciateur anonyme s'était peut-être servi de Rebecca pour les localiser, lui et ses anciens compagnons d'armes, et les tuer un à un.

Mais cela n'expliquait pas l'agression dont la jeune femme avait été victime...

Parker décida ensuite de profiter d'un espace où aucun

signal ne pouvait être intercepté depuis l'extérieur pour explorer le contenu du téléphone portable de Rebecca.

Il n'y apprit cependant rien qu'il ne sache déjà : sa vie tout entière tournait autour du travail. En dehors de courses d'alimentation et d'une heure de yoga par semaine, ses journées se passaient entièrement en réunions, en rendez-vous et en enquêtes de terrain. Quant à ses soirées, son agenda ne répertoriait, depuis le début de l'année, pas plus de dix sorties en couple ; toutes les autres avaient un caractère professionnel ou mondain — comme la réception de la veille au soir.

Ce n'était pas la première fois que Parker menait ce genre d'enquête. Les informations ainsi recueillies, les habitudes ainsi repérées, lui permettaient de se faire une meilleure idée de la personne concernée et d'identifier d'éventuels points faibles.

Quand il eut terminé et se laissa aller contre le dossier de son siège afin de soulager les muscles tendus de ses épaules, pourtant, il eut le sentiment désagréable d'avoir pénétré trop avant dans l'intimité de Rebecca.

— Il y a un début à tout…, marmonna-t-il.

Ce malaise inattendu était dû à une mauvaise conscience grandissante, fut-il obligé d'admettre. Parce que plus il en apprenait sur la femme qu'il retenait prisonnière, plus il trouvait de raisons de l'admirer et, comme Rush, de la respecter.

Parker rassembla ses affaires et commença à réfléchir à la libération de Rebecca. Il ne voulait pas la laisser partir tout de suite — les risques étaient encore trop élevés —, mais il ne pouvait pas non plus la séquestrer indéfiniment.

C'était pour la protéger qu'il la maintenait enfermée, mais elle l'ignorait, et tant qu'il n'aurait pas à lui fournir une preuve irréfutable du danger qu'elle courait à l'extérieur, il resterait à ses yeux un odieux personnage.

Une fois dehors, Parker activa l'application qui lui permettait de surveiller la chambre forte et les alentours.

Depuis la dernière fois, Rebecca s'était fait une queue-de-cheval, et elle avait troqué sa robe noire contre l'un des jeans et des T-shirts qu'il lui avait apportés. Lovée dans l'unique fauteuil de la pièce, elle avait un bloc-notes sur ses genoux repliés et un crayon à la main, mais elle semblait moins écrire que dessiner.

D'où lui venaient ce bloc-notes et ce crayon ? se demanda Parker, inquiet. Et puis il se souvint les avoir vus dans l'une des poches de sa valise. Il aurait bien aimé savoir ce qu'elle dessinait, mais sa position cachait le bloc-notes aux caméras, et sans doute pas par hasard.

Le taxi que Parker avait appelé arriva, et il se fit conduire dans un autre motel de moyenne catégorie situé, celui-là, près de l'aéroport. Il y loua une chambre sous un faux nom, la paya en liquide et y entreposa ses bagages.

Muni seulement de son téléphone portable et d'un pistolet 9 mm, il appela ensuite un autre taxi, qui le ramena dans la partie ouest de la ville. Là, il acheta un hamburger et un milk-shake, puis gagna à pied l'immeuble où Rebecca était cachée.

Après avoir regardé sur les moniteurs l'endroit où elle se trouvait, il alluma le micro, coupa l'électricité dans la chambre forte et ordonna à la jeune femme d'aller dans la salle de bains — il avait vu qu'elle pouvait s'y rendre dans le noir sans risquer de se cogner à quelque chose.

— Non ! cria-t-elle d'une voix vibrante de défi.

Parker soupira.

— Coopérez, Rebecca !

— Non ! Cette plaisanterie a assez duré ! Il y a forcément des gens qui me cherchent, maintenant, alors laissez-moi partir, Lawton !

Elle l'avait donc identifié… Ou alors, elle essayait de convaincre son ravisseur qu'elle connaissait son nom…

Le manque de sommeil devait lui ramollir la cervelle, se dit Parker juste après, parce que c'était *lui*, le ravisseur de Rebecca !

Il songea à l'homme au visage balafré qui avait tenté de la kidnapper... Il s'était débrouillé pour que la disparition de la jeune femme n'inquiète ni ses amis ni ses collègues, mais le Balafré, lui, s'efforçait sûrement de la retrouver. Il était cependant encore trop tôt pour parler de lui à Rebecca.

— Personne ne vous cherche, déclara-t-il donc. Allez dans la salle de bains !

— À une condition.

— Vous n'êtes pas en position de négocier.

— Ne m'enfermez pas dedans, cette fois, je vous en prie !

— D'accord.

Dès que Parker eut entendu la porte de la salle de bains se refermer, il ouvrit celle de la chambre forte, mais juste assez pour pouvoir glisser le plateau en carton du repas à l'intérieur. Il la referma tout de suite après, ralluma la lumière et coupa le micro. Rebecca reparut, ramassa le plateau et alla s'asseoir avec sur le canapé.

— Merci ! dit-elle. C'est l'heure du déjeuner ?

Parker ne ralluma pas le micro. Il se contenta de regarder la jeune femme mordre à belles dents dans son hamburger.

— Plus d'interrogatoires, aujourd'hui, Lawton ? déclara-t-elle entre deux bouchées. Quel jour sommes-nous, au fait ?

Il garda le silence, mais resta dans l'appartement plus longtemps qu'il ne l'avait prévu, à écouter les questions et les remarques caustiques que Rebecca lançait en direction du plafond...

À l'observer, aussi. Sa bonne humeur l'intriguait. Elle avait manifestement une idée derrière la tête...

Parker se surprit à sourire, et même à se réjouir à l'avance de leur prochaine rencontre.

Rebecca comprit vite que Lawton ne lui répondrait pas. Peut-être même était-il parti, mais elle continua de lui parler, au cas où il serait toujours là.

Il n'avait pas protesté quand elle l'avait appelé par son

nom… Mais il n'avait pas non plus admis qu'elle avait bien deviné son identité, ça aurait été trop demander !

Son choix de menu pour le repas qu'il lui avait apporté était révélateur, en revanche : Lawton avait inspecté le contenu de son téléphone portable. Car ce n'était évidemment pas par hasard qu'il avait acheté un hamburger garni de champignons sautés, de gruyère et de mayonnaise, un assortiment de pickles frits et un milk-shake chocolat-cerise !

C'était le déjeuner qu'elle commandait une fois par semaine, par Internet, à un petit restaurant familial situé près des locaux de la chaîne.

Cela signifiait-il qu'elle était retenue prisonnière dans ce quartier-là de San Francisco ? Pas forcément, mais comme le hamburger était bien chaud, et le milk-shake, bien froid, elle n'était pas dans un endroit perdu au milieu de nulle part. C'était déjà ça…

— Si c'est de l'argent que vous voulez, observa-t-elle, j'espère pour vous que vous n'avez pas pris contact avec mon père ! Il est trop occupé pour se soucier du sort de sa fille ! Il ne prendrait même pas le temps d'aller à la banque retirer le montant d'une rançon ! Moi, en revanche, je suis prête à payer une grosse somme en échange de ma libération.

Rebecca mangea ensuite pendant quelques minutes en silence, mais en réfléchissant à ce qu'elle pourrait dire pour convaincre Lawton de lui parler. Ce n'était pas parce qu'elle s'ennuyait ou se sentait seule, mais pour créer entre eux une relation d'égal à égal.

— J'ai appelé mon père quand l'armée a refusé de me renseigner sur vous, déclara-t-elle finalement en remuant la paille dans son milk-shake. Il connaît beaucoup de monde, dans tous les milieux, et je pensais qu'il pourrait m'aider à obtenir une copie de vos états de service… Eh bien, il a refusé ! Vos secrets sont donc bien gardés. Mon père est contre le piston — quand il s'agit de donner un coup de pouce à sa fille, tout du moins !

Un coup d'œil aux caméras, puis Rebecca enchaîna :

— Vous êtes encore là ?

Toujours pas de réponse. Elle termina son repas, alla jeter les emballages dans la poubelle de la kitchenette, puis retourna s'asseoir sur le canapé avec son bloc-notes.

Laissant ses pensées vagabonder, elle se remit à dessiner, et ce fut seulement en s'arrêtant pour reposer sa main qu'elle se rendit compte d'une chose étrange : la page était remplie de croquis de Parker Lawton.

Le premier représentait son visage surmonté d'une casquette, tel qu'il lui était apparu sur le seuil de son appartement. Un autre s'inspirait de la photo qui figurait sur son site Internet, mais Rebecca avait utilisé son imagination pour le dessiner vêtu d'un smoking...

Son imagination ?

Non, elle avait bel et bien vu Parker Lawton en smoking, se rappela-t-elle soudain. À la soirée de gala.

Des images commencèrent alors à affluer dans son esprit. Elle les reproduisit sur son bloc-notes, et quand elle se cala dans son siège pour examiner le résultat, plusieurs visages lui apparurent.

Ceux de Lucy et de Rush Grayson, rayonnants de bonheur... Ceux d'un inconnu au regard dur et aux traits anguleux, et d'un deuxième inconnu, à la joue barrée d'une vilaine cicatrice...

Mais le visage qui la frappa le plus, ce fut celui de Lawton. Elle l'avait représenté les yeux écarquillés, la bouche entrouverte et le front plissé par l'inquiétude. Il semblait supplier quelqu'un... Était-ce elle ? L'implorait-il de ne pas rendre publique l'histoire du vol d'or en Irak ?

Ce moment, elle était sûre de l'avoir vraiment vécu. Il fallait maintenant comprendre sa signification et déterminer la place qu'il occupait dans la chronologie des événements de la soirée.

5

Après avoir quitté l'immeuble, Parker marcha sans but pendant quelques minutes, en s'arrêtant net de temps en temps et en rebroussant même chemin à un moment donné pour s'assurer qu'il n'était pas suivi.

Une fois certain que ce n'était pas le cas, il décida d'aller chercher le 4x4 enregistré à son nom. L'assassin de Theo connaissait peut-être l'existence de cette voiture et, s'il la surveillait, le fait de s'en servir pourrait conduire le ou les malfaiteurs à se montrer. Parker ne pouvait pas mettre au point une stratégie efficace s'il ignorait à combien d'ennemis il avait affaire.

Ils étaient deux, la veille, mais ils faisaient peut-être partie d'une bande, et Parker ne savait même pas si celui qu'il avait neutralisé était un simple garde du corps engagé pour l'occasion, ou s'il jouait dans cette histoire un rôle aussi important que l'homme à la joue balafrée et à l'accent étranger.

L'expression proche du plaisir sadique de ce dernier quand il avait enfoncé l'aiguille de la seringue dans le cou de Rebecca le désignait comme un individu particulièrement dangereux.

Parker fut content de retrouver avec son 4x4 une liberté de mouvement que les taxis et les transports en commun entravaient en partie. Un œil sur son rétroviseur pour repérer une éventuelle filature, il traversa la ville pour aller enquêter sur le quai où Theo avait travaillé comme grutier. Il ne lui restait plus que deux jours et demi pour démêler ce sac de nœuds, et il ne voulait pas perdre d'autres amis dans l'intervalle.

Les questions qu'il posa aux collègues de Theo sur les derniers jours de ce dernier ne lui fournirent pas la piste qu'il espérait. Personne n'avait vu Theo parler avec des inconnus. Personne n'avait trouvé qu'il se comportait bizarrement ou montrait des signes de nervosité. Jusqu'à ce qu'il se fasse tuer, son existence s'était déroulée de façon parfaitement normale.

Par chance, un de ses amis savait dans quel restaurant il comptait aller après son travail. Parker décida de s'y rendre à pied, comme pour mettre l'assassin au défi de l'agresser — ce qui ne risquait pas d'arriver si Theo était mort juste parce qu'il se trouvait au mauvais endroit au mauvais moment... Mais Parker concevait surtout ce trajet comme une sorte de pèlerinage.

Sur le chemin du retour, il prit même le temps de s'arrêter là où, à l'aller, il avait vu des taches de sang sur la chaussée. Et il s'accorda quelques instants pour se recueillir.

Personne ne lui tira dessus. Et personne ne vint lui parler, bien que les alentours grouillent de monde.

Revenu à sa voiture, il réfléchit aux événements récents tout en regardant les ouvriers du port charger et décharger les cargos. Au bout d'un moment, il descendit sa vitre dans l'espoir que la brise de mer chasse les nuages de culpabilité et de doute qui lui brouillaient les idées.

D'où venait le danger ? Il n'arrivait pas à le déterminer. Les États-Unis avaient des ennemis, l'armée aussi... Parker lui-même en avait, mais pas Theo : il n'avait été qu'un pion minuscule sur l'échiquier mondial.

Pourtant, que Bill Gatlin le reconnaisse un jour ou non, c'était à cause de l'information anonyme transmise à Rebecca qu'il avait pris contact avec Theo. L'assassinat de ce dernier avait donc très peu de probabilités d'être une simple coïncidence : selon toute logique, le collaborateur de la jeune femme avait voulu l'interroger sur le vol d'or en Irak, ou plutôt, de façon moins directe, sur la mission effectuée près de la frontière iranienne à peu près au moment où ce vol d'or avait prétendument été commis.

Si la police parvenait par des moyens légaux à empêcher le journaliste de se réfugier derrière le secret professionnel, que se passerait-il ?

Cela ne le mettrait-il pas en danger ?

Rebecca était heureusement hors d'atteinte d'un homme dont le but, en cherchant à la kidnapper, restait mystérieux, mais ne fallait-il pas conseiller à Bill Gatlin d'aller se mettre en lieu sûr ?

Parker avait cependant le sentiment que si la personne qui tirait les ficelles dans cette affaire l'avait voulu, le reporter serait déjà mort.

Il pianota distraitement de la main gauche sur la portière tout en regardant un grutier charger des conteneurs sur le pont d'un cargo. L'empilement des caisses une par une ressemblait à un jeu de construction lent et particulièrement complexe.

La veille à la même heure, c'était Theo qui manœuvrait cette grue… Il avait dit un jour à Parker qu'il appréciait de faire un travail assez exigeant et bruyant pour réduire au silence les fantômes de ses années de combat.

Sa disparition remplissait Parker de remords. Alors qu'ils habitaient la même ville, ils ne s'étaient vus que deux ou trois fois par an…

Comment les liens si forts que la guerre avait forgés entre eux pouvaient-ils s'être relâchés à ce point ? Les mêmes horreurs hantaient pourtant leur mémoire, les mêmes cauchemars peuplaient leurs nuits…

Et maintenant, il était trop tard : la mort à laquelle Theo avait échappé des dizaines de fois en opération l'avait frappé dans sa ville natale.

Parker serra les poings et tambourina contre le volant.

Comme chaque fois qu'il pensait aux circonstances du meurtre de son ami, une violente colère s'emparait de lui.

Son téléphone portable sonna. Il le sortit de sa poche et en voyant le nom de Jeff Bruce sur l'écran sentit une boule d'angoisse se former au creux de son estomac, son pouls s'emballer...

— Allô !

— Parker ? dit une voix étranglée.

— Oui.

— Naomi, à l'appareil... La femme de Jeff. Il...

Elle laissa sa phrase en suspens, et Parker, affolé, s'exclama :

— Naomi ? Qu'y a-t-il ?

« Ne me dis pas que Jeff est mort ! Par pitié, ne me dis pas ça ! »

Ce genre d'annonce, il avait dû le faire plusieurs fois à des familles de soldats tués au combat, et il ne souhaitait à personne de vivre ce type d'expérience, même si c'était bien sûr les proches des victimes les plus à plaindre.

Mais comme sa correspondante restait silencieuse, il fut obligé d'insister pour connaître la raison de son appel.

— Parle-moi, Naomi, je t'en prie !

— J... Jeff a eu... un accident. Je suis... à l'hôpital.

— Je pars tout de suite te rejoindre !

Parker commençait déjà à dresser la liste de ce qu'il devait faire avant de se mettre en route — déverrouiller à distance la porte de la chambre forte, dire à Rebecca où étaient les affaires qu'il lui avait prises... — quand Naomi déclara :

— Non, Jeff ne veut pas que tu viennes.

— Ah bon ? Et pourquoi ?

— Je l'ignore.

— Que s'est-il passé ?

— D'après la police, sa voiture a quitté la route près d'un pont, poussée par un automobiliste qui a ensuite pris la fuite. Grâce à la ceinture de sécurité et à l'airbag,

Jeff a survécu. Un autre véhicule s'est arrêté, et ses occupants ont réussi à le sortir de sa voiture avant qu'elle soit emportée par les eaux.

— Il est gravement blessé ?

— Il a plusieurs fractures ouvertes, mais les médecins m'ont garanti qu'il se rétablirait complètement.

— Bien ! Maintenant, dis-moi de quoi tu as besoin, quel service je peux te rendre...

Le pouls de Parker s'était ralenti, mais l'accident dans lequel Jeff Bruce avait failli perdre la vie l'obligeait à admettre qu'il avait eu tort de ne pas avertir du danger ses anciens compagnons d'armes.

Les agressions commises à moins de vingt-quatre heures d'intervalle sur les deux premiers hommes de la liste établie par le maître chanteur pouvaient faire craindre l'imminence d'une nouvelle attaque.

Une extrême vigilance s'imposait, et il fallait pour cela que les intéressés soient prévenus.

— Jeff est actuellement au bloc, indiqua Naomi, mais avant d'y partir il m'a chargée d'un message pour toi, et toi seul : il a vu le conducteur de la voiture qui a provoqué son accident.

— Il pourra le décrire ?

— Mieux que ça : il le connaît. C'est Fadi.

Parker eut du mal à contenir un cri de protestation. Jeff devait se tromper ! Le jeune homme éduqué et serviable qui leur avait servi d'interprète *ne pouvait pas* avoir commis cette lâche tentative de meurtre !

— Jeff en est sûr ? demanda Parker.

— Certain. Tu sais de qui il s'agit, n'est-ce pas ?

— Oui.

— Moi aussi. Quand il est rentré, Jeff m'a beaucoup parlé de Fadi et de sa famille. Il le décrivait comme l'un des Irakiens les plus attachants qu'il ait connus là-bas, et j'ai eu le sentiment que vous vous seriez tous portés garants de son intégrité. S'il avait obtenu un visa pour les États-Unis, il n'aurait pas pris contact avec vous ?

— C'est ce qu'on pourrait penser.

Parker n'arrivait toujours pas à voir en Fadi l'auteur de la tentative de meurtre. Jeff n'était pourtant pas sujet aux hallucinations...

— Ça va aller, Naomi ?

— Oui. Je suis secouée, mais le temps que Jeff quitte le bloc, je me serai ressaisie.

— Rappelle-moi quand il sera réveillé. Il faut absolument que je lui parle.

— D'accord.

Après avoir raccroché, Parker resta un moment comme pétrifié. Il avait l'impression d'être enlisé dans des sables mouvants où le moindre mouvement le ferait s'enfoncer davantage.

La mort de Theo et la tentative d'assassinat commise contre Jeff l'amenaient à penser que la lettre de chantage était aussi mensongère que l'information anonyme envoyée à Rebecca. Les deux ayant pour but de débusquer les participants à cette fameuse opération commando près de la frontière iranienne.

Bien que le jeune interprète irakien soit le seul dénominateur commun entre eux et Rebecca, Parker était de moins en moins prêt à le croire coupable. Le Fadi dont il se souvenait était loyal, chaleureux, cultivé... Il ne se serait pas laissé endoctriner par la propagande de factions antiaméricaines.

Mais alors, qui tirait les ficelles de cette sombre machination ?

Parker décida d'aller étudier les dossiers sur le séjour de Rebecca et Bill Gatlin en Irak qu'il avait transférés sur une clé USB. Il fallait trouver les endroits exacts où leur reportage et la mission de son groupe de combat s'étaient chevauchés, et espérer que la réponse lui fournirait une piste intéressante.

Sinon, il aurait beau s'agiter, quelqu'un continuerait à tuer ses amis les uns après les autres.

Rebecca ne savait pas combien de temps elle allait pouvoir rester enfermée sans devenir folle. À force d'arpenter la pièce, elle connaissait le nombre de pas qu'il lui fallait faire pour la traverser dans sa longueur et sa largeur, la distance qui séparait le réfrigérateur du lit pliant...

La chambre forte était bien conçue : à l'exception d'une pendule et d'une fenêtre, aucune commodité n'y manquait. Mais cela ne diminuait en rien sa colère contre celui qui l'y retenait prisonnière. Et les seules distractions mises à sa disposition — une petite sélection de livres et de CD — n'étaient pas de nature à lui apporter la stimulation dont elle avait besoin.

Elle avait passé des heures à dessiner toutes les scènes qui lui revenaient à la mémoire, depuis son départ pour la soirée de gala avec son cavalier jusqu'à son réveil dans la chambre forte. Le temps qu'un troisième repas chaud arrive — composé, celui-ci, de poulet frit et de salade —, elle était à peu près sûre d'avoir correctement reconstitué la chronologie des événements.

N'ayant pas très faim, elle avait juste mangé un peu de salade. Le reste de ce qui devait être un dîner était allé dans le réfrigérateur. Elle avait ensuite commencé un roman, mais l'avait vite abandonné au profit de la recherche d'un plan pour s'évader. Elle avait sombré dans le sommeil sans en avoir encore trouvé aucun, et venait de se réveiller, mais sans savoir combien de temps elle avait dormi.

Que ce soit le matin ou le soir, une douche lui ferait du bien, et elle se rendit dans la salle de bains, mais elle détestait ce sentiment d'impuissance, cette absence totale de contrôle de son emploi du temps.

Quand Lawton allait-il se décider à la libérer ? se

demanda-t-elle une fois de retour dans la pièce principale en se calant sur le canapé.

Si elle avait encore eu des doutes sur l'identité de son ravisseur, le menu du déjeuner les aurait chassés.

Qui d'autre que Lawton avait accès au contenu de son téléphone portable, en effet ?

Qui d'autre que lui était un expert en sécurité et avait les moyens de construire une chambre forte intégrant une technologie aussi sophistiquée que celle-ci ?

Qui d'autre que lui avait une raison de l'empêcher de travailler ?

Tout cela, ajouté aux questions qu'il lui avait posées sur son traitement des informations anonymes, accusait une seule et même personne : Parker Lawton.

— Ça ne marchera pas, vous savez ! dit Rebecca en allant se planter devant l'une des caméras. La chaîne doit maintenant avoir compris qu'il se passait quelque chose d'anormal : je ne m'absente jamais aussi longtemps sans prévenir. Quelqu'un va alerter la police.

Il fallait même espérer que c'était déjà fait, mais au bout de combien de temps les autorités considéraient-elles la disparition d'une adulte saine de corps et d'esprit comme suffisamment inquiétante pour justifier l'ouverture d'une enquête ?

— La prochaine fois, vous pourriez apporter un réveil en même temps qu'à manger ? marmonna Rebecca. Ce serait sympa !

Elle repensa ensuite à la soirée de gala. Le dernier souvenir qu'elle en avait, c'était celui d'un homme qui lui écrasait le cou de son bras replié avant de la droguer.

Mais soudain, elle se rappela que cet homme, c'était l'un de ceux dont elle avait dessiné le visage sur son bloc-notes. Celui qui avait une balafre sur la joue.

Et si c'était lui qui l'avait kidnappée ?

Cette idée lui donna la chair de poule. Peut-être cet homme travaillait-il pour Lawton, et si elle refusait de

« coopérer », Lawton le lui enverrait-il pour la rendre plus docile.

Proche de la panique, Rebecca s'obligea à se raisonner. Elle était en train de jouer à se faire peur, et si elle se laissait ainsi emporter par son imagination, elle allait *vraiment* devenir folle !

Quelques gorgées d'eau froide lui remettraient les idées en place... Elle tendit la main vers son verre, posé sur la table basse et, au même moment, les lumières s'éteignirent. La surprise lui fit faire un faux mouvement, et le verre se renversa.

— Rallumez, s'il vous plaît ! s'écria-t-elle.

— Restez assise ! lui ordonna cette voix déformée qui lui tapait sur les nerfs.

Malgré son envie de se lever, elle obtempéra. À quoi bon se préparer à passer à l'action alors que les caméras installées dans la pièce permettaient manifestement à son ravisseur de voir ce qui s'y passait, même dans l'obscurité ?

Rebecca entendit la serrure cliqueter, et la porte s'ouvrir. Lawton — si c'était bien lui — la referma et la verrouilla de nouveau juste après, puis des pas feutrés s'approchèrent du canapé, le contournèrent...

— C'est vraiment déloyal ! protesta Rebecca.

Des mains robustes la saisirent par les épaules depuis l'arrière du canapé et la forcèrent à s'enfoncer plus profondément dans les coussins.

— Ne bougez pas !

Le souvenir terrifiant de l'homme à la joue balafrée lui revint.

Était-ce lui ?

Non, ses mains étaient plus épaisses et plus rêches que celles-ci, elle en était certaine.

— Je bénéficierai d'une libération anticipée, si je coopère ? demanda-t-elle sur un ton qui se voulait léger.

— Non.

— Alors pourquoi je vous obéirais ?

Sur ces mots, Rebecca se dégagea de l'étreinte de Lawton et s'élança vers la porte. Maintenant qu'ils étaient tous les deux à l'intérieur de la pièce, elle avait peut-être une chance de...

Il la rattrapa avant qu'elle ait pu achever de formuler sa pensée : un bras la ceintura, tandis qu'une main lui recouvrait la bouche. Elle se débattit en remuant les hanches mais, plaquée contre lui comme elle l'était, avec pour seul résultat de créer entre eux un contact physique plus adapté à un autre type d'intimité.

— Crier ne sert à rien, vous vous rappelez ?

Ces mots murmurés à son oreille la firent frissonner — à moins que ce ne soit le léger frottement d'une barbe naissante sur sa joue ?

Lawton retira ensuite lentement la main qui la bâillonnait. Elle jugea en effet inutile d'appeler à l'aide, mais elle essaya de nouveau de se libérer, ne serait-ce que pour pouvoir mieux respirer. Il l'attrapa alors par les poignets et les ramena dans son dos. Quelques secondes plus tard, il les attachait avec des menottes en plastique.

— Ce n'est pas la peine de faire ça ! s'exclama-t-elle.

— Je ne suis pas de cet avis, grommela-t-il. On va parler, maintenant !

Puis il referma une main sur son bras et l'emmena s'asseoir dans le fauteuil. Bizarrement, le contact de cette main sur sa peau l'électrisa... Mais ce devait être la colère et la frustration qui provoquaient cette réaction. Elle ne pouvait tout de même pas éprouver de l'attirance pour l'homme qui la séquestrait !

— Ôtez-moi ces menottes, dit-elle, et je répondrai à toutes vos questions.

— Je n'ai aucune raison de vous croire sur parole, répliqua-t-il.

La rudesse de sa voix, sans doute amplifiée par l'appareil qui la déformait, aurait terrifié Rebecca si elle n'avait été aussi sûre qu'il s'agissait de celle de Parker Lawton :

Lucy n'aurait pas dit de lui que c'était quelqu'un de bien s'il n'avait pas au moins un certain sens moral.

— Soyez raisonnable, Lawton ! déclara-t-elle. Vous avez déjà commis un crime en me kidnappant... N'aggravez pas votre cas en m'attachant !

— Arrêtez de discutailler ! gronda-t-il, dans son dos. Je vous libérerai quand j'aurai obtenu satisfaction, pas avant... Combien de fois êtes-vous allée en Irak ?

Occupée à remuer ses poignets de façon que ses liens s'enfoncent suffisamment dans sa peau pour laisser des marques qui lui serviraient plus tard de preuves, Rebecca s'attendait si peu à cette question que, prise au dépourvu, elle ne put que répéter :

— En Irak ?

— Oui. Combien de fois ?

— Une seule.

— Quel était le but de ce voyage ?

— Je sais que vous avez fouillé dans mon téléphone portable... Dans mes dossiers informatiques aussi, j'imagine, et vous connaissez donc déjà la réponse aux questions que vous venez de me poser. Si vous voulez savoir autre chose, commencez par me détacher !

— Non.

Rebecca tenta de se retourner, mais la pression d'une main sur sa nuque suffit à Lawton pour l'en empêcher.

— Vous ne vous en tirerez pas comme ça ! s'écria-t-elle. Il y a maintenant des gens qui se sont aperçus de ma disparition, et qui me cherchent.

— Vous vous trompez : personne n'a de raison de vous chercher.

Cette remarque inquiéta Rebecca.

— Qu'est-ce que vous avez fait ? demanda-t-elle.

— Donnez-moi les informations dont j'ai besoin, et je vous libérerai. Vous pourrez alors découvrir par vous-même ce que j'ai fait.

Rebecca brûlait de mener son propre interrogatoire.

De laisser exploser sa colère, aussi, et de promettre à Lawton de l'envoyer en prison. Elle se retint, mais il ne perdait rien pour attendre : une fois libre, elle lui ferait payer les heures d'angoisse et d'inaction forcée qu'il lui avait imposées.

— Pourquoi avez-vous cessé de travailler à Hollywood ? demanda-t-il.

Ce changement de sujet la déstabilisa, mais elle ne le montra pas.

— Ça ne vous regarde pas !

— Si... Répondez-moi !

Les mains de Lawton s'étaient mises à lui masser la nuque et les épaules. Elle devait bien reconnaître que cela la détendait, mais à quoi jouait-il ?

Elle estima finalement préférable de lui complaire, en attendant une meilleure occasion de s'échapper.

— À Hollywood, la notoriété de mon père aurait toujours empêché mon travail d'être jugé sur sa valeur intrinsèque.

— Vous avez une haute opinion de vous-même !

— Non, je suis juste lucide. Les journalistes d'investigation que j'emploie ici comptent parmi les meilleurs du pays, et nous fabriquons une émission de qualité, fondée notamment sur des enquêtes de terrain comme celle que nous sommes allés effectuer en Irak, Bill Gatlin et moi.

— Dites-moi ce qui s'est passé pendant votre séjour là-bas. Qui avez-vous vu. ? À qui avez-vous parlé ?

Toutes ces informations se trouvaient dans ses dossiers informatiques, et elle était à peu près sûre que Lawton les avait lus. Le but de cet interrogatoire lui échappait donc, mais un geste de bonne volonté lui vaudrait peut-être une libération plus rapide.

— On a été escortés par des forces de sécurité américaines pendant tous nos déplacements, commença-t-elle. Mais on n'est tout de même allés que dans des zones pacifiées depuis trois semaines au moins.

Des images, des saveurs et des odeurs exotiques lui revinrent soudain, et elle enchaîna :

— Ça vous rappelle des choses à vous aussi, n'est-ce pas, Lawton ?

— Continuez ! se borna-t-il à dire.

— Après avoir quitté Bagdad, on avait deux semaines devant nous, et on en a profité au maximum.

La lecture du mail anonyme arrivé dans sa boîte de réception lui ayant rafraîchi la mémoire, Rebecca put alors raconter en détail ces journées agitées, tantôt excitantes, tantôt angoissantes.

— Vous avez entendu parler, à un moment quelconque de votre enquête, d'une grosse quantité d'or détenue par une famille irakienne ? lui demanda Lawton au terme de son récit. Vous en avez eu sous les yeux ?

— Ni l'un ni l'autre, admit-elle. Les gens que nous avons rencontrés vivaient tous assez pauvrement.

— Et ça ne les dérangeait pas de discuter avec des journalistes américains ?

— Non. Ils étaient contents, au contraire, de l'intérêt que nous leur portions.

— Je vois...

Les doigts de Lawton glissèrent le long des bras de Rebecca, s'arrêtèrent juste au-dessus des menottes et se posèrent sur l'intérieur de ses poignets.

— Laissez-moi partir, maintenant ! déclara-t-elle. Je ne vous ai rien caché.

— Je n'en ai pas terminé... Avant que quelqu'un vous envoie ce mail mensonger à propos d'un vol d'or, avez-vous eu des contacts avec une ou des personnes rencontrées en Irak ?

Indignée, Rebecca essaya de se lever, mais Lawton l'en empêcha.

— Espèce de salaud ! s'écria-t-elle. Vous êtes allé fouiller dans mon courrier électronique ?

— Je plaide coupable, mais répondez à ma question !

Elle pensa à Fadi. Il leur avait été d'une aide précieuse comme interprète, et son immense culture leur avait aussi permis d'appendre beaucoup de choses sur l'Irak et les Irakiens. Elle espérait que ce n'était pas lui l'auteur du mail anonyme. Cela aurait notamment signifié que le destin avait durement frappé sa famille.

— Non, je n'ai pas eu de contacts avec des gens rencontrés en Irak ! lança-t-elle. Et qu'est-ce que vous êtes en train de faire ? Vous vous prenez pour un détecteur de mensonge humain ?

— Quelque chose comme ça, susurra Lawton.

Même déformée, sa voix laissait deviner qu'il souriait, et Rebecca remplaça en esprit l'image de l'homme agressif qui avait forcé sa porte par celle d'un Parker Lawton en smoking et arborant un sourire charmeur.

Le trouble que cela provoqua en elle la consterna. Ils ne se tenaient pas par la main... Il n'essayait pas de la séduire... S'il la touchait, c'était juste pour surveiller son pouls et tenter de savoir si elle mentait ou non...

— Quels moyens mettez-vous en œuvre pour identifier les sources anonymes ? reprit-il.

— Je vous en ai assez dit ! À vous, maintenant, de me livrer vos secrets, et je vais être très directe : vous avez volé de l'or, pendant que vous combattiez en Irak, Lawton ?

— Que ferez-vous, si vous vous rendez compte que je ne suis pas Lawton ?

— Allumez la lumière ! Je verrai alors ce qu'il en est.

Au lieu d'obéir, il fit remonter les mains le long des bras de Rebecca, puis les redescendit jusqu'au niveau de son pouls. Cela ressemblait tellement à une caresse que son cœur s'accéléra, et elle s'en voulut de cette réaction, même involontaire, qui trahissait un émoi déplacé. Lawton l'avait-il perçu ? Il fallait espérer que non !

— Je n'ai pas l'intention de vous retenir plus longtemps que nécessaire, déclara-t-il, mais, comme je vous l'ai déjà dit, je ne vous libérerai pas avant d'avoir obtenu satisfaction.

Je répète donc ma question : quels moyens mettez-vous en œuvre pour identifier les sources anonymes ?

— Non, j'en ai assez ! Je ne vous répondrai pas !

— J'ai besoin de cette information, Rebecca !

— Pourquoi vous ne me laissez pas partir tout de suite ? Vous avez sûrement les compétences et les gadgets nécessaires pour me surveiller quand je serai dehors.

— Mon but, en vous gardant ici, n'est pas de vous surveiller, mais de vous protéger du danger pendant que j'enquête. Plus tôt vous me direz tout ce que vous savez sur votre source, plus vite vous serez libre.

— *Tout* ce que je sais ?

— Oui. Ce que j'ignore pourrait nous valoir de graves ennuis, à vous comme à moi.

Rebecca s'agita dans son siège pour tenter de mettre un peu de distance entre Lawton et elle. La conscience qu'elle avait de sa présence toute proche la troublait profondément.

— De graves ennuis, vous en aurez de toute façon ! observa-t-elle. Parce que je porterai plainte contre vous dès que je serai sortie d'ici.

— Peu m'importe. C'est l'identité de votre source qui m'intéresse.

Comprenant que Lawton ne lâcherait pas prise, Rebecca décida de lui répondre et d'attendre ensuite qu'une occasion de s'échapper se présente. Il finirait bien par commettre une erreur...

— Les tuyaux anonymes déclenchent systématiquement une enquête préliminaire, je vous l'ai déjà expliqué. C'est Bill Gatlin et moi qui nous sommes chargés de la mener après la réception de ce mail de dénonciation. Grâce aux contacts de Bill, on a notamment appris que les six soldats incriminés étaient bien en Irak à l'époque où ce vol aurait été commis.

Rebecca eut l'impression que la respiration de Lawton s'accélérait. Elle le rendait nerveux ? Tant mieux !

— Le nom de la famille censément victime du vol a attiré mon attention, poursuivit-elle. On avait tissé des liens avec elle, Bill et moi, autant que pouvaient le permettre la différence de cultures et la brièveté de notre séjour dans son village. Cette famille ne menait cependant pas du tout le genre de vie qui va avec la possession d'une grande quantité d'or : c'était des gens modestes, dont nous avons apprécié la gentillesse et l'obligeance.

— Vous vous êtes spécialement intéressée à cette affaire parce que vous les connaissiez ?

— Non, parce que les médias doivent dénoncer les turpitudes, quels qu'en soient les auteurs.

— Pour vous, ces soldats sont donc forcément coupables ?

— Pas du tout ! J'ai pour principe de n'accuser personne sans preuves. L'objectivité est la qualité première de mon magazine.

Agacée de s'être laissé mettre sur la défensive, Rebecca marqua une pause, puis reprit sur un ton plus sec :

— Vous saviez qu'un des membres du commando est devenu richissime presque du jour au lendemain ?

Pas de réponse.

— Vous le savez maintenant, en tout cas..., ironisa Rebecca. Vous ne trouvez pas ça suspect ?

— Il peut y avoir à ça des explications autres que le vol... Continuez !

— Lawton n'a pas répondu aux sollicitations de Bill, qui demandait à lui parler... Vous pensez que Lawton finira par accepter d'être interviewé ?

— Aucune idée.

— Le soir de la réception — le soir où vous m'avez kidnappée —, Bill m'a appelée d'un restaurant où il avait rendez-vous avec Theo Manning, l'ancien chef de l'unité incriminée... Celui-ci n'est pas venu. Pourquoi ? Vous lui avez déconseillé de rencontrer un journaliste ?

— Vous vous trompez complètement, y compris sur mon identité !

— Arrêtez, Lawton, je sais que c'est vous ! Qui d'autre aurait eu intérêt à me prendre en otage ?

— Je ne suis pas Lawton.

Rebecca garda le silence pendant un petit moment, comme si elle réfléchissait, avant d'observer :

— C'est peut-être vrai, finalement, parce que je tiens de source sûre que Parker Lawton est quelqu'un de bien, et vous ne l'êtes pas.

Lawton ignora cette pique.

— Dites-m'en plus sur la famille censée avoir été victime de ce vol, déclara-t-il. Le nom mentionné dans le mail de dénonciation est très courant.

Cette dernière remarque intrigua Rebecca. Aurait-il bien connu ces gens, lui aussi ?

Cela lui donna une idée.

— Et si on collaborait, tous les deux ? suggéra-t-elle. Ensemble, on devrait arriver à identifier la source... Vous pourriez même donner votre version de l'histoire, et si les hommes de la liste sont vraiment innocents, ce sera dit avec toute la force nécessaire.

Cette proposition fut accueillie par un grognement dubitatif.

— Vous seriez prête à collaborer avec quelqu'un que vous croyez lié à un commando accusé d'avoir dépouillé vos amis ?

— Oui.

Rebecca mit dans ce mot autant de conviction qu'elle le put : il fallait persuader Lawton de sa bonne volonté. Il la relâcherait alors, et quand ils démarreraient leur enquête, elle le livrerait au premier agent de police qu'ils croiseraient.

— Vous en avez visiblement beaucoup appris sur moi, reprit-elle. Vous savez donc que je suis prête à travailler avec le diable lui-même si ça peut me permettre de diffuser un bon reportage.

— Vous voulez bien travailler avec le diable et avec moi, mais pas avec votre père... Intéressant !

Comme Lawton à plusieurs reprises au cours de leur conversation, Rebecca fit comme si elle n'avait pas entendu.

— Je ne suis pas le diable, enchaîna-t-il. Et, pour votre information, si Theo Manning n'est pas allé au rendez-vous, c'est parce qu'il est mort.

Quoi ?

Rebecca tourna la tête vers Lawton, mais l'obscurité l'empêcha de voir son expression. Il devait juste essayer de la déstabiliser... La possibilité qu'il dise la vérité ne l'en inquiétait pas moins.

— Mort ? répéta-t-elle. Quand ? Comment ?

— Il a été assassiné jeudi soir sur le chemin du restaurant où il avait rendez-vous avec votre collaborateur. Sa mort est donc directement liée à votre fameuse enquête préliminaire. Et Jeff Bruce, le deuxième homme de la liste, est à l'hôpital. Sa voiture est tombée dans une rivière, et pas par accident... Vos recherches mettent en danger tous ceux qui figurent sur cette liste, et il n'est donc pas question que je vous libère avant d'avoir trouvé et neutralisé l'auteur de ces agressions.

Lawton lâcha les poignets de Rebecca, referma une main sur les siennes, et un sentiment de peur la gagna : qu'allait-il faire ?

Mais il se borna à la débarrasser des menottes. Elle ne l'avait pas entendu faire, et ce fut seulement en percevant une sensation de froid qu'elle comprit qu'il s'était reculé.

Cette capacité d'agir et de se déplacer sans bruit avait quelque chose d'effrayant. L'avait-il acquise à l'armée, ou bien n'en était-il pas à son premier enlèvement ?

Rien, dans ce que Bill et elle avaient appris sur lui, n'étayait pourtant la seconde hypothèse. Rien jusqu'à maintenant, tout du moins : en dehors de sa brusque accession au statut de milliardaire, son histoire le faisait apparaître comme un vétéran parfaitement normal et respectable.

Rebecca se frotta les poignets, mais les menottes avaient blessé sa fierté plus que sa peau. Et le fait de les lui avoir enlevées était de la part de Lawton une preuve de confiance...

Ou d'arrogance, lui souffla une petite voix intérieure.

— Merci, déclara-t-elle néanmoins. Si vous me fournissez la preuve que le tuyau anonyme sur ce vol d'or est mensonger, je ne porterai pas plainte contre vous.

Maintenant que Lawton ne la touchait plus, elle pouvait mentir sans craindre d'être trahie par l'accélération de son pouls.

— Je veux bien poursuivre cette conversation, ajouta-t-elle, mais pas dans le noir.

Le bruit de la porte lui parvint alors. Les lampes se rallumèrent ensuite, et elle battit des paupières, éblouie. Quand sa vision se fut habituée à la lumière, elle parcourut la pièce des yeux, mais Lawton n'y était plus.

— On a encore des choses à se dire ! s'exclama-t-elle.

— Plus tard, déclara la voix déformée de Lawton dans le haut-parleur.

Avait-il deviné que son offre de collaboration avait pour seul but de lui permettre de sortir de sa prison ? se demanda Rebecca.

Furieuse, elle se rua vers la porte et frappa à coups de poing contre le vantail.

— Espèce d'idiot ! Vous avez besoin de moi pour remonter jusqu'à l'auteur du mail anonyme !

— On sera tous plus en sécurité si vous restez là.

— Quand reviendrez-vous ?

— Impossible à dire. Sûrement pas avant quelques heures, en tout cas.

Pas avant quelques heures ?

Sans fenêtre ni pendule, Rebecca ne savait même pas dans quelle partie de la journée — ou de la nuit — le retour de Lawton aurait *peut-être* lieu. Il n'était pas question de le laisser partir sans obtenir quelque chose en échange !

— Attendez ! cria-t-elle.

— Quoi ?

— Quand vous reviendrez, ayez la politesse de m'avertir avant de couper l'électricité ! J'ai renversé mon verre, tout à l'heure, quand vous avez plongé d'un coup la pièce dans le noir !

— D'accord. J'éteindrai et je rallumerai les lumières trois fois de suite, à quelques secondes d'intervalle. Ce sera comme un appel de phares.

Un grésillement, dans le haut-parleur, puis plus rien. Lawton était parti.

Rebecca jura entre ses dents. Elle croyait avoir réussi à le manipuler... À tort. Il l'avait de nouveau abandonnée, pour suivre une piste, mais laquelle ?

Autre question : Theo Manning avait-il vraiment été assassiné ?

Dans l'affirmative, Lawton avait sans doute raison de penser que c'était lié à l'enquête menée par Bill sur les hommes de la liste. Cette mort la désolait, mais elle refusait de se laisser culpabiliser : le seul responsable d'un meurtre, c'était son auteur.

Ceci dit, elle comprenait que le décès d'un ami, associé à la crainte d'être accusé publiquement de vol, ait pu pousser Lawton à commettre un acte aussi désespéré que l'enlèvement de la productrice susceptible de diffuser l'information. Elle regrettait de ne pas avoir eu accès à ses états de service : cela lui aurait donné une meilleure idée de sa personnalité.

Lawton ne pouvait cependant pas la retenir indéfiniment prisonnière...

Mais était-ce bien lui qui la séquestrait ? Elle en était sûre, mais sans en avoir aucune preuve... Et si elle se trompait, si son ravisseur était un fou ou un criminel, elle ne sortirait pas vivante d'ici...

Cette pensée attisa la peur qui couvait en elle de façon presque permanente. Elle inspira lentement et profondément jusqu'à ce que cet accès de panique se dissipe, puis elle se remit à faire les cent pas dans la pièce, plus décidée que jamais à trouver un moyen de s'échapper de sa prison.

6

Samedi 16 octobre, 0 h 15

— Encore une impasse ! grommela Parker.

Il éloigna ensuite sa chaise de la table branlante sur laquelle il avait installé les appareils nécessaires à ses recherches, se leva et alla regarder dehors par l'interstice des rideaux.

Il n'y avait personne sur les toits voisins, et les voitures garées dans la rue n'étaient pas celles qu'il y avait vues quelques heures plus tôt, avant d'entrer dans cet hôtel miteux.

Le confort et les outils techniques dont il disposait dans son bureau, dans son appartement et jusque dans la pièce jouxtant la chambre forte lui manquaient, mais il devait être aussi imprévisible que son ennemi.

Par précaution, il avait même quitté sans y dormir la chambre prise dans le motel situé près de l'aéroport. Rester trop longtemps au même endroit aurait facilité la tâche à celui qui avait entrepris de tuer tous les membres de son ancien groupe de combat.

Épuisé, frustré, Parker avait envie de sortir et de se promener au hasard des rues pour réfléchir et si quelqu'un le prenait en filature pour pousser cette personne à l'agresser. Ce serait sans doute plus productif que d'attendre d'avoir trouvé le point faible de son adversaire pour passer à l'action. Parce qu'il avait atteint dans son enquête un stade où elle devait prendre une nouvelle orientation.

Une nouvelle orientation, mais laquelle ? Où se trouvait l'indice qui lui donnerait la clé du mystère ? À San Francisco ? Dans le Nevada ? Ailleurs ?

La lecture des derniers dossiers informatiques de Rebecca sur son séjour en Irak lui avait montré que la jeune femme lui avait tout dit à ce sujet. L'espoir qu'elle lui ait caché quelque information importante s'était donc envolé, et il n'était pas plus avancé qu'avant.

Il lui avait fallu en outre des heures pour se remettre de sa dernière conversation avec Rebecca. Parce qu'elle lui avait parlé avec beaucoup de sensibilité de son séjour en Irak, mais surtout parce que l'odeur citronnée de ses cheveux et la douceur de sa peau l'avaient profondément troublé. Le courage et la capacité de résistance dont elle faisait montre dans une situation aussi anxiogène le surprenaient et l'impressionnaient à la fois.

Son pouls était resté rapide mais régulier jusqu'à ce qu'elle apprenne le meurtre de Theo. Là, il était devenu erratique, preuve que cette nouvelle l'avait secouée.

Il devait la libérer, songea Parker. Implorer son pardon. Et il le ferait, mais pas avant de savoir si c'était par compassion pour elle ou juste dans l'espoir que l'homme à la joue balafrée tenterait de nouveau de la kidnapper, et sortirait ainsi du bois.

Tant qu'il ne serait pas sûr de la pureté de ses intentions, elle resterait...

— Prisonnière, dit-il à haute voix pour bien se convaincre de la réalité de la situation qu'il avait créée.

Comment avait-il pu se conduire de façon aussi stupide ? Ses anciens compagnons d'armes, et tout spécialement ceux avec qui il avait effectué cette fameuse opération commando, se moqueraient bien de lui, s'ils étaient au courant !

« Réfléchir avant d'agir » était la devise de Theo. Même

au cœur du danger, disait-il, il fallait prendre le temps de la réflexion.

Et Parker ne l'avait pas fait. À partir du moment où le lieutenant Baird lui avait appris la mort de Theo, il s'était comporté de façon totalement impulsive. Et même avant cela, en réalité : la lettre de chantage l'avait rendu fou...

Il baissa la tête, honteux. Rien ne justifiait la séquestration d'une femme, pas même le souci de la protéger.

Mais la vue de la liste contenue dans la lettre lui avait bel et bien causé un choc. Sans être une excuse, c'était vrai.

Les six hommes mentionnés dessus étaient stationnés dans la même base de l'armée américaine en Irak, mais ils appartenaient à des unités différentes jusqu'à ce qu'ils soient choisis pour une opération secrète, à mener sous le commandement de Theo Manning.

D'abord déployés en deux équipes de trois pour plus de discrétion, ils avaient passé un mois, dans des conditions difficiles et en territoire hostile, à collecter les renseignements nécessaires à l'objectif de leur mission : la localisation et l'anéantissement d'une bande de malfaiteurs qui, entre autres crimes, faisait passer des explosifs d'Iran en Irak.

Personne n'aurait dû pouvoir réunir les noms des six membres de cette opération sur une même liste. Quelqu'un y était pourtant arrivé... Qui, et comment ?

Après des heures de recherches, Parker n'était pas plus près qu'avant d'identifier la source du mail anonyme. Il avait malgré tout réussi à établir que l'automobiliste à l'origine de l'accident de Jeff ne pouvait pas être Fadi, le jeune homme qui leur avait servi d'interprète. Jeff s'était trompé : grâce à des opérateurs radio amateurs, l'un des collaborateurs de Parker avait appris que Fadi était toujours en Irak.

Parker se massa les tempes pour chasser un début de migraine. Par une étrange coïncidence, Rebecca et lui avaient fait la connaissance du même garçon de dix-huit ans à quelques semaines d'intervalle.

La logique voulait que l'instigateur de toute cette affaire soit originaire du même village que Fadi, et pourtant Parker en doutait. Il ne voyait pas comment un simple villageois aurait pu être aussi bien renseigné sur une opération secrète de l'armée américaine, et comment il aurait pu monter une machination aussi sophistiquée sur le sol même des États-Unis.

Un militaire de la base où étaient stationnés les six membres du commando aurait-il eu vent de cette opération, alors ? Mais dans l'affirmative, quel objectif poursuivait-il ? Son but n'était pas d'obtenir de l'argent, en tout cas, sinon Theo serait encore en vie, et Jeff, tranquillement chez lui, avec sa femme... Et aucun des scénarios que Parker avait jusqu'ici envisagés n'expliquait la tentative d'enlèvement de Rebecca.

Parker activa l'application qui lui permettait de surveiller la jeune femme. Elle ne dormait pas, contrairement à ce qu'il pensait : elle arpentait la chambre forte et, quand il mit le son, il s'entendit traiter de tous les noms.

Toute sa fortune suffirait-elle pour acheter le pardon de Rebecca ? Sans doute pas, même s'il avait eu autant d'argent que Rush Grayson, l'un des hommes les plus riches de San Francisco.

L'argent n'intéressait certainement pas Rebecca, de toute façon. Elle avait proposé de payer une rançon en échange de sa libération, et une recherche rapide sur ses finances avait appris à Parker qu'elle avait un compte en banque bien garni et de grosses économies. Son magazine était en fait la seule chose qui lui importait vraiment.

Les pensées de Parker revinrent à la lettre de menaces.

Le maître chanteur y disait que les médias avaient été informés une semaine plus tôt du vol d'or commis en Irak par son groupe de combat... S'il avait réellement alerté *les* médias, des journalistes moins scrupuleux que les collaborateurs de Rebecca n'auraient-ils pas tout de suite sauté sur cette occasion de dénoncer un scandale dans l'armée ?

Or, ni la presse écrite ni la télévision n'en avaient parlé. Personne d'autre que Bill Gatlin et Rebecca n'ayant cherché à interviewer les hommes de la liste, ils étaient les seuls à avoir entrepris d'enquêter sur le sujet, et le brusque enrichissement d'un des soldats incriminés leur était évidemment apparu comme une preuve possible de sa culpabilité.

La sonnerie de son portable tira Parker de ses réflexions. Il hésita à répondre. Personne n'appelait à près de 1 heure du matin pour annoncer une bonne nouvelle, et il ne se sentait pas d'humeur à en apprendre une mauvaise.

En s'approchant de la table où l'appareil était posé, cependant, il vit que l'appel venait de Tony, un employé de son entreprise qu'il avait chargé de surveiller l'appartement de Rebecca, dans le quartier de Russian Hill.

Cela le décida à décrocher.

— Oui ? dit-il.

— Je vois le faisceau d'une torche se promener dans l'appartement, indiqua Tony à voix basse. Quelqu'un s'y est introduit.

— Sans que tu t'en aperçoives ?

— Il n'a pas dû entrer par la porte.

Parker ne céda pas à son premier réflexe, qui lui aurait fait envoyer Tony intercepter l'intrus et le lui amener pour interrogatoire.

« Réfléchir avant d'agir. »

— Appelle la police, déclara-t-il. Essaye de prendre cet individu en photo et s'il repart avant l'arrivée de la police, suis-le !

— D'accord.

Parker coupa la communication et mit le téléphone dans sa poche. Russian Hill ne dépendait pas du commissariat de Bayview, mais il pouvait se débrouiller pour que le lieutenant Baird soit informé de l'incident si cela s'avérait utile pour l'enquête sur le meurtre de Theo. Tony savait comment signaler un acte potentiellement délictueux sans que son appel puisse être localisé, et c'était un as de la filature.

La tablette de Rebecca, sur la table, semblait narguer Parker, et il l'éteignit. Ce n'était pas là que se trouvaient les pièces manquantes du puzzle. Ni là, ni dans le reportage que la jeune femme et Bill Gatlin avaient effectué au Moyen-Orient.

Impossible, cependant, de considérer comme une simple coïncidence le fait que, après avoir failli s'y croiser, Parker et Rebecca avaient reçu un courrier concernant la même histoire de vol d'or.

Une main invisible les manipulait comme des marionnettes. Sans doute quelqu'un voulait-il utiliser le magazine de Rebecca pour discréditer les six membres d'une opération commando menée en Irak, mais qui, et pour quelle raison ? De plus, la jeune femme avait été *personnellement* victime d'une agression, et Parker ne comprenait toujours pas pourquoi.

Il s'assit, posa les coudes sur la table et cala la tête contre ses poings fermés. Il devait absolument trouver un moyen de protéger à la fois Rebecca et les trois autres hommes de la liste, mais ses recherches ne l'avaient encore mené nulle part...

Rebecca avait-elle interviewé des militaires américains, quand elle était en Irak ? Elle n'en parlait pas dans ses notes. Parker se promit de lui poser la question lors de leur prochaine conversation.

En attendant, il activa de nouveau l'application de surveillance. Rebecca était maintenant allongée sur le lit pliant. Dormait-elle, ou bien faisait-elle semblant ? Il resta à l'observer pendant un moment. Elle ne bougeait pas, et il finit par avoir le sentiment de se comporter en voyeur. Mais quand il changea de caméra, passant de celle du fond de la pièce à celle du mur opposé, ce fut pour s'apercevoir qu'elle ne lui fournissait plus aucune image. C'était évidemment Rebecca qui l'avait mise hors service... Il devait continuer à se méfier d'elle, au lieu de la prendre en pitié !

Les caméras installées à l'extérieur de l'immeuble ne lui signalèrent heureusement rien d'inquiétant.

Tout en sachant qu'il aurait dû se coucher, lui aussi, Parker décida de suivre un nouvel axe de recherche sur Internet : les gros titres de la presse pendant la période où son groupe de combat et l'équipe de Rebecca auraient presque pu se croiser.

Au bout d'un moment, la manchette d'un journal le frappa : « 12 morts dans un village pris entre deux feux ».

La date concordait, et le sang de Parker se figea dans ses veines.

L'article correspondant disait que des villageois irakiens avaient dénoncé à l'armée américaine une bande de contrebandiers iraniens qui les terrorisait, et que leur village avait subi une attaque en représailles.

Il ne s'agissait pas du village de Fadi, mais d'un autre, situé un peu plus au sud, et Parker repensa à l'affrontement sanglant qui les avait opposés à ces criminels, ses compagnons et lui.

Un affrontement classé secret-défense par l'armée américaine, et que Parker aurait identifié comme cause possible de ses ennuis présents s'il y avait eu des survivants parmi leurs adversaires. À l'époque, ils avaient cru les avoir tous éliminés... Ils s'étaient trompés, manifestement.

Pour la centième fois au moins — et sûrement pas la dernière —, Parker revécut en esprit ce terrible combat. Puis, désormais certain que le sommeil le fuirait, il sortit son portable de sa poche et composa le numéro de Franklin Toomey, le troisième homme de la liste. Son doigt resta un long moment au-dessus de l'icône d'appel, mais ne se posa finalement pas dessus.

Il avait en effet prévenu la veille ses trois anciens

compagnons d'armes menacés de mort. Frank étant déjà sur ses gardes, ces nouvelles informations pouvaient attendre le lendemain.

La lettre du maître chanteur s'expliquait mieux, à présent. Il s'agissait moins d'argent que de vengeance... Restait à savoir qui avait les réseaux de renseignements, les compétences et l'audace nécessaires pour entreprendre de supprimer des vétérans américains sur leur propre sol.

Sur les six hommes concernés, seul Theo aurait pu donner le nom de suspects potentiels. Et c'était pour cela qu'il avait été tué en premier... Quant au kidnapping de Rebecca, il avait peut-être été décidé pour obliger la chaîne à diffuser la fausse histoire du vol d'or et accomplir ainsi une double vengeance, en salissant l'honneur des six membres du commando.

Cette tentative d'enlèvement avait eu pour résultat de faire jouer les sauveurs à Parker. Et même s'il avait ensuite très mal géré la situation — enfermer Rebecca dans la chambre forte était l'une des choses les plus stupides qu'il ait jamais faites —, il avait maintenant une meilleure idée de l'ennemi qu'il devait combattre : un ou des Iraniens venus aux États-Unis venger la mort de compatriotes.

Que l'homme au visage balafré agisse seul ou non, il fallait trouver le maximum d'informations sur lui, et le fait de connaître sa nationalité allait faciliter les recherches.

Après avoir longuement pesé le pour et le contre de sa démarche, Parker envoya un mail à l'un de ses anciens collègues militaires qui, après l'armée, était entré dans la CIA. Peut-être les services de renseignements américains avaient-ils déjà cet homme à l'œil ?

Il fit ensuite appel aux sources dont il disposait un peu partout pour tenter d'en savoir plus sur le meurtre de Theo et l'accident de Jeff. Les images des caméras de surveillance proches des lieux où ces agressions s'étaient produites lui seraient particulièrement utiles, et la direction de l'hôtel où la réception de gala s'était tenue lui permettrait peut-être de visionner celles du jeudi soir.

Aussi habile que soit un tueur, il laissait toujours derrière lui des traces de son passage.

Parker s'autorisa ensuite quelques heures de sommeil. Quand il se réveilla, son ami de la CIA lui avait fait savoir qu'il acceptait de l'aider, et le chef du service de sécurité de l'hôtel avait répondu qu'il tenait les enregistrements de la soirée du jeudi à sa disposition.

L'ennemi avait une longueur d'avance sur lui, songea Parker, mais il allait rattraper son retard... Il répondit au nom de Rebecca aux mails arrivés dans sa boîte de réception qui paraissaient les plus importants, puis rassembla ses affaires.

Un nouveau coup d'œil dans la rue ne lui montra rien de suspect, mais par précaution il laissa sur la table un indice qui mettrait ses adversaires sur une fausse piste. Si les rôles étaient inversés, il fouillerait la chambre que son ennemi venait de quitter.

Avec un peu de chance, les Iraniens n'y verraient que du feu, et cela lui donnerait le temps de monter une contre-offensive.

Mais la chance ne lui sourit pas : à quelques rues de l'hôtel, et bien qu'il se soit assuré qu'aucun dispositif de géolocalisation n'avait été posé sur son 4x4, il eut l'impression qu'un véhicule le prenait en filature.

Circuler en voiture dans San Francisco un samedi matin avait des avantages et des inconvénients. Il était plus facile d'y semer un éventuel poursuivant, mais plus difficile d'acquérir la certitude d'être suivi : Parker n'arrivait pas à savoir s'il devait ou non se méfier de la berline blanche aux vitres légèrement teintées qu'il voyait dans son rétroviseur, à une voiture de distance de la sienne.

La fatigue le rendait peut-être paranoïaque, mais dans le doute la prudence était de mise. Il ne pouvait pas risquer de conduire le tueur à l'endroit où se trouvait Rebecca.

Alors il se mit à slalomer dans les rues, sa bonne connaissance de la ville lui permettant de prévoir assez tôt les intersections dangereuses et les sens uniques.

La berline blanche suivit. Arrivé à un feu tricolore, Parker se déporta au dernier moment dans la file de droite, tourna… La berline l'imita juste à temps pour ne pas griller le feu, qui dut passer de l'orange au rouge moins d'une seconde plus tard.

Cela rappela à Parker que la municipalité avait installé des caméras à certains carrefours pour confondre les automobilistes qui commettaient des infractions au Code de la route.

À l'époque où Gray Box mettait en place des mesures de sécurité pour se prémunir contre l'espionnage industriel, Sam Bellemere avait établi des itinéraires qui permettaient à la fois de repérer un poursuivant et de le semer si nécessaire. Capable de pirater n'importe quel système informatique, il s'était introduit dans celui qui contrôlait les caméras de surveillance du trafic. Il pouvait donc, encore maintenant, accéder en temps réel aux images qu'elles enregistraient.

Parker l'appela et lui exposa son problème.

— Tu peux m'aider à savoir si je suis suivi ou non ? conclut-il. Et si oui, comme je le crois, par qui ?

— Bien sûr ! Où es-tu en ce moment ? Et dans lequel de tes véhicules ?

Quand Parker eut répondu à ces deux questions, Sam lui demanda d'attendre une minute. Il ne lui fallut en fait pas plus de quelques secondes pour annoncer :

— Voilà, je te visualise… Bon, prends la première à droite…

— D'accord. Le véhicule suspect est la berline blanche qui se trouve en ce moment deux voitures derrière moi.

— Compris ! Tu te souviens de l'itinéraire que j'avais défini pour traverser la ville du sud au nord, jusqu'au parc du Presidio ? Sur ce trajet, il y a une caméra à chaque carrefour, et je ne te perdrai donc pas de vue. Ça me permettra de voir si cette berline te suit vraiment, et je vais de toute façon zoomer sur sa plaque d'immatriculation.

Parker resta en ligne avec Sam, mais ni l'un ni l'autre ne parlèrent pendant qu'il se dirigeait vers le Presidio, la berline blanche toujours derrière lui.

Ce ne pouvait pas être un hasard, mais l'absence de discrétion de cette filature finit par intriguer Parker : pourquoi le fait qu'il se sache suivi semblait-il laisser le conducteur de cette voiture indifférent ?

La voix de Sam retentit soudain dans le haut-parleur du portable :

— D'après sa plaque minéralogique, ce véhicule est immatriculé en Californie, et il appartient à une certaine Jenny Swanson. Ce nom te dit quelque chose ?

— Rien du tout ! C'est elle qui est au volant ?

— Les images des caméras de surveillance sont un peu pixélisées, et avec en plus les vitres teintées je ne peux être vraiment sûr que d'une chose : la personne qui est au volant a une épaisse barbe noire. Il ne s'agit donc pas de Jenny Swanson.

L'homme à la joue balafrée et celui qui avait tenté de barrer le chemin à Parker ne portaient pas la barbe... Il devait donc s'agir d'un troisième adversaire, mais avait-il volé la berline, ou bien Jenny Swanson était-elle de mèche avec cette bande de malfaiteurs ?

— Je suis bel et bien suivi, en tout cas, indiqua Parker.

— Tu veux que je me renseigne sur cette Jenny Swanson ?

— Oui, s'il te plaît.

Les pensées de Parker se tournèrent ensuite vers un autre aspect de son problème : comment faire quitter la ville à Rebecca en toute sécurité.

— Et ? demanda Sam.

— Merci ? risqua Parker faute de savoir ce qu'il était censé dire.

— Ce témoignage de reconnaissance me touche, même si ce n'était pas ça que je recherchais ! s'écria Sam en riant. J'essayais de te pousser à me demander une aide plus active. Je peux envoyer un signalement à la police, par exemple... Ça te donnerait le temps de semer la berline.

— Non, tout bien réfléchi, je préfère garder un œil sur celui qui la conduit.

— Comme tu voudras.

Parker coupa la communication et prit la direction de l'appartement tout en passant en revue les choix — finalement peu nombreux — qui s'offraient à lui.

S'il ne conduisait pas rapidement Rebecca dans une autre cachette, elle serait certainement visée par une nouvelle agression. La sauver n'avait pas été simple, mais lui parler avait créé une série de problèmes inattendus et d'une nature entièrement différente, dont il ne pouvait résoudre aucun tant qu'elle le considérerait comme un ennemi.

Ce que son enquête lui avait appris sur elle ne l'incitait guère à entrer dans la chambre forte, se présenter et la supplier de lui pardonner. Il la savait compréhensive et généreuse, mais rancunière, aussi, et dans ce cas précis c'était justifié : il méritait la colère qu'elle éprouvait contre lui. Le courage et l'inventivité qu'elle déployait pour le contrer lui donnaient même envie de la laisser gagner.

Était-ce cela le bon choix ? se demanda Parker. Devait-il permettre à Rebecca de s'échapper sans qu'elle ait la confirmation de l'identité de son ravisseur ?

Il éviterait ainsi un affrontement direct, mais elle l'avait traité de lâche, et il ne voulait pas la conforter dans cette opinion.

Arrivé à destination, et toujours suivi par la berline blanche, il fit deux fois le tour du pâté de maisons, car quelqu'un s'était garé à sa place habituelle, dans l'une des petites rues les plus tranquilles du quartier.

Comme il comptait emmener tout de suite Rebecca

ailleurs, il jugea inutile de lui apporter un petit déjeuner. Il décida en revanche d'aller chercher au pressing la robe noire qu'il y avait déposée la veille. Peut-être cette attention toucherait-elle Rebecca au point de la faire hésiter à porter plainte contre lui... Mais il n'y comptait pas trop : elle avait toutes les raisons de le poursuivre en justice.

Il devait juste essayer de la convaincre d'attendre quelques jours pour le dénoncer — le temps qu'il mette ces dangereux malfaiteurs hors d'état de nuire.

C'était le travail de la police, théoriquement, mais elle était tenue de suivre une procédure qui, dans ce cas précis, ralentirait trop les choses.

Quant à Parker, il ne pourrait prévenir aucun autre drame s'il était derrière les barreaux.

7

Quand les lumières clignotèrent trois fois de suite, annonçant le retour de son ravisseur, Rebecca effectua les préparatifs de son plan. Elle allait s'échapper. C'était maintenant ou jamais, et elle n'aurait que très peu de temps pour réussir : l'effet de surprise ne durerait que quelques secondes, et faute d'avoir su en profiter elle resterait peut-être enfermée dans cette chambre forte pendant des semaines, voire beaucoup plus...

Il fallait cependant espérer que c'était bien Lawton son ravisseur. Car un ancien soldat avait forcément eu, à une époque, un certain sens moral, et il pouvait lui en rester assez pour le faire hésiter à frapper une femme innocente.

Avant de se coucher, Rebecca s'était dit que Lawton ne la surveillait sûrement pas en permanence. Elle avait donc décidé d'empêcher les caméras de fonctionner. Juchée sur une chaise, elle avait réussi à en dévisser une avec sa pince à épiler, mais l'autre était placée trop haut : impossible de l'atteindre.

Dès que les lumières commencèrent à clignoter, Rebecca alla se poster avec sa valise à droite de la porte, hors du champ de la caméra qui marchait encore, prête à bondir...

— Éloignez-vous du mur ! lui ordonna cependant la voix déformée de son ravisseur.

Elle n'eut d'autre choix que d'obéir, mais comment

Lawton avait-il pu la localiser ? En faisant pivoter la caméra encore en service, sans doute…

Les lumières s'éteignirent pour de bon, la porte s'ouvrit dans un chuintement que Rebecca commençait à bien connaître, puis elle perçut un bruissement de plastique.

Son cœur bondit dans sa poitrine. Lawton ne l'avait encore jamais vraiment brutalisée, mais elle craignait à présent pour sa vie. Elle avait vu suffisamment de documentaires sur des affaires de meurtre, lu suffisamment de thrillers, pour savoir que le plastique était le matériau qui évitait le mieux à un assassin de laisser derrière lui des traces de son crime.

Rebecca essaya, sans grand succès, de brider son imagination. Elle avait du mal à croire un ancien soldat capable de tuer une femme de sang-froid, mais ce n'était pas une chose impossible non plus. Il y avait tous les jours des gens apparemment inoffensifs qui se transformaient en criminels, et le plus souvent avec un mobile moins puissant que celui de Lawton s'il voulait garder le fruit d'un vol qui lui avait permis de devenir milliardaire.

Une sueur froide envahit Rebecca, suivie d'un sursaut d'orgueil : elle vendrait chèrement sa peau. Il n'était pas question de mourir sans opposer à son meurtrier une résistance farouche. Il ne s'en irait pas ensuite sans qu'elle ait laissé sa marque sur lui sous une forme quelconque : morsure, griffure, ecchymose… Il ne sortirait pas indemne d'un affrontement qu'elle commencerait évidemment par s'efforcer d'éviter, en lui faussant compagnie.

Rebecca retint son souffle pour mieux entendre les pas de Lawton et attendit qu'il ait franchi le seuil pour passer à l'action. Au lieu de se ruer tout de suite vers la porte, tentative de fuite à laquelle il devait s'être préparé, elle poussa du pied sa valise dans l'ouverture en espérant que ce serait suffisant pour empêcher le lourd vantail de se refermer.

Son vœu fut exaucé, et la lumière qui filtrait par

l'interstice lui permit alors de distinguer la silhouette de Lawton. Elle fonça sur lui avec l'énergie du désespoir, une épaule en avant dans le but de le percuter au niveau du plexus solaire. Il fit un pas de côté, mais elle parvint malgré tout à le déséquilibrer.

Il fallait profiter de ce petit avantage pour s'enfuir. Elle s'élança vers la porte. Quelques pas, et elle serait de l'autre côté... Une fois dehors, elle courrait jusqu'à trouver un agent de police...

— Arrêtez-vous ! s'exclama Lawton, dans son dos.

Sûrement pas !

Plus qu'une poignée de secondes, et elle aurait franchi le seuil, puis poussé la valise du pied pour que la porte se referme derrière elle, lui permettant de gagner encore un peu de temps...

Une main l'attrapa par la cheville et la tira en arrière. Un cri de désespoir s'échappa de ses lèvres. Elle réussit à lancer une ruade assez violente pour arracher à Lawton un grognement de douleur et lui faire relâcher légèrement son étreinte. Cela lui permit de se relever, mais à peine avait-elle esquissé un pas qu'il la ceintura. Il la tourna ensuite vers lui, et elle réagit en le giflant.

Le claquement de sa main sur son visage les figea tous les deux. Cet instant de stupeur offrit à Rebecca une nouvelle ouverture. Elle parvint à se dégager... mais Lawton la rattrapa aussitôt.

La porte étant toujours entrouverte, elle cria à pleins poumons. Il devait bien y avoir quelqu'un, dehors, pour l'entendre !

En attendant l'arrivée hypothétique d'un sauveur, Rebecca se débattit pour tenter d'échapper à Lawton. Elle utilisa ses mains, ses ongles, ses coudes, ses genoux, ses pieds... En vain : il était beaucoup plus fort qu'elle, et il réussit finalement à l'immobiliser en la plaquant contre le mur.

— Tenez-vous tranquille ! gronda-t-il. Je ne vous ferai aucun mal !

— Je ne vous crois pas !

Rebecca voulut lui donner un coup de genou dans l'entrejambe. Il recula à temps, mais elle en profita pour essayer de le contourner.

La lutte reprit alors de plus belle et, malgré l'adrénaline que l'instinct de survie faisait courir dans ses veines, ce fut encore elle qui perdit la bataille.

Elle se retrouva cette fois clouée au sol, Lawton couché sur elle. Les mains refermées sur ses poignets, il lui maintenait les bras au-dessus de la tête, si bien que leurs visages se touchaient presque. Dans la quasi-obscurité, elle ne distinguait pas les traits de son adversaire, mais sentait son souffle saccadé, percevait le battement précipité de son cœur... Il avait beau être en excellente condition physique, elle lui avait donné du fil à retordre !

Maigre consolation... Sa tentative d'évasion avait lamentablement échoué, et elle n'aurait pas d'autre occasion de s'enfuir.

Le souvenir de ce qui devait être une bâche en plastique lui revint alors, et des larmes lui montèrent aux yeux. C'était fini : elle allait mourir, et malgré sa volonté de ne pas craquer, elle ne put réprimer un sanglot.

— Lumière en mode tamisé !

La voix qui avait donné cet ordre ne passait plus par un dispositif déformant : claire et grave, elle enveloppa Rebecca comme un voile de brume sensuelle.

Les spots du plafond s'allumèrent un à un, et ils confirmèrent à Rebecca ce dont elle se doutait déjà : c'était Parker Lawton son ravisseur. Il la fixait sans bouger, et au mélange de soulagement et de colère qu'elle éprouvait, vint s'ajouter un émoi grandissant. Son regard alla des yeux noirs de Lawton à ses lèvres pleines, et elle se surprit à souhaiter qu'il l'embrasse.

— Rebecca ?

Entendre son nom prononcé par Lawton d'une voix normale lui fit un drôle d'effet... et la ramena à la réalité.

— Je savais bien que c'était vous, Lawton ! s'écria-t-elle. Laissez-moi me relever !

Puis, comme rien ne se passait, elle se mit à donner des coups de reins et à se tortiller sous lui pour tenter de le repousser... Avec pour seul résultat de s'épuiser.

— Que... qu'est-ce que vous me voulez ? finit-elle par bredouiller, le souffle court.

— Calmez-vous ! déclara Lawton en se redressant juste assez pour lui permettre de mieux respirer. Je n'ai pas l'intention de vous faire du mal, je vous le répète.

Il lui en avait pourtant déjà fait. Elle se considérait comme quelqu'un de fort et d'intelligent jusqu'à ce que cet homme parvienne à la kidnapper dans un endroit rempli de monde, l'enferme et la tienne ensuite entièrement à sa merci.

— Je vais vous libérer, reprit Lawton avant de se redresser.

— Vraiment ?

— Oui.

Il tendit la main à Rebecca pour l'aider à se relever, mais elle l'ignora et se remit debout toute seule.

— Si vous espérez vous en tirer comme ça, vous vous trompez lourdement ! lança-t-elle. Je vais porter plainte, et vous réclamer des dommages et intérêts d'un montant si élevé que vous devrez vendre votre entreprise !

— Et vous aurez raison.

Si ce comportement résigné avait pour but d'apaiser sa colère, il rata son objectif.

— Pendant combien de temps m'avez-vous retenue prisonnière ? demanda-t-elle sèchement.

— Trop longtemps, mais avant de vous rendre votre liberté, je voudrais vous donner quelques explications.

Sa gifle avait laissé une marque rouge sur la joue de Lawton, constata Rebecca avec une certaine satisfaction, mais elle ne comprenait toujours pas comment un homme a priori intelligent avait pu espérer étouffer un scandale en la séquestrant.

Bien que pressée de quitter cet endroit, elle était donc curieuse de l'entendre.

— Je vous écoute ! dit-elle. Je vais faire mes bagages, pendant ce temps.

La fuite qu'elle avait projetée ne lui aurait rien permis d'emporter, mais puisque Lawton la laissait partir, autant prendre ses affaires !

Quand elle alla chercher sa valise, la porte se referma, mais cela n'avait plus d'importance.

— Votre téléphone portable est dans ma voiture, indiqua Lawton, dans son dos.

— Vous avez fouillé dedans, et donc dans ma vie... Encore une chose que je ne vous pardonnerai jamais ! Et vous pouvez garder vos explications, finalement... Elles ne m'intéressent pas tant que ça.

Un silence suivit, pendant lequel Rebecca se rendit dans la salle de bains pour récupérer ses affaires de toilette. En regagnant la pièce principale, elle vit Lawton en train de feuilleter son bloc-notes.

— Donnez-moi ça ! lui ordonna-t-elle.

Visiblement fasciné par ses croquis, il l'ignora, et elle réprima à grand-peine son envie de taper du pied, comme un enfant de trois ans.

— C'est personnel ! protesta-t-elle. Comme un journal intime !

— Vous dessinez bien, observa Lawton.

Puis il sortit son portable de sa poche et entreprit de photographier les croquis.

— Arrêtez ! cria Rebecca.

À sa grande surprise, il obéit. Il lui tendit le bloc-notes, ouvert à la page entièrement consacrée à l'homme à la joue balafrée.

— Vous connaissez cet individu ? demanda-t-il avec dans le regard la même inquiétude que le soir de la cérémonie de remise de prix.

— Non, répondit-elle en fermant sa valise. Et vous ?

— Mais vous l'avez déjà vu.

— Évidemment !

— Où ?

— À la soirée de gala de jeudi dernier. Il empestait l'oignon. Ouvrez la porte, maintenant, Lawton !

— Appelez-moi Parker.

— Je n'en ai pas envie. Ouvrez la porte !

— Vous vous souvenez de ce que cet individu vous a fait ?

Rebecca redressa le buste et serra les dents pour prévenir le tremblement que les questions de Lawton menaçaient de déclencher. Elle se rappelait la pression du bras de l'homme sur son cou, l'aiguille d'une seringue s'enfonçant dans sa peau... Mais comme elle ne se sentait aucune obligation envers Lawton, elle mentit :

— Non, je ne me souviens de rien. Ouvrez la porte !

— D'accord... Je suis désolé, Rebecca. Pour tout.

Lawton alla poser la main à plat sur le panneau situé à droite de la porte, puis composa un code, et la porte s'ouvrit.

Rebecca se dépêcha de la franchir, et elle se retrouva dans une grande pièce magnifiquement décorée, dont les fenêtres donnaient sur la mer.

— Vous habitez là ? demanda-t-elle.

— Non.

Il y avait bien d'autres choses qu'elle aurait voulu savoir sur Lawton, mais mieux valait se concentrer sur l'essentiel : sa libération.

— Je m'en vais, annonça-t-elle. Vous pouvez garder mon portable. Je n'ai pas l'intention d'attendre que vous alliez me le chercher.

— Comme vous voudrez, mais je ne vous laisserai de toute façon pas partir avant que nous ayons passé un accord.

Résolue à quitter cet endroit le plus vite possible, Rebecca ignora cette déclaration et se dirigea à grands pas vers la porte d'entrée. La vue du panneau de sécurité installé sur le côté lui fit cependant comprendre qu'elle dépendait encore de Lawton pour s'en aller.

— Un accord ? répéta-t-elle. La seule chose dont je veux bien convenir, c'est de ne pas vous tuer pour m'avoir séquestrée... Vos excuses ne me suffisent pas. Vous savez que je peux, avec un seul mail, mais envoyé aux bonnes personnes, donner à ce que vous m'avez fait subir un tel retentissement que vous perdrez tout : votre réputation, vos clients...

— Je le sais. Je vous demande quand même d'attendre pour partir de m'avoir écouté.

Attendre ?

Elle ne faisait que ça depuis des jours ! Lawton l'avait enfermée, manipulée, terrorisée... C'était à elle, maintenant, de fixer les règles !

Le voyant esquisser un pas vers elle, Rebecca mit sa valise par terre et se prépara à un nouvel affrontement physique, mais son attention fut alors attirée par une housse de pressing qui gisait sur le sol, à l'entrée de la chambre forte.

De là venait le bruissement de plastique qui l'avait tellement effrayée...

Lawton suivit son regard, ramassa la housse et la posa sur le dossier d'un fauteuil.

— C'est ma robe..., murmura Rebecca, penaude.

— Oui.

— Vous l'avez fait nettoyer.

— Oui.

Les yeux de Rebecca allèrent de Lawton à la robe, de la robe à Lawton... Comment considérer comme foncièrement mauvais un homme capable d'être aussi attentionné ?

— Quand l'avez-vous portée au pressing ? demanda-t-elle.

— Hier.

— Je suis restée enfermée ici pendant combien de temps, exactement ?

— Presque deux jours. Nous sommes samedi matin.

Lawton parlait d'une voix calme, et le contraste entre ce flegme et sa nervosité à elle irritait Rebecca.

— Samedi, déjà... Quelqu'un a signalé ma disparition ?

— Non, répondit Lawton avec une moue gênée vite réprimée, mais qui n'échappa pas à Rebecca.

— Comment vous êtes-vous débrouillé pour que personne ne s'étonne de mon silence ?

— J'ai géré votre courrier électronique. Tout le monde croit que vous vous êtes absentée pour vous occuper d'un problème familial.

Seules les méthodes de relaxation apprises au yoga empêchèrent Rebecca de sauter à la gorge de Lawton. Et aussi, peut-être, la certitude acquise lors de leurs bagarres précédentes qu'il n'aurait aucun mal à repousser son attaque. L'effet de surprise lui avait donné un léger avantage, tout à l'heure, mais cela n'avait pas duré, et elle n'arriverait pas à le surprendre une deuxième fois, de toute façon. C'était un ancien soldat, rompu à toutes les formes de combat, et peut-être l'avait-il sous-estimée, au début, mais il devait se méfier, à présent.

— Vous avez volé cet or ? demanda-t-elle en esquissant un pas vers lui.

— Non, répondit-il d'une voix grave et le visage sombre. Aucun des hommes de la liste que vous avez reçue n'a volé quoi que ce soit... Asseyez-vous !

— Je préfère rester debout.

— Je sais que cette situation est désagréable...

— Elle l'est surtout pour vous, maintenant que je vous ai formellement identifié comme mon ravisseur !

— Laissez-moi parler ! Et asseyez-vous !

— Non ! J'ai hâte de m'éloigner de cette horrible chambre forte, alors dites ce que vous avez à dire, mais soyez bref !

Le regard glacial que Rebecca fixa ensuite sur Lawton était connu, sur son lieu de travail, pour réduire au silence les journalistes pinailleurs et faire trembler les stagiaires. Lawton, lui, éclata de rire.

— Qu'est-ce qui vous amuse ? marmonna Rebecca.

— Votre expression. J'imagine qu'elle impressionne la majorité des gens.

— Oui.

— Elle m'impressionnerait, moi, si je n'avais pas des raisons beaucoup plus sérieuses d'avoir peur. Je vais donc prendre tout le temps qu'il faudra pour vous expliquer les enjeux. Je ne vous laisserai partir qu'une fois sûr que vous les avez bien compris.

— Je suis une grande fille. Je peux me débrouiller toute seule.

— Je vous crois. Dans la plupart des circonstances, vous n'auriez pas besoin de moi, mais là, c'est différent.

Lawton s'assit sur le canapé, et Rebecca finit par s'asseoir dans un fauteuil, en face de lui. Sa voix grave et l'intensité de son regard donnaient à cet homme une autorité naturelle difficile à ignorer.

— Je vous écoute, dit-elle, mais allez à l'essentiel ! J'ai deux jours de travail à rattraper d'ici lundi.

— Je voudrais d'abord vous présenter de nouvelles excuses. En vous conduisant ici, j'ai agi de manière totalement impulsive. Après vous avoir sauvée, la peur m'a fait perdre toute lucidité.

— Sauvée ?

— Oui. L'homme à la joue balafrée que vous avez dessiné a tenté de vous kidnapper pendant la soirée de gala d'avant-hier. Il vous a agressée, droguée, et il allait s'enfuir avec vous quand je suis intervenu, mais je n'aurais pas dû, ensuite, vous enfermer.

Rebecca comprenait mieux, maintenant, ce qui s'était passé dans l'hôtel le jeudi soir.

— Vous dites que vous avez eu peur, observa-t-elle. Pas de moi, tout de même ?

— Non, j'ai eu peur *pour* vous, à cause de cette tentative d'enlèvement, et j'ai voulu vous protéger. Je pensais aussi que vous pourriez m'aider à protéger mes anciens compagnons d'armes.

— Les hommes qui figurent sur cette fameuse liste ?

— Oui. Les deux appels successifs de votre collaborateur m'ont alerté. Je voulais le nom de la personne qui nous accusait de vol.

— Mais vous n'avez rien volé...

— Non.

Avant de poursuivre la conversation, Rebecca prit le temps de bien regarder Lawton. Il semblait sincère, mais si c'était juste parce qu'il mentait bien ? Il l'avait tout de même séquestrée pendant près de deux jours, et laissée dans l'ignorance de son identité... Les moments terribles qu'elle avait passés à se demander si son ravisseur n'était pas un psychopathe lui revinrent, et elle frissonna.

— Dites-moi tout ce dont vous vous souvenez au sujet de l'homme balafré ! déclara Lawton.

Son ton autoritaire la hérissa.

— Arrêtez de me donner des ordres ! s'écria-t-elle. Je déteste ça, au cas où vous ne l'auriez pas remarqué.

Une lueur s'alluma dans les yeux noirs de Lawton. Était-ce de la colère ? Du désir ?

Quoi qu'il en soit, Rebecca eut la surprise de constater qu'elle prenait un certain plaisir à provoquer son interlocuteur.

— Expliquez-moi pourquoi vous m'avez retenue prisonnière pendant aussi longtemps ! exigea-t-elle.

Lawton tendit le bras pour attraper quelque chose, derrière lui.

Était-ce une arme ? se demanda Rebecca, le cœur battant.

Non, il s'agissait d'une enveloppe, que Lawton lui tendit en disant :

— Lisez, et vous comprendrez.

— Qu'est-ce que c'est ?

— Je vous laisse le découvrir.

— Monsieur Lawton, je ne...

— Plus vite vous ouvrirez cette enveloppe, plus vite vous pourrez partir.

Pendant ces deux jours, Lawton avait eu l'occasion de manifester diverses capacités. L'art de la dissimulation figurait en tête de liste, suivi de près par le don de mettre Rebecca en colère, mais elle jugea préférable de s'arrêter là, sinon il lui faudrait ajouter une capacité extrêmement embarrassante à lui inspirer des pensées érotiques.

Pressée d'en finir, Rebecca prit l'enveloppe et en sortit une lettre. Elle la lut deux fois, pour être certaine d'avoir bien compris, avant de déclarer :

— Je vois... On a été tous les deux manipulés.

— Vous êtes dans mon camp, tout d'un coup ? s'exclama Lawton, les sourcils froncés.

— Pas encore complètement, répondit-elle.

Cette lettre de chantage lui donnait cependant matière à réfléchir. Elle la posa sur la table basse, se leva et alla se poster devant une fenêtre. Contempler l'océan l'avait toujours apaisée.

— Vous avez lu le mail anonyme que j'ai reçu..., reprit-elle.

— Oui. Vous avez cru qu'il provenait de Fadi, le fils aîné de la famille censément victime de ce vol d'or.

— Je pense que ce message et cette lettre avaient le même but : nous faire réagir. Et ça a marché : l'enquête qu'on a menée sur cette affaire, Bill Gatlin et moi, a permis au tueur de localiser ses cibles.

— J'ai tout de suite été certain que votre mail et ma lettre avaient été rédigés par la même personne.

— Je suis d'accord, et Fadi n'en est pas l'auteur. Il est incapable de menacer qui que ce soit de mort, et surtout pas des vétérans américains. Il était fier d'œuvrer pour une meilleure compréhension entre son peuple et le nôtre.

— Bien, revenez vous asseoir, maintenant, et dites-moi si vous avez une idée de la raison pour laquelle vous avez été victime d'une tentative de kidnapping.

Jugeant préférable de rester à une certaine distance de Lawton, Rebecca se borna à se mettre dos à la fenêtre.

— C'était peut-être pour vous empêcher de me contacter, suggéra-t-elle.

— Ou pour obliger la chaîne à rendre publique cette fausse histoire de vol d'or.

— Oui, ou les deux, car mon enlèvement vous aurait privé du moyen le plus direct d'identifier l'accusateur anonyme. Et c'était bien votre intention, puisque vous êtes venu me harceler jusque chez moi, avant mon départ pour la soirée de gala.

— Vous harceler ? Non, je voulais juste qu'on parle.

— Et c'est ce qu'on est en train de faire. Vous avez donc fini par atteindre votre objectif.

Lawton avait reçu une lettre de menaces, son ancien chef d'unité avait été assassiné, et sa piste la plus sérieuse pour sauver les autres membres du commando avait failli lui être enlevée...

Sans excuser la décision qu'il avait prise de séquestrer une femme innocente, tout cela rendait cet acte plus compréhensible.

Se sentant presque prête à lui pardonner, Rebecca s'obligea à combattre cette brusque bienveillance. Lawton ne méritait aucune indulgence, après l'avoir terrorisée, menottée...

Son pouls s'emballa au souvenir du contact des mains de cet homme sur sa peau, la veille. Elle se tourna de nouveau vers la mer, pour augmenter ses chances de faire taire sa libido.

— Je veux rentrer chez moi ! déclara-t-elle.

Un bain chaud, des vêtements propres et une tasse de thé la détendraient. Elle s'offrirait ensuite le luxe d'une sieste avant de se remettre au travail. Dans la chambre forte, sa nervosité l'avait empêchée de bien dormir.

— Rentrer chez vous est une mauvaise idée, objecta cependant Lawton.

— Pourquoi ?

— Quelqu'un s'est introduit dans votre appartement la nuit dernière.

— Qui ?

— Je ne le sais pas encore, mais je pense que vous ne seriez pas en sécurité chez vous. La police a été prévenue, et elle doit être en train d'essayer de vous joindre.

— C'est pour ça que vous avez décidé de me libérer ? Parce que la police se serait autrement inquiétée de ma disparition ? s'écria Rebecca en se retournant d'un bloc.

— Non, ce n'est pas pour ça.

Lawton se leva, récupéra la lettre et la rangea dans son portefeuille. Il prit ensuite la housse contenant la robe de Rebecca, se dirigea vers la porte d'entrée et l'ouvrit toute grande. Elle donnait sur un couloir.

— Je vais vous emmener voir la police, déclara-t-il. Vous pourrez lui dire tout ce que vous voudrez, mais on doit partir tout de suite.

— Pourquoi ?

— Vous brûliez de quitter cet endroit, à l'instant... Vous pouvez maintenant le faire, alors qu'est-ce que vous attendez ?

Mais la brusque hâte de Lawton avait éveillé les soupçons de Rebecca.

— Si je suis vraiment libre de partir, c'est chez moi que je veux aller ! décréta-t-elle.

— Je vous le déconseille vivement.

— Je ne vois pas ce que je risque en y retournant : la personne qui s'y est introduite cette nuit n'y est plus, j'imagine.

— Non, mais tout danger n'est pas écarté pour autant, loin de là !

Sur ces mots, Lawton prit la valise de Rebecca. Quand ils furent tous les deux dans le couloir, il referma la porte et la verrouilla en tapant une suite de chiffres sur un digicode.

— Je vais être franc avec vous, dit-il ensuite. Ce que

je vais vous dire risque de vous effrayer, mais c'est pour votre bien, pour que vous ne preniez pas les choses à la légère : je pense que l'homme à la joue balafrée est un tueur à la solde d'un bandit iranien qui a commandité votre enlèvement et la dénonciation mensongère dont mes amis et moi sommes victimes.

Un mélange de surprise et de peur figea Rebecca pendant quelques secondes, et elle dut courir pour rattraper Lawton, qui se dirigeait à grands pas vers un escalier.

— Si vous n'avez pas volé cet or, comment l'auteur de la lettre de menaces peut-il savoir que vous avez les moyens de payer une rançon aussi énorme ? observa-t-elle.

— Il doit avoir appris que j'étais riche, et vouloir profiter de l'aubaine. Il aurait vraiment gagné le gros lot, si je lui avais donné ce million et quelques de dollars !

— À ce propos... D'où vous vient cette soudaine fortune ? Quand je vous en ai parlé, hier, vous avez fait la sourde oreille.

Lawton serra les mâchoires. Cette question l'ennuyait, mais Rebecca était décidée, aujourd'hui, à obtenir une réponse.

— Je peux effectuer des recherches, moi aussi ! souligna-t-elle.

— Oui, je sais..., dit Lawton en soupirant. J'ai touché un gros héritage juste après m'être engagé dans l'armée, et des amis m'ont donné d'excellents conseils en matière d'investissement. Comme je n'ai fait pratiquement aucune dépense pendant les douze années suivantes, cet argent en a rapporté beaucoup d'autre.

Ils étaient arrivés dans un vestibule sur lequel donnaient trois alcôves contenant chacune une boîte aux lettres, un siège et une table. L'immeuble ne devait donc comporter que trois appartements.

— Vous accepteriez de me dévoiler votre stratégie financière ? demanda Rebecca.

— Non.

La voix grave de son interlocuteur la troublait même quand il prononçait juste un monosyllabe.

— Tant pis, déclara-t-elle.

Le regard de Lawton s'anima, et ses lèvres esquissèrent une moue de regret, ou de frustration.

Dommage qu'ils ne se soient pas rencontrés dans d'autres circonstances ! songea Rebecca. Lawton avait dit l'avoir sauvée, et elle le croyait, car cela correspondait aux souvenirs de la soirée de gala qui avaient fini par lui revenir. Il s'était excusé, aussi, mais ce n'était pas vraiment suffisant pour qu'elle lui pardonne ses deux jours d'enfermement.

— Ma voiture est garée en face de la porte de service, indiqua-t-il. Je vais vous emmener dans un commissariat, et ensuite, chez un de mes amis — sauf si vous vous y opposez formellement. J'ai maintenant une faveur à vous demander : accepteriez-vous d'attendre quelques jours pour porter plainte contre moi ?

— Pourquoi j'attendrais, alors que vous m'avez privée de liberté sans raison valable ? s'écria Rebecca, incrédule.

— Vous étiez en danger.

— Vous auriez pu m'emmener à l'hôpital, puisque j'avais été droguée. J'y aurais été en sécurité.

Silence. Le visage de Lawton était devenu un masque impénétrable.

— Ou alors vous auriez pu m'expliquer dès mon réveil ce qui se passait, enchaîna Rebecca.

Lawton ferma les yeux et murmura quelques mots qui ressemblaient à une prière.

— Donnez-moi quarante-huit heures, je vous en prie ! dit-il ensuite. Si je suis en prison, il me sera impossible de protéger mes amis.

— Bon, d'accord... Et je ne parlerai pas à la police de la violation de domicile.

— Quelle violation de domicile ?

— Cette valise et les affaires qu'elle contient prouvent que vous vous êtes introduit chez moi, non ?

— Oui, mais c'était pour la bonne cause... Quoi qu'il en soit, merci, Rebecca.

— Je refuse en revanche d'aller me cacher quelque part : où que votre plan pour sauver vos amis vous conduise, je vous accompagne.

— Vous..., commença Lawton avant de se mettre à rire.

Une pensée moins amusante dut cependant lui traverser l'esprit, car il reprit très vite son sérieux et déclara d'une voix vibrante de colère :

— Vous tenez tant que ça à votre reportage ? Vous nous désigneriez à la vindicte publique juste pour faire de l'audience ?

Rebecca résista à la tentation de répliquer vertement. Lawton était à cran, il venait de perdre un ami et en avait un autre à l'hôpital... Il méritait patience et compassion. Dommage qu'il n'y ait dans les environs personne d'autre pour lui en témoigner ! À quelqu'un qu'il avait kidnappé, cela demandait un gros effort.

— L'histoire d'un tueur payé par un Iranien pour supprimer des vétérans sur le sol américain est tout sauf anecdotique, souligna-t-elle. Je serais contente d'en avoir l'exclusivité, mais le plus important, c'est la vie de vos anciens compagnons d'armes. Je connais le sujet pour avoir commencé à enquêter dessus, alors pourquoi ne pas me laisser collaborer avec vous ?

— Parce que c'est dangereux.

— Peu m'importe ! Et vous me devez bien ça, après m'avoir séquestrée ! Je confierai ensuite la réalisation du reportage à Bill Gatlin, et personne mieux que lui ne saura raconter votre histoire.

— Je ne veux pas qu'on la raconte ! s'exclama Lawton en se dirigeant vers une porte latérale. Ce que je veux, c'est empêcher mes autres amis de se faire tuer, et vous n'êtes pas qualifiée pour ce genre de tâche.

Il lui cachait des choses, Rebecca le sentait. Parce qu'elles relevaient du secret-défense, ou pour des raisons personnelles ? Qui était Parker Lawton, derrière la façade de l'ancien militaire et de l'actuel chef d'entreprise ? Pourquoi ne pouvait-elle réprimer une envie dévorante de le découvrir ?

Refusant de bouger, elle croisa les bras et décréta :

— Si vous ne voulez pas de mon aide, promettez-moi au moins de me tenir au courant de la suite des événements.

Lawton leva les yeux au ciel.

— Vous saurez que tout s'est bien passé si mon nom ou celui d'aucun des autres hommes de la liste n'apparaissent pas dans la rubrique nécrologique.

Cette remarque n'était pas vraiment faite pour détourner Rebecca de son projet, mais elle était fatiguée, courbatue, affamée… Alors, au lieu d'argumenter, elle décida de lui laisser croire qu'il avait gagné.

Ce besoin d'épauler l'homme qui l'avait kidnappée, même si c'était après l'avoir sauvée, lui parut étrange, et puis elle se dit que c'était par patriotisme : elle voulait aider Lawton parce qu'il se battait contre des ennemis des États-Unis.

Mais il avait tort de se croire seul capable de régler le problème : Bill et elle avaient des compétences qu'il n'avait pas. Ils savaient trouver le fond de vérité qui se cachait souvent derrière les rumeurs, et localiser des gens qui ne voulaient pas l'être.

Le temps que Lawton se rende compte qu'elle n'avait pas renoncé à enquêter, il ne pourrait plus refuser sa collaboration.

8

En allumant la lumière dans la chambre forte, Parker avait sonné la fin de la mascarade. Rebecca était furieuse contre lui, et il le comprenait. Il trouvait même ingénieux le plan d'évasion qu'elle avait conçu, et la résistance qu'elle lui avait opposée l'impressionnait.

Maintenant qu'ils s'étaient expliqués, il lui était en outre reconnaissant d'avoir accepté d'attendre quarante-huit heures pour porter plainte contre lui.

Mais dans l'immédiat, le plus important était de quitter l'immeuble en toute discrétion. Si quelqu'un les voyait ensemble, cela réduirait à néant ses efforts pour justifier de façon plausible l'absence soudaine de la jeune femme : elle ne pouvait pas vraiment gérer un problème familial depuis un appartement luxueux avec vue sur la mer.

Chaque fois que Parker la regardait, il avait envie soit de lui présenter de nouvelles excuses, soit de l'embrasser — avec cependant une nette préférence pour la seconde option.

Déjà à deux reprises, il avait failli céder à la tentation.

La veille, d'abord, quand il l'avait menottée et que le seul fait de toucher sa peau satinée avait provoqué en lui une flambée de désir.

Aujourd'hui même, ensuite, après avoir dû la plaquer au sol pour la maîtriser. Il n'était pas près d'oublier l'effet qu'avait produit sur ses sens le contact de ce corps pulpeux couché sous le sien.

Et là, tandis qu'elle se tenait obstinément immobile dans l'entrée de l'immeuble, en jean, sweat-shirt et tennis, il la trouvait aussi sexy que dans la robe noire de l'avant-veille. Il brûlait de la soulever dans ses bras, de regagner la chambre forte et de s'y enfermer avec elle pour faire l'amour jusqu'à épuisement.

Du point de vue de la sécurité, d'ailleurs, c'était un bon plan : même si le tueur les localisait, il ne pourrait entrer dans l'appartement que si Parker lui ouvrait la porte... Ce qui ne risquait évidemment pas d'arriver.

— Vous avez soudain l'air mieux disposé envers moi, observa Rebecca. Auriez-vous changé d'avis au sujet de la collaboration que je vous ai proposée ?

— Non. Venez ! Vous avez sûrement faim...

Il y avait dans son histoire des éléments manquants, et d'autres que la jeune femme hésitait à croire, Parker en avait conscience. Et la connaissant, il savait qu'elle ferait tout son possible pour en avoir le cœur net. Il devait absolument l'en dissuader.

Mais chaque chose en son temps, pensa-t-il, et pour l'instant le problème des Iraniens était prioritaire. À supposer qu'il survive à cette crise, il trouverait un moyen d'empêcher Rebecca de découvrir la nature et les conséquences de l'opération menée par son ancien groupe de combat.

Une opération classée secret-défense, mais Rebecca avait des relations, qu'elle pouvait solliciter après avoir essuyé un refus de la part de son père. Parker n'était pas contre la transparence... sauf si les faits bruts risquaient d'être mal compris et d'effrayer les gens. Toutes les vérités n'étaient pas bonnes à dire.

La porte de service s'ouvrit soudain, et l'agent d'entretien de l'immeuble entra.

— Bonjour, Alan ! déclara Parker en se forçant à sourire.

— Bonjour, monsieur Lawton ! Quelle surprise de vous voir !

— Comment va votre femme ?

— Bien, merci. Je…

Alan s'interrompit brusquement. Son regard s'était fixé sur Rebecca, et une expression éblouie remplaçait son air placide habituel.

— C'est bien vous, mademoiselle Wallace ? s'écria-t-il. Ma femme et moi, on est des fans de votre émission !

— Merci, ça me fait très plaisir ! dit Rebecca en tendant à Alan une main qu'il serra vigoureusement.

— Sylvie ne va jamais me croire ! À moins que…

Une nouvelle pause, le temps qu'Alan sorte son téléphone portable de sa poche…

— Vous voulez bien que je vous prenne en photo avec moi, mademoiselle Wallace ? enchaîna-t-il. Comme ça, ma femme sera bien obligée de me croire, et en plus ça me fera un souvenir !

— On est pressés, intervint Parker tout en se demandant depuis quand les producteurs de télévision avaient le statut de vedette. Une autre fois, peut-être…

— Ne l'écoutez pas, Alan ! protesta Rebecca. On peut vous accorder quelques instants.

Ses yeux brillants disaient à Parker qu'elle voulait pouvoir prouver sa présence dans l'immeuble autant que lui désirait n'en laisser aucune trace derrière eux.

— D'où vous vous connaissez ? demanda Alan.

— Je vais aller mettre la valise et la robe dans la voiture, annonça Parker, résigné.

Avant de sortir, il eut le temps d'entendre l'agent d'entretien poser à Rebecca une question sur un numéro de son magazine datant de l'année précédente. Cette émission était donc si remarquable ?

Sans doute, car quand Parker regagna l'immeuble, la jeune femme était en train de répondre à une autre question, tout aussi précise. Il admira sa patience, mais le temps pressait : la vie d'hommes aux côtés desquels il avait combattu était menacée. De plus, le vestibule était visible depuis la rue, si bien que s'attarder ainsi à bavarder les mettait tous les trois en danger.

— Rebecca ! déclara Parker avec un signe de tête en direction de la porte.

La jeune femme bougea enfin, mais Alan lui emboîta le pas. Parker la prit par le bras pour l'entraîner dehors… Alan suivit le mouvement tout en continuant de parler à Rebecca.

La berline blanche avait disparu, et il n'y avait personne dans la rue. Parker était pourtant sur le qui-vive. Il avait le sentiment que quelqu'un les observait.

Pressé de partir pour éviter qu'en cas d'attaque il y ait des victimes parmi les habitants du quartier, il pointa la clé du 4x4 depuis le seuil de l'immeuble et pressa le bouton de démarrage à distance.

Le véhicule se souleva, puis tout l'avant s'enflamma.

— Couchez-vous ! cria Parker à ses deux compagnons tout en sachant qu'il était déjà trop tard.

Une violente explosion retentit. L'onde de choc fit voler en éclats la porte en verre et les projeta tous les trois à terre après les avoir repoussés à l'intérieur de l'immeuble. Parker s'allongea aussitôt sur Rebecca pour la protéger. La déflagration lui avait coupé le souffle, et il avait l'impression d'avoir du coton dans les oreilles : pendant de longues secondes, le seul bruit qui lui parvint fut le battement de son cœur.

La chaleur du brasier se répandait jusque dans le vestibule, rendant la respiration difficile. Parker demanda à Rebecca si elle était indemne, mais il n'entendit pas la réponse — qu'un hochement de tête affirmatif ponctua heureusement.

La jeune femme ne semblait pas blessée, en effet, mais ses yeux écarquillés par l'épouvante étaient remplis de larmes, et elle toussait par intermittence. Son visage, ses cheveux et ses vêtements étaient en outre couverts de poussière et de débris.

Le regard de Parker chercha ensuite Alan à travers la fumée et les décombres. Il finit par le trouver... et ce qu'il découvrit l'horrifia : des éclats de verre avaient entaillé le visage de l'agent d'entretien, et il avait une jambe en sang. Quand Parker l'appela, il ne répondit pas ; soit il ne l'avait pas entendu, soit il était inconscient.

Attentif à servir de rempart entre Rebecca et la voiture en flammes, Parker s'approcha d'Alan et le secoua doucement. N'obtenant pas de réaction, il lui tâta le pouls et n'en perçut aucun. L'homme était mort.

À cause de lui et de sa stupide décision d'amener Rebecca dans cet immeuble, songea Parker, anéanti.

Il se rendit alors vaguement compte que les lèvres de la jeune femme bougeaient, mais entre ses oreilles qui bourdonnaient et le remord qui l'étouffait, il ne comprit pas ce qu'elle disait. Et ce fut comme tétanisé qu'il la vit tendre la main pour fermer les yeux d'Alan.

— Qu'est-ce qu'on fait, maintenant ? cria-t-elle ensuite.

Parker l'entendit, cette fois, mais cela ne servait à rien, car il n'avait pas de réponse à lui donner. Il avait envie de mourir.

Rebecca lui entoura le visage de ses mains et l'obligea à croiser son regard.

— Aidez-moi, Parker ! Je ne sais pas quoi faire !

Fut-ce le tremblement de ses mains, le fait qu'elle l'ait appelé pour la première fois par son prénom, ou quelque chose d'autre encore ?

Quoi qu'il en soit, l'hébétude dans laquelle il avait sombré se dissipa.

Ce qui suivit le surprit cependant lui-même : il se pencha vers Rebecca et joignit leurs lèvres pour un baiser rapide mais fougueux.

— Je ne veux pas mourir avec des regrets, marmonna-t-il ensuite.

Le sourire indulgent qui accueillit cette déclaration le rasséréna. Après avoir dit une brève prière pour le repos de l'âme d'Alan, il se releva et s'obligea à réfléchir.

Son sac marin, la valise de Rebecca, leurs appareils électroniques respectifs, tout était maintenant détruit. Il ne leur restait plus que son téléphone portable à lui, le pistolet caché dans l'étui fixé à sa cheville et les vêtements endommagés qu'ils avaient sur le dos.

Dehors, le 4x4 continuait de brûler. Des badauds commençaient à affluer, portables à la main pour prendre des photos ou tourner une vidéo des flammes et de la fumée qui s'élevait dans le ciel bleu.

Même encore un peu sonné, à moitié sourd et avec un goût de sang dans la bouche, Parker comprenait que l'explosion avait été déclenchée par le démarrage du 4x4. Il jeta la clé dans les décombres qui jonchaient le sol du vestibule. Cela aiderait peut-être la police.

Un repli dans la chambre forte aurait constitué une solution acceptable si Parker avait encore disposé du matériel nécessaire pour effectuer des recherches. Ce n'était pas le cas et, de toute façon, il ne se voyait pas aller se terrer dans son appartement... Cela aurait mis la vie d'autres personnes innocentes en danger.

Non, il devait quitter l'immeuble avec Rebecca le plus vite et le plus discrètement possible.

Restait à espérer qu'aucun téléphone portable, dehors, ne les avait déjà photographiés ensemble.

— Il faut partir d'ici, dit-il à la jeune femme en se dirigeant vers la porte principale.

Avant de la franchir, il l'entrebâilla et inspecta la rue, à la recherche d'un éventuel guetteur. Il aperçut un homme à la silhouette mince et aux cheveux noirs qui fumait une cigarette, adossé à une voiture. Il lui trouva une forte ressemblance avec le complice du Balafré. Impossible, donc, de sortir par là, mais en le voyant balayer paresseusement les alentours du regard, des trottoirs aux toits des immeubles, Parker eut une idée.

— Il faut rebrousser chemin, annonça-t-il.

— Pourquoi ? demanda Rebecca, derrière lui.

— Parce que quelqu'un surveille la rue.

— Qui ?

— Je ne sais pas, mais je doute que cette personne nous veuille du bien... Suivez-moi !

Parker fit demi-tour et gagna l'ombre de la cage d'escalier. Un tel sentiment d'urgence l'habitait que chaque seconde qui passait lui semblait durer une minute entière. Ils devaient aller se cacher quelque part, sinon ils seraient tous les deux morts avant la fin de la journée.

Rebecca avait des égratignures sur les mains, et ses vêtements portaient des traces de brûlure. Ils avaient pourtant eu de la chance : s'il avait attendu d'être dans le 4x4 pour mettre le contact...

Parker frissonna. Ils avaient échappé par miracle à cet attentat, mais sa stupidité avait coûté la vie à ce pauvre Alan... Jamais il ne se le pardonnerait.

— Vous avez confiance en moi ? demanda-t-il à Rebecca.

— Oui.

Il la saisit par la main et l'entraîna dans l'escalier. Arrivé au dernier étage, il alla jusqu'au bout du couloir et monta les marches qui menaient au toit. Là, il composa sur le panneau de sécurité le code qui en commandait l'accès, mais il s'accorda ensuite le temps d'envoyer un SMS à l'un de ses plus proches collaborateurs. Il était possible que le tueur l'ait localisé grâce au GPS de son portable, mais c'était un risque qu'il devait prendre s'il voulait réussir à mettre Rebecca à l'abri.

Après avoir glissé le téléphone dans sa poche, il poussa la porte avec précaution. Il n'y avait personne sur le toit, et l'ouverture de la porte ne déclencha aucun tir. Soulagé, Parker la referma et se tourna vers Rebecca.

— Vous n'avez plus les yeux irrités par la fumée ? demanda-t-il.

— Non. Pourquoi ?

— Parce que vous allez avoir besoin de bien y voir : on va traverser le toit en ligne droite et sauter ensuite dans le vide. Courez le plus vite possible, sans vous arrêter et, une fois au bord, lancez-vous ! Je vous rattraperai.

— Vous êtes capable de voler ?

— J'aimerais bien, mais non. Il y a un balcon à la verticale du toit, à cet endroit. J'y serai avant vous, et de là, on pourra quitter discrètement le quartier.

Puis la ville, ajouta intérieurement Parker.

Rebecca s'y opposerait sans doute, mais ce n'était pas le moment d'aborder un sujet de discorde. Ils en parleraient plus tard — à supposer qu'ils survivent aux quelques minutes suivantes.

— Prête ? demanda Parker.

— Une seconde ! lui répondit Rebecca.

Puis elle saisit les revers de sa veste, le tira vers elle et l'embrassa avec une ardeur qui enflamma ses sens.

Émerveillé de voir son désir partagé, il referma les bras sur elle et la plaqua contre lui. Leurs langues se nouèrent, et leur baiser ne tarda pas à s'accompagner de caresses dont la fébrilité grandissante aurait fini par faire oublier le danger à Parker si un bruit de pas, dans l'escalier, ne l'avait ramené à la réalité.

Rompant leur étreinte, il poussa la porte, et ils se mirent à courir. Parker resta derrière Rebecca pour la protéger jusqu'à la dernière seconde, puis la dépassa et sauta le premier. Il l'entendit pousser un juron en le voyant disparaître… Son langage fleuri l'enchantait.

Une fois sur le balcon, il leva les yeux et tendit les bras juste à temps pour l'attraper au vol.

— Bravo ! déclara-t-il en la posant délicatement à côté de lui.

— Merci. Je suis sortie avec un cascadeur, à une époque,

et il m'a montré comment amortir une chute. Ça m'a évité d'avoir trop peur : même si vous n'aviez pas été là pour me recevoir, je pense que je ne me serais pas blessée.

L'évocation de cet ancien petit ami causa à Parker un pincement de jalousie. Il se traita d'idiot et tendit la main à la jeune femme pour l'aider à gagner le balcon du bâtiment voisin, placé dans l'alignement du leur.

De là, un gros cyprès leur permit de rejoindre la terre ferme aussi facilement que s'ils avaient disposé d'une échelle, mais une détonation retentit alors, et une balle frappa l'une des branches de l'arbre.

Parker jeta un coup d'œil au toit de son immeuble et vit l'homme à la joue balafrée épauler un fusil. Il poussa Rebecca derrière le tronc du cyprès et referma les bras sur elle. Deux autres coups de feu éclatèrent, faisant voler des morceaux d'écorce, suivis par le mugissement bienvenu de sirènes de police et de pompiers.

Blottie dans les bras protecteurs de Parker, Rebecca le sentit tressaillir et l'entendit pousser un grognement. Le petit jardin où ils avaient atterri lui semblait aussi grand et dégagé qu'un terrain de football, maintenant que quelqu'un leur tirait dessus !

— Vous êtes blessé ? demanda-t-elle à Parker.

— Non.

Elle le soupçonna de mentir, mais ce n'était pas le moment de discutailler.

— Il ne faut pas moisir ici ! enchaîna-t-il. On va courir jusqu'au fond de ce jardin, sauter la barrière et traverser la rue sur lequel il donne. Il y a un peu plus loin un restaurant dont je pourrai emprunter la camionnette.

« Emprunter » était-il un euphémisme pour « voler » ? songea Rebecca.

— D'accord, dit-elle néanmoins.

— Courez, et ne vous retournez pas !

— Alors je vous conseille de rester à ma hauteur, parce que je ne partirai pas sans vous. Je suis même prête à vous attendre s'il le faut !

Avant que Parker ait pu protester, elle le prit par la main et utilisa pour atteindre leur but toute l'adrénaline que leur baiser brûlant et la peur de mourir avaient fait affluer dans ses veines. Elle lâcha Parker juste le temps de franchir la clôture, mais ce fut de nouveau main dans la main qu'ils se dirigèrent vers le restaurant dont Parker avait parlé, et qu'il lui montra du doigt : un bâtiment bas situé sur le front de mer.

Bien que les coups de feu aient cessé, Parker ne se comportait pas comme si la menace la plus immédiate était écartée : il obligeait Rebecca à courir d'un endroit abrité à un autre.

— Qu'y a-t-il ? finit-elle par lui demander.

— Ne ralentissez pas ! On est presque hors de danger.

Quand il se tourna vers elle, Rebecca vit avec soulagement que ses yeux avaient retrouvé leur vivacité habituelle. Il avait réussi à s'extraire de l'état de choc dans lequel la mort d'Alan l'avait plongé.

Le signal sonore annonçant l'arrivée d'un SMS sur son portable retentit, mais il ne sortit l'appareil de sa poche qu'une fois dans l'arrière-cour du restaurant, déserte à cette heure. L'ombre d'un sourire se dessina sur ses lèvres, et il déclara :

— Changement de plan !

Rebecca se pencha vers l'écran pour lire le message, mais le sang qui maculait la main de Parker détourna son attention.

— Je savais bien que vous étiez blessé ! s'exclama-t-elle. Où êtes-vous touché ?

— À l'épaule et à la jambe droites.

— C'est grave ?

— Non. Encore un petit jogging, et on sera tirés d'affaire. Vous vous en sentez capable ?

— Pas de camionnette, alors ?

— J'ai mieux.

Les gens qui tentaient d'échapper à un tueur ne voyaient sans doute pas toujours leur plan fonctionner comme prévu, mais là, cette modification servait manifestement leurs intérêts.

— Je suis partante si vous l'êtes, annonça Rebecca.

Parker se mit en marche, et elle lui passa un bras autour de la taille pour le soutenir.

À peine une heure plus tôt, elle était prête à lui faire autant de mal que nécessaire pour pouvoir lui échapper... Et maintenant, le fait qu'il ait été blessé en la protégeant la rendait terriblement malheureuse !

Quand il lui avait demandé si elle avait confiance en lui, elle avait dit oui de façon purement instinctive. Dans le feu de l'action, elle n'avait pas réfléchi, mais elle savait à présent que sa réponse serait la même quelles que soient les circonstances : bizarrement, toutes les raisons qu'elle avait encore de lui en vouloir ne l'empêchaient pas de lui faire confiance.

Et c'était tant mieux, car deux baisers avaient suffi pour lui donner envie d'en échanger beaucoup d'autres avec Parker, et même d'aller bien plus loin encore avec lui.

Quand ils atteignirent le Golden Gate Park, il pressa le pas, et Rebecca le vit grimacer de douleur.

— Pourquoi accélérez-vous ? demanda-t-elle. On est toujours suivis ?

— Peut-être, mais plus pour longtemps... Écoutez !

Le doigt que Parker pointa vers le ciel permit à Rebecca d'identifier le bruit qu'elle entendait depuis une minute : c'était le bourdonnement d'un hélicoptère.

— Il vient nous chercher ? s'écria-t-elle.

— Oui.

Parker la saisit de nouveau par la main, et ils se mirent à courir vers le terrain de football.

Un petit hélicoptère arborant le logo de Gray Box se

posa sur la pelouse juste le temps de leur permettre de monter à bord. Lorsqu'ils eurent attaché leur ceinture, le pilote décolla, et l'appareil reprit de l'altitude.

Rebecca regarda, impressionnée, les quartiers de la ville défiler les uns après les autres sous ses pieds.

— Où allons-nous ? demanda-t-elle.

— Je ne sais pas trop, répondit Parker. Sam Bellemere est intervenu dans mes plans de fuite, et c'est lui, maintenant, qui est aux manettes.

— Voilà ce qui arrive quand on fréquente des milliardaires !

— Sam et Rush ne l'ont pas toujours été. Je les ai connus tous les deux à l'époque du lycée, et ils faisaient alors figure de marginaux.

Parker porta la main de Rebecca à ses lèvres et ajouta :

— Merci d'être restée avec moi.

Puis il relâcha légèrement son étreinte, et le message était clair : elle était libre de retirer sa main ou de la laisser dans la sienne.

Elle choisit d'entrelacer leurs doigts, et ce que ses interviews des fondateurs de Gray Box lui avaient appris sur eux lui revint. Certains de leurs concurrents les taxaient d'arrogance, mais elle avait toujours trouvé que c'étaient des hommes de grande valeur.

Et soudain, elle eut une illumination :

— C'est Sam et Rush qui ont fait fructifier votre héritage, n'est-ce pas ? Vous l'avez placé dans leur entreprise ?

— Oui, admit Parker. Je n'avais rien de mieux à faire de cet argent quand il m'est tombé du ciel. Mes amis avaient besoin d'investisseurs... Cet arrangement s'est révélé gagnant-gagnant.

— Vous n'aimez visiblement pas en parler. Il n'y a pourtant pas de honte à être riche !

— Non, mais ça ne me sert à rien en ce moment... J'aurais dû accepter de payer la rançon, finalement. Theo et Alan seraient alors peut-être encore en vie.

Le doute et la douleur que Rebecca lut dans les yeux de Parker l'émurent profondément.

— Non, déclara-t-elle, vous l'avez dit vous-même : le tueur voulait juste profiter de l'occasion pour vous extorquer de l'argent. Il aurait de toute façon assassiné votre ancien commandant, et causé l'accident qui a envoyé votre autre ami à l'hôpital. L'explosion à laquelle nous venons d'échapper en est une nouvelle preuve. Votre voiture n'a pas pris feu à cause d'un problème mécanique, et il ne s'agit pas non plus d'un acte de violence aveugle : il vous visait personnellement.

— Je sais, et c'est bien ce qui me fait peur, mais pas juste pour moi…

Rebecca comprit tout de suite où Parker voulait en venir : il allait de nouveau insister pour l'éloigner de San Francisco.

Heureusement pour lui, la dispute qui en découlerait immanquablement n'était pas pour tout de suite, car l'hélicoptère entama alors sa descente vers le toit d'un immeuble situé au cœur de la ville.

9

Tout en parcourant des yeux l'appartement moderne et fonctionnel où Rebecca et lui avaient été conduits après leur petite promenade en hélicoptère, Parker se dit qu'il avait sous-estimé la volonté de Rush et de Sam de lui prêter assistance.

Ils s'étaient entendus pour veiller sur lui dès son passage de la veille au siège de leur entreprise. Quand il avait décidé d'effectuer des recherches informatiques dans les locaux de Gray Box pour se prémunir contre tout espionnage venant de l'extérieur, l'idée qu'il pouvait être observé en interne ne lui était pas venue.

Il n'en était pas moins reconnaissant à ses amis de l'aide qu'ils lui avaient apportée après avoir reconstitué l'histoire à partir des documents qu'il avait consultés sur Internet et dans les appareils électroniques de Rebecca.

Sam s'était ensuite branché à la fois sur le GPS de son portable et sur l'une des fréquences radio de la police. En entendant ce samedi matin une alerte concernant un incendie et des coups de feu près de l'endroit où Parker se trouvait, Sam avait envoyé un hélicoptère les chercher, Rebecca et lui. Ils étaient maintenant dans l'immeuble que Sam avait acheté, puis entièrement rénové de façon à le doter de caractéristiques techniques extrêmement précises.

Bien que soulagé de savoir Rebecca au moins

momentanément hors de danger, Parker était inquiet, et il avait mauvaise conscience. Quatre de ses anciens compagnons d'armes étaient menacés par un tueur qui courait toujours, Alan était mort, et Tony avait peut-être eu des ennuis, car il ne l'avait pas rappelé pour lui dire ce qui s'était passé après sa découverte d'un intrus dans l'appartement de Rebecca.

Pour un expert en sécurité avec douze années d'armée derrière lui, ce bilan n'était guère reluisant !

Parker se repassa le film de l'explosion et réfléchit à un nouveau plan d'action pendant qu'il se douchait et se faisait soigner — Rush avait demandé à un médecin de venir examiner ses blessures. Les balles du tueur ne l'avaient pas atteint, mais elles avaient détaché du cyprès des morceaux d'écorce qui lui avaient entaillé assez profondément la peau. Il refusa cependant de prendre des antalgiques : il devait garder les idées claires.

La plus grosse erreur qu'il avait commise lui sautait maintenant aux yeux. Comme si son passé militaire ne lui avait rien appris, il s'était conformé à la fâcheuse tendance des civils à sous-estimer un adversaire.

Trop sûr de lui, il avait cru qu'avoir l'avantage du terrain suffirait à lui faire gagner la bataille. C'était oublier qu'il était aujourd'hui facile de voyager et de s'entraîner avec des spécialistes partout dans le monde.

Le ou les hommes qui avaient reçu pour mission de supprimer tous les membres de son ancien groupe de combat étaient des professionnels aussi redoutables qu'impitoyables.

Parker revit la lueur mauvaise dans les yeux du Balafré, quand il avait enfoncé l'aiguille de cette seringue dans le cou de Rebecca… Il se rappela la toux et les larmes que la fumée avait causées à la jeune femme, après l'explosion…

Un juron s'échappa de ses lèvres. Sa bêtise avait failli lui coûter la vie, à elle aussi !

— Vous avez mal ? demanda l'intéressée, derrière lui.

Il se retourna et se força à sourire.

— Non, tout va bien.

Les yeux bleus de Rebecca scrutèrent son visage, et il comprit qu'elle avait détecté son mensonge. Il crut qu'elle allait insister pour connaître la vérité, mais au lieu de ça elle le rejoignit et l'enlaça.

Ce geste délicat agit comme un baume sur ses douleurs physiques et morales.

Elle avait elle aussi été examinée par le médecin, et eu le temps de se doucher et de se changer. Parker respira l'odeur fraîche de ses cheveux... Il aurait pu rester ainsi, à savourer ce bonheur simple, jusqu'à la fin des temps.

— Vous sentez bon, observa-t-il.

— Vous aussi, déclara Rebecca. Les produits de toilette que Madison nous a procurés portent évidemment la marque de quelques-uns des plus grands noms de la parfumerie.

Puis elle s'écarta de Parker, tourna sur elle-même et reprit :

— Comment vous me trouvez ?

Sam s'était renseigné sur leurs tailles respectives et leur avait fait livrer un choix de vêtements. Parker avait opté pour un jean et une chemise bleue, Rebecca pour un pantalon noir qui dessinait le galbe de ses hanches et un pull-over ivoire à torsades.

— Ces habits vous vont à ravir, répondit Parker.

Mais pour résister à la tentation de les lui enlever, il devait se dépêcher de s'éloigner d'elle.

— On devrait..., commença-t-il.

— ... monter remercier Sam et Rush, acheva Rebecca. Lucy et Madison sont allées acheter de quoi déjeuner pour six personnes.

Elle le prit par la main, l'entraîna vers la porte et enchaîna :

— Je ne vous laisserai pas seul ici, à ruminer vos sombres pensées.

— Vous trouvez préférable de me faire analyser en public les fautes que j'ai commises ?

Parker avait conscience de se conduire comme un gamin immature, mais il n'arrivait pas à contrôler les émotions qui l'assaillaient. La mort d'Alan, après celle de Theo, lui donnait l'impression de ne rien maîtriser.

C'était la première fois qu'il se sentait aussi désemparé, qu'il doutait autant de lui-même. Si une nouvelle erreur de jugement de sa part coûtait la vie à quelqu'un d'autre, jamais il ne s'en remettrait.

Arrivée devant la porte, Rebecca s'arrêta et posa sa main libre sur la joue de Parker.

— Vous êtes trop dur avec vous-même, observa-t-elle. Tout le monde, là-haut, ne pense qu'à vous aider.

— C'est à moi, et à moi seul, d'empêcher mes anciens compagnons d'armes de mourir.

— Non ! Vous devez ravaler votre orgueil et accepter l'aide de vos amis. Vous en avez besoin. *Nous* en avons besoin.

— Nous ? répéta Parker en haussant un sourcil.

— Oui. Si vous ne vouliez pas me mêler à vos histoires, il ne fallait pas m'enfermer dans cette chambre forte comme un hamster dans une cage !

— Ce n'est pas ce qui s'est passé !

— Question de point de vue... Quoi qu'il en soit, maintenant, on ne se quitte plus. Venez ! Ils nous attendent.

— Vous devriez aller séjourner chez des parents ou des amis, et de préférence en Europe, au lieu de rester avec moi. Il suffit d'être au même endroit que moi pour courir un risque mortel.

— Je n'irai nulle part sans vous ! décréta Rebecca.

Puis elle sortit dans le couloir et pressa le bouton d'appel de l'ascenseur.

— J'ai une voiture en bas, indiqua Parker, une Audi Spyder. Sam m'a autorisé à la garer dans le parking souterrain de cet immeuble. Je vous donnerai le code d'ouverture des portières, et elle démarre sans clé de contact. Prenez-la, et partez le plus loin possible de San Francisco !

Une femme assez audacieuse pour sauter d'un toit était certainement capable de conduire une voiture de sport... Et l'offre de Parker était moins généreuse qu'elle n'en avait l'air, car il avait les moyens de se racheter un cabriolet Spyder le lendemain même s'il en avait envie.

— Je n'irai nulle part sans vous, répéta Rebecca.

— Je vous en prie, soyez raisonnable !

— D'accord...

La jeune femme effleura les lèvres de Parker d'un baiser, puis elle recula, comme pour observer sa réaction.

— Je ne sais pas pourquoi, dit-elle, mais ce qui m'aurait semblé complètement fou il y a quelques heures seulement, comme vous embrasser, me paraît soudain la chose la plus sensée du monde... À vous, maintenant, d'être raisonnable, en acceptant de bonne grâce d'aller déjeuner chez Sam ! Ça nous fera du bien.

L'ascenseur arriva, et Parker monta dedans sans plus discuter. Il avait conscience d'avoir été manipulé, mais il en était presque amusé. Et Rebecca avait raison sur un point au moins : partager un repas avec des amis leur permettrait à tous les deux d'évacuer le stress de la matinée.

Il entra quelques instants plus tard dans l'appartement de Sam pour la première fois depuis sa rénovation. Jusqu'à sa rencontre et son mariage avec Madison, Sam passait la majeure partie de son temps au siège de Gray Box.

Ce déjeuner constituait juste un répit, et les six convives le savaient. Une personne de l'extérieur aurait sans doute vu en eux trois couples heureux réunis pour un moment de détente.

L'adjectif « heureux » convenait à deux de ces couples, mais il en aurait fallu un autre pour qualifier celui que formaient Parker et Rebecca.

Par une sorte d'accord tacite, ils ne parlèrent que de sujets légers pendant un repas composé d'un assortiment de sandwichs, de salade de pommes de terre et de coleslaw, de fruits et de cookies aux pépites de chocolat. Au moment du café, cependant, Sam passa aux choses sérieuses par le biais d'excuses :

— Étant moi-même hostile à ce que les autres mettent le nez dans mes affaires, j'ai conscience d'avoir été indiscret en me mêlant des tiennes, Parker. J'espère que tu ne m'en veux pas trop. Et vous non plus, Rebecca.

— Je vous suis au contraire reconnaissante, déclara la jeune femme avec un sourire chaleureux. Vous nous avez été d'une aide précieuse, aujourd'hui !

— Qu'est-ce que tu comptes faire maintenant, Parker ? demanda Rush.

— Vous connaissez tous l'histoire au moins dans ses grandes lignes ?

— Je leur ai fourni quelques explications complémentaires, indiqua Rebecca. Ils ont compris que nous allions enquêter ensemble.

Parker pensait que le traumatisme de l'explosion la ferait revenir à la raison et se désolidariser de lui... Ce n'était visiblement pas le cas : elle était toujours décidée à participer à son enquête Et elle ne cessait de manifester envers lui une solidarité inexplicable, car il ne voyait pas comment elle pouvait lui pardonner de l'avoir séquestrée pendant deux jours.

Il communiqua à ses compagnons les informations sur ses initiatives les plus récentes et conclut en précisant :

— Je n'ai pas encore de nouvelles de cet ami de la CIA qui doit se renseigner sur l'homme à la joue balafrée. Savoir qui c'est et comment il est entré aux États-Unis me serait pourtant utile.

— Je peux appeler le ministère des Affaires étrangères, proposa Madison. Tu penses que cet homme est iranien ?

— Son commanditaire l'est à coup sûr, et lui aussi, très certainement.

Parker sortit son portable de sa poche et montra à la ronde les photos qu'il avait prises des croquis de Rebecca.

— Un logiciel de reconnaissance faciale permettrait peut-être de l'identifier, enchaîna-t-il.

— C'est dans mes cordes, intervint Sam. Et même si je ne trouve pas de correspondance, cet homme doit apparaître sur les enregistrements de certaines caméras de surveillance. Ça nous dira où il est allé, et s'il était seul ou accompagné.

— D'accord, et merci, déclara Parker. J'ai aussi alerté les autres vétérans de la fameuse liste, et envoyé des gens veiller sur eux.

— Ils n'habitent pourtant pas tous dans la région ! observa Rebecca en se tournant si vivement vers lui que leurs genoux se heurtèrent.

— Non, mais j'ai passé quelques coups de fil. On se rend ce genre de services, entre collègues.

Les sourcils auburn de la jeune femme se froncèrent, au-dessus de son petit nez constellé de taches de rousseur. Elle se tut ensuite, l'air pensif. Parker savait ce que cela signifiait : elle réfléchissait intensément. Avec un peu de chance, ses réflexions la ramèneraient enfin à la raison... Il n'y comptait cependant pas trop !

— Merci à tous pour l'aide que vous m'avez apportée, enchaîna-t-il, mais je vais partir, maintenant : ma présence vous met en danger. J'aimerais juste que vous trouviez un endroit où Rebecca pourra attendre tranquillement la fin de cette histoire. J'y enverrai alors des hommes à moi pour la protéger.

Sam et Madison échangèrent un regard entendu, tandis que Rebecca s'écriait :

— Non ! D'une part, je veux rester libre de mes mouvements, et d'autre part, il faut aller parler à la police de l'explosion de ce matin.

Parker ouvrit la bouche pour lui interdire de quitter l'immeuble de Sam pour toute autre raison qu'un transfert dans un endroit sûr, mais il ravala ses mots en se rendant compte de leur inutilité. S'il les prononçait, Rebecca lui rirait au nez. Ne lui avait-elle pas dit le matin même qu'elle détestait recevoir des ordres ?

Il n'était cependant pas le seul à prendre au sérieux les questions de sécurité, car Lucy suggéra :

— On pourrait demander au lieutenant Baird de venir ici.

— Ou vous envoyer tous les deux le voir en hélicoptère, proposa Rush.

— À l'heure qu'il est, le tueur doit s'être procuré des missiles sol-air ! observa Parker, désabusé.

— Si vous voulez faire une déposition sans vous déplacer, dit Sam, il y a tout ce qu'il faut dans le local technique que j'ai aménagé au rez-de-chaussée : vous pourrez communiquer avec le commissariat de Bayview par téléphone, messagerie instantanée ou visioconférence en toute confidentialité.

— Je crois que le lieutenant Baird préférerait un entretien en tête à tête, indiqua Parker.

Ce qu'il aurait préféré, lui, c'était envoyer Rebecca se cacher quelque part. N'ayant ainsi plus peur pour elle, il pourrait prendre le risque de tendre un piège au tueur.

L'immeuble de Sam, dont il avait supervisé la sécurisation, aurait pu leur servir de refuge indéfiniment, ou jusqu'à épuisement de la généreuse hospitalité du propriétaire des lieux. Mais la jeune femme était visiblement opposée à toute forme de réclusion, ce qui pouvait se comprendre après les deux jours qu'elle venait de passer. Quant à Parker, même si la traque du tueur ne l'avait pas obligé à bénéficier d'une totale liberté de mouvement, il ne supportait pas l'idée d'être enfermé et de dépendre des autres pour ses besoins les plus élémentaires.

Le comble de l'ironie étant qu'il avait infligé ce traitement à Rebecca, et sans qu'elle sache pourquoi...

Honteux, il se leva et alla se poster devant la baie vitrée, mais la vue magnifique qu'elle offrait le laissa indifférent.

La pensée de la bande de dangereux malfaiteurs qui rôdait dans la ville le tourmentait. Ces hommes avaient déjà fait deux victimes… Ils représentaient une menace pour tous les gens assez malchanceux pour croiser leur chemin au mauvais moment.

— Je n'ai toujours pas de nouvelles de Tony, dit-il subitement en se retournant. C'est lui que j'avais chargé de surveiller l'appartement de Rebecca, et il a appelé cette nuit la police pour signaler la présence d'un intrus… J'accepte finalement ta proposition de visioconférence avec le lieutenant Baird, Sam : cela me permettra peut-être d'en savoir plus sur cette affaire.

— D'accord, déclara Sam. Je t'appellerai sur ton portable quand tout sera prêt.

Quelques instants plus tard, Rebecca vint rejoindre Parker devant la fenêtre.

— Vous avez des amis formidables, remarqua-t-elle à voix basse.

— Oui.

Dans un flash terrifiant, Parker les vit soudain tous morts. Et l'homme à la joue balafrée se tenait devant leurs cadavres, l'air narquois…

Il avait déjà eu ce genre d'hallucination — avant un départ en mission, généralement. Il ne s'agissait pas d'une prémonition, mais d'une façon pour son inconscient de lui rappeler la rapidité à laquelle une opération pouvait tourner à la tragédie.

— J'ai songé à vous supplier de vous mettre à l'abri jusqu'à ce que tout danger soit écarté, dit-il à Rebecca.

— Mais vous y avez renoncé, j'espère ?

— Pas complètement. Vous ne voulez vraiment pas aller passer quelques jours loin de San Francisco ? Ce serait comme des vacances…

La jeune femme tendit la main et lissa délicatement la manche de la chemise de Parker, qui plissait au niveau de l'épaule, avant d'observer :

— J'aime bien quand vous essayez de *ne pas* vous comporter en tyran, mais la réponse est toujours non.

— Vous accepteriez, alors, d'être protégée vingt-quatre heures sur vingt-quatre par des agents de sécurité ?

— Seulement si vous en faites partie, déclara-t-elle avec un sourire malicieux.

Parker n'avait encore jamais rencontré une femme comme elle, capable de flirter avec le danger… Peut-être avait-elle un faible pour les mauvais garçons. Dans l'affirmative, il avait ses chances, car il ne manquait d'aucune des qualités requises pour mériter cette étiquette.

— Pourquoi refusez-vous de vous séparer de moi ? demanda-t-il.

Rebecca plongea ses grands yeux bleus dans les siens, mais avant qu'elle ait eu le temps de lui répondre, son portable sonna.

C'était Sam, qui l'appelait pour lui dire que la communication avec le lieutenant Baird était établie.

« Pourquoi refusez-vous de vous séparer de moi ? »

La question de Parker et la recherche de la réponse la plus juste qu'elle pourrait lui donner occupaient l'esprit de Rebecca tandis qu'ils se rendaient dans le local technique de Sam Bellemere.

L'une des explications de son dévouement envers Parker était simple : il pliait sous le poids du chagrin, de l'inquiétude et de la culpabilité, et elle voulait l'aider. Il s'efforçait de réprimer toutes ces émotions, mais elle en voyait le reflet dans ses prunelles noires. Comme elle avait vu tous les matins dans sa glace la douleur assombrir son propre visage après la mort de sa mère et le rejet qu'elle avait ensuite subi de la part de son père.

La solitude n'était pas un choix idéal pour soigner ses blessures. Se noyer dans le travail, non plus.

Lucy et Madison étaient venues la questionner juste

après que le médecin l'avait examinée, et elles avaient juré d'obliger leurs maris respectifs à rompre toute relation avec Parker s'il lui avait fait le moindre mal.

Ce qui n'était pas le cas, leur avait-elle assuré. Il l'avait manipulée, mise en colère, soumise à plusieurs interrogatoires serrés, mais il lui avait aussi sauvé la vie, et à aucun moment il ne l'avait maltraitée physiquement.

Sur le plan émotionnel, c'était une autre histoire... Et elle savait que Parker pouvait la faire souffrir plus encore. Cela aurait dû l'effrayer, alors pourquoi ne partait-elle pas en courant ?

Il lui plaisait, c'était évident, et puis elle aimait les sensations fortes ; son goût pour les enquêtes de terrain était là pour le prouver. Il y avait cependant autre chose dans son obstination à rester coûte que coûte aux côtés de cet homme.

Un sentiment sur lequel elle n'osait pas encore mettre un nom.

« Pourquoi refusez-vous de vous séparer de moi ? »

Il lui faudrait tôt ou tard répondre à cette question... Aurait-elle le courage de le faire sans mentir, à Parker et à elle-même ?

Quand ils se furent installés au poste de travail où Sam avait organisé une visioconférence avec le commissariat de Bayview, Parker présenta Rebecca et le lieutenant Baird l'un à l'autre.

Ce fut à lui que le policier adressa ensuite les premières questions, celles qui concernaient les circonstances de l'explosion. Le fait qu'ils ne soient pas restés sur place lui déplaisait, mais les détails que Parker lui fournit l'intéressèrent beaucoup.

— J'ai laissé la clé du 4x4 derrière moi, souligna Parker.

Rebecca haussa les sourcils. Elle ne s'en était pas aperçue.

— La voiture s'est enflammée d'un coup quand j'ai activé le démarrage à distance, précisa-t-il.

— Le tueur pensait que vous mettriez le contact depuis l'intérieur du véhicule...

— Oui. Ce système de télécommande nous a sauvés, Mlle Wallace et moi. Il a malheureusement coûté la vie à l'agent d'entretien de l'immeuble.

L'évocation de la mort d'Alan fit s'étrangler la voix de Parker. Rebecca frotta son genou contre le sien pour lui manifester discrètement son soutien, et il l'imita quand elle livra son propre récit de l'explosion.

— Vous avez quelque chose à ajouter, monsieur Lawton ? demanda Baird après avoir écrit quelques phrases sur un carnet.

— Je savais que j'avais été pris en filature, mais je pensais que c'était sans importance, car j'avais prévu d'aller directement de l'appartement au commissariat de Bayview pour vous parler.

Rebecca ignorait que Parker avait été suivi. Elle faillit intervenir, mais y renonça finalement.

— La bombe a dû être posée pendant que j'étais dans l'immeuble avec Mlle Wallace, poursuivit-il. Depuis l'assassinat de Theo Manning, je m'assure régulièrement que personne n'a touché à ma voiture. Ma dernière inspection, quelques heures avant l'explosion, ne m'avait rien révélé de suspect.

Le lieutenant se tourna vers Rebecca.

— Vous pouvez m'expliquer, mademoiselle Wallace, pourquoi vous logiez là-bas plutôt que chez vous ? demanda-t-il.

Rebecca sentit Parker se tendre. Il craignait évidemment qu'elle parle au policier de son enlèvement et de sa séquestration. Elle lui avait pourtant promis d'attendre deux jours pour porter plainte contre lui, et les événements de la matinée l'avaient même convaincue de ne jamais le faire.

Des années de fréquentation du monde du spectacle

lui avaient heureusement appris à jouer la comédie, et cela lui permit de répondre sans ciller :

— M. Lawton s'inquiétait pour moi, après l'agression dont j'ai été victime jeudi soir à une soirée de gala. Il m'a conseillé un changement d'habitudes, et généreusement proposé de passer quelques jours dans cet appartement. Comme c'est un expert dans le domaine de la sécurité, je l'ai écouté.

— Pourquoi n'avez-vous pas signalé cette agression, mademoiselle Wallace ? Et vous non plus, monsieur Lawton, quand nous nous sommes parlé, le vendredi matin ?

— Rien n'indiquait l'existence d'un rapport entre elle et l'assassinat de Theo, dit Parker. Si j'ai pu secourir Mlle Wallace, c'est juste parce que je me suis trouvé au bon endroit au bon moment.

— Admettons… Et maintenant ?

— Maintenant, il semblerait que ces deux événements soient liés. L'agresseur de Mlle Wallace avait un complice, que je crois avoir reconnu ce matin à proximité immédiate du lieu de l'explosion.

— Je dessine comme d'autres tiennent un journal intime, intervint Rebecca. J'ai fait plusieurs croquis de mon agresseur vu de face, avec la balafre qu'il a sur la joue et qui le rend facilement reconnaissable. J'ai aussi dessiné son complice, mais juste de profil.

— J'ai des photos de ces croquis dans mon portable, indiqua Parker. Je vous les envoie, lieutenant ?

— Oui, volontiers.

Une fois les clichés transmis, Parker se laissa aller contre le dossier de son siège et entoura de son bras celui de Rebecca. Il lui caressa l'épaule du bout des doigts, et elle vit que ce geste protecteur n'avait pas échappé au policier.

— L'enquête sur la mort de Theo a progressé ? demanda Parker.

— Malheureusement pas. On va retourner sur les quais

avec les photos que vous venez de me fournir... Son frère vous a appelé ?

— Non

— Il devrait pouvoir récupérer le corps dans la journée. J'ai eu l'impression qu'il voulait discuter des funérailles avec vous.

— Je vais laisser mon portable allumé.

Baird se tourna de nouveau vers Rebecca.

— Le commissariat de votre quartier a essayé en vain de vous joindre, mademoiselle Wallace...

— Mon portable à moi était dans le 4x4 de M. Lawton, dit Rebecca tout en sachant que cela n'expliquait pas son absence de réponse pendant les heures qui avaient précédé l'explosion. Je n'ai pas encore eu le temps de m'en procurer un autre.

Après avoir griffonné quelque chose sur son carnet, Baird déclara :

— Un passant a signalé un cambriolage en cours dans votre immeuble la nuit dernière. Les agents envoyés sur place ont constaté que quelqu'un s'était introduit chez vous en cassant un carreau et avait fouillé votre appartement.

La pensée de ce qui aurait pu lui arriver si Parker ne l'avait pas conduite dans la chambre forte fit frémir Rebecca.

— On m'a volé quelque chose ?

— Rien, apparemment, mais vous seule pouvez savoir si des objets moins visibles qu'une télévision ou une chaîne hi-fi n'ont pas disparu. Il est toutefois possible que l'arrivée du véhicule de police consécutive à l'appel du passant ait fait partir le cambrioleur sans lui laisser le temps d'emporter quoi que ce soit. En tout état de cause, vous devrez prévoir une inspection des lieux avec mon collègue en charge de l'enquête.

— Entendu.

Rebecca était d'ores et déjà décidée à ne pas retourner dans son appartement sans Parker. Elle jugeait les policiers de San Francisco capables de gérer les problèmes de criminalité courante, mais elle n'était pas sûre de leur efficacité face à une bande de tueurs iraniens.

— Y aurait-il moyen de parler à la personne qui a signalé le cambriolage ? demanda Parker. Je suis certain que Mlle Wallace aimerait le remercier.

Comprenant qu'il cherchait à savoir ce qu'était devenu Tony, Rebecca confirma sa remarque d'un signe de tête.

Le lieutenant se frotta le menton. Il se demandait visiblement ce qu'il pouvait ou non leur révéler.

— L'homme qui a appelé la police n'a pas donné son nom, finit-il par dire. Et il y a autre chose… Quelque chose qui est peut-être lié à cette affaire… En explorant le quartier, les agents qui sont intervenus en réponse à ce signalement ont découvert un cadavre à un pâté de maisons de votre immeuble, mademoiselle Wallace. Ils n'ont trouvé aucun papier d'identité sur lui.

Rebecca sentit la main de Parker se crisper sur son épaule.

— Vous pensez que le décès de cette personne et le cambriolage sont liés juste parce qu'ils se sont produits à peu de distance l'un de l'autre ? observa-t-il.

— C'est une hypothèse qui mérite d'être étudiée. Et en plus…

Baird s'interrompit, comme s'il prenait soudain conscience d'en avoir trop dit.

— Et en plus ? insista Parker tandis que Rebecca retenait son souffle.

— Mon attention a été attirée par le fait que l'homme découvert mort la nuit dernière à Russian Hill a été tué de la même manière que M. Manning : de deux balles de petit calibre dans la nuque.

— Vous avez une photo de lui ? demanda Parker d'une voix blanche.

Le policier présenta un cliché à la caméra, et Parker poussa un cri étouffé.

— Il s'agit de Tony, l'un de mes employés. Je lui avais demandé de surveiller l'appartement de Mlle Wallace, à cause de l'agression de jeudi soir... Je vais dire au responsable du personnel de mon entreprise de vous communiquer toutes les informations le concernant.

Après avoir encore écrit quelques phrases sur son carnet, Baird leva la tête et s'écria d'un ton dur :

— Je veux la vérité, monsieur Lawton ! Vous savez quelque chose... Tous ces crimes sont liés, n'est-ce pas ?

Rebecca se tourna vers Parker et l'interrogea du regard. Après une légère hésitation, il lui signifia son accord d'un signe de tête, et elle annonça :

— Il y a en effet un lien possible entre toutes ces affaires, lieutenant.

Une expression de surprise se peignit sur le visage du policier. Il ne s'attendait visiblement pas que ce soit elle qui réponde à sa question.

— Je suis tout ouïe, mademoiselle Wallace !

— M. Lawton m'a appris hier quand et comment son ami Theo Manning était mort, commença Rebecca.

Puis elle évoqua le mail anonyme, l'enquête préliminaire menée par Bill Gatlin et elle... Bien qu'elle dise ensuite très clairement ne pas croire à un quelconque vol d'or, elle sentait Parker devenir de plus en plus nerveux. Peut-être ne l'écoutait-il pas, en fait. Le meurtre de son employé devait occuper toutes ses pensées.

Elle ne parla pas de la lettre de chantage qu'il avait reçue — c'était à lui de décider s'il voulait ou non en révéler l'existence. Elle ne parla pas non plus des deux visites qu'il avait faites à son appartement, dont une qui constituait une violation de domicile, mais qu'elle s'était engagée à ne pas révéler.

— J'aurai besoin de lire ce mail, mademoiselle Wallace, indiqua le policier.

— D'accord. Je vous l'enverrai dans les meilleurs délais.

À la fin de la séance, Parker coupa la caméra en silence. Il pinçait les lèvres, et la pâleur de son visage faisait ressortir les cernes qu'il avait sous les yeux. Rebecca souffrait pour lui. La mort de Tony, après celle de Theo Manning et d'Alan, lui portait un coup terrible.

Il quitta la pièce sans l'attendre, et sans rien dire. Elle était contente que leur entretien avec le lieutenant Baird soit terminé, mais le comportement de Parker l'inquiétait. Elle ne savait pas comment le réconforter, ni même si elle devait essayer.

— Merci pour votre aide, déclara-t-elle à Sam. Je vais remonter, maintenant.

— Vous voulez vous installer ici ? Je peux ouvrir un autre appartement, si vous le souhaitez… Vous êtes arrivés ensemble, Parker et vous, mais vous n'êtes pas obligés pour autant de cohabiter !

— Vous avez aménagé *tous* les appartements de cet immeuble ?

— Quatre seulement, et le quatrième, juste pour permettre à une amie d'acquérir de l'expérience en matière de décoration intérieure.

— Lucy m'a décrit Parker comme quelqu'un de bien.

— C'est vrai.

— Ce n'est pas l'impression que j'ai eue lors de mon premier contact avec lui.

— Mais les suivants vous ont fait changer d'avis ?

— Oui.

Rebecca se rappela les frissons délicieux que les mains de Parker sur sa peau lui avaient procurés. Sa séquestration l'avait mise en colère, mais les doutes qu'elle avait parfois nourris sur l'identité de son ravisseur avaient été sa seule raison d'avoir peur.

— Je vais aller lui parler, annonça-t-elle. J'espère qu'il m'écoutera.

— Je suis sûr que ce sera le cas.

Encouragée par ce témoignage de confiance, Rebecca se dirigea vers la porte. Parker avait besoin d'elle pour cesser de se culpabiliser, et si elle le laissait ruminer trop longtemps, il risquait, pour racheter ses « fautes », de se lancer seul dans une traque périlleuse du tueur.

Il devait enfin comprendre qu'elle pouvait l'aider à mettre cet homme et son ou ses complices hors d'état de nuire.

10

Parker était en train de boire une bière dans la cuisine ouverte de l'appartement quand Rebecca y entra. Quelqu'un avait rempli le réfrigérateur de boissons et apporté une corbeille de fruits pendant leur entretien avec le lieutenant Baird.

Ces attentions le touchaient moins qu'elles l'auraient dû, car c'était chez lui qu'il aurait voulu être. Seul, pour pouvoir réfléchir tranquillement. Et plutôt que dans son appartement de San Francisco, il aurait été encore mieux dans sa maison de Big Sur. Personne ne serait venu l'ennuyer, dans ce coin sauvage de la côte pacifique, et il se serait débrouillé pour y attirer l'homme à la joue balafrée.

Oui, c'était la meilleure solution… Un combat singulier empêcherait cette crapule de tuer d'autres personnes innocentes.

Et si ce combat, il le perdait ? lui souffla une petite voix intérieure. Qui, alors, s'assurerait qu'il n'arrive rien à ses anciens compagnons d'armes ?

Et Rebecca, qui la protégerait ? se demanda-t-il ensuite en lui jetant un coup d'œil.

Maintenant assise sur un tabouret, elle croisa son regard et observa :

— Si vous avez besoin d'un petit coup de fouet, Sam a chez lui des boissons plus fortes que la bière.

— C'est de solitude que j'ai besoin, déclara-t-il sur un ton bourru.

— D'accord…

Rebecca se leva et alla s'installer sur le canapé du séjour. Parker la suivit après avoir posé sa bouteille de bière sur le plan de travail, et se percha sur la table basse, en face de la jeune femme. Il craignait, s'il s'asseyait près d'elle, de ne pouvoir s'empêcher de la prendre dans ses bras. Il brûlait de la couvrir de baisers, depuis le haut de sa magnifique chevelure auburn jusqu'au bout de ses orteils délicats.

Parker secoua la tête pour tenter de se remettre les idées en place. Il était en train de devenir fou !

— Pourquoi n'avez-vous pas dit au lieutenant Baird que je vous avais enlevée ? demanda-t-il.

— Parce qu'il m'aurait poussée à porter tout de suite plainte contre vous, et que je vous ai promis de ne pas le faire avant deux jours. J'y ai d'ailleurs maintenant complètement renoncé. J'ai compris que vous m'aviez conduite dans cette chambre forte pour me protéger d'une nouvelle agression.

— J'aurais quand même dû tout vous expliquer dès votre réveil. J'ai manqué de jugement.

— Le chagrin fait parfois faire des choses étranges. Je suis prête à oublier les débuts… chaotiques de nos relations. Et vous, Parker, vous l'êtes ?

Il fixa sur Rebecca un regard scrutateur. Ce pardon qu'il ne méritait pas, le devait-il à un excès de générosité ou à une sorte d'aveuglement ?

— Il faut que vous partiez le plus loin possible de moi, déclara-t-il.

Supplier n'était pas dans sa nature, mais il s'y résoudrait si nécessaire pour éloigner Rebecca de la bataille qui s'annonçait.

La situation était trop dangereuse. Une bande de criminels avait été chargée de le supprimer à cause d'une opération menée à l'autre bout du monde… Douze personnes innocentes étaient mortes là-bas, trois à San Francisco… Rebecca avait déjà failli venir s'ajouter à ce décompte macabre. Il n'était pas question de l'exposer de nouveau à ce risque. Il fallait absolument arriver à la convaincre de quitter la ville, mais comment ?

Réfléchis ! se dit Parker.

S'il en avait pris le temps, le jeudi soir, Rebecca serait peut-être en train de se préparer pour une nouvelle sortie avec le bellâtre qui l'avait emmenée à cette soirée de gala.

Non, rectifia la voix de sa raison, *elle serait entre les mains du Balafré.*

— Parker ?

Arraché à ses réflexions sans avoir eu le temps de peaufiner ses arguments, il se contenta de répéter :

— Il faut que vous partiez le plus loin possible de moi.

Puis, un peu de présence d'esprit lui revenant, il ajouta :

— Ce qui s'est passé ce matin prouve qu'il est dangereux de me fréquenter.

— Non, ça prouve votre capacité à me protéger, puisque je suis sortie indemne de cette explosion.

— Je n'ai pas le droit de vous entraîner dans une aventure aussi périlleuse, et qui ne concerne que moi ! insista Parker.

Le front buté et une lueur de colère dans les yeux, Rebecca s'écria :

— Vous étiez peut-être le seul concerné au départ, mais…

— Il n'y a pas de « mais » qui tienne ! Je refuse de vous faire prendre le moindre risque !

« Parce que vous comptez trop pour moi. »

Ces mots faillirent échapper à Parker, mais il parvint au dernier moment à les retenir. Ils n'auraient fait que compliquer les choses.

— Vous devez aller vous mettre à l'abri, dit-il à la place. La mort d'Alan et celle de Tony ne suffisent donc pas à vous convaincre du danger qu'il y a en ce moment à avoir la moindre relation avec moi ?

S'il arrivait quelque chose à Rebecca, il serait inconsolable. Même s'il en était lui-même surpris, elle avait trouvé en moins de quarante-huit heures le chemin de son cœur.

— Je comprends que ces deux morts vous bouleversent, déclara-t-elle, et elles me font évidemment de la peine, mais elles me disent aussi que vous ne pouvez pas gagner seul ce combat.

À court d'arguments, Parker se leva et retourna dans la cuisine. Rebecca le suivit et reprit :

— J'accepte de quitter la ville, mais seulement si vous la quittez avec moi.

— Vous espérez vraiment me convaincre de fuir devant le danger ?

— N'est-ce pas exactement ce que vous essayez de me faire faire ?

— Ce n'est pas pareil.

— Pourquoi ? s'exclama Rebecca d'une voix vibrante de colère. Parce que je suis une femme ?

— Bien sûr que non, mais votre entêtement va m'obliger à être brusque : je ne veux pas de votre collaboration. Et tant pis si ça ne vous plaît pas : je ne vous demande pas votre avis !

La jeune femme écarquilla les yeux, ses lèvres frémirent, et soudain elle éclata de rire.

— Vos recherches sur moi ne vous ont donc pas appris que j'avais l'habitude de donner mon avis même quand on ne me le demandait pas ?

Un sourire ensorcelant succéda à son rire. Elle s'approcha de Parker — qui recula d'un pas. Le moindre contact avec elle aurait été une erreur à ajouter à toutes celles qu'il avait déjà commises. Il mit ensuite la table entre eux et espéra que cela suffirait à faire taire sa libido, mais il était trop tard : cette femme agissait comme une drogue sur ses sens. Un sevrage brutal s'imposait.

— Je vais vous donner satisfaction, annonça-t-il.

— Vraiment ?

— Oui. On va quitter ensemble San Francisco : je vous emmène à Los Angeles.

— Excellente idée ! Comme mon père est actuellement en tournage dans un autre État, on pourra s'installer dans sa maison de Malibu.

— Non, *vous* vous installerez à Malibu. Moi, je reviendrai ensuite ici.

— Ce n'est pas ce que j'avais en tête !

— Je sais, mais comme ça, je serai sûr que vous serez à l'abri le temps que j'écarte le danger — de façon pacifique, si possible.

Rebecca fixa sur Parker un regard soupçonneux.

— Vous songez à offrir au tueur assez d'argent pour qu'il renonce à sa mission ?

— Pourquoi pas ? Tout le monde a un prix, et j'ai les moyens.

— Mais vous avez dit vous-même qu'il était à la solde d'un bandit redoutable ! Il doit bien savoir que lui désobéir signerait son arrêt de mort !

Parker garda le silence, car Rebecca avait raison.

— Il doit être possible de régler cette affaire sans prendre trop de risques, reprit-elle. Mais il faut pour ça que vous acceptiez de vous faire aider. Par Sam et Rush, par Madison, qui a des contacts au ministère des Affaires étrangères, par le lieutenant Baird... et par moi. Je ne manque ni de ressort ni d'inventivité, au cas où vous ne l'auriez pas remarqué.

— Comment aurais-je pu ne pas le remarquer, mais pourquoi mettriez-vous ces qualités au service d'une cause qui ne vous concerne pas ?

— Ah ! je comprends !

Le ton sarcastique de Rebecca hérissa Parker.

— Qu'est-ce que vous comprenez ?

— Vous voulez décrocher la palme du martyre.

— Quoi ?

— Vous préférez que je parle d'expiation ?

— Non, et cette discussion a assez duré. Je ne veux pas de votre aide ! Allez demander à Sam de vous trouver un endroit sûr et de vous y emmener ! Le temps presse, car quand le tueur saura où nous sommes, il deviendra très compliqué d'en partir.

Sur ces mots, Parker rejoignit Rebecca, la prit par le coude et l'entraîna vers la porte, mais elle parvint à se dégager et s'écria :

— Non, je ne partirai pas ! Et j'ai des idées à vous soumettre.

— Bon, d'accord, allez-y !

Parker laissa Rebecca parler sans l'interrompre, mais en ne l'écoutant que d'une oreille. Il cherchait un moyen de les faire sortir tous les deux vivants de cette aventure, et pendant qu'elle lui exposait des idées sans doute censées le convaincre d'accepter sa collaboration, un plan lui vint à l'esprit.

Il avait suffisamment d'argent et de relations dans tous les milieux pour procurer à Rebecca une nouvelle identité et un nouveau cadre de vie. Ce genre d'entreprise prenait cependant du temps… Et son père, même si elle ne semblait pas très bien s'entendre avec lui, remuerait ciel et terre pour la retrouver en apprenant sa disparition.

Ses employeurs, qui l'appréciaient manifestement beaucoup, la rechercheraient eux aussi si elle se volatilisait subitement. De plus, elle aimait son travail et le faisait bien…

Une nouvelle identité impliquait des changements radicaux, mais qu'il faudrait réduire au minimum pour qu'elle ne souffre pas trop de…

— Vous ne m'écoutez pas ! déclara-t-elle soudain.

— Si !

— Qu'est-ce que je viens de dire ?

— Vous parliez d'une cérémonie de commémoration.

— Oui, mais encore ?

— Je… Je ne sais pas, admit Parker piteusement.

— Je suggérais d'organiser une cérémonie de commémoration en l'honneur de Theo Manning, et d'y inviter les autres membres de votre ancien groupe de combat.

— Vous plaisantez ! Quelle aubaine pour le tueur, si nous étions tous réunis au même endroit !

— Il s'agirait d'une mise en scène, où des comédiens joueraient le rôle de vos trois amis. Je connais plein d'acteurs dans la région. Et vos recherches ont dû vous apprendre que j'avais monté des pièces de théâtre, quand j'étais étudiante.

Parker trouvait ce plan délirant, mais il se garda bien de le dire.

— Mon idée n'a pas l'air de vous enthousiasmer, observa Rebecca, mais si vous prenez le temps d'y réfléchir, elle devrait vous séduire.

— Je pensais attirer le tueur dans un piège, reconnut Parker.

— Les grands esprits se rencontrent, alors ! Et comme le genre de piège que je vous propose permet à de nombreuses personnes d'être là en renfort, il a de bonnes chances de fonctionner, non ?

— Peut-être, mais comment être sûrs que le tueur mordra à l'hameçon ?

— On va aller demander conseil à Sam !

Il y avait dans l'attitude de Rebecca une froide détermination qui rendait Parker heureux de la savoir dans son camp — même s'il ne comprenait pas pourquoi elle s'obstinait à vouloir l'aider.

Le chagrin et la culpabilité lui brouillaient l'esprit, alors, pour tenter d'y voir clair, il reposa à la jeune femme la question à laquelle, tout à l'heure, elle n'avait pas eu le temps de répondre :

— Pourquoi refusez-vous de vous séparer de moi ?

— À votre avis ? dit-elle, les yeux fixés sur sa bouche.

Elle lui passa ensuite les bras autour du cou, et il sentit aussitôt une puissante érection tendre le tissu de son jean.

— Je... J'ai envie de vous, Rebecca, bredouilla-t-il.

— C'est réciproque.

Cet aveu mit sa libido en surchauffe. Il n'était pas un saint — juste un homme conscient de la brièveté de l'existence.

Alors il s'empara des lèvres de Rebecca, et elle s'offrit sans réserve à son baiser. Ses mains s'aventurèrent sous le pull-over à torsades tandis que sa bouche descendait le long de la mâchoire, puis du cou de Rebecca. Elle gémit doucement et commença à remuer les hanches contre son érection.

N'y tenant plus, il lui enleva son pull-over et l'entraîna vers le canapé. Elle s'allongea, lui tendit les bras... Son soutien-gorge en satin noir faisait joliment ressortir la blancheur de sa peau. Quand elle déboutonna la chemise de Parker et en écarta les pans pour accéder elle aussi à sa peau nue, il gémit à son tour. La caresse de ces mains douces sur son torse était la chose la plus merveilleuse qu'il ait jamais éprouvée.

Rebecca unit de nouveau leurs lèvres et, tout en l'embrassant fougueusement, poursuivit ses explorations jusqu'à détacher la ceinture du jean de Parker et refermer la main sur son sexe. Il se sentait déjà tout proche de la jouissance mais s'efforçait de se maîtriser.

La vie n'offrait pas de garanties, et si elle ne lui donnait pas d'autre chance de faire l'amour avec Rebecca, il voulait que ce soit pour eux deux un moment inoubliable.

Le sort en décida malheureusement autrement : alors qu'il s'apprêtait à dégrafer le soutien-gorge de la jeune femme, son portable sonna.

Impossible de l'ignorer... Il se redressa, ramassa l'appareil, qui était tombé de sa poche, et regarda le nom qui s'était affiché sur l'écran.

— C'est Sam, indiqua-t-il.

Sans quitter des yeux le corps pulpeux de Rebecca, il décrocha, mais en songeant qu'il faudrait au moins l'annonce d'un tremblement de terre imminent pour l'empêcher de reprendre ensuite les choses là où il les avait laissées.

— On a de la visite, lui dit Sam. Venez tout de suite nous rejoindre au local technique !

— On arrive.

Parker coupa la communication, se pencha vers Rebecca et lui donna un baiser possessif avant de déclarer :

— À suivre !

Puis il se mit debout et lui tendit la main pour l'aider à se relever.

— Que se passe-t-il ? demanda-t-elle pendant qu'ils se rendaient présentables.

— On a été retrouvés plus vite que prévu.

— L'Iran compte un nouvel ennemi : moi ! marmonna la jeune femme tandis qu'ils gagnaient le couloir.

— Alors je parie sur sa défaite !

Et pour la première fois depuis ce qui lui semblait être une éternité, Parker sourit.

Une fois dans l'ascenseur, il serra Rebecca contre lui, et ce geste simple lui apporta un bonheur inattendu.

Au moment de pousser la porte du local technique, il pria pour que Rush et Sam ne devinent pas ce que l'appel de ce dernier avait interrompu.

Il n'aurait pas dû s'inquiéter : il trouva ses amis penchés sur une rangée de quatre écrans diffusant chacun une image différente des abords de l'immeuble. Sur deux autres s'affichaient les recherches en cours de Sam et une liste de noms.

Parker repéra immédiatement la berline blanche sur l'un des écrans.

— Il utilise toujours la voiture de Jenny Swanson ? demanda-t-il.

— On dirait, répondit Sam. Il s'est rasé la barbe — ou alors c'était un postiche —, mais il n'a pas changé la plaque d'immatriculation. Et il y a maintenant une personne sur le siège du passager. Je ne peux malheureusement distinguer d'elle qu'une vague silhouette.

— Il faut que la police aille interroger la propriétaire de cette berline.

— J'envoie un message dans ce sens au lieutenant Baird, avec des captures d'écran de ce que mes caméras de surveillance sont en train de filmer et quelques clichés de ce véhicule pris ce matin, pendant qu'il te suivait.

— Merci. Passons maintenant à l'idée qu'a eue Rebecca pour piéger le tueur… Son plan m'a paru un peu fou, sur le moment, mais il ne l'est peut-être pas tant que ça, finalement…

Quand Parker eut exposé à ses amis l'idée de la fausse cérémonie de commémoration en l'honneur de Theo Manning, Rebecca prit le relais et expliqua qu'elle comptait engager des comédiens pour jouer le rôle des trois autres hommes de la liste menacés de mort.

— Il faudra juste fabriquer des titres de transport et des cartes de crédit aux noms des personnes qu'ils incarnent, conclut-elle.

— Je trouve ce plan ingénieux, indiqua Parker, mais je ne veux pas exposer des gens innocents au risque que les choses tournent mal. Il vaut mieux choisir des agents de sécurité pour jouer le rôle de mes anciens compagnons d'armes.

— Je me charge de les recruter, indiqua Sam. J'aurais juste besoin de photos de tes trois amis, Parker, pour choisir des hommes qui leur ressemblent le plus possible.

— J'en ai sur mon portable. Je te les transmets tout de suite par mail.

— D'accord.

Une fois cette opération effectuée, Rebecca dit à Sam avec un sourire chaleureux :

— On compte aussi sur vous pour faire en sorte que le tueur et son ou ses complices mordent à l'hameçon.

— Mais quoi que nous décidions, je veux que le

lieutenant Baird soit dans le coup, précisa Parker. Je n'ai pas pour but de venger Theo, Jeff, Alan et Tony, mais de livrer leurs agresseurs à la justice.

— J'essaye d'identifier l'homme à la joue balafrée à partir des dessins de Rebecca, déclara Sam. Sans succès jusqu'ici.

— La berline est garée à un endroit d'où ses occupants peuvent surveiller l'entrée du parking souterrain de l'immeuble, observa Parker. Il n'est donc pas possible de sortir d'ici sans être immédiatement pris en chasse.

— Si, c'est possible.

— Comment ?

— En brouillant les pistes.

— Mais encore ?

— Je peux demander à plusieurs de nos employés de venir nous rejoindre ici, Rush et moi... On descend avec eux au parking souterrain et là, on forme des binômes, et chacun prend une voiture. On en ressort les uns derrière les autres, mais en partant tous dans des directions différentes. Quel que soit le véhicule que la berline choisit de suivre, ce n'est pas le bon, et elle s'éloigne d'ici. La voie est alors libre pour Rebecca et toi.

— Non, je ne veux pas risquer qu'il arrive quelque chose à l'un de vous, objecta Parker. Mais le stratagème que tu viens de décrire me fait penser à un autre moyen de brouiller les pistes.

Un plan s'était en effet formé dans son esprit. Il l'exposa à ses compagnons, qui l'approuvèrent, et avant son déclenchement, Sam déclara :

— Le conducteur de la berline doit maintenant te suivre à la trace grâce au GPS de ton portable. Je vais envoyer des textos parlant d'une petite cérémonie de commémoration qui se déroulera demain après-midi en l'honneur de Theo Manning. Ce sera censé donner aux autres hommes de la liste le temps de rallier San Francisco.

— Il faut choisir pour cette cérémonie un endroit dégagé,

souligna Parker. Le tueur doit penser qu'il ne mettra pas plus d'une minute pour abattre quatre personnes et s'enfuir ensuite.

— Tu as raison.

Sam fit apparaître des vues aériennes de plusieurs funérariums des environs, et le choix de Parker se porta sur celui qui semblerait le plus logique au tueur. Cet établissement se situait en effet à proximité de l'aéroport, et dans une zone assez facilement accessible pour les collègues de Theo Manning.

Ces derniers ne seraient évidemment pas invités, mais ils l'auraient été si la cérémonie avait vraiment été organisée pour honorer la mémoire du défunt, et il fallait rendre cet événement aussi crédible que possible.

Pour que le tueur ne se doute de rien, chaque détail comptait.

— On va remonter à l'appartement rassembler quelques affaires pendant que Sam et Rush commencent à faire leur partie du travail, dit-il à Rebecca.

La jeune femme sourit et lui prit la main.

11

Rebecca regardait le paysage défiler derrière la vitre de la voiture que Parker conduisait sur la Pacific Coast Highway. Cette route côtière offrait de magnifiques points de vue sur l'océan, et le soleil couchant ajoutait encore à la beauté du panorama.

Depuis qu'ils avaient quitté San Francisco et pris la direction du sud, il y avait des endroits où ils auraient pu se croire les deux derniers habitants de la planète.

— Vous avez une destination précise en tête ? demanda Rebecca quand Parker s'arrêta à une station-service pour faire le plein.

— Non, je ne sais pas encore où je vais vous cacher.

— Vous plaisantez, j'espère ? Vous n'avez pas l'intention de m'enfermer quelque part et de partir ensuite seul au combat ? On forme une équipe !

— On a effectivement commencé ensemble quelque chose que je compte bien terminer !

Ces mots s'accompagnèrent d'un regard enflammé qui mit tous les sens de Rebecca en émoi. Juste pour s'empêcher d'aller se jeter au cou de Parker et de l'embrasser à pleine bouche, elle sortit de sa poche le téléphone portable que Sam lui avait donné.

— Des messages ? demanda Parker.

— Un de Sam. Il dit que la berline est de retour en ville.

— Parfait !

Rebecca ne comprenait pas tout de la technologie utilisée par Sam pour localiser en temps réel les hommes qui les traquaient. Elle savait seulement que le plan imaginé par Parker avait marché : il avait créé une fausse piste en demandant à deux de ses employés — un homme et une femme — de jouer leur rôle. Ils étaient venus prendre l'Audi Spyder et, munis du téléphone portable de Parker, s'étaient rendus au funérarium avant d'aller louer une chambre dans un hôtel situé dans la même rue, comme pour y attendre les trois anciens subordonnés de Theo Manning censés venir assister à la cérémonie de commémoration. Sam s'était chargé d'y réserver des chambres pour le lendemain soir au nom de ces derniers.

Suivi discrètement par un autre employé de Parker, le conducteur de la berline blanche les avait pris en filature et, ses repérages effectués, était revenu en ville.

Par précaution, Parker et Rebecca avaient quitté San Francisco une fois le champ libre. Sam leur avait prêté un de ses nombreux véhicules et, sauf imprévu, ils pouvaient disposer du reste de la soirée et de la nuit comme bon leur semblerait.

Cette aventure excitait et effrayait Rebecca en même temps. Elle se sentait en sécurité avec Parker, mais l'importance des enjeux l'impressionnait, maintenant qu'elle les connaissait.

— Vous savez pourquoi l'homme à la joue balafrée a voulu me kidnapper ? demanda-t-elle.

Voyant le visage de Parker s'assombrir, elle regretta sa question, mais il était trop tard…

Avant de répondre, il raccrocha la pompe à essence, et ce fut d'une voix altérée qu'il déclara :

— Je pense que c'est ma faute. Cet individu devait me suivre quand je suis allé chez vous, le jeudi soir. Je me suis conduit comme un imbécile, et…

— … Et vous m'avez sauvé la vie depuis, alors arrêtez

de vous autoflageller ! Il a fouillé mon appartement à la recherche d'une piste, à votre avis ?

— Oui, une piste qui le mènerait à l'un de nous deux.

Parker paya l'essence, remonta dans la voiture et, quand il eut démarré, Rebecca demanda :

— Vous n'avez vraiment aucune destination en tête ?

— Je connais un petit restaurant vintage où l'on mange très bien, mais il est à une soixantaine de kilomètres d'ici… Ce n'est pas trop loin pour vous ?

Comme Rebecca aurait accepté de suivre Parker jusqu'au bout du monde, elle secoua négativement la tête et, environ une heure plus tard, il se gara devant un établissement perché au bord d'une falaise.

Le bruit des vagues qui se brisaient contre les rochers montait jusqu'à eux, et il amena un sourire sur les lèvres de Rebecca. Une fois descendus de voiture, Parker lui prit la main, et là, elle se sentit carrément fondre.

Le restaurant où ils entrèrent méritait bien l'appellation de « vintage ». Il semblait en effet sortir tout droit des années 1960 : sol revêtu de carreaux noirs et blancs, tabourets recouverts de vinyle rouge sang alignés le long d'un comptoir en L, banquettes assorties dans des box aux tables en formica…

— Vous aimez ? demanda Parker.

— J'adore ! s'écria Rebecca.

Ils s'installèrent au comptoir et commandèrent un repas copieux : cheeseburgers, milk-shakes et double rations de frites. Rebecca mourait de faim, et Parker aussi, visiblement…

Quand la serveuse eut disparu dans la cuisine, il joignit de nouveau leurs mains et déclara :

— Si vous pouviez aller vivre dans l'endroit de votre choix, où iriez-vous ?

— Pourquoi cette question ?

— Simple curiosité. Mes recherches m'ont appris que

vous aviez voyagé dans le monde entier… Quel pays avez-vous le plus aimé ?

Rebecca raconta alors à Parker des anecdotes datant de l'époque où elle travaillait avec son père sur des tournages situés aux États-Unis et à l'étranger. Elle parla surtout des bons moments, et du plaisir que lui avaient procuré ses contacts avec des gens d'une culture parfois très éloignée de la sienne.

— Vous ne regrettez pas cette époque ? dit Parker quand elle se tut.

— Non. Mon métier actuel me fait vivre des expériences différentes mais tout aussi enrichissantes, et surtout j'y suis mon propre maître.

— Mais votre père vous en a voulu de quitter Los Angeles, non ?

— Je n'ai pas envie de parler de mon père.

— D'accord… Revenons-en aux voyages ! Moi, je n'en ai jamais fait que dans le cadre de ma carrière militaire. On reçoit dans l'armée une formation en matière d'ouverture aux autres cultures, mais rien ne vaut des échanges avec la population locale elle-même. Je m'en suis surtout rendu compte en Irak.

Les milk-shakes arrivèrent, et Rebecca but quelques gorgées du sien avant de déclarer :

— Je veux que vous sachiez que j'ai eu dès le départ des doutes sur la véracité de l'accusation portée contre votre ancien groupe de combat par cet informateur anonyme.

— Pourquoi ?

— Question d'instinct. La famille censément victime de ce vol d'or ne se serait jamais adressée à moi pour demander de l'aide. Un reportage télévisé sur son infortune l'aurait remplie de honte. Il fallait donc que j'enquête.

— Je comprends. J'aurais fait la même chose, à votre place.

Ces mots soulagèrent Rebecca d'un fardeau de culpabilité dont elle mesura alors seulement le poids.

— Merci, murmura-t-elle.

Le retour de la serveuse avec les cheeseburgers et les frites interrompit la conversation. Ils mangèrent un moment en silence, puis Parker déclara :

— Pendant que nous étions dans cette région d'Irak, nous avons employé deux des fils de la famille mentionnée dans votre mail et dans la lettre de menaces. Ce sont des gens bien. Jeff Bruce a cru reconnaître Fadi, le fils aîné, comme étant le conducteur de la voiture qui a poussé la sienne dans la rivière, mais j'ai eu cette nuit la confirmation de son innocence dans toute cette affaire : il n'a pas quitté l'Irak.

— J'en étais certaine ! Nous ne sommes pas restés longtemps là-bas, Bill Gatlin et moi, mais j'ai quand même senti que tous les habitants de ce village approuvaient l'action de l'armée américaine. Et j'ai un jugement très sûr en ce qui concerne les gens.

— Vous m'avez pourtant cru animé de mauvaises intentions à votre égard...

— Avouez qu'entre mon enfermement, la voix déformée et les menottes, vous n'avez pas fait grand-chose pour vous rendre sympathique ! Mais pour en revenir à la famille irakienne que nous avons tous les deux connue, je me rappelle avoir suggéré à ses deux fils aînés d'émigrer aux États-Unis. Ils m'ont répondu qu'ils voulaient rester dans leur pays, pour contribuer à son redressement.

— Oui, nous avons été tous les deux manipulés : vous, par ce mail anonyme, et moi, par la lettre de menaces.

Rebecca acquiesça. Parker lui cachait cependant quelque chose... Elle en était sûre, mais ne savait pas comment s'y prendre pour lui soutirer ce secret.

Devait-elle ne serait-ce qu'essayer, d'ailleurs ? Ne fallait-il pas plutôt respecter le mystère dont il s'entourait ?

D'un autre côté, il ne cessait de lui demander pourquoi elle refusait de se séparer de lui, et elle sentait que le besoin de connaître son histoire faisait partie de la réponse.

Un besoin qui ne concernait pas la productrice de télévision, mais la femme en elle.

— Je sais que vous avez mauvaise conscience, déclara-t-elle, mais vous n'êtes en rien responsable des drames qui se succèdent depuis deux jours. Il n'était pas en votre pouvoir de les éviter.

Parker secoua la tête et feignit ensuite d'être trop occupé à manger pour poursuivre la conversation.

Ce n'était pas le moment de le brusquer, se dit Rebecca. Il fallait au contraire le ménager, le laisser se préparer mentalement à la cérémonie de commémoration du lendemain. Même fausse, elle raviverait forcément son chagrin.

— Vous savez ce qui m'intrigue le plus, dans cette histoire ? demanda-t-elle quand ils eurent tous les deux fini leur repas.

— Non.

— C'est le choix du moment, de la méthode, et le fait que les six membres de votre ancien groupe de combat soient visés.

— Il y a une explication qui répondrait à toutes ces interrogations à la fois, mais même après ce qui s'est passé, j'ai du mal à y croire.

— Vous pouvez quand même me la donner ?

— Pas ici.

Parker froissa sa serviette en papier et la laissa tomber dans son assiette vide.

— Puis-je encore espérer que vous accepterez d'attendre dans un endroit sûr que le piège de demain ait fonctionné ? enchaîna-t-il.

— Non, vous n'arriverez pas à vous débarrasser de moi ! Vous avez bien dû remarquer que je n'avais rien d'une poupée de porcelaine !

— Un tueur redoutable croit que toutes ses cibles seront réunies demain après-midi dans un même lieu, souligna Parker en posant quelques billets sur le comptoir. Pourquoi êtes-vous prête à prendre le risque de vous trouver dans sa ligne de mire ?

— J'étais même prête à monter cette mise en scène avec des comédiens que je connais et qui sont, eux, complètement étrangers à cette affaire, et vous savez pourquoi ? Parce que je suis certaine que les bons vont l'emporter sur les méchants.

— Ce témoignage de confiance me touche, mais je préférerais vous savoir en sécurité.

Rebecca pensait que les efforts répétés de Parker pour la convaincre de se séparer de lui s'expliquaient en grande partie par un sentiment de culpabilité persistant. Mais si elle le lui disait, non seulement il ne la croirait pas, mais il la soupçonnerait d'avoir pitié de lui. Ce qui n'arrangerait pas les choses.

— Si on allait se promener sur la plage, avant de repartir ? suggéra-t-elle.

— Bonne idée !

Parker posa une main légère sur le dos de Rebecca pendant qu'ils sortaient du restaurant, et cela suffit à la faire frémir de plaisir. Elle brûlait de reprendre ce que Sam avait interrompu, et d'aller cette fois jusqu'au bout.

Mais ils avaient toute la nuit devant eux pour assouvir leur passion, se rappela-t-elle en descendant les marches taillées dans la falaise qui menaient à une plage en forme de croissant.

Après l'avoir parcourue, ils s'assirent sur un rocher, et Parker passa un bras autour des épaules de Rebecca pour lui tenir chaud pendant qu'ils regardaient le disque rouge du soleil disparaître peu à peu à l'horizon. Elle prit la main de Parker, la retourna et déposa un baiser au creux de sa paume. Elle garda ensuite cette main dans la sienne, et ils attendirent que les premières étoiles s'allument dans le ciel pour regagner la voiture et se remettre en route.

Parker n'avait pas ouvert la bouche de tout ce temps, et Rebecca se demanda s'il s'était jamais confié à quelqu'un.

Le secret semblait faire partie intégrante de sa vie. La parole était pourtant libératrice, elle jouait un rôle de soupape quand la pression devenait trop forte… Rebecca le savait d'expérience, mais elle ne pouvait pas forcer Parker à la prendre pour confidente !

L'endroit où il s'arrêta en lui annonçant qu'ils allaient y passer la nuit la surprit au premier abord : c'était un ensemble de bungalows en rondins construits autour d'une grande cour pavée. Il se trouvait à quelques kilomètres seulement du restaurant où ils avaient dîné, mais à l'intérieur des terres.

Cette situation hors des sentiers battus devait être la raison du choix de Parker, comprit ensuite Rebecca.

Il y avait plusieurs bungalows vacants, et après avoir franchi le seuil de celui qui leur avait été dévolu, Rebecca découvrit avec étonnement un décor raffiné et un confort digne d'un hôtel cinq étoiles : minibar, bouilloire électrique avec tout un assortiment de cafés, de thés et de tisanes, micro-ondes, lit extra-large recouvert de coussins multicolores…

— Vous connaissiez déjà cet endroit, j'imagine, déclara-t-elle.

— Oui.

— Comment ?

— Par un client que Rush m'avait adressé. Je mettais au point pour lui un système d'alarme qui ne se déclencherait pas chaque fois que son chat sortirait sur sa terrasse. Je viens ici quand j'ai besoin de décompresser.

— Je ne m'attendais pas du tout à ça, observa Rebecca en passant la main sur un drap fait du coton le plus fin. De l'extérieur, ces bungalows ne payent pas de mine !

Parker s'assit sur une chaise et commença à enlever ses boots.

— Je peux commander une bouteille de vin, si vous voulez, dit-il. Ça non plus, ce n'est pas évident quand on vient ici pour la première fois, mais cet établissement a une très bonne cave.

— Vraiment ? s'écria Rebecca.

Son intérêt manifeste pour la proposition de Parker lui valut de ce dernier un regard intrigué qui la fit rougir.

Alors que moins d'une heure plus tôt elle avait hâte de se retrouver seule dans une chambre avec lui, voilà qu'une brusque gêne la gagnait ! Et qu'elle songeait à recourir à l'alcool pour la chasser…

Ridicule !

— Non, inutile de commander du vin ! reprit-elle d'une voix ferme.

Puis elle prit le sac de voyage prêté par Madison et se rendit dans la salle de bains pour faire un brin de toilette et brosser des cheveux que le vent avait ébouriffés, sur la plage.

Au dernier moment, elle décida en plus de troquer son pull-over et son pantalon contre une tenue plus confortable : T-shirt et leggings.

Peut-être valait-il mieux attendre pour entamer une liaison avec Parker qu'il lui révèle la raison de la traque dont les six membres de son ancien groupe de combat étaient l'objet, se dit-elle en inspectant son reflet dans la glace.

Mais à peine s'était-elle posé cette question que sa libido protesta. Une attirance irrépressible les poussait l'un vers l'autre, alors pourquoi se compliquer la vie ? Pourquoi ne pas profiter de l'instant présent ?

Rebecca ouvrit la porte de communication avec la chambre… et s'arrêta net. Parker avait approché sa chaise du lit, posé ses pieds nus sur la couette et installé un ordinateur portable en travers de ses cuisses.

Difficile d'imaginer tableau plus alléchant… Rebecca avala difficilement sa salive. Elle se rappelait le contact de ces jambes musclées contre les siennes, pendant qu'ils se battaient… Elle voulait maintenant découvrir ce que ce corps viril pouvait lui faire éprouver dans un autre type de situation. Leurs ébats de l'après-midi étaient loin d'avoir satisfait sa curiosité et le désir que Parker lui inspirait.

— D'où vient cet ordinateur ? demanda-t-elle en s'asseyant au bord du lit. Non, inutile de répondre : c'est Sam qui vous l'a donné, évidemment !

Parker leva les yeux vers elle, et l'expression grave de son visage céda la place à un sourire admiratif.

— Vous avez de nouvelles informations ? reprit-elle.

— Ça peut attendre.

— Non, dites-moi !

— Eh bien, mon ami de la CIA n'a rien trouvé sur l'homme à la joue balafrée. C'est mieux du côté de Madison, et le chef de la sécurité de l'hôtel où s'est tenu le gala de jeudi dernier m'a envoyé les images enregistrées par ses caméras de surveillance ce soir-là. Il voulait au départ que je vienne les visionner dans son bureau, mais j'ai réussi à le convaincre de me les envoyer par mail.

— Vous avez de la ressource ! Et Madison, qu'a-t-elle trouvé ?

— Lui ! répondit Parker en tournant l'ordinateur vers Rebecca. Vous le reconnaissez ?

La photo qui s'affichait sur l'écran représentait un homme beaucoup plus corpulent et un peu plus âgé que celui qui avait joué les guetteurs dans le couloir de l'hôtel, l'avant-veille.

— Je ne sais pas trop..., murmura Rebecca. Peut-être...

— Votre hésitation ne me surprend pas : il s'est emparé de vous tellement vite !

— C'est mon agresseur de jeudi soir ? Mais il n'a pas de balafre... Elle est cachée sur cette photo sous une couche de maquillage ?

— Non. C'est Samir Abdullah avant...

Parker laissa sa phrase en suspens. Il ferma sans douceur l'ordinateur, le posa sur le lit et se leva.

Avant quoi ? se demanda Rebecca.

Cette question lui brûlait les lèvres, mais elle la retint. C'était à Parker de décider de se confier à elle ou non.

Ce qu'il ne fit pas. Il se dirigea vers le minibar et en sortit une bouteille d'eau. Rebecca rouvrit alors l'ordinateur et regarda les autres photos envoyées par Madison.

Sur l'une d'elles, ledit Samir Abdullah — sans sa balafre — avait la main posée sur l'épaule d'un jeune garçon dont le visage dit vaguement quelque chose à Rebecca. L'homme arborait un sourire triomphant, comme un pêcheur exhibant une prise de choix.

— Ce sinistre individu dirigeait une bande de criminels qui terrorisait la région où vit la famille de Fadi, expliqua Parker en venant la rejoindre. Maintenant qu'il a été identifié, Sam a prévenu les autorités. Avec un peu de chance, la police l'aura appréhendé d'ici demain. Les images prises par les caméras de la ville ont permis d'effectuer une comparaison avec ces photos et d'établir que c'était lui conducteur de la berline. Même avec la barbe dont il s'est un moment affublé, il y était reconnaissable.

— Je m'en veux d'avoir mis du temps à comprendre que vous ne m'aviez pas vraiment kidnappée, contrairement à ce que cet homme avait l'intention de faire.

— Je vous ai quand même retenue prisonnière !

— Oui, mais pour me protéger. Et quel ravisseur animé de mauvaises intentions serait allé me chercher des affaires de toilette et des vêtements de rechange, se serait renseigné sur mon menu de déjeuner préféré et aurait pris la peine de porter ma robe au pressing ?

Rebecca se tourna vers Parker et posa les mains sur ses épaules.

— Et vous ne sentez pas l'oignon, vous ! ajouta-t-elle.

Les lèvres de Parker frémirent, mais il ne rit pas. Il plongea les mains dans les poches arrière de son jean et s'éclaircit la voix avant de déclarer :

— J'ai des excuses à vous présenter.

— Vous vous êtes déjà excusé.

— Pour vous avoir séquestrée, oui, mais pas pour vous avoir caché la vérité sur l'opération commando menée par mon unité en Irak.

— Ça peut attendre.

Il suffit à Rebecca de tirer un peu sur le col de la chemise de Parker pour que leurs bouches soient à la même hauteur. Elle les unit, mais son baiser n'avait rien d'insistant : c'était une simple invite à continuer.

Parker resta de marbre.

Déçue, Rebecca lâcha sa chemise, recula d'un pas et chercha les mots les plus susceptibles de leur faire oublier à tous les deux ce moment de gêne.

À sa grande surprise, ce fut Parker qui rompit le premier le silence.

— J'ai envie de vous, mais je ne suis pas quelqu'un que vous devriez désirer.

La douleur qui perçait dans sa voix serra le cœur de Rebecca, mais une bouffée de colère l'envahit juste après.

— Je peux désirer qui je veux ! s'écria-t-elle. Il est évident que nous sommes attirés l'un par l'autre, mais je crois que vous avez en plus besoin de moi. Et rassurez-vous : ayant moi-même de nombreux défauts, je ne vous demande pas d'être parfait.

— Parfait ? répéta Parker.

Une sorte de grondement s'échappa de ses lèvres, puis, comme sous l'effet d'un sentiment de désespoir qui le pousserait aux aveux, il reprit :

— Je suis un tueur ! Le commando dirigé par Theo Manning avait pour mission de mettre Samir Abdullah et sa bande hors d'état de nuire… Ils faisaient passer des explosifs en contrebande d'Iran en Irak, mais leurs crimes ne se limitaient pas à ça : ils enlevaient des enfants, entre autres forfaits. On aurait dû se douter qu'ils se cacheraient au milieu des habitants d'un village pour se protéger…

Une digue s'était rompue, libérant enfin la parole,

compris Rebecca. Au lieu de réconforter Parker par un geste ou un mot, elle se borna donc à l'écouter.

— En nous obligeant à venir le chercher au cœur d'un village, Samir Abdullah a exclu toute possibilité d'une attaque par drone. On a dû se battre au corps à corps, mes compagnons et moi, éliminer un à un les hommes d'Abdullah… Une vraie boucherie…

Parker avait tourné le dos à Rebecca entre deux phrases, et elle voyait ses épaules trembler. Il marqua une longue pause, mais finit par poursuivre :

— Theo a repéré Abdullah alors qu'il s'enfuyait. C'était le seul d'entre nous à connaître son visage en plus de son nom et à disposer d'une arme lourde. Il a tiré et fait exploser le véhicule dans lequel cette crapule se dirigeait vers la frontière iranienne. Je ne sais pas comment il a survécu, ni qui lui a ensuite permis d'identifier les six membres du commando.

— Je comprends, maintenant, pourquoi vous ne l'avez pas reconnu, jeudi soir !

— Oui, avec ou sans balafre, j'avais besoin de son nom pour savoir qui c'était… Mais ce n'est pas tout : j'ai appris la nuit dernière que des représailles exercées contre ce village avaient fait douze morts dans la population.

— C'est horrible, bien sûr, mais vous n'avez rien à vous reprocher ! L'armée avait assigné une mission à votre unité, et vous l'avez exécutée du mieux que vous le pouviez compte tenu des circonstances.

Parker secoua la tête, et cette fois la tentation fut trop forte : Rebecca le rejoignit, lui couvrit le dos de lentes caresses, puis lui passa les bras autour de la taille et posa la joue contre son épaule.

— Vous avez survécu tous les six à cette terrible expérience, reprit-elle. Vous êtes rentrés aux États-Unis, et vous avez réussi votre reconversion…

— Comment pourrais-je considérer les choses de façon positive alors que Samir Abdullah s'est servi de moi pour localiser mes amis et tenter de les supprimer les uns après les autres pour assouvir sa vengeance ?

— Chut ! dit Rebecca en contournant Parker et en lui entourant le visage de ses mains. Vous avez fait, et vous faites encore, tout votre possible pour protéger vos amis.

— Peut-être, mais j'ai la mort d'Alan et celle de Tony sur la conscience.

— Non ! La responsabilité en incombe entièrement à celui qui les a tués. On va piéger ce misérable... Le mettre définitivement hors d'état de nuire... Ensemble...

Rebecca avait ponctué ces dernières phrases de petits baisers sur le front et les joues de Parker. Il battit des paupières pour refouler les larmes qui brillaient dans ses yeux, et ce fut d'une voix étranglée qu'il murmura :

— Vous connaissez maintenant toute l'histoire, et je ne vous fais pas horreur ?

— Bien sûr que non !

Parker écarta doucement les mains de Rebecca de son visage et se pencha pour éteindre le lampadaire, plongeant la pièce dans l'obscurité. Il prit ensuite la jeune femme dans ses bras, et un frisson d'excitation la parcourut.

Le baiser qui suivit dépassa en ardeur tous les précédents et, tandis que leurs langues se livraient à une danse voluptueuse, Rebecca commença à déboutonner la chemise de Parker.

Rien ne les empêcherait de faire l'amour, cette fois-ci ! songea-t-elle.

Comme s'il voyait dans le noir, Parker la souleva et alla l'allonger sur le lit. Quelque chose tomba par terre, et Rebecca demanda :

— Qu'est-ce que c'est ?

— Peu importe, répondit Parker.

Et il avait raison.

Ils parvinrent à se déshabiller presque sans cesser de s'embrasser, et lorsqu'ils furent peau contre peau, chacun entreprit d'explorer de la bouche et des mains le corps de l'autre.

Le monde s'était réduit à eux deux, et le temps s'était arrêté. Plus rien ne comptait que l'instant présent.

Quand Parker referma les lèvres sur la pointe durcie d'un sein et l'agaça du bout des dents, Rebecca éprouva un véritable feu d'artifice de sensations. Et elle lui rendit la pareille en caressant son membre palpitant. Ils chevauchèrent ainsi la vague du désir jusqu'à ce que la force de leur passion ne leur permette plus de différer le moment d'unir leurs corps.

Un premier orgasme arracha un cri de bonheur à Rebecca lorsque Parker la pénétra. Elle noua les jambes autour de sa taille et se cambra pour mieux le sentir en elle. Ils se mirent ensuite à bouger ensemble, sur un rythme de plus en plus rapide, et l'explosion de la jouissance les secoua tous les deux en même temps.

Ils restèrent ensuite un long moment soudés l'un à l'autre, dans un état proche de la béatitude, à échanger de tendres baisers et de douces paroles.

Parker finit par rouler sur le côté et rabattit la couette sur eux. Rebecca se souvint alors d'avoir entendu quelque chose tomber par terre...

C'était le portable que Parker avait posé sur le lit avant de se lever, comprit-elle.

— J'espère que l'ordinateur n'est pas cassé, dit-elle sans pouvoir s'empêcher de rire.

— Ce n'est pas grave : Sam en a plein d'autres, déclara Parker en riant lui aussi.

Puis, visiblement prêt à refaire l'amour, il reprit Rebecca dans ses bras.

12

Dimanche 17 octobre

Quand Parker ouvrit les yeux, les rayons d'un franc soleil filtraient à travers les rideaux. La matinée devait donc être déjà bien entamée... Cela faisait une éternité qu'il n'avait pas dormi aussi bien et aussi longtemps.

La vue du corps doux et tiède de Rebecca, à son côté, lui fournit ensuite la raison du sentiment de bonheur qui l'habitait.

Tout en elle le ravissait : son intelligence, son courage, sa beauté... Et sans qu'il ose encore se demander pourquoi, son cœur se serrait lorsqu'il s'imaginait poursuivre sa vie sans elle.

Rebecca eut l'air aussi heureuse que lui en se réveillant. Ils passèrent ensemble un excellent moment sous la douche, puis ils dégustèrent tout à loisir le petit déjeuner commandé par Parker la veille, après que Rebecca s'était assoupie. La réalité ferait éclater bien assez tôt la bulle de bien-être qu'ils s'étaient créée.

Quand ils reprirent le chemin de San Francisco, Parker parla de la reconversion de ses anciens compagnons d'armes et posa à Rebecca des questions sur son métier de productrice. Faute de savoir ce que l'avenir immédiat leur réservait, il voulait éliminer tout stress de ce dernier tête-à-tête.

Sam avait appelé avant leur départ du motel pour leur dire que Samir Abdullah n'avait pas été appréhendé. Lors de son retour au centre-ville, la veille, il n'avait pas encore été identifié, et l'employé de Parker chargé de le suivre avait arrêté sa filature. Le conducteur de la berline blanche connaissant désormais l'heure et le lieu de la fausse cérémonie de commémoration, Sam et Rush avaient jugé inutile de continuer à le surveiller. Les repérages qu'il avait effectués garantissaient qu'il serait le lendemain au funérarium.

Une fois à San Francisco, Parker alla directement chez Sam, où ce dernier avait fait venir le lieutenant Baird et une relation de Madison, l'agent fédéral Spalding.

Ils étudièrent tous ensemble le dispositif de sécurité jusque dans ses moindres détails. Parker apprit au passage que des membres du FBI allaient jouer le rôle de ses trois anciens compagnons d'armes, et l'agent Spalding ajouta avec une petite moue réprobatrice :

— David Manning, le frère du défunt, veut absolument être là. Il a refusé de se faire remplacer par un policier en civil. Ça n'a pas été faute d'essayer, mais on n'a pas réussi à le convaincre de se tenir à l'écart du danger.

Parker jeta un coup d'œil à Rebecca et la surprit à le considérer avec un sourire satisfait, comme si la décision de David Manning validait la sienne.

Quand le rôle de chacun eut été défini, il ne resta plus qu'à attendre l'heure de se rendre au funérarium. Pendant que le compte à rebours se déroulait, Parker dit aux policiers tout ce qu'il savait sur Samir Abdullah et son complice — un cousin de Fadi, peut-être, ce qui expliquerait sa ressemblance avec ce dernier.

Le moment de se mettre en route arriva enfin, et Parker se sentit tout de suite mieux : plus de questions à se poser, plus de doutes à combattre... Il partait à la rencontre de son ennemi avec une détermination inébranlable.

La cérémonie devait se tenir dans une petite chapelle

située un peu à l'écart du funérarium lui-même. Lorsqu'ils y entrèrent, la présence de Rebecca à son côté apparut finalement à Parker comme un moindre mal : si elle n'avait pas été là, le souci qu'il se serait fait pour elle l'aurait déconcentré. Samir Abdullah avait voulu la kidnapper… Rien ne disait qu'il y avait renoncé.

La jeune femme était ravissante, dans la robe noire d'une sobre élégance que Madison lui avait prêtée. Un sautoir de perles et des boucles d'oreilles assorties complétaient sa tenue. Parker rêvait de glisser les doigts dans ses magnifiques cheveux auburn. Le souvenir du contact de leurs boucles soyeuses sur sa peau était gravé dans sa mémoire.

La voix qui retentit soudain dans l'oreillette dont Spalding l'avait équipé le fit sursauter.

— Ici, groupe 1… Rien à signaler.

Ce message provenait de l'équipe postée à proximité de l'entrée du bâtiment, et Parker reçut le même de celles qui en surveillaient les autres côtés. En dehors de lui, les trois hommes qui jouaient le rôle de ses amis, David Manning et Rebecca étaient les seuls à avoir franchi le seuil de la chapelle.

L'atmosphère de deuil et de recueillement qui y régnait faillit faire oublier à Parker la véritable raison de sa présence en ce lieu. Le chagrin que lui causait la disparition de Theo revint en force, et sans l'espoir d'arrêter maintenant le tueur, il serait déjà parti en courant pour aller dans sa maison de Big Sur pleurer la mort de son ami comme il en avait envie : seul avec ses pensées et, peut-être, une bouteille de whisky.

Montre-toi, Abdullah ! songea-t-il. *Qu'on en finisse !*

Et s'il survivait à cette cérémonie, ce serait une épreuve qu'il lui faudrait de nouveau endurer, et pour de vrai, cette fois, le lendemain ou le surlendemain.

— Détends-toi, lui chuchota Rebecca en posant une main sur son bras. Ce sera bientôt terminé.

— J'ai hâte de voir ce misérable menottes aux poignets, lui murmura-t-il à l'oreille.

— Moi aussi, mais un peu de patience ! La cérémonie va commencer.

Par égard pour le frère de Theo, Parker aurait souhaité qu'il n'y ait pas de discours d'hommage au défunt, mais David avait insisté pour que l'illusion soit aussi parfaite que possible. Il voulait donner à la police le maximum de chances d'arrêter l'assassin de son frère. Parker admirait son courage, car en ce moment il avait lui-même du mal à ne pas se laisser submerger par l'émotion.

En plus des équipes de surveillance postées à l'extérieur, des plantes vertes et d'énormes couronnes de fleurs avaient été disposées dans la chapelle, avec des armes dissimulées à l'intérieur.

Une nouvelle série de « Rien à signaler » retentit dans l'oreillette de Parker, et il marmonna :

— Qu'est-ce que cette crapule attend pour se montrer ?

— Je comprends que tu sois nerveux, murmura Rebecca en lui caressant le bras, mais tâche de le cacher.

David Manning se dirigea alors vers la petite estrade située derrière le cercueil et, pendant qu'il prononçait l'éloge funèbre, Parker étudia attentivement la disposition des lieux.

Si attaque il y avait, elle serait menée par deux hommes : Samir Abdullah et son complice.

Sauf si le premier avait engagé des renforts. C'était possible, mais même ainsi l'avantage du terrain et le nombre de professionnels réunis dans la chapelle devraient assurer le succès de l'opération.

D'autant que la mise en scène était parfaite. Les hommes choisis pour jouer le rôle des trois anciens subordonnés de Theo ressemblaient beaucoup aux vrais Franklin, Matt et Ray.

Ils leur ressemblaient même tellement que Parker se

transporta sans s'en rendre compte dans les zones de combat qu'ils avaient traversées ensemble.

Un coup de coude le ramena à la réalité. Il s'aperçut alors que Rebecca le regardait d'un air interrogateur. Il se leva et se dirigea à pas lents vers l'estrade, où le frère de Theo l'accueillit avec un sourire douloureux avant de lui céder la place. Il avait les yeux rouges et gonflés... S'il fallait désigner un héros à la fin de la journée, ce serait lui qui mériterait d'être élu.

En attendant, c'était à Parker de jouer son rôle dans ce qui s'apparentait à une répétition générale, et il devait le faire aussi bien que les personnes réunies là. Il n'avait rien préparé, mais il pensa aux gens aux côtés desquels il avait combattu, dans des conditions souvent dramatiques... Tous savaient que la mort était indissociable de la vie ; et le risque, du métier de soldat.

Rebecca, elle, n'avait pas vécu cette expérience, et Parker se dit que ce moment pourrait permettre à la jeune femme de mieux le connaître.

Alors il évoqua tout ce que Theo Manning lui avait appris sur le plan militaire, mais aussi humain. Il parla longtemps, sans même marquer une pause quand sa voix menaça de se briser, parce que les yeux de Rebecca rivés sur son visage lui donnèrent le courage de continuer.

Il retourna ensuite s'asseoir, et elle lui tint la main jusqu'à la fin de la cérémonie.

— Le piège n'a pas fonctionné, observa-t-il alors sans chercher à cacher sa déception. Et moi qui me prenais pour une cible irrésistible...

— Je ne sais pas si ça compte, mais je te trouve irrésistible, moi, murmura Rebecca.

Son humour pince-sans-rire lui rendit la défaite un peu moins amère. Sa résilience le fascinait depuis le moment où elle avait tenté de repousser le pied qu'il avait inséré dans sa porte...

Était-ce vraiment trois jours plus tôt seulement ?

Un nouveau point des équipes de surveillance, dans son oreillette, lui apprit que personne, dehors, n'avait aperçu ni Abdullah ni son complice.

Ils quittèrent la chapelle en dernier et prirent à pied la direction de l'hôtel où Sam avait réservé des chambres pour David Manning et les trois agents fédéraux qui jouaient le rôle des anciens subordonnés de Theo. Spalding, le lieutenant Baird et Sam y avaient également installé une sorte de poste opérationnel.

La police de San Francisco et le FBI ayant sécurisé le quartier, Parker ne craignait pas de se promener avec Rebecca dans un endroit découvert.

— J'étais pourtant sûr que ça marcherait, dit-il en desserrant sa cravate et en déboutonnant son col.

— Abdullah s'est méfié, tu crois ?

— Peut-être, soupira Parker. D'un autre côté, il est tellement imprévisible !

Des cris et des appels retentirent soudain dans son oreillette, et une alarme se déclencha, dans l'hôtel maintenant tout proche. Parker attrapa Rebecca par la main et accéléra le pas. Il devait demander à quelqu'un de veiller sur la jeune femme pendant qu'il s'occupait d'Abdullah.

Tout le monde courait vers l'hôtel et, quand ils y entrèrent, le hall grouillait de policiers. Le lieutenant Baird était là, et il se dirigea vers eux.

— Vous l'avez vu ? demanda-t-il.

— Non, répondit Parker, l'estomac noué. Que s'est-il passé ?

— Le complice d'Abdullah a agressé à l'étage l'agent fédéral qui jouait le rôle de Franklin Toomey. Il a été neutralisé.

— Et Abdullah ?

— Vous auriez dû le croiser.

— Alors il ne peut pas être loin. Je pars à sa recherche !

Avant de se mettre en route pour le funérarium, tout à

l'heure, Parker avait étudié le plan du quartier. Il se pencha vers Rebecca et l'embrassa sur le front.

— Reste avec le lieutenant !

Puis, sans lui laisser le temps de protester, il se rua vers la porte.

Rebecca regarda Parker s'en aller en regrettant de ne pas avoir trouvé un moyen de le tenir éloigné de San Francisco et du danger. Elle avait vécu la nuit précédente les heures les plus heureuses de toute son existence. Il lui était insupportable de penser qu'elle n'en passerait plus d'autres avec l'homme de sa vie.

« L'homme de sa vie. »

Elle tourna et retourna ces mots dans sa tête. Quand était-elle tombée amoureuse de Parker Lawton ? Pendant l'enquête qu'elle avait effectuée sur lui sans encore le connaître ? Lorsqu'elle avait croisé le regard magnétique de ses yeux noirs, le soir où il lui avait rendu visite ? Ou dans l'obscurité de la chambre forte, quand il lui avait suffi de la toucher pour qu'elle vibre de tout son être ?

Impossible à dire, mais ces moments, ajoutés les uns aux autres, l'avaient amenée à éprouver un sentiment qui s'était cristallisé quand Parker avait finalement eu le courage de se confier à elle.

Oui, c'était l'homme de sa vie, et il venait de se lancer à la poursuite d'un tueur impitoyable...

— Qui assure ses arrières ? déclara-t-elle au lieutenant Baird.

— Personne en particulier pour l'instant : il est parti trop vite. Mais il y a des guetteurs et des caméras de surveillance partout aux alentours... Suivez-moi !

Le policier conduisit Rebecca dans un local situé derrière le bureau de la sécurité de l'établissement. Sam s'y trouvait, et Rebecca s'approcha de lui. Il avait les yeux fixés sur une rangée d'écrans dont il changeait les images en manœuvrant les caméras à partir d'une console.

— Vous avez vu Abdullah quitter l'hôtel ? lui demanda-t-elle.

— Non.

— Et Parker ? Il est parti à sa recherche.

— Non plus.

Rebecca scruta elle aussi les écrans, et soudain elle pointa l'index vers l'un d'eux.

— Là ! C'est Parker !

Sam zooma sur l'image. Rebecca n'avait guère vu plus qu'une ombre se faufiler à l'intérieur d'une maison en construction, de l'autre côté de la rue, mais c'était Parker... Elle avait reconnu sa silhouette et sa démarche.

— Vous êtes sûre ? dit Sam.

— Certaine.

Laissant les spécialistes discuter d'un plan d'action coordonné, Rebecca s'esquiva pour aller porter secours à Parker. Elle traversa la rue et franchit la clôture qui interdisait l'accès au chantier.

Un bruit de bagarre provenant du premier étage de la maison la fit se précipiter à l'intérieur et monter les marches quatre à quatre. Peu lui importait de ne pas être armée : elle comptait juste créer une diversion qui permettrait à Parker de prendre le dessus sur Samir Abdullah.

Arrivée au premier étage, elle repéra sans mal l'endroit où les deux hommes se battaient. Elle alluma la lumière, puis recula jusqu'à un recoin du palier afin de pouvoir regarder ce qui se passait sans être vue.

Le brusque passage d'une semi-obscurité à une vive lumière avait mis un terme temporairement à la bagarre : éblouis, les deux adversaires avaient levé un bras pour se protéger les yeux. Parker, un genou à terre, avait le souffle court. Abdullah aussi, mais ce fut lui qui se releva le premier.

— Qui est là ? rugit-il.

Maintenant qu'elle voyait bien son visage balafré, Rebecca frissonna de terreur. Sans Parker, elle serait peut-être prisonnière de cet homme. Ou pis... Mais la peur qu'il lui inspirait ne l'empêcherait pas de porter assistance à Parker dans toute la mesure du possible.

— La police a arrêté votre complice, Abdullah ! cria-t-elle. Rendez-vous !

— Va-t'en, Rebecca ! lui ordonna Parker.

— Des renforts ne vont pas tarder à arriver.

Abdullah se rua vers le palier, mais Parker se jeta sur lui, le plaqua au sol et l'éloigna de Rebecca. La lutte acharnée qui s'ensuivit les mena cependant dangereusement près du bord du chantier, que seule une bâche en plastique séparait du vide.

Parker aurait-il l'intention de sauter avec l'Iranien pour la soustraire au danger ? songea Rebecca, affolée.

— Écoutez-moi, Abdullah ! cria-t-elle. Je vous ai apporté l'argent de la rançon ! Vous avez encore le temps de le prendre et de disparaître !

Que l'Iranien l'ait entendue ou non, il sortit un couteau d'un étui fixé à sa ceinture, le brandit... Parker esquiva le coup, mais la lame déchira un pan de sa veste, et quand il roula sur lui-même pour échapper à une deuxième attaque, le tissu s'accrocha à quelque chose, le stoppant net dans son élan. Abdulah en profita pour fondre sur lui, bras levé pour porter le coup de grâce, mais Parker, en tirant fort, réussit à dégager sa veste, et ce fut dans le sol que le couteau alla se planter.

Les traits déformés par la rage, Abdullah récupéra son arme et se précipita de nouveau vers le palier. Parker se releva, le rattrapa, et la bagarre reprit de plus belle sous les yeux horrifiés de Rebecca.

Pourquoi personne n'était-il encore venu à la rescousse ?

Le bourdonnement d'un hélicoptère se fit soudain entendre.

Étaient-ce les renforts espérés ?

Abdullah le crut, en tout cas, car dans un regain d'énergie, il parvint à repousser Parker assez loin pour se donner le temps d'atteindre le palier. Rebecca s'avança alors et lui barra le passage. Elle devait le retenir en attendant que Parker les rejoigne.

— C'est terminé, dit-elle. Vous ne pouvez plus vous échapper.

— Je suis venu tuer mes ennemis, répliqua Abdullah avec un rictus ignoble. J'en ai besoin pour reconquérir le pouvoir et le respect dont ils m'ont dépossédé.

— Même les plans les mieux préparés peuvent échouer.

— Je n'ai pas l'intention de mourir sur un sol étranger !

Rebecca trouvait que Parker tardait à intervenir. Serait-il grièvement blessé ? Elle ne le voyait plus : Abdullah lui bouchait la vue.

Pour ne pas gêner Parker si... Non, *quand* il passerait à l'attaque, elle recula de quelques pas et chercha désespérément un moyen de gagner du temps.

Mais Abdullah était pressé, bien sûr... Il brandit son couteau, tendit son bras libre et referma la main sur le sautoir de perles pour tirer Rebecca vers lui. Elle résista, le collier cassa, et elle bascula en arrière.

La voix de Parker criant son nom fut la dernière chose qu'elle perçut avant d'atteindre le bas de l'escalier et de perdre connaissance.

13

Une semaine plus tard

Pendant le trajet de San Francisco à Big Sur, Parker ne cessa de jeter des coups d'œil inquiets à Rebecca. Bien que les médecins aient déclaré son état de santé satisfaisant, il guettait sur son visage le moindre signe de douleur ou d'inconfort. Il avait une question importante à lui poser, mais, tout danger étant désormais écarté, cela pouvait attendre un peu si nécessaire.

La connaissant, pourquoi avait-il cru qu'elle lui obéirait et resterait avec le lieutenant Baird, quand il s'était lancé à la poursuite d'Abdullah ? lui arrivait-il encore de se demander.

Il ne l'avait pratiquement pas quittée entre le moment où elle avait été transportée à l'hôpital et maintenant. Il n'avait quitté son chevet qu'une fois par jour, pour aller se doucher et se changer.

Rebecca était restée inconsciente pendant trente-six heures — les pires moments de toute la vie de Parker. Il se sentait responsable de l'accident de la jeune femme. Ses amis avaient eu beaucoup de mal à le convaincre qu'il n'y était pour rien, mais ils y étaient finalement parvenus.

Quand Rebecca avait repris connaissance, le premier mot qu'elle avait prononcé était le nom de Parker. Il en avait été ému aux larmes. Au cours des jours suivants,

Lucy et Madison — parfois escortées par leurs maris respectifs — étaient souvent venues leur tenir compagnie. Toutes les personnes qui avaient rendu visite à Rebecca à l'hôpital l'avaient félicitée pour son courage.

Parker avait attendu que son état s'améliore vraiment pour lui raconter ce qui s'était passé après sa chute dans l'escalier. Il avait réussi à maîtriser Abdullah le temps que les renforts arrivent, mais au moment où il allait le remettre aux policiers, l'homme s'était dégagé et avait foncé sur eux, les obligeant à tirer. Il avait préféré mourir plutôt que de se rendre.

Son complice avait parlé, et cette coopération avait permis aux autorités d'attribuer de façon certaine à l'Iranien la lettre de menaces reçue par Parker, le mail de dénonciation envoyé à Rebecca, l'explosion du 4x4 et les assassinats de Theo Manning et de Tony.

Arrivé à destination, Parker se dépêcha de mettre pied à terre pour aller ouvrir sa portière à Rebecca et l'aider à descendre de la voiture.

— Je ne suis pas invalide ! protesta-t-elle — mais en lui tendant malgré tout la main.

Une minute plus tard, il lui ouvrait la porte de son refuge secret en disant :

— Je n'avais encore jamais amené personne ici.

Tout le mur ouest du séjour était remplacé par une baie vitrée donnant sur les falaises et la mer. Rebecca alla directement se poster devant et ne bougea plus, comme hypnotisée.

— Tu aimes ? demanda Parker.

— Tu savais bien que ça me plairait ! répondit-elle, les yeux toujours fixés sur l'immensité de l'océan et d'un ciel que le soleil couchant parait de couleurs flamboyantes. La vue est magnifique ! Moi, si j'avais une maison comme celle-ci, jamais je ne pourrais la quitter !

— J'ai souvent été tenté de me retirer ici et d'y vivre en ermite, avoua Parker.

Heureusement, il ne l'avait pas fait, car il n'aurait alors pas connu Rebecca.

La température avait baissé pendant le trajet, et la météo annonçait une nuit fraîche. Cela donnait à Parker une excellente excuse pour faire du feu dans la cheminée et passer la soirée devant, Rebecca blottie contre lui. Il l'alluma, puis rejoignit la jeune femme et l'enlaça pour lui tenir chaud le temps que la pièce se réchauffe.

— J'ai visité cette maison un jour en fin d'après-midi, déclara-t-il. L'agent immobilier m'a d'abord montré le terrain autour, et quand nous sommes entrés, le soleil commençait à se coucher. Je crois qu'il l'a fait exprès pour me convaincre d'acheter.

— C'était bien joué de sa part.

— Oui. J'aurais dû me douter que c'était un bon professionnel : il m'avait été recommandé par Rush et Sam, et ils ne tolèrent la médiocrité dans aucun domaine.

Le nombre de gens en qui Parker avait une confiance absolue était extrêmement limité. Jamais il n'aurait cru livrer un jour ses secrets et ses pensées les plus intimes à une femme...

Mais c'était faute de savoir qu'une femme comme Rebecca existait. Il l'avait très mal traitée, et pourtant, au lieu de le dénoncer, elle lui avait offert son aide. Il n'était pas sûr de la mériter un jour, mais il voulait passer le reste de sa vie à essayer.

Le moment était venu de lui poser cette fameuse question... Il la tourna vers lui, mais lorsqu'elle plongea ses grands yeux bleus dans les siens, l'appréhension le rendit muet. Si Rebecca lui disait non, jamais il ne s'en remettrait !

Et puis elle lui sourit, et il se rappela leur nuit d'amour, le sentiment de symbiose qu'il avait alors éprouvé, et que la jeune femme avait elle aussi ressenti, il en était sûr...

Ce souvenir lui donna le courage de franchir une

première étape : il referma la main sur la bague cachée dans sa poche.

— Merci d'avoir accepté de venir ici avec moi, Rebecca.

— On a tous les deux besoin de récupérer.

— Oui, et cette maison est l'endroit idéal pour ça.

— Mais c'est plutôt à moi de te remercier.

— Pour quoi ?

— Pour m'accueillir dans ta retraite.

— Après la façon dont je t'ai traitée, je te dois bien ça !

Une lueur d'amusement s'alluma dans le regard de Rebecca.

— Je te l'avais déjà pardonné ! Ce qui s'est passé depuis entre nous n'a donc pas suffi à te le prouver ?

— Si, mais... C'est juste que...

Parker s'interrompit. Pas question de faire une demande en mariage en bafouillant ! Alors il se pencha et embrassa Rebecca. Ce baiser calma sa nervosité et, quand il se redressa, les mots sortirent tout naturellement de sa bouche :

— Rebecca Wallace, veux-tu m'épouser ?

Il sortit en même temps de sa poche la bague ornée d'un saphir entouré de petits diamants qu'il avait choisie parce que le bleu de la pierre précieuse lui rappelait celui des yeux de Rebecca. Il lui tendit le bijou, et elle s'écria sur un ton admiratif :

— Cette bague est magnifique, Parker !

Mais elle ne la prit pas.

— Tu la trouves peut-être trop grosse ? On peut aller l'échanger contre une autre, si tu veux...

— Non, celle-ci est parfaite.

Parker attendit ensuite une réponse claire à sa demande en mariage et, comme rien ne venait, il se lança dans un flot de paroles essentiellement destinées à meubler un silence qui l'angoissait.

— Tu dois penser que nous sommes encore de quasi-inconnus l'un pour l'autre, alors oublie ma demande... On va prendre le temps de mieux se connaître, et ensuite si tu...

La jeune femme mit un doigt sur sa bouche pour le faire taire, puis prit sa main libre, la retourna et déposa un baiser dans le creux de sa paume.

Cette caresse à la fois tendre et sensuelle lui causa un frisson délicieux, comme la première fois que Rebecca la lui avait donnée. C'était une semaine plus tôt, sur la plage. Presque dans une autre vie.

— Excuse-moi d'avoir tant tardé à te répondre, déclara-t-elle. L'émotion m'empêchait de parler. Je t'aime, Parker, et depuis le premier jour, je crois... Alors oui, je veux bien t'épouser. J'ai même hâte de devenir ta femme !

Soulagé au point d'en avoir les jambes molles, Parker craignit un instant de défaillir, mais le bonheur qui lui inonda ensuite le cœur eut tôt fait de le revigorer.

— Je t'aime moi aussi, Rebecca, dit-il. Quoi que l'avenir nous réserve, tu seras toujours ce que j'ai de plus cher et de plus précieux au monde.

Puis il passa la bague au doigt de la jeune femme. Le bijou s'y ajustait parfaitement. Il semblait avoir été fait pour elle.

Comme eux l'étaient l'un pour l'autre.